Für alle,
deren Hund sich schon mal
in etwas Ekligem gewälzt hat

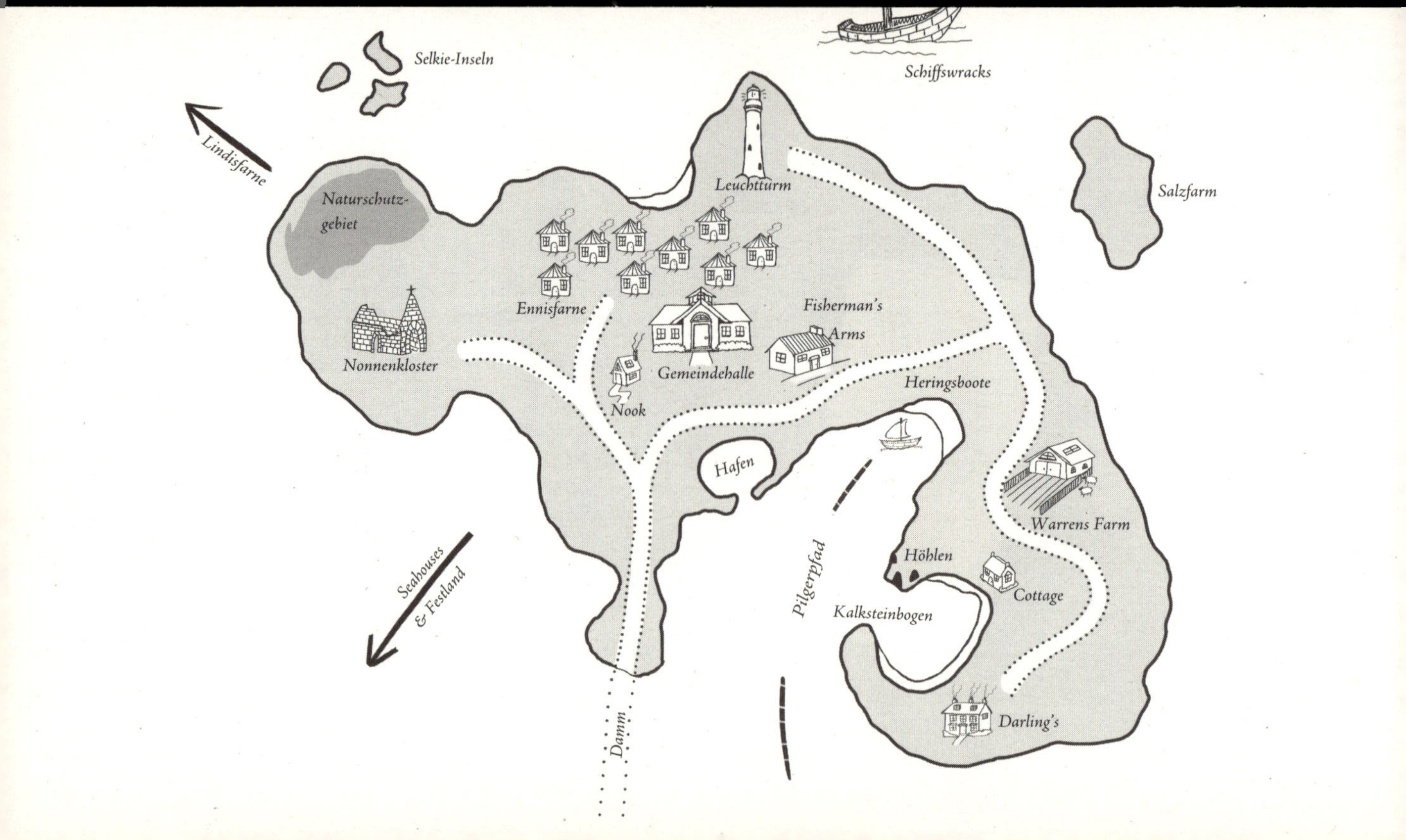
Selkie-Inseln
Schiffswracks
Lindisfarne
Leuchtturm
Salzfarm
Naturschutz-
gebiet
Ennisfarne
Fisherman's
Arms
Nonnenkloster
Gemeindehalle
Heringsboote
Nook
Hafen
Warrens Farm
Seahouses
& Festland
Höhlen
Pilgerpfad
Cottage
Kalksteinbogen
Darling's
Damm

HOLLY HEPBURN liebt es, Menschen zum Lächeln zu bringen – und sie liebt ihre Katze Portia. Sie hat in der Marktforschung und als Model gearbeitet, ihr großer Traum war aber schon immer das Schreiben. Nach *Große Liebe im kleinen Trödelladen* ist dies ihr neuer Roman in deutscher Sprache. Holly lebt in der Nähe von London.

Holly Hepburn in der Presse:

»Macht so richtig gute Laune!«
Bella

»Herzerwärmend!«
Freizeit Illustrierte

»Lesestoff mit viel Liebe.«
Berner Zeitung

Außerdem von Holly Hepburn lieferbar:

Um fünf unter den Sternen. Roman
Herzklopfen in der kleinen Keksbäckerei. Roman
Heute Abend in der Eisdiele am Meer. Roman
Süße Träume im Cottage am Strand. Roman
Große Liebe im kleinen Trödelladen. Roman

www.penguin-verlag.de

Holly Hepburn

Bei Sonnenaufgang in Darling Cove

Roman

Aus dem Englischen
von Melike Karamustafa

PENGUIN VERLAG

Die Originalausgabe erschien 2023
unter dem Titel *Escape to Darling Cove*
bei Simon and Schuster, London.

MIX
Papier | Fördert gute Waldnutzung
FSC® C014496

Penguin Random House Verlagsgruppe FSC® N001967

1. Auflage

produktsicherheit@penguinrandomhouse.de

Redaktion: Carolin Müller
Umschlaggestaltung: bürosüd
Covermotiv: www.buerosued.de
Satz: Greiner & Reichel, Köln
Druck und Bindung: GGP Media GmbH, Pößneck
Printed in Germany 2024
ISBN 978-3-328-11185-6
www.penguin-verlag.de

Teil eins

Neue Horizonte

Kapitel eins

Logan

Die Straße sah aus, als würde sie ans Ende der Welt führen.

Logan Silk lehnte sich gegen die Motorhaube des gebrauchten Toyota Hilux, den er eigens für diese Reise gekauft hatte, und betrachtete die Aussicht, die sich ihm bot. Gezeitengekräuselter Sand erstreckte sich bis zum stahlgrauen Horizont, geteilt durch den schmalen Fahrdamm – ein schwarzes Asphaltband, übersät mit grünem Seetang und der ein oder anderen Pfütze silbrigen Meerwassers, die die Flut zurückgelassen hatte. Zu beiden Seiten befanden sich algenbewachsene Felsen und Geröll, die entweder achtlos von der Nordsee zurückgelassen oder von den Ingenieuren, die die Straße vor Jahrzehnten gebaut hatten, mit größerer Präzision platziert worden waren. Der Damm wand sich von der Stelle, an der Logan stand, in einer Kurve über die weite, öde Fläche aus braunem Sand bis zu den fernen, verwaschenen Umrissen von Ennisfarne, anderthalb Meilen von der Küste Northumberlands entfernt. Salzhaltige Windböen peitschten Logan dunkle Haarsträhnen ins Gesicht, während sein Atem in der eisigen Februarluft kleine Wölkchen vor seinem Mund bildete. Kein Auto kam ihm entgegen, und hinter ihm war ebenfalls keines in Sicht. Abgesehen von den Vögeln, die über ihm kreisten, war er allein.

Das Licht war trotz des winterlichen Himmels nicht schlecht, stellte Logan mit professioneller Abgeklärtheit fest. Ein paar entschlossene Sonnenstrahlen waren durchgebrochen, tauchten die Wolken in Gold und beleuchteten ein Stück weit entferntes Meer, sodass Logan kurz versucht war, eine seiner Kameras auszupacken. Es war das Versprechen dieses außergewöhnlichen Lichts in Northumberland gewesen, das schon den Künstler Turner Jahrhunderte zuvor auf die Nachbarinsel Lindisfarne gelockt hatte und das Logan jetzt nach Ennisfarne führte. Das und die Einsamkeit. Die Aussicht darauf, einen Großteil der Zeit vom Festland abgeschnitten zu sein, zumindest was die Straße anging, war verlockend. Und da auf der Insel gerade einmal zweihundertfünfzig Menschen lebten, hoffte er sehr, in den kommenden Monaten für sich bleiben zu können.

Aber für den Moment würden seine Kameras im Auto bleiben. Stattdessen zog er seine Handschuhe aus und hielt die Szene mit seinem Handy fest, um anschließend einen kritischen Blick auf die Bilder zu werfen. Das Licht war besser, als er erwartet hatte – wie immer hatte die Kamera mehr eingefangen, als das Auge sehen konnte, und die Wolken auf dem Bildschirm hatten eine majestätische, fast ätherische Qualität, als ob sich der Himmel in all seiner Pracht aufgetan hätte.

Logan blickte wieder auf die Straße und hatte plötzlich das irrationale Gefühl, dass ihm eine Art Prüfung bevorstand; dass er beim Überqueren gemustert und aus irgendeinem Grund für unzulänglich befunden würde. Wellen würden von beiden Seiten heranrollen, über ihm zusammenschlagen und ihn und sein robustes Auto wegspülen.

Logan musste unwillkürlich grinsen. Er war sich ziemlich sicher, dass er die Szene aus irgendeinem Film geklaut hatte. Abgesehen davon war es tatsächlich gar nicht so unwahrscheinlich, hier vom Meer weggespült zu werden – viele Besucher von Ennisfarne und Lindisfarne hatten geglaubt, sie könnten der auflaufenden Flut zuvorkommen, und waren eines Besseren belehrt worden. Es gab sogar eine hölzerne Schutzhütte auf halber Strecke jeder Dammstraße, die hoch über dem Meeresspiegel thronte, sodass gestrandete Autofahrer ihre Fahrzeuge verlassen und außerhalb der Reichweite des erbarmungslosen Ozeans auf Rettung warten konnten.

Der Gedanke brachte Leben in Logan. Er stieß sich von der Motorhaube des Hilux ab, kletterte zurück auf den Fahrersitz und ließ den Motor an. Das Zeitfenster für eine sichere Überfahrt wurde mit jeder Minute, die er damit verbrachte, in den Himmel zu starren, kleiner, und er wollte nicht riskieren, zum Gespött der Seahouses-Rettungsmannschaft zu werden, schon gar nicht, wenn die Möglichkeit bestand, dass er erkannt werden würde. Er konnte sich schon jetzt die Schlagzeilen der Boulevardpresse vorstellen:

Gestrandet! Starfotograf Logan Silk nach Trennung aus der Nordsee gefischt

Es würde keine Rolle spielen, dass seine Entscheidung, auf die Farne-Inseln zu kommen, nichts mit der Trennung von Suki zu tun hatte. Diese lag inzwischen einen Monat zurück und war nach Promi-Maßstäben im Großen und Ganzen einvernehmlich verlaufen. Aber die Boulevardjournalisten interessierten sich nicht für die Tatsachen – undramatische Trennungen brachten keine Schlagzeilen –, und Logans sorgfältig ausgearbeitete Pläne, auf Ennisfarne unter dem Radar zu bleiben, wären dahin. Außerdem war der Hilux vollgepackt mit einer ganzen Reihe seiner Lieblingskameras – alte Freunde, die ihn schon fast seine gesamte Karriere begleiteten. Die würde er auf keinen Fall dem Meer überlassen.

Logan gab Gas und fuhr den Damm entlang. Als er sich der Insel näherte, bot sich ihm ein großartiger Panoramablick darauf. Die nördlichste Spitze ragte hoch über dem Meeresspiegel auf, furchterregende Klippen und Felsen, die eine unglaublich vielfältige Vogelwelt beherbergten. Außerdem befand sich hier eine der meistfotografierten Ruinen Englands – die dramatischen Überreste der Ennisfarne Nunnery, eines Nonnenklosters, Schwester des ebenfalls entweihten Klosters auf Lindisfarne und Schauplatz von mehr Gothic-Horrorfilmen und Musikvideos aus den Achtzigern, als Logan hätte aufzählen können. Er hatte dort einmal ein Shooting für *Vogue* gemacht, und die erhabene Schönheit der Ruinen hatte die Models fast in den Schatten gestellt. Doch in diesem Moment war es das andere Ende der Insel, das seinen Blick auf sich zog. Dort, an der südlichen Spitze, erhob sich in der Entfernung ein Kalksteinbogen, der ein Tor zum dahinter liegenden Meer bildete. Das würde auf absehbare Zeit jeden Morgen seine Aussicht sein, wenn auch aus viel geringerer Distanz, und er konnte sich nicht vorstellen, dass er sich jemals daran sattsehen würde.

Der Damm beschrieb eine Linkskurve und führte Logan vom flachen Watt auf festes Land, obwohl er wusste, dass auch dieser Teil der Straße bald von der Flut bedeckt sein würde. Als er in den Rückspiegel schaute, war er nicht überrascht, hinter sich bereits das Licht des Heckscheinwerfers auf dem Wasser schimmern zu sehen. Nun gab es kein Zurück mehr. Zumindest für die nächsten sieben oder acht Stunden.

Er warf einen Blick auf das Navi, das ihm verriet, dass er sein Ziel Darling Cove in siebzehn Minuten erreichen würde. Auf dem Weg dorthin würde er die kleine Ortschaft Ennisfarne mit ihrem winzigen Hafen und den engen Gassen durchqueren, wo man sich wie in eine andere Zeit zurückversetzt fühlte. Im Dorfladen konnte er sich mit dem Nötigsten versorgen, bevor er zu seinem Cottage weiterfuhr, das er bis zum Sommer sein Zuhause nennen durfte.

The Nook, der winzige Dorfladen, lag zwischen dem Fisherman's Arms Pub und einem hübschen Café in der

Long Street, mit Blick auf den kleinen Hafen mit seinen schwankenden Fischerbooten und wahllos aufgehäuften Hummerreusen. Logan parkte auf einem der Parkplätze vor dem Laden und setzte sich eine Baseballkappe auf, bevor er ihn betrat. Die Besitzerin des Ferienhauses hatte ihm in einer ihrer E-Mails erklärt, dass mehrere Supermärkte vom Festland aus nach Ennisfarne lieferten, sodass er auch online einkaufen konnte, aber die Bestellungen mussten zeitlich genau abgestimmt werden, damit die Fahrer ausreichend Zeit hatten, die Insel zu erreichen und sie rechtzeitig wieder zu verlassen. Außerdem wollte er erst einmal richtig ankommen, bevor er über solche praktischen Dinge nachdachte, vor allem, da The Nook sicher seinen unmittelbaren Bedarf decken würde.

Logans Erwartungen waren nicht hoch, als er den Laden betrat. Sein Beruf hatte ihn in der Vergangenheit schon an einige sehr abgelegene Orte geführt, wo das nächste Geschäft häufig aus einem hüttenartigen Holzcontainer ohne Personal bestanden hatte, zu dem man mit einer App Zugang erhielt, oder einer abgelegenen Raststätte irgendwo im Niemandsland. Ihm war also durchaus bewusst, was für eine wichtige Rolle kleine lokale Geschäfte in ihren Gemeinden einnahmen. Dennoch war er von der Vielfalt der Waren in den Regalen des Nook überrascht; es war nicht gerade der Borough Market in London, aber das Sortiment ging weit über die üblichen Grundnahrungsmittel hinaus. Neben dem Instantkaffee fand er gemahlene Bohnen von Taylor's of Harrogate, eine Auswahl an hochwertigen

Früchtetees und Kakao von Green and Black's. Zwischen den Gläsern mit eingelegten Zwiebeln und Gewürzgurken entdeckte er eingemachte Zitronen und mit Piment gefüllte Oliven. Und am Ende des Ganges angekommen, sah er sich einer völlig unerwarteten Feinkosttheke gegenüber, die angefangen bei spanischer Salami bis hin zu sonnengetrockneten Tomaten keine Wünsche offenließ.

Seine Überraschung musste ihm ins Gesicht geschrieben stehen, denn die stämmige Frau mittleren Alters hinter dem Tresen musterte ihn amüsiert, bevor sie sagte: »Willkommen im Nook. Suchen Sie etwas Bestimmtes?«

Ihre Worte waren vom selben Northumberland-Akzent geprägt, den er bei seinem letzten Besuch auf Ennisfarne kennengelernt hatte. Immerhin konnte er sie verstehen; beim letzten Mal hatte er mit der Mundart einiger Inselbewohner so seine Schwierigkeiten gehabt, obwohl er vermutete, dass sie ihn und den Rest des Shootingteams zu ihrer eigenen Unterhaltung auf den Arm genommen hatten.

»Nicht wirklich«, antwortete er. »Tee, Kaffee, Brot und Milch, solche Dinge.«

Als ihr klar wurde, dass er mehr als nur ein Tagesausflügler war, wurde ihre Miene neugierig. »Sie werden hier auf jeden Fall alles finden, was Sie brauchen. Wie lange bleiben Sie?«

Es war eine durchaus berechtigte Frage, trotzdem musste Logan dem Drang widerstehen zu erwidern, dass es sie nichts anging. »Das steht noch nicht fest«, sagte er stattdessen so neutral wie möglich. Und fügte dann, weil es unvermeidlich war, dass er in den kommenden Monaten hier einkaufen würde, mit einem etwas wärmeren Lächeln hinzu: »Aber ich denke, eine ganze Weile.«

Sie nickte. »Dann sollte ich mich besser vorstellen. Ich bin Freda, die Besitzerin des Nook. Wenn Sie in den Regalen nicht finden, was Sie brauchen, sprechen Sie uns an – wir sind jederzeit gerne behilflich.«

»Danke, das ist gut zu wissen«, sagte er und studierte das Angebot an leckeren Häppchen hinter der Glastheke. »Aber wie es aussieht, haben Sie ja so gut wie alles da.«

Freda hob die Augenbrauen. »Sie würden sich wundern, was die Leute erwarten, was wir alles auf Lager haben.« Sie musterte ihn mit einem offenen, abschätzenden Blick. »Vielleicht aber auch nicht. Sie sind aus London, oder?«

Auch an dieser Stelle wäre es sinnfrei zu widersprechen, das war ihm nur allzu bewusst, obwohl er sich nicht ganz sicher war, was genau ihn verraten hatte; sein Akzent war nicht typisch für London, eher ein Mischmasch aus all den Orten, an denen er im Laufe der Jahre gelebt hatte, aber er nahm an, dass er überwiegend südenglisch geprägt war. Und sie hatte in jedem Fall ins Schwarze getroffen – er besaß eine Wohnung in Pimlico, die er als sein Zuhause betrachtete, auch wenn er dort selten mehr als ein paar Tage am Stück verbrachte. »Ja«, antwortete er also schlicht.

»Sie werden ziemlich schnell feststellen, dass die Uhren hier ein wenig langsamer gehen«, bemerkte sie. »Ihnen vielleicht sogar ein bisschen *zu* langsam, zumindest, bis Sie sich daran gewöhnt haben. Aber jeder kümmert sich um den anderen, und in der Kneipe nebenan findet man meist ein freundliches Gesicht, wenn man etwas Gesellschaft braucht.«

Gesellschaft war das Letzte, was Logan wollte – er war nicht nach Ennisfarne gekommen, um Freunde zu finden –, aber es erschien ihm unfreundlich, das so deutlich zu sagen. Also bemühte er sich erneut um eine höflich-unverbindliche Antwort. »Großartig.« Dann deutete er auf die Auslage. »Ich nehme etwas von Ihrem geräucherten Schinken.«

Freda zog sich Einmalhandschuhe an und griff nach einem Tranchiermesser. »Dazu passt gut dieser Doddington-Käse vom Festland«, sagte sie, während sie begann, dünne Scheiben vom Schinken zu schneiden. »Genau das Richtige für Ihren ersten Abend auf der Insel.«

Er musterte den glatten gelben Käse in seiner tiefroten Rinde. Er sah köstlich aus. »Dann nehme ich davon auch ein Stück. Danke.«

Freda nickte zufrieden, als hätte er einen kleinen Test bestanden. »Am Ende des Ganges finden Sie frische Sauerteigbrote. Bauernbrot ist auch noch da, falls Sie das lieber mögen. Und wir haben einen sehr schönen Rioja, der ganz wunderbar dazu passt.«

Obwohl er wusste, dass er all ihren Empfehlungen folgen würde, konnte sich Logan angesichts ihrer Verkaufsstrategie ein schiefes Grinsen nicht verkneifen. Das Cottage, das er gebucht hatte, verfügte unter anderem über einen Holzofen, und er sah sich schon im Schein des Feuers essen, während er dem Rauschen des Meeres lauschte, das ans Ufer krachte. Allein bei dem Gedanken lief ihm das Wasser im Mund zusammen. »Gekauft.«

Anschließend durchstöberte er die Regale und kaufte noch ein paar Dinge für den nächsten Tag ein. Als die Glocke über der Ladentür bimmelte, blickte Logan automatisch auf. Das Erste, was er sah, war ein Schopf wirrer grauer Haare und ein beeindruckender Bart, gerötete Wangen und eine abgewetzte gelbe Regenjacke. Doch seine Nase reagierte am schnellsten – der Fischgeruch war so überwältigend, dass er sich unwillkürlich eine Hand vors Gesicht hielt, bevor er sich daran hindern konnte. Hätte das Aussehen des Mannes es nicht bereits vermuten lassen, wäre spätestens der Gestank ein eindeutiger Hinweis gewesen – bei dem Mann musste es sich um einen der Fischer der Insel handeln.

Logan blieb in der Nähe der Feinkosttheke und wartete, bis der andere Kunde seinen Einkauf beendet und den Laden wieder verlassen hatte, bevor er sich selbst zur Kasse am Eingang begab. Doch der fischige Geruch, gepaart mit dem nach Schweiß, hing nach wie vor in der Luft, und seine Abscheu musste sich in seinem Gesicht widerspiegeln, denn Freda warf ihm einen mitfühlenden Blick zu.

»Das war George. Der Mief ist anfangs ein bisschen penetrant, aber man gewöhnt sich daran. Sehen Sie einfach zu, dass Sie im Pub den nötigen Abstand zu ihm halten.«

Logan blinzelte. »Er riecht auch so, wenn er nicht gerade von der Arbeit kommt?«

»Er riecht immer so.« Freda schürzte die Lippen, während sie Logans Einkäufe in eine stabile braune Papiertüte packte. »Aber er hat keine Ahnung. Er hat vor ein paar Jahren bei einem Unfall seinen Geruchssinn verloren. Ist vom Boot gefallen und hat einen Schlag auf den Kopf davongetragen. Schmecken kann er auch nicht mehr viel, aber das ist für seine Mitmenschen das geringere Problem.«

Das ergab Sinn, dachte Logan in dem angestrengten Versuch, nicht schon wieder die Nase zu rümpfen, niemand würde freiwillig so schlecht riechen. »Hat ihn denn nie jemand darauf aufmerksam gemacht?«

Als er diesmal Fredas Blick begegnete, lag ein Anflug von Kälte darin, der vorher noch nicht da gewesen war. »Doch, natürlich. Aber er vergisst es immer wieder. Was verständlich ist – niemand denkt an die Dinge, die er nicht riechen kann.«

Was ebenfalls Sinn ergab; für die meisten Menschen war das Leben schon voll genug von Sinneseindrücken, ohne dass man auch noch Gerüche in Betracht ziehen musste, derer man sich gar nicht bewusst war. »Damit haben Sie wohl recht«, räumte er ein. »Das muss ziemlich schwer für ihn sein.«

Die Ladenbesitzerin zuckte mit den Schultern. »Schon. Andererseits würde es ihm sicher nicht schaden, öfter mal zu duschen.« Sie legte den eingepackten Schinken ganz oben in die Tüte und nickte. »Das macht dann dreiunddreißig Pfund und achtundneunzig Pence, bitte.«

Logan hielt seine Karte an das Lesegerät und nahm anschließend die Tüte entgegen. »Vielen Dank.«

»Gerne«, antwortete Freda. »Wir sehen uns sicher bald wieder, nachdem Sie sich eingerichtet haben und alles.«

Logans Gedanken schweiften zurück zu der gut gefüllten Feinkosttheke; anscheinend war Ennisfarne doch nicht das Ende der Welt. »Auf jeden Fall. Nochmals danke.«

Am Rande des Ortes kam Logan an einer Reihe großer Boote vorbei, die mit dem Kiel nach oben gedreht lagen und deren Bug in Richtung Brandung ragte, und ihm fiel wieder ein, dass sie nach ihrem ersten Leben auf See in ihrem zweiten als Lagerschuppen dienten. Sie erinnerten ihn an riesige Drachen, die ihren Hort bewachten, jederzeit bereit, sich in die Lüfte zu schwingen. Er sah sie vor sich, wie sie mit ausgebreiteten Flügeln vor dem düsteren, bleiernen Himmel über der Landzunge schwebten, auf der die Ruine des Nonnenklosters stand, während sie ihren Schlafplatz umkreisten. Der Gedanke entlockte ihm ein Lächeln; Ennisfarne war berühmt für seine Vogel- und Robbenkolonien, aber Drachen hatte bisher noch niemand gesichtet.

Die Straße gabelte sich, und Logan nahm sich einen Moment Zeit, um das Schild zu studieren. Die linke Abzweigung würde ihn zum östlichen Rand der Insel führen, zu dem Signalturm, der dort bereits seit Menschengedenken stand und ursprünglich vor Eindringlingen vom Meer her gewarnt hatte. Die rechte Abzweigung führte nach Südwesten, zu dem Cottage in den Dünen, das den Horseshoe

Beach überblickte, den er vom Damm aus gesehen hatte, und Darling Cove.

Erst in diesem Moment spürte er, wie müde er war. Es war ein langer Tag gewesen, und er freute sich, endlich anzukommen. Er bog rechts ab und steuerte auf die Bucht zu. Sobald er den höchsten Punkt der Straße erreicht hatte, kam der wunderschöne Kalksteinbogen in Sicht, und er drosselte das Tempo, um das spektakuläre Naturgebilde und den hellen breiten Sandstreifen zu bewundern, der sich von dort aus halbmondförmig in die Landschaft schmiegte. Seine Hände zuckten am Lenkrad, als sich sein Fotografeninstinkt meldete, aber es würde noch genug Zeit sein, um Fotos von der Bucht zu machen.

Ein Stück weiter wies ein Schild den Weg zum Cottage. Als er einen Blick nach rechts warf, konnte er ein graues Schieferdach über der einspurigen Straße aufragen sehen, hinter dem das Meer glitzerte. Es waren keine anderen Häuser in Sicht, was mit ein Grund dafür war, dass er sich ausgerechnet dieses Ferienhaus ausgesucht hatte, aber er wusste, dass sich am Ende der Straße eine Art Café-Bar befand. Was ihn nicht weiter störte, er bezweifelte, dass dort um diese Jahreszeit viel los sein würde.

Logan lenkte den Hilux auf einen geräumigen, mit Kies bestreuten Parkplatz und betrachtete das weiß getünchte Häuschen. Unter den Fenstern wuchsen Schneeglöckchen und lilafarbene Krokusse, die daran erinnerten, dass trotz des düsteren Himmels der Frühling im Anmarsch war. Die Tür hatte einen kornblumenblauen Anstrich, der frisch aussah; an der Außenwand daneben war ein Schlüsselkasten mit Schloss befestigt. Logan tippte den Code ein, holte den Schlüssel heraus und betrat das Haus.

Die Einrichtung war so angenehm minimalistisch, wie es die Bilder auf der Website versprochen hatten – weiße Steinwände, helle Holzböden und weit und breit kein Seefahrer-Nippes in Sicht, der nach Ansicht mancher Vermieter das Ambiente ihrer Häuser aufwertete. Aber es war die Aussicht, die Logan am besten gefiel. Die großen Fenster rahmten wellenförmig angeordnete Dünen aus butterweichem Sand, auf denen sich saftig grüner Strandhafer im Wind wiegte. Dahinter, zur Linken, wölbte sich der Kalksteinbogen in den Himmel.

Logan stand einen Moment lang einfach nur da, um die Szenerie in sich aufzunehmen, und spürte, wie ein Teil der Müdigkeit von ihm abfiel. An diesen Anblick konnte er sich gewöhnen. Schließlich riss er den Blick von der Landschaft los und nahm den Rest des Cottages in Augenschein. Die Küche war klein, aber mit dem Nötigsten ausgestattet – seine Gastgeberin hatte ein Willkommenspaket neben dem Wasserkocher hinterlassen, das einige der Dinge enthielt, die er selbst bereits im Nook gekauft hatte –, und das Schlafzimmer wirkte mit einer Reihe kuscheliger Decken und Kissen in Blau- und Grautönen, die auf dem makellos weißen Bettüberwurf drapiert waren, sehr gemütlich. Doch vor allem das Wohnzimmer tat es ihm an; er konnte sich schon jetzt vorstellen, wie er auf dem plüschigen Zweisitzer-Sofa, das mit weiteren Kissen und Decken bestückt war, vor dem Holzofen saß, vollends damit zufrieden, den Flammen dabei zuzusehen, wie sie an dem rußigen Glas leckten. Und von dem Sessel am Fenster bot sich ein verlockender Ausblick auf die Dünen. Alles in allem, entschied er, gab es schlimmere Orte zum Wohnen. Und mit etwas Glück würde der stetige Rhythmus der Wellen etwas von der Rastlosigkeit besänftigen, die ihn seit seinem letzten Shooting auf der New York Fashion Week nicht mehr loszulassen schien.

Es dauerte nicht lange, bis er alles aus dem Hilux geladen hatte. Logan war es gewohnt, mit leichtem Gepäck zu reisen, und die größten Gegenstände, die er mitgebracht hatte, betrafen alle seine Arbeit – Kunststoffboxen für seine Kameras und Beleuchtungsmaterial, obwohl er nicht vorhatte, Fotos zu machen, für die er etwas anderes als natürliches Licht brauchte. Aber die Erfahrung hatte ihn gelehrt, stets auf alles vorbereitet zu sein, also verstaute er so viel von seiner Ausrüstung wie möglich unter dem Bett und stapelte den Rest in einer Ecke des Schlafzimmers.

Als er sich mit einer Tasse schwarzen Kaffees in der Hand im Sessel am Fenster niederließ, versank die Sonne bereits am Horizont. Die düsteren Wolken von vorhin hatten sich aufgelöst und gaben den Blick auf einen blassblauen Himmel frei, der von zarten zitronengelben Streifen durchzogen war. Mit leicht zusammengekniffenen Augen blinzelte er ins Licht des späten Nachmittags; selbst im Winter brachte die Stunde vor der Dämmerung oft den außergewöhnlichsten goldenen Glanz hervor. Und wenn ihn nicht alles täuschte, dann würde die Sonne zu einem gewissen Punkt von dem Kalksteinbogen eingerahmt, bevor sie endgültig hinter dem fernen Festland unterging. Mit ein bisschen Glück würde es ein anständiger Sonnenuntergang werden. Einer, der ein oder zwei Bilder wert war.

Nachdem er den Kaffee in zwei Schlucken ausgetrunken hatte, stemmte sich Logan aus dem Sessel und bahnte sich keine fünf Minuten später mit seiner bewährten Nikon um den Hals einen Weg zwischen den Dünen durch die Lücken im stacheligen Strandhafer. Immer wieder glitt der feine Sand unter seinen Wanderschuhen weg und zwang ihn, sich darauf zu konzentrieren, das Gleichgewicht zu halten, anstatt auf die Aussicht, die vor ihm lag, und so blickte er auf seine Füße hinunter, als er endlich das Dünenlabyrinth hinter sich gelassen hatte. Ein salziger Luftzug und das plötzlich viel lautere Dröhnen der Brandung ließen ihn aufblicken und Darling Cove zum ersten Mal in ihrer ganzen Schönheit wahrnehmen.

Er hatte den Strand für sich allein. Zu seiner Rechten wölbte sich der Sand und lief am Fuße der Landzunge aus, die ein Ende des Hufeisens bildete. Ein Wirrwarr aus zerklüfteten Felsen ragte über die auflaufende Flut hinaus, sodass mit jeder ankommenden Welle eine Gischtfontäne in die Luft stob.

Logan konnte mehrere dunkle Vertiefungen in den Klippen ausmachen und vermutete, dass es sich um Höhlen handelte, obwohl es unmöglich festzustellen war, wie tief sie in den Fels hineinreichten. Er drehte sich nach links und blickte über die weite gelbe Fläche, die sich in einem tiefen Bogen zum anderen Ende des Hufeisens zog. Die Klippen auf dieser Seite erstreckten sich ebenfalls ins Meer, endeten aber in dem spektakulären Bogen, hinter dem sich der Himmel in zartem Bernstein, Blau und Rosa präsentierte. Am Fuße der Klippen, in sicherer Entfernung von der Stelle, an der die Brandung auf den Sand lief, entdeckte er ein großes Gebäude, von dem er annahm, dass es sich dabei um das Darling's, die Bar seiner Vermieterin, handelte.

Logan war sich bewusst, wie schnell sich die Szenerie verändern würde, und machte sich auf den Weg zum westlichen Ende der Bucht. Hier war es wesentlich leichter, auf dem Sand zu laufen; er war zwar genauso fein, aber feuchter, sodass seine Schuhe nicht so tief einsanken, und mit vom Wasser rund geschliffenen Kieselsteinen und Muscheln übersät, dazwischen regenbogenfarbene Sprenkel milchigen Seeglases, das die letzten Sonnenstrahlen reflektierte. Die Luft war frisch und sauber, salzhaltig und aufgrund der hereinbrechenden Dunkelheit deutlich abgekühlt. Logan schlug den Kragen seines Mantels hoch und wünschte sich, er hätte den schmalen schwarzen Kaschmirüberwurf mitgenommen, der über dem Bett in der Hütte drapiert lag. Er hätte wissen müssen, dass der Wind am Strand kalt sein würde, aber nun blieb ihm keine Zeit mehr, noch einmal zurückzugehen. Stattdessen beschleunigte er seine Schritte und versuchte, sich auf diese Weise warm zu halten.

Er erreichte das andere Ende des Strandes und warf einen kurzen Blick auf die Bar. Es handelte sich um ein zweistöckiges Gebäude mit hellblauem und gelbem Anstrich und einer großen Terrasse im ersten Stock, von der aus man eine beneidenswerte Aussicht haben musste. Er konnte sich gut vorstellen, dass die Plätze in den wärmeren Monaten sehr beliebt waren. Im Erdgeschoss führten scheinbar raumhohe Glastüren auf eine niedrige Holzplattform, die über den Sand hinausragte. An den Seiten verlief eine Reihe flacher Stufen zum Strand hinunter. Auch hier würden im Sommer mit Sicherheit viele Gäste sitzen. Doch schon bald wanderte Logans Aufmerksamkeit zurück zu dem beeindruckenden Himmel, der sich in den Fenstern spiegelte. Also drehte er sich um, nahm seine Kamera ab und ging zielstrebig auf das Ufer zu.

Die Sonne schien wild entschlossen, ihn zu beeindrucken, als sie sich dem Horizont näherte. Die Farben, die noch vor wenigen Augenblicken zart gewesen waren, hatten sich vertieft. Rosarot erblühte zu Karminrot, der Bernstein-Ton war von safran- und orangefarbenen Schlieren durchzogen, und das blasse Blau hatte sich in einen Lavendelfarbton verwandelt, der sich hier und da mit Indigo vermischte. Das Herz des Kalksteinbogens bildete ein leuchtender Goldton.

Logan nahm den Objektivdeckel ab, beschirmte seine Augen mit einer Hand und machte einige Probeaufnahmen. Stirnrunzelnd starrte er auf das kleine Display, trat dann ein paar Schritte nach links und knipste eine Reihe weiterer Bilder. Als er mit dem Winkel zufrieden war, begann er zu fotografieren und war bald ganz in seine Aufgabe vertieft. Die Farben veränderten sich bereits wieder, und die Sonne ging schnell unter, ihm blieben nur noch wenige Minuten, um die Szene einzufangen.

Ein entferntes Rufen durchbrach für eine Sekunde seine Konzentration, doch Logan ignorierte die Ablenkung und fokussierte sich wieder auf den Blick durch das Kameraobjektiv. Ein Teil seines Gehirns registrierte die auflaufende Flut, als die nächste Welle gefährlich nahe an seine Schuhe heranschwappte; ohne die Kamera zu senken, bewegte er sich langsam rückwärts.

Ein weiterer Ruf ertönte. Logan konnte die Worte nicht ausmachen, aber es klang nach einem Namen. Jemand, der entnervt nach seinem Kind rief, mutmaßte er vage, ohne sich umzusehen. Das ging ihn nichts an.

Doch dann wurde er auf etwas anderes aufmerksam, eine schwache, aber rhythmische Vibration, die durch den Sand übertragen wurde. Ein dritter Schrei hallte über den Strand, jetzt näher, sodass er die Worte verstehen konnte.

»Huxley! Huxley, nein!«

Mit einem leisen Fluch auf den Lippen, weil seine Konzentration nun endgültig dahin war, drehte sich Logan um – als im selben Moment etwas Kleines, Schnelles mit der Rückseite seiner Beine kollidierte. Die Kamera flog ihm aus den Händen, und das Nächste, was Logan wahrnahm, war, dass er und seine Nikon auf den nassen Sand zustürzten.

Kapitel zwei

Eve

Eve Darling sah entsetzt zu, wie der Mann mit einem schmatzenden Aufprall, von dem sie sicher war, dass sie ihn durch die Sohlen ihrer Gummistiefel widerhallen spürte, auf den Strand schlug.

»Verdammter Mist!«, presste sie zwischen zusammengebissenen Zähnen hervor. »Huxley, komm sofort her!«

Der schokoladenfarbene Labrador ignorierte sie in seiner typischen überschwänglichen Art. Stattdessen rannte er im Kreis und trabte dann zu dem Mann zurück, der mittlerweile aufgestanden war und nach etwas zu suchen schien.

Eve setzte sich im Laufschritt in Bewegung. Als sie den Mann erreichte, hüpfte Huxley bereits ungestüm um ihn herum, sein Maul zu einem freundlichen Hecheln verzogen.

»Es tut mir so leid«, rief sie und verlangsamte ihren Schritt, während ihre Wangen vor Verlegenheit glühten. »Alles okay?«

Der Mann blickte nicht auf. Seine Aufmerksamkeit war

auf etwas in seinen Händen gerichtet, das sie erst jetzt als Kamera identifizierte. Eine teuer aussehende Kamera mit einem großen Objektiv, das nicht weniger wertvoll wirkte. Eve spürte, wie ihr das Herz in die Hose rutschte, als ihr klar wurde, dass er sie fallen gelassen haben musste, als ihr Hund ihn umgerannt hatte.

»Ist sie kaputt?«

Er warf ihr einen finsteren Blick zu. »Die Linse ist gesprungen. Den Rest kann ich noch nicht beurteilen«, sagte er knapp. »Sie sollten das Tier an die Leine nehmen.«

Er klang wütend, und Eve konnte es ihm kaum verdenken. Seine Jeans war durchnässt und seine Wachsjacke tropfte, es war ihr furchtbar unangenehm.

»Normalerweise benimmt er sich besser«, murmelte sie entschuldigend und biss sich auf die Lippe. »Also ein bisschen besser zumindest. Sind Sie verletzt? Das war ein ganz schöner Sturz, den Sie da hingelegt haben.«

»Mir geht's gut«, schnauzte er, bevor er wieder seine Kamera untersuchte. »Auf jeden Fall sehr viel besser als meiner Nikon.«

In diesem Augenblick wünschte sich Eve nichts sehnlicher, als dass sich der Sand unter ihren Füßen auftat.

»Tut mir wirklich leid«, sagte sie erneut. »Ich komme natürlich für den Schaden auf.«

Der Mann schnaubte missbilligend und wandte sich Huxley zu, der fröhlich an einem Büschel schimmernden Blasentangs schnupperte. »Sind Hunde am Strand überhaupt erlaubt?«

Eve betrachtete ihn einen Moment lang, das dunkle Haar, das ihm ins Gesicht wehte, die fast schwarzen, von langen Wimpern gerahmten Augen und den untypisch gebräunten Teint. Er würde ganz gut aussehen, wenn er sich nicht so anstellen würde, dachte sie und fragte sich, wer er wohl war. Wahrscheinlich ein Tagesausflügler vom Festland, der sich für David Bailey hielt.

Sie holte tief Luft, um sich zu beruhigen, und schnippte dann mit den Fingern nach Huxley. »Hierher, mein Junge«, befahl sie streng. Nach ein paar weiteren begeisterten Schnüffeleien gehorchte der Hund, und Eve atmete erleichtert aus. »Die Regeln variieren je nach Jahreszeit und Strand«, erklärte sie dem Mann. »Aber an diesem hier sind Hunde immer willkommen.«

Er musterte sie finster. »Dann sollte man sie besser unter Kontrolle haben.«

Langsam ging ihr die Geduld aus. Natürlich hatte der Mann allen Grund, wütend zu sein, Huxley hatte ihn umgerannt und seine Kamera beschädigt. Aber es war ein Unfall gewesen, sie hatte sich entschuldigt und angeboten, für den Schaden aufzukommen. Ein wenig Nachsicht von seiner Seite konnte da sicher nicht schaden.

»Ist angekommen«, erwiderte sie kühl und richtete sich auf, um seinem Blick zu begegnen. »Aber da Sie hier offensichtlich nur zu Besuch sind, wissen Sie vielleicht nicht, dass Darling Cove eigentlich ein Privatstrand ist. Genau genommen, begehen Sie gerade Hausfriedensbruch.«

Der Mann blinzelte. »Hausfriedensbruch?«, wiederholte er langsam und hob eine schwarze Augenbraue. »Verstehe. Das hat mir bei der Buchung niemand gesagt.«

Jetzt war Eve mit irritiertem Blinzeln an der Reihe. Buchung? Was meinte er damit? Es sei denn …

Die Erkenntnis traf sie mit der gleichen Wucht, mit der die Wellen an die nahen Felsen schlugen. Er war kein Tagesgast. Es musste sich um den neuen Mieter von Dune Cottage handeln, den Mann, mit dem sie ein Dutzend oder mehr E-Mails ausgetauscht hatte, um die Bedingungen für seinen Aufenthalt zu klären, und der drei Monatsmieten im Voraus gezahlt hatte, um sich das Cottage bis in die Sommermonate hinein zu sichern. Die unerwarteten Einnahmen in der Nebensaison hatten es ihr ermöglicht, Petr aus dem Dorf damit zu beauftragen, das undichte Dach der Bar zu reparieren. Sonst hätte sie damit warten müssen, bis das Geld aus der Hauptsaison zu fließen begann.

Eine weitere heiße Welle der Verlegenheit ließ Eve erschaudern, als sie noch einmal im Kopf durchspielte, was sie zu ihm gesagt hatte. Hatte sie ihren neuen Mieter gerade wirklich des Hausfriedensbruchs beschuldigt?

Sie holte tief Luft. »Sie sind Mr. Cotton.«

Erkenntnis huschte über sein Gesicht, aber sein Ton wurde nicht wärmer, während er sie anteilslos musterte und dann kurz nickte. »Und Sie sind Mrs. Darling. Begrüßen Sie alle Ihre Gäste auf diese Weise? Indem Sie sie beschuldigen, sich unbefugt irgendwo herumzutreiben?«

Eve spürte, wie ihre Wangen zu glühen begannen. »Natürlich nicht«, sagte sie steif. »Ich wusste nicht, wer Sie sind. Ist … Ist mit dem Haus alles in Ordnung?«

»Ja, mit dem Haus schon«, erwiderte er und wedelte gereizt mit seiner Kamera. »Was man von der hier leider nicht behaupten kann.«

Der Idiot hielt sich anscheinend tatsächlich für David Bailey.

»Ich habe mich entschuldigt und angeboten, die Reparatur zu bezahlen«, sagte sie so neutral wie möglich. »Ich weiß nicht, was Sie noch von mir erwarten.«

»Für den Anfang könnten Sie Ihren Hund von mir fernhalten«, entgegnete er. »Die Rechnung für das Ersatzobjektiv schicke ich Ihnen.«

Mit einem letzten vernichtenden Blick, der sowohl Eve als auch Huxley einschloss, machte er auf dem Absatz kehrt und marschierte über den Sand in Richtung der entfernten Dünen davon.

Eve sah ihm nach und stieß einen schweren Seufzer aus. Nach dem heutigen Tag zu urteilen, würden das drei sehr lange Monate werden.

»Schönen Spaziergang gehabt?«

Aiden lehnte mit dem Rücken an der Arbeitsfläche in der Küche, als Eve mit Huxley an ihrer Seite hereinkam.

Während sie ihren Mantel abstreifte, zog sie eine Grimasse. »Nicht wirklich. Ich habe unseren neuen Mieter getroffen, und sagen wir es so: Huxley und ich haben nicht gerade den besten Eindruck bei ihm hinterlassen.«

Ihr Bruder nahm eine Tasse von der Arbeitsfläche und reichte sie ihr. »Klingt, als ob du den gebrauchen könntest. Was ist passiert?«

Eve nahm dankbar den Tee entgegen und warf einen reumütigen Blick auf ihren Hund, der begeistert aus seinem Wassernapf schlürfte. »Huxley ist passiert.«

Dann berichtete sie von ihrer Begegnung am Strand und spürte einen weiteren Anflug von Verlegenheit, als sie den Moment schilderte, in dem James Cotton auf dem Sand aufgeschlagen war, und wie sie alles noch viel schlimmer gemacht hatte, indem sie ihm erklärte, er wäre gar nicht befugt, sich am Strand aufzuhalten.

Aiden schlug sich hastig eine Hand vor den Mund, aber die Lachfalten um seine blauen Augen verrieten ihn. »Ich sollte nicht lachen.«

»Stimmt, solltest du nicht«, sagte Eve missbilligend. »Was, wenn ihm was passiert wäre?«

Aiden gab sich Mühe, seine Belustigung zu unterdrücken. »Hat er sich denn verletzt?«

»Ich glaube, der hat sich nur den Stolz angeknackst«, räumte Eve ein, bevor ihr etwas anderes einfiel. »Aber er war wirklich sauer und hat damit auch nicht hinterm Berg gehalten. Was, wenn er beschließt, deswegen früher abzureisen?«

Ihr Bruder zuckte mit den Schultern. »Er hat im Voraus bezahlt. Außerdem wird er sicher schon bald darüber lachen können.«

Eve rief sich James Cottons wütende Miene in Erinnerung und schüttelte düster den Kopf. »Der hat auf mich nicht den Eindruck gemacht, als würde er überhaupt irgendetwas lustig finden.«

»Dann kannst du sowieso nichts machen. Egal, was du sagst oder tust, es wird nicht helfen«, fasste Aiden nüchtern zusammen. »Am besten lässt du ihn in Ruhe, damit er darüber hinwegkommt.«

Er hatte recht, das wusste Eve, aber das änderte nichts daran, dass sie sich Sorgen machte. Sie trank einen großen Schluck Tee und tat ihr Bestes, um das anhaltende Gefühl von Demütigung und ihr Unbehagen abzuschütteln.

»Okay«, sagte sie schließlich und schaute sich zur Ablenkung um. Ihr Blick blieb am Kalender hängen, der an einer Wand hing. »Hast du es geschafft, die Band für nächste Woche zu erreichen? Ich mache mir ein wenig Sorgen, dass wir ein Publikum haben, aber kein Unterhaltungsprogramm, und George dann wieder seinen Dudelsack rausholt.«

Bei der fraglichen Band handelte es sich um The Wreckers, eine beliebte Gruppe aus Cornwall, die Seemannslieder spielte und die sozialen Medien im Sturm erobert hatte. Eve hatte sie für die monatliche Musiknacht in der Bar gebucht, die sorgfältig auf die sicheren Überfahrtszeiten für den Damm abgestimmt war, aber die Band hatte sich in den letzten Tagen als schwer erreichbar erwiesen und Eve die Befürchtung, dass sie das Geld für die etwa einhundertfünfzig verkauften Karten zurückerstatten mussten.

Oder, schlimmer noch, dass George darauf bestehen würde einzuspringen. Eve hatte nichts gegen Dudelsäcke in den Händen eines talentierten Musikers einzuwenden, aber der Fischer verfügte über mehr Enthusiasmus als Talent, und sie war noch immer nicht über seine letzte Einlage hinweg. Hamish, der Wirt des Fisherman's Arms, hatte ihr zugeraunt, dass er es noch nie erlebt habe, dass sich der Pub dermaßen schnell leerte.

Aiden schüttelte den Kopf. »Bisher nicht, aber ich hab noch eine Nachricht hinterlassen. Ich bin mir sicher, dass es keinen Grund zur Sorge gibt. Die sind wahrscheinlich nur auf Tour.«

Und das war der größte Unterschied zwischen ihr und ihrem jüngeren Bruder, dachte Eve, während sie den gelassenen Gesichtsausdruck unter seinem gewellten blonden Haar bewunderte, er machte sich um nichts Sorgen. Mit neunundzwanzig Jahren war Aiden vier Jahre jünger als sie, aber es war nicht der Altersunterschied, der sie so unterschiedlich machte, sondern ihre Einstellung. Eve war eine Planerin, eine engagierte Listenschreiberin, die gerne alles im Griff hatte. Neben dem Café- und Barbetrieb vermieteten sie die Räumlichkeiten außerdem für eine Reihe regelmäßiger Veranstaltungen wie Yogakurse und Tanzveranstaltungen und an einen lokalen Kunstverein. Darüber hinaus wurden sie häufig als Location für Strandhochzeiten angefragt. Das war auch einer der Gründe, aus denen Eve Buchungen für das Dune Cottage in den Wintermonaten in der Regel ablehnte; der Betrieb von

Darling Cove fühlte sich die meiste Zeit an, als würde man versuchen, zu viele Bälle gleichzeitig zu jonglieren. Wenn sie sich ablenken ließ, stürzte zwangsläufig irgendwo anders etwas in sich zusammen, und sie brauchte die Nebensaison, um ihre eigenen Batterien wieder aufzuladen. Aiden hingegen belastete sich weder mit Kleinigkeiten noch mit To-do-Listen oder damit, zu überprüfen, ob alles unter Kontrolle war. Er war ein unverbesserlicher Optimist, der stets davon ausging, dass die Dinge gut laufen würden, und nahm nur selten zur Kenntnis, dass der Grund dafür, *dass* es lief, in der Regel Eves Liebe zum Detail hinter den Kulissen zu verdanken war.

»Trotzdem würde ich das gerne klären«, sagte Eve mit einem Stirnrunzeln. »Außerdem müssen sie die genauen Überfahrtszeiten kennen, sonst schaffen sie es so oder so nicht her.«

»Entspann dich, Eve«, beruhigte Aiden sie. »Du hast sie über den Damm informiert, als du die Buchung vorgenommen hast. Das sind Profis, die werden schon auftauchen.«

Eve nickte widerstrebend und machte sich eine Notiz, um herauszufinden, ob die Wreckers einen Manager hatten, den sie kontaktieren konnte.

»Hast du die Tische in der Bar weggeräumt? Morgen früh ist Sunrise Yoga. Du weißt ja, dass Gemma den Platz braucht.«

»Alles erledigt«, versicherte er ihr. Dann deutet er auf Eves Handy, das sie auf der Arbeitsplatte liegen gelassen hatte, als sie zu ihrem Spaziergang mit Huxley aufgebrochen war. »Ich glaube, du hast einen Anruf von Selina verpasst.«

Selina Heron war Eves älteste Freundin. Seit ihrem ersten Tag im Kindergarten waren sie unzertrennlich und hatten alles geteilt, was zum Aufwachsen auf Ennisfarne gehörte, einschließlich des Internatsaufenthalts unter der Woche, um die weiterführende Schule zu besuchen. Als Selina die Insel verlassen hatte, um in Newcastle zur Uni zu gehen, war das furchtbar gewesen, aber jetzt war sie zurück und führte die Salzgewinnungsanlage ihrer Familie auf einer kleinen unbewohnten Insel vor der Südostspitze von Ennisfarne. Sie stand Eve näher als eine Schwester, und es verging kein Tag, an dem sie nicht telefonierten oder sich trafen.

»Ich brauche deine praktischen Fähigkeiten«, sagte Selina ohne lange Vorrede, als Eve sie ein paar Minuten später anrief. »Eines der Rohre im Gradierwerk ist undicht. Kannst du morgen eine Stunde erübrigen, um dir das mal anzusehen?«

Das Gradierwerk war eine hohe und schmale Konstruktion aus Holz und Schwarzdorn, durch die das Meerwasser gefiltert und reduziert wurde, um das feine Heron's Salt zu gewinnen, das bei prominenten und Hobbyköchen im ganzen Land Kultstatus erlangt hatte. Ein undichtes Rohr konnte sowohl die Effizienz der Produktion als auch die Qualität des Salzes erheblich beeinträchtigen.

»Klar«, sagte Eve und warf einen Blick auf die Gezeitentabelle, die an der Tür eines Küchenschranks hing. »Treffen wir uns um halb drei am Hafen?«

»Du bist meine Rettung«, sagte Selina dankbar. »Danach lade ich dich auf Kaffee und Kuchen im Sea Shell ein.«

»Abgemacht«, erwiderte Eve, deren Laune sich bei dem Gedanken an die köstlichen Leckereien, die in dem gemütlichen Café im Dorf angeboten wurden, merklich hob. »Bis morgen.«

Aiden bedachte sie mit einem wissenden Blick, nachdem sie aufgelegt hatte. »Sag nichts – sie braucht eine Klempnerin.«

Eve lachte. »Wie kommst du darauf?«

Ihr Bruder legte den Kopf schief. »Du solltest dir einen Nebenerwerb zulegen. Darlings Klempner-Service – uns ist kein Job zu klein.«

»Nur weil ich mit einem Schraubenschlüssel umgehen kann, bin ich noch lange keine Klempnerin«, wandte Eve ein. »Außerdem wäre das ein Business, bei dem man es möglicherweise mit verstopften Toiletten zu tun bekommt, ohne dass man das an jemand anderen delegieren kann. Ich glaube, ich bleibe beim Gastgewerbe, vielen Dank auch.«

»War nur ein Vorschlag.« Aiden hob verteidigend die Hände. »Dann würdest du wenigstens bezahlt.«

Eve dachte an die Inselgemeinschaft, die oft eher auf gegenseitigen Gefälligkeiten als auf finanziellem Ausgleich beruhte. »Selina ist meine beste Freundin, ich werde ihr garantiert keine Rechnung schicken. Außerdem bezahlt sie mich doch.«

»Kuchen zählt nicht«, antwortete Aiden ironisch. »Nicht mal eine dreischichtige Schokoladentorte.«

»Dann willst du also nicht, dass ich dir ein Stück aus dem Café mitbringe?«, erkundigte sich Eve mit unschuldigem Augenaufschlag.

»Das habe ich nicht gesagt. Von Selina mal abgesehen, will ich einfach nicht, dass man deine Gutmütigkeit ausnutzt. Du arbeitest zu hart, Eve, und es würde dir nicht schaden, ab und zu auch mal Nein zu sagen.«

Es lag ihr auf der Zunge, ihn darauf hinzuweisen, dass sie unter anderem deshalb so hart arbeitete, weil er ihr den Großteil der Verwaltungsaufgaben überließ, aber sie wusste aus Erfahrung, dass das keinen Sinn hatte. Aiden war Aiden, und wenn Eve ehrlich war, war es ihr ohnehin lieber, selbst alles unter Kontrolle zu haben.

»Ich werd's im Hinterkopf behalten«, erwiderte sie deswegen diplomatisch.

Aiden zwinkerte ihr zu. »Ich werde morgen auf jeden Fall auf dein Angebot mit dem Kuchen zurückkommen. Danke, Schwesterherz.«

Eve lächelte. Offensichtlich war ihr Bruder der Ansicht, dass sich das Nein-Sagen nicht auf ihn beziehen sollte.

»Und?«, rief Selina, nachdem Eve auf der Leiter sicheren Stand hatte, um die hölzernen Verteilerhähne ganz oben auf dem Gradierwerk unter die Lupe zu nehmen. »Hast du schon was gefunden?«

Etwa zwanzig Meter über dem Boden, am höchsten

Punkt des gigantischen, länglichen Bauwerks, balancierte Eve gegen einen kalten, winterlichen Windstoß an und fuhr mit der Hand an der Basis des nächstgelegenen Hahns entlang. Aus dem Loch sollte stetig eine gewisse Menge Meerwasser tröpfeln, die Selina jeden Tag von Hand an die Wetterbedingungen anpasste und die von dort in die darunter liegenden dicken Schichten aus Zweigen und Dornen sickerte. Aber der Hahn war trocken, genau wie seine nächsten Nachbarn. Sie schob ihre Finger unter das Holz, um das Rohr darunter zu ertasten. Ebenfalls trocken.

»Das Leck ist definitiv nicht hier oben«, antwortete sie. »Es muss in den unteren Rohren sein. Ich komme runter und sehe es mir an.«

Sobald sie wieder festen Boden unter den Füßen hatte, machte sie sich daran, alle Rohre zu überprüfen, die das Salzwasser hinauf zur Spitze des Turms leiteten. Dort fand sie dann auch das Problem. Das Verbindungsstück am betroffenen Rohr hatte sich gelockert, sodass Wasser heraussprudelte, anstatt dass es nach oben geleitet wurde.

Eve nahm einen Schraubenschlüssel aus ihrer Werkzeugtasche und zog das Verbindungsstück vorsichtig an, bis kein Wasser mehr austrat.

Dann schielte sie die Leiter hinauf, wo Selina die Verteilerhähne im Auge behielt. »Besser?«

»Du bist toll«, rief ihre beste Freundin zufrieden. »Hier oben läuft wieder alles.« Sie verbrachte noch einige Augenblicke damit, die Hähne sorgfältig zu regulieren, und kletterte dann zu Eve hinunter. »Danke. Ich weiß das wirklich sehr zu schätzen.«

Eve tat ihren Dank mit einem Schulterzucken ab. »Überhaupt kein Problem, wirklich. Wenn du willst, kann ich dir zeigen, was ich gemacht habe, damit du es beim nächsten Mal weißt.«

Selina schüttelte energisch den Kopf, sodass der rote Bommel an ihrer Wollmütze wackelte. »Ooooh nein! Ich habe schon einmal an den Rohren herumgebastelt und dabei etwas so fest angezogen, dass der Anschluss beschädigt wurde und ersetzt werden musste. So etwas überlasse ich lieber den Expertinnen.«

Eve steckte den Schraubenschlüssel in ihre Werkzeugtasche zurück und lächelte. »Als Expertin würde ich mich jetzt nicht gerade bezeichnen. Alle Fähigkeiten, die ich habe, sind eher aus der Not geboren, schließlich habe ich keine Ausbildung oder so.«

»Hör auf, dein Licht dermaßen unter den Scheffel zu stellen«, sagte Selina mit gerunzelter Stirn. »Ich wette, praktische Erfahrung ist mindestens genauso wertvoll wie eine offizielle Qualifikation. Und du bist außerdem nicht nur brillant, sondern gehörst zu meinen Lieblingsmenschen. Einen der Klempner vom Festland würde ich bestimmt nicht zum Kuchenessen ins Sea Shell einladen.«

Eve erinnerte sich an das letzte Mal, als sie einen Fachmann hatte kommen lassen, um ein geplatztes Rohr in der Damentoilette des Darling's zu ersetzen. Sie hatte warten müssen, bis die Flut eine Überfahrt nach Ennisfarne erlaubte, und als er schließlich aufgetaucht war, hatte er während der Reparatur einige ausgesprochen unangenehme Ansichten geäußert. Eve hatte seinen Namen auf die Liste der Handwerker gesetzt, die sie nicht mehr anrufen würde.

»Ich bin froh, dass ich dir helfen konnte«, sagte sie zu Selina. »Der Kuchen ist lediglich die Kirsche auf der Torte.«

»Auf jeden Fall«, stimmte ihre Freundin zu. »Gib mir nur eine Minute, um noch ein paar Dinge im Turm zu überprüfen, dann können wir los.«

Zehn Minuten später befanden sie sich wieder an Bord von Selinas Boot auf dem Weg zurück in den Hafen. Während der Fahrt erzählte Eve, was sie am Vortag mit James Cotton erlebt hatte. Eine Nacht Schlaf hatte ihre Verlegenheit darüber kein bisschen schrumpfen lassen.

»Ich bin sicher, dass er darüber hinwegkommt«, schloss sich Selina Aidens Meinung an. »Aber genug davon. Erzähl mir lieber, wie er aussieht. Ich habe von Freda gehört, dass er seeehr nett anzusehen ist …«

Eve dachte an die gereizte, beinahe überhebliche Art, auf die ihr Mieter mit ihr gesprochen hatte. Wäre sie nicht so sehr darauf bedacht gewesen, Huxleys Verhalten wiedergutzumachen, hätte der Mann sie wahrscheinlich genauso verärgert wie sie offensichtlich ihn verärgert hatte. Dennoch konnte sie verstehen, warum er Eindruck bei Freda hinterlassen hatte; James Cotton war groß, dunkelhaarig und wahrscheinlich sogar attraktiv, wenn er nicht gerade dermaßen übellaunig dreinschaute.

»Mir war die ganze Situation viel zu peinlich, um darauf zu achten«, sagte sie zu Selina. »Aber ich hatte den Eindruck, er ist der Typ Mann, der es gewohnt ist, dass andere Leute auf seinen Befehl hin springen.«

»Geschäftsmann?«

»Vielleicht«, antwortete Eve skeptisch, als sie sich daran erinnerte, wie ihm das etwas zu lange schwarze Haar ins Gesicht geweht war. »Es war nur so ein Gefühl. Wir haben uns wirklich nicht besonders lange unterhalten.«

»Ich frage mich, was er auf Ennisfarne macht«, sagte Selina, während sie das Boot über die Wellen lenkte.

Eve beschäftigte der gleiche Gedanke. Drei Monate waren eine seltsame Zeitspanne, zu lang für einen Urlaub, nicht lang genug für einen Neuanfang.

»Ich bin sicher, wir werden es bald herausfinden«, bemerkte sie. »Freda hat ja anscheinend bereits seine Fährte aufgenommen, und du weißt, wie sie ist.«

Die Besitzerin des Nook war für ihre neugierige Art berüchtigt; sie wusste über alles, was auf der Insel geschah, bestens Bescheid.

»Auch wieder wahr.« Selina grinste. »Der geheimnisvolle Mr. Cotton wird seine Geheimnisse nicht lange für sich behalten können.«

»Warum auch immer er hergekommen ist, ich werde jedenfalls versuchen, ihm aus dem Weg zu gehen«, antwortete Eve mit einem leichten Schaudern. »Und Huxley auch.«

Obwohl das leichter gesagt als getan sein könnte, dachte

sie, da er nun mal in ihrem Cottage wohnte. Aber sie hatte das Gefühl, dass ihr Mieter nicht unbedingt auf der Suche nach Gesellschaft war, und das passte ihr gut in den Kram. Mit etwas Glück würden sich ihre Wege nicht öfter kreuzen als unbedingt nötig.

Kapitel drei

Logan

Logan brauchte länger als gedacht, um sich an die Stille zu gewöhnen. Zunächst konnte er den Grund für sein Unbehagen nicht genau benennen. Er war schon an viel abgelegeneren Orten gewesen – einmal hatte er sogar in einem Zelt geschlafen, das an einem steilen Berghang hing, um den Sonnenaufgang über den benachbarten Gipfeln zu fotografieren –, aber die Stille auf Ennisfarne schien eine besondere Qualität zu haben. Sie wirkte irgendwie nachdenklich und aufmerksam, als würde die Insel selbst zuhören, und Logan musste an seine leicht überspannten Vorstellungen denken, als er am Freitag am anderen Ende des Straßendamms gestanden hatte. Dort hatte er die gleiche Wachsamkeit empfunden, obwohl sich die Einbildung, gemustert und beurteilt zu werden, verflüchtigt hatte. Er wusste, dass zumindest ein Teil davon durch den Stillstand verursacht wurde, nachdem er so lange ständig in Bewegung gewesen war, aber Logan hoffte, dass das Gefühl der Rastlosigkeit mit der Zeit verfliegen würde. Vielleicht würde die Ruhe hier seine gereizten Nerven entspannen.

Die unerfreuliche Begegnung mit Eve Darling war ebenfalls alles andere als hilfreich gewesen. Nachdem er wieder ein wenig runtergekommen war, hatte er zwar eingesehen, dass es nicht allein ihre Schuld gewesen war, aber das zerbrochene Objektiv machte es ihm noch schwerer, den Vorfall einfach zu vergessen.

Am Samstag fuhr er zu einem Kameraspezialisten in Gosforth, am Rande von Newcastle, um zu sehen, ob eine Reparatur möglich war, aber schon bevor der Ladenbesitzer durch die Zähne pfiff, war ihm klar, dass es sich um einen aussichtslosen Fall handelte.

»Ich habe eine gebrauchte Nikon auf Lager, die Ihnen gefallen könnte«, bot Mr. Robertson an. »Äußerlich ist sie ein bisschen ramponiert, aber ansonsten in tadellosem Zustand.«

Logan lehnte mit einem höflichen »Wahrscheinlich ist es sowieso an der Zeit aufzurüsten« ab und tippte ein wenig wehmütig die kaputte Linse an. »Aber die hier ist mir über die Jahre ein guter Freund gewesen.«

Mr. Robertson nickte verständnisvoll. »Ich weiß, was Sie meinen. Man braucht Zeit, um sich an eine neue Ausrüstung zu gewöhnen, nicht wahr? Das müssen selbst die Profis feststellen.«

»Da bin ich mir sicher«, stimmte Logan ernst zu.

»Ich kann Ihnen einen Ersatz bestellen, wenn Sie möchten«, fuhr der Ladenbesitzer fort. »Die sollte bis Mittwoch hier sein.«

Logan nahm das Angebot an, obwohl er dafür noch

einmal nach Gosforth kommen musste. Er hätte das Objektiv natürlich auch im Internet bestellen können, aber es fühlte sich richtig an, dem Fotogeschäft sein Vertrauen zu schenken. Er hörte sich Mr. Robertsons gut gemeinten Rat an, welches Objektiv am besten geeignet sei, reichte ihm seine Kreditkarte zur Bezahlung und nannte ihm seine E-Mail-Adresse, damit er benachrichtigt werden konnte, sobald die neue Linse eintreffen würde.

Und dann fuhr er zurück nach Ennisfarne, wo die Stille nach dem geschäftigen Treiben der Stadt umso deutlicher zu spüren war.

Auf dem Rückweg schweiften seine Gedanken erneut zu Eve ab. Er hatte sie seit jener ersten explosiven Begegnung nicht mehr gesehen und kaum noch ein Bild von ihr vor Augen. Sie war viel kleiner als er, fast zierlich, und er meinte sich zu entsinnen, unter ihrer dicken Pudelmütze blonde Haare hervorlugen gesehen zu haben. Sie hatte eine Wachsjacke getragen, und ihre Gummistiefel hatten eindeutig schon bessere Tage gesehen. Darüber hinaus hatte er keine Ahnung, wie sie aussah. Ihr Hund hingegen hatte sich in sein Gedächtnis eingebrannt, insbesondere der Ausdruck fröhlicher Unverfrorenheit, mit der er über den Sand gesprungen war, nachdem er Logan die Beine unter dem Körper weggezogen hatte. Nachdem sein Ärger größtenteils verflogen war, hatte er jedoch beschlossen, seiner Vermieterin die kaputte Linse dennoch nicht in Rechnung zu stellen. Irgendwie erschien es ihm nicht fair, und es würde sicherlich nicht dazu beitragen, ein professionelles, freundschaftliches Verhältnis für die Dauer seines Aufenthalts zu pflegen. Es war viel besser, die Kosten selbst zu tragen; immerhin ein Grund weniger für weitere Interaktion mit ihr.

Im Cottage stellte Logan fest, dass er einen Anruf seiner Agentin verpasst hatte. Auf ihre typisch effiziente Weise hatte Phoebe ihm daraufhin gleich eine E-Mail geschickt.

> Ich weiß, dass du gerade eine Pause einlegst, aber GQ möchte dich unbedingt für ein Nick-Borrowdale-Shooting in Monaco Anfang März. Würde dich das reizen oder soll ich ihnen absagen?

Es reizt mich nicht mal im Entferntesten, dachte Logan. Noch vor wenigen Wochen hätte er für die Chance auf einen All-inclusive-Trip nach Monte Carlo alles stehen und liegen gelassen, vor allem für ein Shooting mit einem seiner engsten Freunde. Abgesehen von allem anderen wäre es ein einfacher Job gewesen. Nick war absoluter Profi, und die Kamera liebte ihn. Aber die Vorstellung, in eine berühmt-berüchtigte Partystadt zu fliegen, ließ Logan kalt. Und auch für den Auftrag selbst konnte er wenig Begeisterung aufbringen. *GQ* würde ihm mit Sicherheit die kreative Leitung des Shoots übertragen, aber er hatte nicht viel anzubieten, seitdem ihm seine übliche Inspiration fehlte. In dem Fall würde nicht einmal mehr Nicks *magic touch* helfen. Was auch immer die Ursache für das seltsame Unbehagen war, das in Logans Arbeit und sein Herz gesickert war, er würde es nicht durch einen weiteren Job an Bord einer Luxusyacht loswerden.

Er tippte eine kurze Antwort an Phoebe und begann dann, die Vorräte auszupacken, die er in einem Supermarkt auf dem Festland gekauft hatte. Das Nook bot eigentlich alles, was er brauchte, aber er hatte in Ruhe shoppen wollen, ohne ständig Fredas neugierigen Blick im Rücken zu spüren, welche Artikel wohl in seinem Einkaufswagen landeten. Außerdem hätte sie garantiert versucht, ihn in ein Gespräch zu verwickeln, und daran war er nicht interessiert. Unterhaltungen bargen grundsätzlich die Gefahr, dass jemand herausfand, wer er war, und er wollte seine Identität lieber geheim halten. Das bedeutete, dass er sich von den Bewohnern Ennisfarnes so weit wie möglich fernhalten musste.

Was jedoch nicht hieß, dass er sich die ganze Zeit in seinem Cottage verstecken musste.

Die Flut war hereingebrochen, und der Sirenengesang der Wellen drang in Logans Unterbewusstsein. Nachdem er die Einkäufe weggeräumt hatte, gab er dem Ruf nach und machte sich erneut auf den Weg, um das Nachmittagslicht zu nutzen.

Es war ein stürmischer Tag. Die Wellen waren silbergekrönte Ungeheuer, die sich gegen das Land warfen, und der Nordwind peitschte gegen die Frontscheibe des Hilux, als Logan zum höchsten Punkt der Insel hinauffuhr – die Landzunge am östlichen Rand, die ins Meer hinausragte. Dort befand sich ein weißer Signalturm aus Granit, den er vor dem Hintergrund der aufziehenden Wolken fotografieren wollte – in dem Bewusstsein, dass sein Gedankenkarussell zum Stillstand kommen würde, wenn er sich damit beschäftigte, die beste Aufnahme zu komponieren und den Winkel zu finden, der das Bild zu etwas Außergewöhnlichem machte. Abgesehen davon wollte er einfach nur auf der Landzunge stehen und Richtung Horizont blicken, während der Wind die Unruhe aus seiner Seele spülte.

Auf der schmalen Straße zur Landzunge fiel Logan ein längliches schwarzes Bauwerk in einiger Entfernung vom Ufer auf. Er fuhr langsamer, um es sich genauer anzusehen. Es stand auf einer kleinen Insel, mit einer Ansammlung niedrigerer Gebäude zu einer Seite. Das Bauwerk war zu weit entfernt, als dass er Einzelheiten hätte erkennen können, und er überlegte, worum es sich wohl handelte. Eine Art Unterschlupf vielleicht, um die Vögel und Meerestiere rund um die Insel zu beobachten? Allerdings wusste er, dass vor allem die Nordspitze von Ennisfarne für die Beobachtung von Tieren bekannt war; es gab dort ein Naturschutzgebiet und mehrere Felseninseln, auf denen die florierende Robbenpopulation der Insel zu Hause war. Er starrte noch ein paar Sekunden lang mit nachdenklich gerunzelter Stirn auf die seltsame Ansammlung von Gebäuden und setzte dann seinen Weg fort. Wenn er zurück im Cottage war, würde er recherchieren.

Der Signalturm war ein perfekter vierkantiger Obelisk, der sich weiß vor dem düsteren Himmel abhob. Logans Berufsinstinkt war bereits geweckt, als er parkte und nach seiner Kameratasche griff. Er verbrachte ein paar Minuten damit, die Szenerie von allen Seiten in Augenschein zu nehmen, indem er den hohen Stein einige Male umrundete, um letztendlich zu entscheiden, was genau er einfangen wollte. Der Wind erschwerte seine Arbeit. Er peitschte ihm ins Gesicht, zerrte an seinen Händen und zwang ihn, sich besonders zu konzentrieren und möglichst schnell zu arbeiten. Hoch über ihm zogen Möwen ihre Kreise. Logan veränderte seine Position erneut, um sie mit ins Bild zu nehmen. Irgendwann begann es zu regnen. Ein leichter Schauer, der stärker wurde, je länger er arbeitete. Aber erst als er überzeugt war, das Wesen des einsamen Obelisken, der sich groß und unnachgiebig gegen die grimmigen Elemente stemmte, zumindest ansatzweise eingefangen zu haben, verstaute er die Kamera wieder in ihrer Tasche und erlaubte seiner Konzentration nachzulassen.

Dann stellte er sich so nahe an den Rand der Landzunge, wie er es für sicher hielt, hob sein Gesicht in den Wind und blickte auf die endlose Oberfläche des Meeres, das sich bis zum Horizont und darüber hinaus erstreckte. Seine Wangen brannten im eisigen Regen, der auf seine Haut einprasselte, und ein- oder zweimal traf ihn eine so heftige Windböe von vorne, dass er einen Schritt zurückstolperte. Wasserrinnsale rannen aus seinen Haaren den Nacken hinunter und ließen ihn frösteln. Aber die raue Witterung weckte in ihm nicht den Wunsch, sich in sein schützendes Auto zu flüchten. Stattdessen trug die Erfahrung eine Rohheit in sich, ein Gefühl der Reinheit, das tief in seine Haut und Lungen eindrang. In diesem Moment verspürte er keine Lethargie. Er fühlte sich gereinigt und erneuert und zu allem fähig. Natürlich würde dieses Gefühl nicht von Dauer sein, aber er wusste, dass er zum Teil deswegen nach Ennisfarne gekommen war – um sich daran zu erinnern, dass es möglich war, sich so zu fühlen, gestärkt und lebendig.

Logan blieb so lange auf dem Felsen stehen, dass sein Zittern immer stärker wurde. Als er sich schließlich auf den Weg zurück zu seinem Wagen machte, hielt er noch einmal an dem Obelisken inne und legte eine Hand auf den glatten, nassen Granit, um seine Stärke und Einsamkeit zu bestaunen und seine Geschichte in sich aufzusaugen. Er überdauerte bereits mehr als zweihundert Jahre und hatte Schiffe vor den umliegenden Felsen gewarnt. Und noch früher hatte er einem anderen Zweck gedient: Er war Teil einer Kette von Signalbauwerken gewesen, die errichtet worden waren, um vor drohenden Angriffen durch Feinde von jenseits des Meeres zu warnen. Es hatte viele solcher Invasionen gegeben, sowohl auf Ennisfarne als auch auf Lindisfarne, aber trotz allen Blutvergießens hatten es die Inseln irgendwie geschafft, die Plünderer zu integrieren und letztendlich ein friedliches Zusammenleben möglich zu machen. Mit der Zeit hatten auch die Eindringlinge die Inseln zu lieben gelernt und waren Teil ihrer Geschichte geworden. Logan sah sich um, betrachtete die üppig grüne Landzunge, die im Regen glitzerte. Sein Blick schweifte über die vom Wind aufgewirbelten Stahlwolle-Wolken, die sich über ihm zusammenzogen, er hörte den leisen Schrei der Möwen über dem donnernden Rauschen der Wellen, und er glaubte zu verstehen, warum. Ennisfarne schien ein Ort zu sein, in den man sich leicht verlieben konnte. Vielleicht war er selbst schon auf dem besten Weg dorthin.

Kapitel vier

Eve

Als Eve am Donnerstagmorgen die E-Mail von James Cotton in ihrem Posteingang entdeckte, sank ihre Laune sofort in den Keller. Sie saß mit ihrem Laptop an einem der Tische in der Bar, den Blick auf den sonnenbeschienenen Sand gerichtet, und arbeitete einen Berg von Verwaltungsaufgaben ab. Es war weniger der Gedanke an die Rechnung, die er zweifellos beigefügt haben würde, der sie aufstöhnen ließ – sie hatte akzeptiert, dass sie ihm das Geld zurückzahlen musste –, sondern die Erinnerung an seine unwirsche Art bei ihrem ersten Treffen, die ihr Kopfschmerzen bereitete, als sie sich nun erneut mit ihm auseinandersetzen musste. Fast war sie versucht, das Lesen der Mail bis zum Nachmittag oder sogar bis zum nächsten Tag aufzuschieben, aber sie wusste, dass sie damit nur ihre Nerven strapazieren würde. Also beschloss sie, wie immer vorzugehen und die unangenehmen Aufgaben zuerst zu erledigen. Sie warf einen nachdenklichen Blick auf die glänzende Kaffeemaschine hinter der Theke. Nach einem Kaffee fiel einem alles leichter. Die fünf Minuten, die es dauern würde, einen Latte macchiato zuzubereiten, zählten definitiv nicht als Aufschiebetaktik …

Mit einem Becher Kaffee, getoppt von einem Berg köstlich duftendem Milchschaum, und mehreren Schokoladenkeksen bewaffnet, nahm Eve wieder am Tisch Platz und zog entschlossen ihren Laptop zu sich heran.

Doch wie sich herausstellte, erwähnte James Cotton die Kamera in seiner Nachricht mit keinem Wort. Stattdessen informierte er sie darüber, dass sich der Kaltwasserhahn in der Küche nicht richtig zudrehen ließ, sodass ein ständiges Rinnsal in die Spüle lief. Noch ein kaputter Hahn, dachte sie mit trockenem Humor und musste an Aidens scherzhaften Vorschlag denken, sich als Klempnerin selbstständig zu machen. Allerdings war sie froh, dass sie die Nachricht nicht ignoriert hatte; die Erfahrung hatte sie gelehrt, dass Probleme im Haus am besten schnell gelöst wurden, und der Ton der E-Mail war höflich, ohne jeden Anflug von Verärgerung.

Sie tippte eine kurze Antwort, in der sie sich nach einem für ihn günstigen Zeitpunkt erkundigte, um vorbeizuschauen und sich die Sache anzusehen, dann widmete sie sich den anderen Nachrichten in ihrem Posteingang. Aiden hatte es endlich geschafft, die Band The Wreckers zu erreichen, und bestätigte ihr, dass sie kommen würden. Sie hatten in der Zwischenzeit noch mehr Karten verkauft, und Eve überlegte, ob sie vielleicht eine Aushilfe für den Abend engagieren sollte, um für einen reibungslosen Ablauf zu sorgen. Der Großteil des Publikums würde aus Inselbewohnern bestehen und entspannt damit umgehen, wenn die Mitarbeiter aufgrund des Andrangs kaum mit den Bestellungen hinterherkamen, aber sie wollte eventuelle Probleme lieber von vornherein vermeiden. Deswegen schickte sie eine kurze Nachricht an Fredas Enkelin Tish mit der Frage, ob sie an dem Abend arbeiten könne.

Kurz darauf kam Huxley herein, seine Krallen klackerten auf dem Holzboden. Er blieb neben Eves Tisch stehen, ließ einen Gummiball zu ihren Füßen fallen und schnupperte an den Kekskrümeln neben dem Laptop.

»Hey«, begrüßte sie ihn und kraulte ihn liebevoll hinter den Ohren. »Soll das eine subtile Aufforderung sein, dass ich mit dir spielen soll?«

Er hechelte sie an, wobei ihm die Zunge seitlich aus dem Mundwinkel hing.

Mit einem scheinbar widerwilligen Seufzer hob sie den Ball auf. »Na dann los. Aber wir gehen nur kurz an den Strand.«

Der Tag war bereits am Morgen klar und hell angebrochen, die Sonne schien auf den Sand, und die Luft hatte einen kalten Biss, den Eve immer als belebend empfand. Manchmal fragte sie sich, wie es wohl wäre, woanders zu leben, in einer Stadt oder auch nur irgendwo im Landesinneren, weit weg von der fortwährenden Musik des Ozeans. Wenn Besucher der Bar oder Gäste im Dune Cottage erfuhren, dass sie ihr ganzes Leben auf Ennisfarne verbracht hatte, waren sie überrascht, und sie verstand, warum. Das moderne Leben lockte sie weg, und selbst Selina war nicht immun dagegen gewesen, obwohl sie nach einiger Zeit auf die Insel zurückgekehrt war. Aber Eve, die von denselben Darlings abstammte, die 1838 neun schiffbrüchige Passagiere von einem sinkenden Schiff gerettet hatten, war Ennisfarne in die Knochen eingeschrieben. Das war immer so gewesen, und daran würde sich auch nichts ändern. Nach dem Schulabschluss hatte sie angefangen, mit ihrem Vater Vollzeit in der Bar zu arbeiten, so wie es immer von ihr erwartet worden war, und hatte von ihm alles Nötige beigebracht bekommen – von der Buchführung bis zur Neuverkabelung eines Stromkreises. Als er vor fünf Jahren gestorben war, hatte es keinen Zweifel gegeben, dass sie das Darling's übernehmen würde, und Aiden war vom Festland zurück auf die Insel gezogen, um zu helfen. Eve konnte sich nicht vorstellen, irgendwo anders zu leben.

Sie atmete die salzige Luft ein und sah sich um, ließ den Blick über den glitzernden Sand und den azurblauen Himmel schweifen, der vom Kalksteinbogen eingerahmt wurde. Wie könnte sie jemals von hier weggehen, wenn sie von so viel Schönheit umgeben war?

Aidens Ruf riss sie aus ihren Gedanken. Als sie sich umdrehte, sah sie, wie er ihr zuwinkte, und wusste, dass es Zeit war, wieder an die Arbeit zurückzukehren. Sie pfiff nach Huxley, der so tat, als würde er sie nicht hören, und machte sich auf den Weg zu ihrem Bruder.

»Mr. Grumpy hat auf deine E-Mail geantwortet«, sagte er, während Eve mit ihren sandigen Stiefeln auf die Terrasse stampfte. »Er meinte, dass er ab jetzt bis zum frühen Nachmittag zu Hause ist.«

Eve ging schnell im Geiste ihren Terminkalender durch. Sie hatte eigentlich vor, sich mit Selina auf einen Kaffee zu treffen, aber das Cottage hatte Vorrang.

Sie nickte. »Okay. Ich hole mein Werkzeug und gehe rüber.«

Aidens Augenbrauen hoben sich. »Er hat auch gefragt, warum du kommst, anstatt dass wir einen Klempner rufen.« Es gelang ihm nicht, seine Belustigung zu verbergen. »Sollen wir uns jetzt schon mal überlegen, wie und wo wir seine Leiche entsorgen?«

»Ha, ha«, antwortete Eve, die das nicht im Geringsten lustig fand. »Gut, dass ich viel zu professionell bin, um mich von so einem Kommentar auf die Palme bringen zu lassen, was?«

Aber es überraschte sie nicht, dass sich ihr Mieter nicht vorstellen konnte, dass eine Frau in der Lage war, einen undichten Wasserhahn zu reparieren. Ganz im Gegensatz zu den Leuten von Ennisfarne. Eine weitere Sache, die sie an ihrer Insel liebte, jeder kannte und respektierte ihre Fähigkeiten. Einem Mann wie James Cotton – attraktiv und überheblich – fiel es wahrscheinlich schwer, in Frauen etwas anderes als Dekoration zu sehen. Eve straffte die Schultern. Sie war bereit, an seiner 1950er-Jahre-Einstellung zu rütteln.

Einen Hilux vor dem Cottage parken zu sehen, überraschte sie. Nicht dass sie darüber nachgedacht hätte, was für ein Auto er fuhr. Doch hätte sie es getan, wäre ihr eher ein Audi in den Sinn gekommen. Vielleicht war er praktischer veranlagt, als sie es sich vorgestellt hatte.

In der nächsten Sekunde rief sie sich zur Ordnung; sie wusste *nichts* über den Mann, der ihr Cottage angemietet hatte, was bedeutete, dass sie gerade ebenso ein vorschnelles Urteil über ihn gefällt hatte wie er über sie.

Ihre feste Absicht, professionell höflich zu bleiben, wurde jedoch auf die Probe gestellt, sobald er die Tür öffnete. Er war leger gekleidet, trug einen dicken Strickpulli und Jeans, und der Dreitagebart verlieh ihm eine lässige Ausstrahlung. Seine Miene war jedoch alles andere als entspannt; er musterte sie kühl aus dunklen Augen, und sein Mund war zu einer harten Linie zusammengepresst.

»Haben Sie meine E-Mail nicht gelesen? Bei allem Respekt für Sie, Mrs. Darling, aber ich habe nach einem Klempner gefragt.«

Eve rang sich ein höfliches Lächeln ab. »Es wird eine Weile dauern, bis ein Klempner vom Festland kommen kann. Also würde ich mir das in der Zwischenzeit einmal ansehen, wenn es recht ist?«

Einen Moment lang dachte sie, er würde sich ernsthaft weigern, sie reinzulassen. Doch dann machte er mit nach wie vor abweisender Miene einen Schritt zurück, um sie in den winzigen Flur treten zu lassen.

»Wie ich geschrieben habe, geht es um den Kaltwasserhahn«, sagte er, während er ihr voraus das Wohnzimmer durchquerte, um in die Küche zu gehen. »Ich habe ihn so gut wie möglich abgedichtet, aber wie Sie sehen werden, läuft trotzdem noch Wasser raus.«

Während sie James in die Küche folgte, sah sich Eve verstohlen um. Der Mann mochte unfreundlich sein, un*ordentlich* war er nicht. Auf dem Sessel am Fenster lag mit dem Cover nach oben ein aufgeschlagenes Taschenbuch, aber sie hatte keine Gelegenheit, den Titel zu entziffern. Eine halb leere Tasse stand auf der Fensterbank, und der unverwechselbare Duft von frisch gemahlenen Kaffeebohnen erfüllte die Luft. Ihr lief das Wasser im Mund zusammen, als sie an die Café-Verabredung mit Selina erinnerte wurde, die sie abgesagt hatte. Sie hätte sehr gerne eine Tasse getrunken, aber sie war sich hundertprozentig sicher, dass ihr James keine anbieten würde. Seiner Ansicht nach verschwendete Eve seine Zeit, das war ihm deutlich anzumerken, und je eher sie wieder verschwand, desto besser.

Der Wasserhahn tat genau das, was James in seiner Mail beschrieben hatte – Wasser tropfte unaufhörlich aus dem Auslauf in das weiße Keramikbecken. Eve stellte ihre Werkzeugtasche auf den Küchenboden und nickte. »Das wird kein Problem sein. Ich drehe nur schnell den Haupthahn zu und sehe es mir dann an.«

Sein Blick war skeptisch. »Halten Sie das wirklich für eine gute Idee? Mir ist klar, dass dies Ihr Eigentum ist, aber ich denke, es wäre besser, wenn wir auf einen Experten warten.«

Sein Verhalten entsprach zu hundert Prozent ihren Erwartungen, dennoch spürte sie Verärgerung in sich aufsteigen. »Keine Sorge, ich kriege das schon hin«, sagte sie mit dem Ansatz eines Lächelns, das sie einiges an Willenskraft kostete. »Wahrscheinlich muss nur ein Dichtungsring ausgetauscht werden, in ein paar Minuten weiß ich mehr.«

Er starrte sie nach wie vor mit größter Skepsis an, die schwarzen Brauen zweifelnd zusammengezogen. »Ich glaube, Sie irren sich«, sagte er und verschränkte die Arme. »Sanitärinstallation ist ein Beruf, den man gelernt haben muss.«

Eve atmete lang und langsam ein und wieder aus. Seine absolute Überzeugung, sie sei nicht in der Lage, das Problem zu beheben, war schon beachtlich.

»Das weiß ich. Aber ich verspreche Ihnen, dass ich die Küche nicht überfluten werde. Vielleicht wäre es besser, wenn Sie mich hier kurz in Ruhe arbeiten lassen.«

James musterte sie noch einen Moment lang und zuckte dann mit den Schultern. »Wie gesagt, es ist Ihr Haus.« Er trat an den kleinen Küchentisch und deutete auf die große, sehr teuer aussehenden Kamera mit Objektiv, die an ein schlankes MacBook angeschlossen war. »Sie haben sicher trotzdem nichts dagegen, wenn ich das vorsichtshalber wegräume.«

Eve widerstand dem Drang, empört zu schnauben, als sie ihm hinterhersah, wie er im Wohnzimmer verschwand. Sie wusste nicht viel über Fotoausrüstungen, aber es schien ihr, dass die Kamera, die James gerade *gerettet* hatte, deutlich moderner war als die, die er bei ihrer ersten Begegnung dabeihatte. Und natürlich besaß er keinen Nullachtfünfzehn-

Laptop, sondern ein MacBook Pro der Spitzenklasse. Alles in allem sah es danach aus, als würde er Profi-Ausrüstung benutzen.

Neugierig geworden, nutzte sie seine Abwesenheit, um sich in der Küche umzusehen, aber es gab keine weiteren Hinweise, die Rückschlüsse auf James Cotton zugelassen hätten. Vielleicht steckte hinter seiner mürrischen und selbstgefälligen Art noch etwas anderes. Schade nur, dass sein Charakter nicht so erstklassig war wie sein Equipment.

Zumindest hielt er sich von der Küche fern. Stattdessen hörte Eve, wie er sich in den Sessel setzte, und kurz darauf das leise Rascheln von Papier. Wahrscheinlich las er in dem Taschenbuch weiter. Kurz darauf war ein vornehmes Schlürfen zu hören, als hätte er einen Schluck Kaffee getrunken.

Entschlossen wendete sie sich wieder der Spüle zu. Sie war erleichtert, dass James tatsächlich nicht vorzuhaben schien, ihr beim Arbeiten über die Schulter zu schauen. Das hätte ihre Laune endgültig in den Keller sinken lassen.

Sie fand den kleinen Hebel, mit dem der Zufluss zu den Hähnen unterbrochen wurde, und legte ihn um. Dann drehte sie den defekten Wasserhahn auf, und ein Schwall kaltes Wasser ergoss sich ins Becken. Sobald es zu einem Rinnsal verebbt war, griff sie nach ihrem Werkzeug und begann dann, den Wasserhahn zu demontieren. Es dauerte nicht lange, bis sie das Problem gefunden hatte. Wie vermutet war eine der Gummidichtungen kaputt. Eve kramte in ihrer Tasche nach Ersatz. Nachdem alles wieder zusammengebaut war, drehte sie den Haupthahn wieder auf, und stellte zufrieden fest, dass das Wasser nicht mehr tropfte.

Anschließend warf Eve einen Blick über die Schulter ins Wohnzimmer; eigentlich war es eine einfache Reparatur gewesen. Sie war versucht, James darüber aufzuklären, nur um zu unterstreichen, dass er dennoch nicht in der Lage gewesen war, sich selbst darum zu kümmern. Doch mit Bedauern kam sie zu dem Schluss, dass Zurückhaltung gegenüber dem Kunden wichtiger war, wenn in diesem Fall nicht sogar ziemlich heldenhaft.

Als Eve an der Schlafzimmertür vorbeikam, die einen Spaltbreit offen stand, erhaschte sie einen Blick auf das ordentlich gemachte Bett, die große Kamera, die auf der weißen Decke lag, und mehrere robuste schwarze Equipment-Koffer, die in einer Ecke gestapelt waren. Aber es blieb keine Zeit herumzutrödeln – James hatte offensichtlich gehört, wie sie aus der Küche gekommen war, und musterte sie mit hochgezogenen Augenbrauen vom Sessel aus. Es war nicht ersichtlich, ob ihm klar war, dass sie den Schaden behoben hatte, oder nicht, aber sie beschloss, ihm keine Gelegenheit zu geben, ihre Fähigkeiten noch einmal in Zweifel zu ziehen.

»Alles wieder in Ordnung«, erklärte sie ohne lange Einleitung. »Der Wasserhahn sollte Ihnen keine Schwierigkeiten mehr bereiten.«

Sein Blick schnellte in Richtung Küche, als wäre er sich nicht sicher, ob er ihr glauben sollte. »Ich bin beeindruckt. Danke.«

In seiner Stimme lag ein Hauch von widerwilligem Respekt, den Eve ignorierte. »Kein Problem. Gibt es sonst noch etwas, um das ich mich kümmern soll, wo ich schon mal hier bin?«

James schüttelte den Kopf. »Ich denke nicht.«

»Dann lasse ich Sie jetzt wieder in Ruhe«, antwortete Eve kühl, hievte ihre Tasche auf die Schulter und ging ein paar Schritte in Richtung Haustür, bevor sie sich noch einmal zu ihm umdrehte. »Ach ja, das wollte ich Sie noch fragen. Haben Sie Ihre Kamera reparieren lassen? Ich glaube, ich habe noch keine Rechnung von Ihnen bekommen.«

Er stand auf. »Das Objektiv ist nicht zu reparieren. Ich habe stattdessen ein neues gekauft, aber ich erwarte nicht, dass Sie es bezahlen. Meine Versicherung wird dafür aufkommen.«

Eve runzelte die Stirn. »Es gibt doch bestimmt eine Selbstbeteiligung. Die übernehme ich natürlich gerne.«

»Vergessen Sie es«, sagte er schroff. »Unfälle passieren.«

Wäre es jemand anderes gewesen, hätte sie vielleicht protestiert. Es ließ sich nicht leugnen, dass Huxley für den Sturz von James verantwortlich war, wenn nicht sogar für den Schaden an der Kamera, aber sie fand den Mann so unausstehlich, dass sie das Gespräch nicht mit ihrem Beharren in die Länge ziehen wollte. Außerdem hatte sie Besseres zu tun.

»Okay«, sagte sie, ähnlich knapp und tonlos wie er. »Wenn es sonst nichts mehr gibt, mache ich mich dann jetzt auf den Weg.« Ohne eine Erwiderung von ihm abzuwarten, wandte sie sich ab.

Er folgte ihr zur Tür, aber sie war schon hindurch, bevor er doch noch etwas sagte. »Danke, dass Sie so schnell hergekommen sind.«

Ohne sich noch einmal umzudrehen, hob Eve zum Abschied die Hand und ging zu ihrem Auto. »Gehört alles zum Service, Mr. Cotton. Weiterhin einen schönen Aufenthalt.«

Als sie wegfuhr, hielt sie den Blick entschlossen nach vorne gerichtet, sodass sie nicht wusste, ob er ihr hinterherschaute. Auf der kurzen Fahrt zurück zum Darling's gingen ihr jedoch in Dauerschleife seine Kommentare durch den Kopf, und ihre Empörung wurde mit jedem Meter, den sie zurücklegte, größer. James hätte kaum unhöflicher sein können, außer vielleicht er hätte ihr Aussehen kritisiert. Mit dem Geld, das sie mit seiner Buchung verdiente, konnte sie vielleicht die Reparatur am Dach der Bar bezahlen, aber Eve war sich sicherer denn je, dass sie unglaublich froh sein würde, wenn James Cotton die Insel wieder verlassen hatte.

Kapitel fünf

Logan

»Und, wie haben Sie sich bisher eingelebt?« Fredas Augen leuchteten vor Neugierde, als sie Logan über die Feinkosttheke hinweg ansah. Der Dorfladen musste der Hauptumschlagplatz für Klatsch und Tratsch sein, und er vermutete stark, dass die Ladenbesitzerin bereits von seiner Begegnung mit Eve und Huxley am Strand wusste.

»Großartig«, antwortete er mit deutlichem Sarkasmus in der Stimme.

»Ich habe schon gehört, was passiert ist. Aber es ist unmöglich, Huxley böse zu sein. Wahrscheinlich haben Sie ihm nach einem Blick in seine hübschen braunen Augen sofort verziehen.«

Logan dachte an sein neues Kameraobjektiv, das ihm langsam richtig gut gefiel, und er lächelte. »Genauso war's.«

Freda nickte zufrieden und konzentrierte sich dann wieder auf das Einpacken der verschiedenen Käse, die er ausgewählt hatte. »Im Pub haben wir Sie noch nicht gesehen. Ich hoffe, die Vorstellung, dort George über den Weg zu laufen, hat Sie nicht abgeschreckt.«

Tatsächlich hatte Logan George und seinen stechenden Geruch völlig vergessen, die Vorstellung, beim Essen neben dem Fischer zu sitzen, war jedoch tatsächlich nicht gerade verlockend. Aber das laut auszusprechen, wäre nicht besonders nett gewesen. »Ganz und gar nicht. Es ist eher so, dass ich nach Ennisfarne gekommen bin, um mich zu erholen, etwas Zeit für mich selbst zu haben.«

»Dafür sind Sie hier am richtigen Ort«, sagte Freda und musterte ihn dann wissend. »Obwohl es manchmal auch ein bisschen zu viel des Guten sein kann.«

Äußerlich achtete Logan darauf, dass sich sein Gesichtsausdruck nicht veränderte, aber in seinem Kopf läutete eine kleine Alarmglocke. Er hatte sich für diese Insel entschieden, weil er sich nach Einsamkeit und einer Pause von seinem hektischen Leben sehnte, und genau das hatte er hier gefunden. Die Woche, die er bisher in Dune Cottage verbracht hatte, im Sessel mit einem Buch oder beim Beobachten des Strandhafers, der sich auf den Dünen im Wind wiegte, hatte sein viel zu beschäftigtes Gehirn beruhigt und das Flimmern seiner strapazierten Nerven abklingen lassen. Die Schönheit von Ennisfarne hatte bereits viel dazu beigetragen, die vage, aber wachsende Unzufriedenheit zu lindern, die ihn bei jenem letzten Fotoshooting vor fast drei Wochen zu überwältigen gedroht hatte. Doch obwohl er sich inzwischen in vielerlei Hinsicht besser fühlte, begann er, die Gesellschaft von anderen Menschen zu vermissen. Seine Karriere war darauf aufgebaut, ihre Geschichten auf Film festzuhalten, wenn auch oft auf eine manipulierte Art und Weise, um dem Auftrag gerecht zu werden; er hatte sich dennoch immer bemüht, die Person hinter der Kleidung oder dem Make-up, dem ganzen Glamour, den sie um sich herum gewoben hatte, zu erfassen. Diese Fähigkeit war ein Eckpfeiler seines beruflichen Erfolges, und er war überrascht, jetzt festzustellen, dass es sich offenbar nicht nur um ein berufliches Werkzeug handelte, das er sich zunutze machte. Die Einsamkeit der letzten Tage hatte ihn erkennen lassen, dass er die sozialen Kontakte tatsächlich vermisste – jemandem in die Augen zu sehen, zuzuhören, angesichts einer gemeinsamen Erinnerung zu lächeln oder über einen Witz zu lachen. Unzählige flüchtige Interaktionen, die Logan bisher für selbstverständlich gehalten hatte. Er war der festen Überzeugung gewesen, sich nach Einsamkeit zu sehnen. Doch er begann zu ahnen, dass er sich geirrt hatte. Wie Freda zum gleichen Schluss gekommen war, ließ sich lediglich vermuten.

»Von Ennisfarne könnte ich nie genug haben«, erwiderte er in der Hoffnung, sie von dem anderen Thema abzulenken. »Die Insel ist wunderschön.«

»Da kann ich Ihnen nicht widersprechen. Vor allem, weil der Frühling vor der Tür steht. Trotzdem, es kann schon ein wenig einsam sein, hier zu leben. Sie kennen sich selbst natürlich am besten, aber wie ich schon sagte, Sie sind jederzeit im Pub herzlich willkommen. Oder, falls Sie es näher haben wollen: Morgen Abend gibt es ein Konzert im Darling's.« Sie deutete auf einen Flyer, der an einer Korkwand hing.

Logan warf einen Blick darauf. Eine Band namens The Wreckers trat ab zwanzig Uhr in der Bar auf. Der Name kam ihm bekannt vor.

»Muss ziemlich schwierig sein, Bands hierher zu kriegen«, bemerkte er. »Wegen der Gezeiten, meine ich.«

»Wie wahr, wie wahr«, sagte Freda mit beinahe schon weisem Unterton. »Ein Grund mehr, vorbeizukommen und die Sache zu unterstützen, würde ich sagen. Es gibt noch ein paar Karten. Wenn Sie möchten, können Sie gleich eine bei mir kaufen. Über Eve kommen Sie aber sicher auch an eine ran.«

Logan verbarg ein Grinsen, Freda war wirklich eine gute Verkäuferin. »Ich glaube nicht, dass ich hingehen werde, aber vielen Dank für die Anregung.«

»Natürlich, gerne. Es war nur ein Vorschlag«, antwortete sie. »Na dann, kann ich sonst noch etwas für Sie tun? Was halten Sie von frischen Krabben zum Mittagessen?«

Logan lehnte höflich ab und verabschiedete sich. Er hatte tatsächlich nicht die Absicht, zu dem Konzert zu gehen, das Freda erwähnt hatte. Nach seinem Besuch im Nook fuhr er, den Beifahrersitz wieder einmal mit mehr Lebensmitteln beladen, als er eigentlich hatte kaufen wollen, nach Hause und machte es sich am Nachmittag vor dem Holzofen gemütlich. Aber seine Gedanken kehrten immer wieder zu dem Gespräch mit der Ladenbesitzerin zurück, zu dem wissenden Ausdruck in ihren Augen, als sie gesagt hatte, wie einsam das Inselleben sein konnte, und er ertappte sich dabei, wie er sich an gute Musik in kleinen Lokalen erinnerte.

Durch seine Arbeit war er oft bei großen Konzerten hinter der Bühne oder bei intimen Auftritten mit Rockstars und bekannten Namen dabei gewesen, aber er hatte auch immer die Veranstaltungen mit weniger bekannten Musikern genossen. Manchmal waren das die besten Abende gewesen – vollgestopfte Räumlichkeiten voller musikbegeisterter Menschen, wo er zu den Songs mit dem Fuß auf den Boden geklopft hatte, während der Bass durch seinen whiskybenebelten Körper vibrierte. Er hatte es noch nie bereut, sich eine neue Band oder einen Künstler anzusehen, den er noch nicht kannte, und er war sich sicher, dass es ihm mit den Wreckers genauso gehen würde. Er müsste sich mit niemandem unterhalten, wenn er nicht wollte. Er würde unauffällig durch die Tür schlüpfen, die Musik genießen und danach schnell wieder verschwinden.

Eve würde sicher nicht scharf darauf sein, mit ihm zu reden. Er wand sich innerlich, als er an die höfliche, aber kühle Verachtung dachte, mit der sie ihn bei ihrer letzten Begegnung bedacht hatte. Er konnte es ihr kaum verübeln, nachdem er wie ein Idiot davon ausgegangen war, sie sei nicht in der Lage, einen Wasserhahn zu reparieren, obwohl sie eindeutig sehr viel geschickter und findiger war, als er geahnt hatte. Vielleicht war das ein weiterer Grund, zu dem Konzert zu gehen; auf diese Weise hätte er die Gelegenheit, sich für sein Verhalten zu entschuldigen. Vielleicht machte es die Sache aber auch nur noch schlimmer, und es war besser, wenn er weitere potenziell unangenehm peinliche Zusammentreffen vermied. Er konnte sich nicht entscheiden.

Die schwer greifbare Unruhe, die ihn umtrieb, war auch am Nachmittag des nächsten Tages noch da, als Logan einen Spaziergang am Strand machte. Die Flut hatte braunschwarze Algen und Treibholz über den mit Kieselsteinen übersäten Sand verstreut, die im schwachen Sonnenlicht glitzerten. Der Himmel an diesem Samstag war grau und trostlos, das Meer glatt, und selbst die schroffe Majestät des Kalksteinbogens reichte nicht aus, um seine Rastlosigkeit zu vertreiben. Mehr als einmal wurde sein Blick von der Bar am Ende des Strandes angezogen. Als er näher kam, setzte er sich auf eine kleine Gruppe von Felsbrocken, um das Darling's genauer in Augenschein zu nehmen. Die Terrasse im ersten Stock war menschenleer, was an einem kalten und tristen Wintertag nicht weiter verwunderlich war, aber durch die hohen Fenster darunter fiel einladendes Licht in die anbrechende Dämmerung. Drinnen schien ein Kurs stattzufinden. Logan konnte die Umrisse von Körpern ausmachen, die sich vorbeugten und streckten. Ein Yogakurs oder vielleicht Pilates, entschied er und fragte sich, ob Sportkurse zu geben, ein weiteres geschäftliches Standbein von Eve waren. Als sie für die Reparatur ins Cottage gekommen war, hatte er bezweifelt, dass sie die nötige Kraft für Klempnerarbeiten hatte; aber dann hatte er sie ohne Jacke gesehen und festgestellt, dass sie definitiv so aussah, als würde sie sich in Form halten. Genauso gut konnte es jedoch sein, dass sie Räumlichkeiten an externe Kursanbieter vermietete. Also war Eve vielleicht einfach eine kluge Geschäftsfrau, die das Beste aus ihrer Bar zu machen wusste. Das traute er ihr ebenfalls ohne Weiteres zu.

In diesem Moment vibrierte sein Handy in der Hosentasche. Er zog es heraus und las Sukis Namen auf dem Display. Überrascht öffnete er die Nachricht.

Sie hatten seit Januar, als sie ihre On-off-Beziehung endgültig beendet hatten, kaum miteinander gesprochen. Sie verfolgten Karrieren, die kurzfristige Reisen erforderten, und Logan war davon ausgegangen, dass ihr Schweigen auf Modelaufträge zurückzuführen war. Er selbst war nicht der Versuchung erlegen, sie zu kontaktieren. Nachdem sie sich darauf geeinigt hatten, dass es mit ihnen nicht funktionieren würde, gab es anscheinend nicht mehr viel zu sagen.

Du warst nicht in London, und jetzt bist du nicht in Mailand. Wo zum Teufel steckst du?

Natürlich, schoss es ihm durch den Kopf, diese Woche fand die Fashion Week in Mailand statt. Wie hatte er das nur vergessen können? Normalerweise wäre er dort gewesen, um die Trends für die neue Saison einzufangen, aber Phoebe hatte alle seine Buchungen für die absehbare Zukunft gecancelt und damit den Zorn seiner Kunden auf sich gezogen.

Die Nachricht selbst war typisch Suki, fordernd und direkt. Logan konnte sich lebhaft vorstellen, wie sie die Worte tippte, die vollen Lippen zu einer Schnute gespitzt, die dunklen Brauen zusammengezogen und ihre perfekt proportionierten Gesichtszüge zu einem wütenden Stirnrunzeln verzogen. Er kannte dieses Gesicht besser als sein eigenes. Sie hatten bei unzähligen Modeshootings, Laufstegshows und Ausstellungen zusammengearbeitet. Sie war der Traum eines jeden Fotografen, mit einer Strahlkraft, die die Kamera liebte, und einem instinktiven Verständnis dafür, was ein gutes Foto ausmachte. Selbst bei ihren ersten Aufnahmen hatte Logan sie nicht anleiten müssen, sie schien einfach zu wissen, was er wollte, und schon bald waren sie beruflich miteinander verwoben gewesen; wenn Logan für eine Magazinstrecke gebucht wurde, verlangte er Suki als eines der Models. Niemand war überrascht, als sie anfingen, miteinander auszugehen. Und damit begannen die Probleme. Das straffe Arbeitspensum bedeutete, dass sie sich nur selten im selben Land, geschweige denn in derselben Stadt aufhielten, und wenn sie es doch einmal schafften, etwas Zeit miteinander zu verbringen, führte ihr individuelles künstlerisches Temperament oft zu Missverständnissen und Streit. Gelegentlich spielten sich diese auch in der Öffentlichkeit, in Sichtweite der piranhaartigen Paparazzi, ab, und wenn Suki Simpson involviert war, bedeutete das immer eine Schlagzeile. Trotzdem hatten sie achtzehn Monate lang versucht, es hinzukriegen, bis sie schließlich die Wahrheit akzeptierten: Getrennt waren sie glücklicher.

Spontan zückte Logan sein Handy und machte ein Foto von dem Meeresbogen. Nehme mir eine Auszeit, tippte er. Zurück zur Natur.

Ihre Antwort ließ nicht lange auf sich warten. Nicht dein scheiß Ernst. Und wo bitte?!

Er lächelte und erinnerte sich an ein gemeinsames Shooting mit ihr am Meer. Suki war ganz eindeutig durch und durch Stadtmensch.

Wildestes Northumberland. Gib's zu, du wärst auch gerne hier.

Letzteres hatte Logan eher ironisch gemeint, aber sie überraschte ihn. Im Moment wäre ich überall lieber als hier. Ohne dich ist es nicht dasselbe xx

Er dachte noch immer mit Unbehagen über die Bedeutung der beiden Küsse am Ende der Nachricht nach, als bereits ihre nächste eintraf.

Soll ich hinkommen, wenn ich hier fertig bin? Ich musst erst am 3. März in Paris sein. Bin sicher, wir würden uns gut amüsieren xx

Einen Moment lang war Logan in Versuchung. An körperlicher Anziehung hatte es zwischen Suki und ihm nie gemangelt. Dass sie die Hände nicht voneinander lassen konnten, war einer der Gründe gewesen, weshalb sie so lange gebraucht hatten, um endlich Schluss zu machen. Aber ihm war klar geworden, dass er mehr wollte als das. Sie hatten sich im Bett auf die beste Weise ergänzt, aber das Glück war immer nur von kurzer Dauer. Früher oder später würde die Eifersucht ihr hässliches Haupt erheben, und die Streitereien würden von Neuem beginnen. Wenn Suki nach Ennisfarne kam, verbrachten sie vielleicht ein paar idyllische Tage zusammen, aber das würde nicht halten, sobald die Realität sie einholte. Und dann würden sie sich wieder trennen müssen, und um die Ruhe von Logans Inselflucht wäre es geschehen.

Er wappnete sich innerlich und tippte eine Antwort. Das ist keine gute Idee. Wir waren uns einig, das nicht wieder zu tun, erinnerst du dich?

Als sein Telefon erneut summte, rief sie ihn an. Da er wusste, dass es nichts bringen würde, den Anruf abzulehnen, ging er ran.

Ihr Gesicht erschien auf seinem Bildschirm, so schön wie immer. »Ich hab ja nicht vorgeschlagen, dass wir heiraten«, sagte sie leichthin anstelle einer Begrüßung und mit amüsierter Miene. »Nur ein paar Tage Spaß, um der alten Zeiten willen. Du kannst mir nicht erzählen, dass du nicht interessiert bist.«

Natürlich war er das. Suki war eines der begehrtesten Models der Welt, ihre Schönheit war unbestritten, darüber hinaus war sie klug und witzig. Das Problem bestand darin, dass der Spaß nie von Dauer war. Sie hatten immer wieder unter Beweis gestellt, dass sie als Paar nicht funktionierten.

»Eine Beziehung ohne Verpflichtungen funktioniert bei uns nicht, Sook«, erinnerte er sie sanft. »Genauso wenig wie *friends with benefits*, oder wie auch immer du es nennen willst. Wir würden uns am Ende nur wieder streiten. Deshalb haben wir doch beschlossen, dass ein sauberer Schlussstrich der einzige Weg ist.«

Sie runzelte die Stirn. »Nein, das hast *du* beschlossen. Ich kann mich nicht erinnern, dass es meine Idee war.«

Womit sie nicht unrecht hatte. Den Anstoß zur Trennung hatte Logan gegeben. Aber er war davon ausgegangen, Suki wäre damit einverstanden gewesen. Damals schien es zumindest so, aber vielleicht war sie davon ausgegangen, dass er es gar nicht so ernst meinte; schließlich hatten sie sich in der Vergangenheit oft getrennt, nur um dann wieder zusammenzukommen. Vielleicht hatte sie angenommen, dass es sich auch diesmal um eine vorübergehende Trennung handelte.

In diesem Fall würde sie gleich mit der Realität konfrontiert werden.

Logan holte tief Luft. »Es ist vorbei, Suki. Das heißt keine Dates, wenn wir am selben Drehort arbeiten, keine nächtlichen Anrufe, wenn sich einer von uns einsam fühlt, kein Zusammensein um der alten Zeiten willen. Du bist eine tolle Frau, die jemanden verdient, der sie glücklich machen kann, aber das bin nicht ich.«

Sie öffnete den Mund, ohne dass ein Wort herauskam. Dann schien sie sich gesammelt zu haben und sagte: »Das meinst du nicht ernst.«

»Doch, tue ich«, sagte er und machte eine kleine Pause, um seinen Worten Nachdruck zu verleihen. »Sehr ernst sogar. Wir müssen diese Sache zwischen uns beenden, sie tut keinem von uns beiden gut.«

Sie wandte den Blick von der Kamera ab und starrte auf etwas, das Logan nicht sehen konnte. Als sie ihn wieder ansah, standen ihr Tränen in den Augen. »Warum tust du das?«, fragte sie, gleichermaßen verwirrt und verletzt. »Wir sind ein tolles Paar, das sagen alle. Nicht perfekt, aber wer ist das schon?«

Logan holte tief Luft und blickte auf den Steinbogen, ohne ihn wirklich zu sehen. »Aber genau das ist es ja, wir waren kein tolles Paar. Klar, auf Partys sind wir super zusammen gewesen und im Bett noch besser, aber es gab keine weitere Ebene.« Er zögerte, suchte nach den richtigen Worten, um ein Gefühl auszudrücken, von dem er nicht einmal sicher war, ob er es selbst verstand. »Ich konnte mir unser Leben abseits der Partyszene nicht vorstellen, Sook. Ich konnte mir nicht vorstellen, dass wir zusammen alt werden.«

Sie zuckte zurück, als hätte er ihr eine Ohrfeige gegeben. »Du denkst, ich bin alt? Liegt es daran?«

»Nein«, beteuerte er hastig, »Gott, nein. Du bist so perfekt, wie du schon immer warst. Ehrlich gesagt wirst du sogar mit jedem Jahr perfekter. Aber ich glaube, das ist es, was ich meine … Es reicht nicht, einfach nur zusammen zu sein. Ich bin es leid, so zu tun, als ob ich glücklich wäre. Ich will etwas Echtes.«

Sukis Augen glitzerten. »Und natürlich bin ich nicht echt«, sagte sie und klang dabei so bitter, dass es in seinen Ohren schmerzte. »Ich bin nicht mehr als eine Puppe, die du hübsch für deine Fotos drapieren kannst.«

»So meine ich das nicht«, beharrte Logan und fuhr sich verzweifelt mit der Hand durch die Haare. »Du *bist* echt. Aber du musst zugeben, dass unsere Leben ziemlich oberflächlich sind. Wir sind beide absolut ungebunden, nirgendwo verwurzelt. Und das hat leider auch unsere Beziehung oberflächlich gemacht.«

Sie starrte ihn lange an, ihre Lippen zu einer schmalen, harten Linie zusammengepresst. »Lass mich das klarstellen«, sagte sie schließlich. »Du hältst mich für oberflächlich und unecht und alt, also bin ich deine Zeit nicht mehr wert. Hab ich das richtig zusammengefasst?«

Er schloss die Augen; ihr absichtliches Missverstehen war ein vertrautes Muster bei ihren Auseinandersetzungen. »Das habe ich nicht ge…«

»Versuch jetzt nicht, dich rauszureden«, unterbrach Suki ihn und lachte ungläubig. »Ich nehme an, ich sollte dankbar sein, dass du endlich ehrlich zu mir bist. Aber in einem Punkt hast du recht – es ist aus. Und komm bloß nicht wieder angekrochen, wenn du mich brauchst, um deine sterbende Karriere zu retten. Ohne mich bist du nichts, Logan, das wirst du bald feststellen.«

Sie beendete den Anruf. Der Handybildschirm wurde schwarz und Logans Laune noch schlechter.

Er saß ein paar Sekunden schweigend da und seufzte dann schwer. Vielleicht war es ein Fehler gewesen, ihren Anruf anzunehmen, aber er hatte wirklich geglaubt, dass sie sich hinsichtlich ihrer Trennung im Januar einig gewesen waren. Offensichtlich hatte er sich geirrt. Und in diesem Fall hatte das Gespräch, das sie gerade geführt hatten, früher oder später zwangsläufig stattfinden müssen.

Als er sich an Sukis tränenverschleierten Blick erinnerte, stöhnte Logan auf. Wahrscheinlich hätte er es besser machen können – was wohl auf ihre gesamte Beziehung zutraf.

Von Schuldgefühlen und Selbstvorwürfen geplagt, blickte er wieder zum goldenen Schein der Fenster des Darling's hinauf, wo der Sportkurs anscheinend zu Ende war. Die Leute drinnen rollten ihre Matten ein und standen in Gruppen zusammen. Der Kontrast zwischen der hellen Szene drinnen und Logans düsterer Stimmung entging ihm nicht; er zückte sein Handy und machte ein Foto. Es würde ein gutes Gemälde abgeben, dachte er, wenn man das Licht und die Schatten mit Struktur in Öl oder Acryl akzentuierte, aber er war selbst kein guter Maler. Fotografieren war das Einzige, was ihm lag, und selbst das schien ihn in letzter Zeit nur wenig zu begeistern. Vielleicht war es an der Zeit, sich nach einem anderen Beruf umzusehen. Einem, der ihn nicht mit einer offensichtlich wütenden Suki in Kontakt brachte.

Mit einem letzten Blick auf die Bar stand Logan auf und machte sich auf den Weg zurück zum Cottage. Der Gedanke an einen langen Abend stand im Raum, angefüllt mit sich im Kreis drehenden Erinnerungen an den Streit mit seiner Ex-Freundin. Er würde sich einen Film oder ein Buch raussuchen müssen, um sich abzulenken. In diesem Moment fiel ihm Fredas Bemerkung vom Vortag ein, und plötzlich war ein freundliches Gesicht genau das, was er sehen wollte.

Er googelte die Telefonnummer vom Nook und rief sie an.

»Ja, wir haben noch ein oder zwei Tickets übrig«, sagte sie, nachdem er ihr erklärt hatte, was er wollte. »Sie müssen nicht herfahren, um es abzuholen. Ich sage Eve Bescheid, dass Sie kommen, dann können Sie einfach an der Tür bezahlen.«

»Danke«, sagte Logan, seine Laune hatte sich bereits merklich gebessert. »Das wäre toll.«

»Kein Problem«, erwiderte Freda herzlich. »Das wird ein toller Abend. Ich hoffe, Sie haben Ihre Tanzschuhe eingepackt!«

Kapitel sechs

Eve

Freda hatte Eve darüber informiert, dass James Cotton zu dem Konzert kommen würde, dennoch schluckte sie einen Seufzer hinunter, als sie ihn durch die Tür kommen sah. So viel zum Thema Abstand halten, dachte sie gereizt beim Anblick seines ernsten Gesichtsausdrucks. Andererseits hatte Freda Eve auch mitgeteilt, dass sie den Eindruck habe, James würde seine Zeit auf Ennisfarne als einsamer empfinden, als er erwartet hatte.

»Ist nur so ein Gefühl«, hatte die ältere Frau gesagt. »Sei also nett zu ihm.«

»Ich bin *immer* nett«, hatte Eve entgegnet, auch wenn ihr allein der Gedanken daran schlechte Laune bereitete.

Am anderen Ende des Telefons war ein Schnauben zu hören. »Ich kenne dich seit dem Tag deiner Geburt, Eve Darling, und du könntest mit deinem Lächeln Lava gefrieren lassen, wenn dir danach ist. Es gehört mehr dazu, jemandem das Gefühl zu geben, willkommen zu sein, als nur die richtigen Worte auszusprechen.«

Das war das Problem mit dem Leben auf einer winzigen

Insel, dachte Eve, jeder kannte jeden viel zu gut, auch wenn ihre kühle Freundlichkeit normalerweise für die widerspenstigen Touristen reserviert war.

»Hab verstanden«, räumte sie ein. »Ich hänge eine hübsche Fähnchengirlande für ihn auf, okay?«

»Nicht nötig«, antwortete Freda schmunzelnd. »Aber er ist ein attraktiver Mann – wäre ich zwanzig Jahre jünger, würde ich ihm schöne Augen machen. Hast du gefragt, ob er Single ist?«

Eve verdrehte die Augen, da sie wusste, dass ihr Single-Status unter den Inselbewohnern viel zu häufig Thema war. »Nein, und zwar weil er ein sexistischer Trottel ist. Ich würde eher mit George rummachen, als mehr als zwei Minuten mit James Cotton zu verbringen.«

»Ich werde George davon in Kenntnis setzen«, sagte Freda amüsiert. »Der wird glauben, dass Weihnachten und sein Geburtstag auf einen Tag gefallen sind. Obwohl ich mir nicht sicher bin, ob Hettie einverstanden wäre.«

Hettie war Georges leidgeprüfte Lebenspartnerin. Eve dachte oft, dass sie die Geduld der heiligen Hilda haben musste, um Georges wenig penible Körperpflege zu tolerieren. »Sehr witzig«, sagte Eve trocken. »Ich werde mein Bestes tun, um heute Abend nett zu James zu sein, aber ich gehe mal nicht davon aus, dass er sich die Mühe dazu macht. Geselligkeit gehört, glaube ich, nicht zu seinem Repertoire.«

Und jetzt stand er vor Eve, offenbar so mies gelaunt wie immer, und stellte einmal mehr unter Beweis, dass sie recht hatte.

Sie straffte die Schultern und setzte ein Lächeln auf, an dem selbst Freda nichts auszusetzen gehabt hätte. »Hallo, schön, Sie wiederzusehen. Willkommen im Darling's.«

Bildete sie sich das nur ein, oder hatte sich seine Miene gerade tatsächlich ein klein wenig aufgehellt?

»Danke. Freda hat mir am Telefon gesagt, dass sie eine Karte für das Konzert an der Tür für mich zurücklegen würde. Stimmt das?«

Eve zögerte. Das war ihr Schlupfloch. Würde es sie zu einem schrecklichen Menschen machen, wenn sie Nein sagte? Vielleicht nicht, aber Freda würde es zweifellos herausfinden und ihr Verhalten alles andere als gutheißen.

»Ja, das ist richtig«, sagte sie also zu James. »Zwölf Pfund.«

Er bezahlte kommentarlos, und Eve reichte ihm ein blassgrünes Los für die Tombola.

»Für die Fleisch-Tombola«, erklärte sie, als sie seinen ratlosen Blick bemerkte. »Die Verlosung findet am Ende der Veranstaltung statt. Falls Sie gewinnen, brauchen Sie es.«

James' Augenbrauen schossen in die Höhe. »Die Fleisch-Tombola? Ist das … Wow, ich wusste gar nicht, dass es so etwas gibt.«

Erneut spürte Eve einen Anflug von Gereiztheit. »Das Fleisch wird von einem wirklich guten Metzger auf dem Festland geliefert.«

Irgendetwas an ihrem Tonfall schien ihn aufhorchen zu lassen, denn sein Gesichtsausdruck veränderte sich. »Oh, ja, klar, ich bin mir sicher, dass es super Fleisch ist. Ich hab bei so was einfach noch nie mitgemacht, das ist alles.«

Das glaube ich dir sofort, dachte Eve und gab sich Mühe, ihre Verärgerung zu verbergen, als Fredas Worte in ihrem Kopf widerhallten. »Sie können natürlich auch ablehnen, wenn Sie das Gewinnerlos haben.« Sie wies auf die Doppeltür zu ihrer Linken. »Die Bar ist dort, das Konzert beginnt um acht.« Und weil sie einfach nicht widerstehen konnte, fügte sie noch hinzu: »Folgen Sie einfach den Fähnchen.«

Er bedankte sich erneut und hielt dann inne, als ob er noch etwas sagen wollte.

Eve senkte demonstrativ den Kopf, um seinen Namen auf das entsprechende Lotterielos zu schreiben, und nach einigen Sekunden hörte sie, wie er sich entfernte. Nachdem die Schwingtüren sich hinter ihm geschlossen hatten, stieß sie langsam und kontrolliert den Atem aus, den sie angehalten hatte.

Sie musste sich eingestehen, dass sie weniger nett als beabsichtigt gewesen war. Woran lag es, dass er ihr dermaßen unter die Haut ging? Es stimmte zwar, dass er arrogant und ein Snob war, ganz zu schweigen von seinen sexistischen Ansichten und seiner mürrischen Art, aber sie hatte schon ganz andere Kunden gehabt, die sich viel schlimmer benommen hatten, und es war ihr jedes Mal gelungen, ihnen gegenüber zumindest den Anschein von Freundlichkeit und Professionalität zu wahren. James dagegen schien sich an all ihren guten Absichten vorbeizumogeln, um sie sofort rotsehen zu lassen.

Die Ankunft weiterer Dorfbewohner, darunter auch Hamish, der das Fisherman's Arms für den Abend geschlossen hatte, damit er und seine Mitarbeiter den Auftritt der Wreckers sehen konnten, ersparte ihr erfreulicherweise weitere Überlegungen zu James Cotton.

»Das wollte ich um nichts in der Welt verpassen«, sagte Hamish zu Eve, als er sein Los für die Tombola entgegennahm. »Und seien wir mal ehrlich, es werden sowieso alle hier sein. Es würde überhaupt nichts bringen, den Pub zu öffnen.«

Um halb acht stellte Eve fest, dass alle, die kommen wollten, da waren. Es bestand die Möglichkeit, dass noch ein oder zwei unangekündigte Gäste auftauchten, aber sie würde von der Bar aus ein Auge auf den Eingang haben. Viel wichtiger war, dass sie jetzt erst einmal sicherstellte, dass alles unter Kontrolle war. Aiden war ein großartiger Gastgeber und arbeitete gerne an der Bar, aber er war oft in Gespräche vertieft und bemerkte dann nicht, dass durstige Kunden darauf warteten, bedient zu werden. Und sie gönnte diesem James nicht die Genugtuung, einen Grund zur Beanstandung zu haben, auch wenn sie sich nicht ganz sicher war, warum sie überhaupt Wert darauf legte, dass er nichts Schlechtes von ihr dachte. Vielleicht war es ihr Berufsstolz, überlegte sie, während sie die Tür zur Bar aufstieß.

Die Stimmung war bereits ausgelassen. Der Raum war so voll, dass sich die Gäste bis auf die Terrasse verteilt hatten, obwohl um den Tisch von George und Hettie noch Platz war. Auf der Bühne bereitete sich gerade die Vorband Near and Farne vor, eine lokale Folkgruppe, die aus ihren

Freunden und Nachbarn bestand und die oft bei Musikabenden sowohl im Darling's als auch im Fisherman's Arms auftrat. Ihr Leadsänger, Noah, winkte ihr zu, als sie zu ihm hinüberblickte, und gab ihr mit einer Geste zu verstehen, dass sie alles unter Kontrolle hatten. Und auch bei Aiden und Tish hinter der Bar schien es gut zu laufen. Eve drückte die Holzklappe mit der Hüfte beiseite und entdeckte sofort Freda, die darauf wartete, bedient zu werden.

»Gin Tonic?«, fragte sie aus reiner Höflichkeit, denn das letzte Mal, als Freda etwas anderes bestellt hatte, war Eve noch zu jung gewesen, um Alkohol auszuschenken.

»Ja, bitte«, antwortete Freda. »Und ein Pint Thirsty Bishop für Len.«

Eve nickte, denn auch das war erwartbar gewesen, und griff nach einem Glas. Hamish war als Nächster an der Reihe, und auch hier stand ihr beruflicher Stolz auf dem Spiel, also sorgte sie dafür, dass sie seine Bestellung möglichst schnell servierte. Als Aiden bemerkte, dass sie nun ebenfalls hinter der Bar stand, ging er frische Gläser holen, obwohl Eve wusste, dass es sich dabei außerdem um einen Vorwand handelte, sich mit ein paar Freunden unterhalten zu können. Es machte ihr nichts aus; er hatte sich eine Pause verdient.

Eve arbeitete sich durch einen niemals abreißenden Strom von Gästen, bis sie sich unweigerlich James gegenübersah. »Was darf es für Sie sein?«

»Ein Glas Malbec, bitte«, sagte er und beugte sich dabei vor, um sich über den melodiösen Klang der Mundharmonika hinweg Gehör zu verschaffen. »Und einen Wodka Cola.«

Eve widerstand dem Impuls, einen Blick über seine Schulter zu werfen, um nachzusehen, für wen er den zweiten Drink bestellte. Nicht dass es sie wirklich überraschte, dass ihn jemand in ein Gespräch verwickelt hatte – Neuigkeiten verbreiteten sich in einer so kleinen Gemeinde schnell, und Fredas Neugierde, was den Mieter von Dune Cottage betraf, war mit Sicherheit auf alle anderen Bewohner der Insel übergesprungen. Eve hatte aufgehört zu zählen, wie oft sie gefragt worden war, was James auf Ennisfarne machte. Man hatte ihn beim Fotografieren der Boote am Rande des Ortes und in der Nähe des Signalturms beobachtet, deswegen war sie sich ziemlich sicher, dass dies zumindest ein Grund war, aus dem er hier war. Aber mehr, hatte sie zugeben müssen, wusste sie auch nicht. Wahrscheinlich würde er es noch bereuen, dass er zu dem Konzert gekommen war.

»Kein Huxley heute Abend?«, fragte James, als sie nach der Weinflasche griff.

Eve konnte sich nicht recht entscheiden, ob es eine spitze Anspielung sein sollte oder ob er einfach nur Small Talk machen wollte.

»Nicht, wenn es eine Fleisch-Tombola gibt«, antwortete sie gleichmütig. »Beim letzten Mal hat er die Würstchen stibitzt.«

Hinter seinen dunklen Augen flackerte ein Hauch von Belustigung auf. »Ah.«

Sie stellte die Getränke auf die Theke und nahm die Bezahlung ohne weiteren Kommentar entgegen. Wieder einmal hatte sie das Gefühl, dass er noch etwas hinzufügen wollte, also lächelte sie knapp und wandte sich dann rasch ab, um Nora aus der Bäckerei zu bedienen. Als sie einen Blick zurückwarf, war James bereits verschwunden. Sie dachte nicht weiter an ihn und konzentrierte sich darauf, dafür zu sorgen, dass niemand lange auf einen Drink warten musste.

Der Andrang an der Bar ließ deutlich nach, als Near und Farne zu spielen begannen. Eve lehnte sich gegen den Kühlschrank und klopfte mit dem Fuß im Takt der Musik auf den Boden, während sie den Blick über die Menge schweifen ließ, die sich offensichtlich bestens amüsierte. Aiden lehnte sich mit verschränkten Armen neben sie. »Unser Mieter heizt die Gerüchteküche an«, sagte er, den Blick auf die Band gerichtet. »Ich glaube, mir sind noch nie so viele Fragen gestellt worden, die ich nicht beantworten konnte.«

»Kann ich mir vorstellen«, antwortete Eve und blickte hinüber zu James, der zusammen mit Freda und Len an einem Tisch saß.

»Aber ich bin mir sicher, dass wir bis zum Ende des Abends schlauer sind. Freda könnte sogar aus einem Ziegelstein Informationen rauskitzeln.«

Eve lag auf der Zunge zu erwidern, dass ein Ziegelstein wahrscheinlich interessanter wäre, aber das stimmte nicht ganz. Trotz all seiner Fehler glaubte sie nicht, dass man James vorwerfen konnte, langweilig zu sein. Sie musste zugeben, dass sie sehr viel mehr Gedanken an ihn als jemals zuvor an einen anderen Mieter des Cottages verschwendet hatte. Obwohl sie mit keinem von ihren anderen Gästen eine so peinliche erste Begegnung gehabt hatte.

»Selina hat garantiert auch was aus ihm herausbekommen«, fuhr Aiden fort. »Sie hat ihn vorhin ausgequetscht. Sah allerdings so aus, als wüsste er sich gut zu behaupten. Einmal habe ich ihn, glaube ich, sogar lachen gehört.«

Eve warf einen weiteren verstohlenen Blick auf James, dessen Silhouette sich im Licht der funkelnden Lichterketten auf der Terrasse vor den hohen Fenstern abzeichnete. Er schien zu lächeln, und ihr fiel auf, wie sehr es sein Gesicht veränderte. Freda hatte recht, er war attraktiv. Auffallend attraktiv, um genau zu sein. Zum Ende des Songs brach er in lebhaften Beifall aus und beugte sich zu Freda, um etwas zu sagen, die daraufhin nickte und lachte. Den Ausdruck auf ihrem Gesicht konnte Eve nur als schwärmerisch beschreiben.

»Vielleicht ist er ja doch nicht so charmebefreit, wie er scheint«, mutmaßte sie und hob die Augenbrauen.

Aiden grinste. »Da würde dir Selina sicher zustimmen. Ich glaube, sie hat sogar mit ihm geflirtet.«

»Das bezweifle ich«, sagte Eve und schnaubte. »Sie ist viel zu vernünftig, um sich von einem hübschen Gesicht blenden zu lassen.«

Ihr Bruder warf ihr einen abschätzenden Blick zu. »Hast du deine Meinung geändert? Gestern fandest du ihn doch noch total furchtbar.«

Kleinlaut verlagerte Eve ihr Gewicht von einem Bein aufs andere, als sie spürte, wie ihre Wangen warm wurden. »Das finde ich immer noch. Ich habe nur beschlossen, dass er ein *gut aussehender* furchtbarer Typ ist, das ist alles.«

»Nach den Blicken der Hälfte der Frauen hier zu urteilen bist du mit dieser Ansicht offenbar nicht alleine …«, bemerkte Aiden.

Stirnrunzelnd sah sich Eve erneut in der Bar um – und musste ihm recht geben. Der Großteil des Publikums war auf die Band auf der kleinen Bühne am gegenüberliegenden Ende der Bar konzentriert. Aber hin und wieder warf jemand einen Blick von hinten oder von der Seite auf James, und Eve musste feststellen, dass es fast ausschließlich weibliche Gäste waren. »Die würden sich wundern …«, sagte sie.

Vierzig Minuten später beendete die Folkband ihren letzten Song, eine stampfende, wilde Version eines traditionellen Liedes aus Northumberland, bei dem die Gäste nichts mehr auf ihren Plätzen gehalten hatte.

Eve nickte Aiden und Tish zu. »Macht euch für den Ansturm bereit.«

Die Wreckers sollten um halb zehn mit ihrem Auftritt beginnen. Nachdem Eve sich vergewissert hatte, dass sie alles hatten, was sie brauchten, schlüpfte sie wieder hinter die Bar und hatte kaum Zeit zum Nachdenken, während sie ein Bier nach dem anderen einschenkte. Die Luft in der Bar war heiß, sowohl von der schieren Zahl an Gästen als auch von der offensichtlichen Begeisterung, welche Near and Farne ausgelöst hatte. Und auch Eve wurde ganz warm ums Herz. Genau das war es, worum es im Darling's ging – Menschen zusammenzubringen.

Als The Wreckers beginnen wollten, war die Stimmung von Vorfreude aufgeladen, aber der Geräuschpegel sank augenblicklich, als der Leadsänger eine Hand hob. »Wir möchten mit einem Stück beginnen, das dort, wo wir herkommen, seit Generationen gesungen wird«, sagte er mit einem deutlichen Cornwall-Dialekt. »Es heißt ›The Song of the Western Men‹ und geht ungefähr so.«

Ohne musikalische Begleitung begann er zu singen. »A good sword and a trusty hand, a merry heart and true, King James's men shall understand what Cornish men can do.«

Es gab eine kurze Pause, bevor der Schlag einer Felltrommel einsetzte und das Summen eines Akkordeons eine düstere Melodie in den Raum schickte. Der Leadsänger wiederholte seinen Refrain, zwei seiner Bandkollegen schlossen sich an, und dann sangen alle drei im Chor. Die Melodie schwoll immer weiter an und zog das Publikum in ihren Bann, bis es schunkelte, mit den Köpfen im Takt nickte und rhythmisch mit den Füßen aufstampfte.

Als der Song zu Ende war, gab es stürmischen Beifall, und Eve grinste ihren Bruder an. »Unglaublich«, sagte sie. »Wer hätte gedacht, dass Seemannslieder so sexy sein können?«

Aiden zwinkerte ihr zu. »Warte ab bis zum Ende. Ich wette, selbst die alte Mrs. Purkiss wird in Ohnmacht fallen.«

Es war keine Überraschung, dass die Leute bald zu tanzen begannen. Die Musik war absolut ansteckend und ging dem Publikum eindeutig ans Herz. The Wreckers spielten einen Song nach dem anderen, wobei sie manchmal die Lautstärke und die Stimmung etwas drosselten, meistens aber die Bar mit stampfenden Beats und hochfliegenden Harmonien füllten.

Eve hatte noch nie etwas Vergleichbares gehört, auch wenn sie mehr Melodien wiedererkannte, als sie erwartet hatte. Es waren Lieder, die seit Jahrhunderten gesungen wurden, die sich in das kollektive Bewusstsein eingeschrieben hatten, ohne dass den meisten Menschen überhaupt bewusst war, dass sie sie kannten. Einige Gäste stimmten ein, vor allem diejenigen, die schon den ein oder anderen Dink gehabt hatten, was die Band nur noch mehr anspornte, lauter und schneller zu spielen. Als sie mit einem mitreißenden Shanty, der von furchtlosen Schmugglern und verzweifelten Seeleuten erzählte, die darum kämpften, Essen auf den Tisch zu bringen und das Land zu schützen, das sie liebten, das Konzert beendeten, war die Stimmung in der Bar auf dem Höhepunkt. Eve wusste, dass sich viele der anwesenden Inselbewohner, die alle aus Seefahrerfamilien stammten, von den Texten angesprochen fühlten. Auch Eves eigene Vorfahrin, Grace Darling, hatte ihr junges Leben riskiert, um neun Seelen aus einem Schiffswrack zu retten. Die Musik der Wreckers rief die Geister der Vergangenheit herbei und lud sie ein, noch einmal unter den Lebenden zu tanzen, und Eve war sich sicher, dass sie nicht die Einzige war, die von atemloser Freude übermannt wurde, nachdem die letzten Töne verklungen waren.

Für einen kurzen Moment herrschte beinahe ehrfurchtsvolle Stille, dann brach die Bar in ohrenbetäubenden Jubel und Applaus aus. Als auch Aidan neben ihr lautstark seine Begeisterung zum Ausdruck brachte, befürchtete sie, dass der Lärm das frisch reparierte Dach wegfliegen lassen könnte. Grinsend und winkend verließ die Band nach einigen Minuten schließlich die Bühne, und eine Flut durstiger Gäste strömte für einen weiteren Drink an die Bar.

Es war weit nach Mitternacht, als sich die Menge zu lichten begann.

Viele der Inselbewohner wollten den Bandmitgliedern einen Drink spendieren oder ihnen zumindest zum Dank auf die Schulter klopfen, und Eve wollte ihnen diese Gelegenheit nicht verwehren. Sie selbst nutzte ebenfalls die Chance, sich bei ihnen zu bedanken, und versicherte ihnen, dass sie jederzeit wieder willkommen seien.

»Vielen Dank für die Möglichkeit, bei euch aufzutreten«, sagte Jasper, der Leadsänger, während sie ihre Ausrüstung zusammenpackten. »Wir hatten noch nicht viel Zeit, uns auf der Insel umzusehen, aber Ennisfarne hat eine unglaubliche Energie. Kein Wunder, dass ihr sogar Promis zu Gast habt.«

Eve blinzelte irritiert. »Wen denn?«

Jasper zwinkerte ihr zu und winkte dann ab. »Schon kapiert. Ich habe nichts gesagt. Keine Sorge, wir werden es niemandem verraten.«

»Hey, Jas«, rief sein Schlagzeuger. »Der Verstärker lädt sich nicht von selbst in den Van.«

»In Ordnung, Kumpel, ich komme schon«, rief Jasper zurück und zuckte dann in Richtung Eve entschuldigend mit den Schultern. »Tut mir leid. Er bekommt schlechte Laune, wenn er denkt, dass ich zu viel quatsche, anstatt mit der Ausrüstung zu helfen.«

Eve war gezwungen, ihn ziehen zu lassen, ohne herausgefunden zu haben, wen er mit dem Promi gemeint hatte. Nachdem sich die Wreckers verabschiedet hatten, begannen sich auch die restlichen Gäste zu zerstreuen, und sie vergaß die Bemerkung wieder. Sie stand an der Tür, bedankte sich bei allen für ihr Kommen und erinnerte sie an den Musikabend im März, bei dem wieder Near und Farne auf der Bühne stehen würden.

James Cotton war einer der Letzten, die gingen. Es war offensichtlich, dass er auf einen Moment wartete, um ihr mitzuteilen, was immer er bereits früher am Abend hatte loswerden wollen. Eve schob ihre Müdigkeit beiseite, atmete tief durch und raffte sich zu einer freundlichen Miene auf.

»Hat Ihnen die Musik gefallen?«, fragte sie, als er sich ihr näherte. »Ist nicht gerade Wembley oder Glastonbury, aber da kann man sich auch nicht hinterher mit der Band unterhalten, oder?«

Sein Mund verzog sich zu einem schiefen Lächeln. »Nicht immer, nein. Aber ich habe mich sehr gut amüsiert, vielen Dank. Beide Bands waren toll. Den Wreckers steht definitiv Großes bevor, falls sie ihren Durchbruch nicht bereits hatten.«

»Ich freue mich einfach nur, dass sie gekommen sind«, gab Eve zu. »Es war ein rundum gelungener Abend. Einer der besten, die wir je hatten.«

James nickte. »Freut mich zu hören.« Es entstand eine unangenehme Pause. »Hören Sie, das ist längst überfällig, aber ich wollte mich bei Ihnen für mein Verhalten entschuldigen, als Sie den Wasserhahn repariert haben. Ich hätte nicht an Ihren Fähigkeiten zweifeln dürfen, das war unverzeihlich sexistisch und unfair. Es tut mir leid.«

Die Aufrichtigkeit in seiner Stimme überraschte Eve ebenso wie seine Ehrlichkeit. Was auch immer sie erwartet hatte, das war es nicht gewesen. Er gab nicht bloß vor, sich zu entschuldigen, er schien es wirklich ernst zu meinen.

»Oh«, erwiderte sie verwirrt. »Äh … danke.«

Als er sie daraufhin einen Moment lang musterte, hatte sie den Eindruck, dass er sie zum ersten Mal richtig ansah. Sein Blick schien für einige Sekunden auf ihrem schlichten Pferdeschwanz und ungeschminkten Gesicht zu verweilen, und falls seine Vorurteile ihren Klempnerinnen-Qualitäten gegenüber auf irgendetwas schließen ließ, ging sie davon aus, dass ihm nicht gefiel, was er sah. Doch sie unterdrückte die aufsteigende Verärgerung, bevor sie sich zu etwas Größerem auswachsen konnte.

»Tut mir leid, dass Sie nicht bei der Fleisch-Tombola gewonnen haben.«

»Mir auch. Vor allem, nachdem ich nun weiß, dass die Würstchen eine persönliche Empfehlung von Huxley sind«, sagte er, und dieses Mal wusste sie, dass es keine Stichelei war. »Vielleicht hab ich beim nächsten Mal mehr Glück. Wissen Sie schon, wer der Headliner sein wird?«

Eve schüttelte den Kopf. »Keinen Schimmer. Es ist gar nicht so einfach, die Leute herzulocken. Wir liegen nicht gerade auf dem Weg.«

»Stimmt. Allerdings muss ich sagen, dass mir das an Ennisfarne mit am besten gefällt.«

Unwillkürlich fragte sich Eve, was das bedeutete. Versteckte oder erholte er sich vor oder von etwas? Er schien gesund zu sein, aber sie wusste, dass eine Krankheit nicht zwingend äußerlich sichtbar war. Allerdings hatte sie keine Chance nachzufragen, ohne furchtbar neugierig zu wirken, und außerdem wollte sie ihm nicht die Genugtuung verschaffen, an ihm interessiert zu sein.

»Wie gesagt findet unser nächster Musikabend im März statt. Freda wird über die Einzelheiten Bescheid wissen, falls Sie kommen möchten.«

»Das werde ich mir merken«, sagte er, und wieder spürte sie, dass er aufrichtig war. »Nochmals vielen Dank für den tollen Abend.«

Eve sah ihm hinterher und versuchte, die brennende Neugier zu bekämpfen, die er entfacht hatte, dann drehte sie sich um und ging zurück zur Bar, wo Selina auf sie wartete.

»Der Auftritt war der absolute Knaller«, sagte sie und grinste Eve an. »Ich glaube, ich muss eine Shanty-Playlist auf Spotify anlegen.«

»Freut mich, dass es dir gefallen hat«, sagte Eve und ging zu einem der Tische, um ein paar verirrte Gläser einzusammeln, die sie auf die Theke stellte. »Ich rechne immer damit, dass etwas schiefgeht. Weißt du noch, als der Strom ausgefallen ist und damit die Mikros und E-Gitarren?«

»Klar«, antwortete Selina. »Das war eins der besten Akustik-Konzerte, die ich je erlebt habe. Aber heute Abend ist doch nichts schiefgegangen, oder?«

Eve seufzte. »Nicht wirklich, nein. Es sei denn, das Auftauchen von Mr. Grumpy fällt in die Kategorie.«

Ihre beste Freundin nickte langsam. »Ah, ja. Der geheimnisvolle Mr. Cotton. Weißt du, was? Ich fand ihn nicht halb so schlimm, wie du ihn dargestellt hast. Ich habe mich gerne mit ihm unterhalten.«

»Nicht du auch noch«, stöhnte Eve und musterte Selina mit erhobenen Augenbrauen. »Freda ist genauso ein großer Fan.«

Selina schnaubte. »Wundert mich nicht. Frischfleisch ist bei uns in der Gegend ja eher eine Seltenheit – von der Tombola mal abgesehen.«

»Du klingst fast so sexistisch wie er«, sagte Eve mit einem gespielten Augenrollen.

»Aber du musst zugeben, dass er attraktiv ist«, sagte Selina und warf ihr einen Seitenblick zu. Dann runzelte sie nachdenklich die Stirn. »Obwohl er mich an jemanden erinnert; ich kann nur nicht genau sagen, an wen.«

»Vielleicht sieht er irgendeiner bekannten Persönlichkeit ähnlich?«, schlug Eve vor. »Einer der Jungs von der Band hat auch was in der Richtung gesagt. Zumindest nehme ich an, dass er James meinte – ich kann mir nicht vorstellen, dass man jemand anderen hier mit einem Promi verwechselt.«

»George ist ein Doppelgänger von Captain Iglo, vielleicht meinte er den«, scherzte Selina, bevor sich ihr nachdenkliches Stirnrunzeln vertiefte. »Aber mal im Ernst, ich wünschte, mir würde der Name einfallen. Das nagt schon den ganzen Abend an mir.«

Eve schüttelte den Kopf. »Zerbrich dir deswegen bloß nicht den Kopf, das ist die Mühe garantiert nicht wert.«

Ihre Freundin starrte sie an. »Du magst ihn wirklich nicht, oder?«

Eve zögerte für den Bruchteil einer Sekunde und erinnerte sich an den Olivenzweig, den James ihr angeboten hatte. »Nicht wirklich, nein. Aber ich bin mir sicher, dass das auf Gegenseitigkeit beruht. Und in ein paar Monaten ist er ohnehin wieder weg. Bis dahin können wir uns aus dem Weg gehen.«

»Du hast aber nicht vergessen, dass wir auf einer Insel leben, oder?«, erkundigte sich Selina in zweifelndem Tonfall. »Es ist unmöglich, hier jemandem aus dem Weg zu gehen, und abgesehen davon bist du seine Vermieterin.«

Eve hatte wieder Fredas Ermahnung im Ohr. »Ich werde nett zu ihm sein. Was nicht heißt, dass wir Freunde werden müssen.«

»Gott bewahre«, bemerkte Selina amüsiert. »Macht es dir was aus, wenn ich mich mit ihm anfreunde?«

»Natürlich nicht«, sagte Eve und warf ihr einen verschmitzten Blick zu. »Ich verlasse mich darauf, dass du und Freda alles über ihn rausfindet.«

Selina zwinkerte ihr zu. »Auftrag mit dem größten Vergnügen angenommen.«

Kapitel sieben

Logan

Als Logan am Sonntagmorgen aufwachte, hatte er vier verpasste Anrufe von seiner Agentin und zahlreiche von unbekannten Nummern. Er starrte einen Moment lang mit leerem Blick auf das Display, während ein schleichendes Unbehagen das wohlig-warme Schlafgefühl vertrieb. Was in aller Welt konnte so wichtig sein, dass Phoebe ihn an einem Sonntag vor acht Uhr viermal anrief? Worum auch immer es ging, er bezweifelte, dass es etwas Gutes war – nur schlechte Nachrichten wurden mit einer solchen Beharrlichkeit an einen herangetragen –, aber ohne einen Kaffee zur Stärkung war er nicht bereit, sich ihnen zu stellen.

Erst als er mit einer Tasse in der Hand und Blick auf den wolkenverhangenen graublauen Himmel über den Dünen im Sessel saß, öffnete er seine Nachrichten-App.

Die erste Nachricht im Chat mit Phoebe war auf 6:47 Uhr datiert.

Wir müssen sprechen. Ruf mich an, sobald du das liest.

Dann, zehn Minuten später: Ich meine es ernst, Logan. Bitte geh ans Telefon oder ruf mich so schnell wie möglich an.

Und schließlich, um 7:16 Uhr: ES IST DRINGEND. RUF MICH AN. SPRICH NICHT MIT DER PRESSE.

Er las die letzte Zeile dreimal, und ein schweres, flaues Gefühl machte sich in seiner Magengrube breit. Ruhm war ihm nie wichtig gewesen, er war einfach eine Konsequenz seines Erfolges, aber Phoebe hatte es noch nie für nötig befunden, ihn davor zu warnen, mit der Presse zu sprechen, nicht einmal, als er mit Suki zusammen war und sich die Schlagzeilen in der Boulevardpresse zu häufen begannen. Seitdem hatte er versucht, sich aus dem Rampenlicht rauszuhalten, und war schließlich ganz vom Radar der Presse verschwunden, als er sich nach Ennisfarne abgesetzt hatte. Dass seine Agentin es jetzt ausdrücklich erwähnte, bedeutete, dass etwas passiert war, was ihn erneut zum Journalistenfutter machte. Eine Vorstellung, die ihn nicht gerade begeisterte.

Logan trank einen Schluck Kaffee, beobachtete einen Moment lang die Möwen, die über den Dünen kreisten, und rief dann Phoebe zurück.

»Gott sei Dank«, meldete sie sich nach dem zweiten Klingeln, ohne sich mit einer Begrüßungsfloskel aufzuhalten. »Bitte sag mir, dass ich die erste Person bin, mit der du heute Morgen sprichst.«

Logan hob die Augenbrauen. »Bist du. Wieso? Was ist passiert?«

»Hast du schon einen Blick in die Zeitung geworfen?«

Das bleierne Gefühl in seinem Magen verschlimmerte sich. »Du weißt, dass ich keine lese. Was ist los, Phoebe?«

Er hörte sie seufzen. »Suki hat ein Interview gegeben. Einen exklusives *schonungsloses* Interview über – ich zitiere – ihre Beziehungshölle mit dem notorischen Fremdgeher Logan Silk.«

Logan fiel die Kinnlade herunter. »Sie hat was?«

»Es steht auf jeder Titelseite. Die bezeichnen dich als ›Liebesschuft Logan‹.« Sie hielt inne und hüstelte. »Wir kennen uns schon lange, du kannst mir sagen, dass mich das nichts angeht, aber ich nehme an, dass du nicht wirklich mit zwei Models geschlafen hast, während Suki ihre kranke Mutter gepflegt hat?«

»Nein, hab ich verdammt noch mal nicht«, knurrte Logan, nachdem er ein oder zwei Sekunden gebraucht hatte, um die Worte zu verarbeiten. Er dachte an Sukis Ungläubigkeit, als er sie am Telefon abgewiesen hatte. Dies war ihre Rache für seine Ablehnung, und er musste ihr zugestehen, dass sie keine Zeit verschwendet hatte. »Zu welcher Zeitung ist sie gegangen?«

Phoebe stieß ein spöttisches Schnauben aus. »Du kennst die Antwort – natürlich zur schlimmsten.«

Er schloss die Augen. Was auch immer sich Suki für eine Geschichte zusammengesponnen hatte, sie war nicht wahr. Er hatte sie nie betrogen und schon gar nicht, als sich ihre Mutter einer Chemotherapie unterziehen musste; er war so oft da gewesen, wie er konnte. Der schlimmste Vorwurf, den Suki ihm tatsächlich machen konnte, war, dass er so selten verfügbar gewesen war. Aber er nahm an, dass sie genau deshalb speziell diese Lüge aus dem Hut gezaubert hatte – sie war sowohl plausibel als auch schwer zu widerlegen. Und die Wahrheit spielte bei einer Geschichte wie dieser ohnehin keine Rolle. Der Öffentlichkeit wäre es egal, ob sie frei erfunden war oder nicht. Sie würden ihn für den Rest seiner Karriere Liebesschuft Logan nennen.

»Wie groß ist der Schaden bisher?«, fragte er und öffnete die Augen, um wieder aus dem Fenster zu sehen.

»Es ist noch zu früh, um das zu sagen, vor allem, weil du gerade eine Auszeit nimmst. Aber es könnte schlimm werden – die US-Auftraggeber sind besonders zimperlich, wenn es um diese Art von Dingen geht, und die Einbeziehung ihrer Mutter war ein Meisterstück. Das wird ein Nachspiel haben, fürchte ich.«

Sie hatte natürlich recht, hätte er derzeit irgendwelche Fotoshootings geplant gehabt, würden diese mit Sicherheit abgesagt werden, sobald andere Zeitungen die Geschichte aufgriffen. In vielerlei Hinsicht war es also gut, dass er im Moment nicht arbeitete.

»Also, was machen wir jetzt? Abwarten? Darauf hoffen, dass ein anderer Skandal die Titelseiten in Beschlag nimmt?«

»Das wäre eine Möglichkeit«, sagte Phoebe nüchtern. »Ich kann mit ein paar der großen Zeitungen sprechen, ihnen sagen, dass Suki dich schuldlos an den Pranger stellt, und schauen, was sie davon halten. Aber – und es tut mir sehr leid, dich das fragen zu müssen –, ich muss wissen, ob irgendwas an den Anschuldigungen dran ist, bevor ich mich an sie wende. Und ob was nachkommen wird.«

Er fuhr sich müde mit der Hand über das Kinn. »Ich habe keine Ahnung, was sie mir vorwirft, aber ich weiß, dass ich ihr nie untreu war. Als wir gestern miteinander telefoniert haben, hat sie behauptet, dass ich ohne sie ein Niemand sei, und ich nehme an, dass ist ihre Art, die These unter Beweis zu stellen.«

»Dann war das alles andere als schlau von ihr«, sagte Phoebe wütend. »Vorschlag: Du liest den Artikel und prüfst, ob an ihren Behauptungen irgendetwas dran ist. Falls nicht, werden wir mit einer Verleumdungsklage reagieren.«

Logan blies die Wangen auf. »Super. Kann's kaum erwarten zu lesen, was für ein Monster ich bin.«

»Je eher du es liest, desto schneller können wir handeln«, sagte sie mitfühlend, aber bestimmt. »Und sieh es mal positiv, zumindest wirst du keine Paparazzi vor der Haustür stehen haben. Niemand weiß, wo du bist.«

»Die Vorteile, die es mit sich bringt, sich am Ende der Welt aufzuhalten«, gab er lakonisch zurück, wobei ein schwaches Lächeln seine Lippen umspielte. »Danke für deine Unterstützung, Phoebe. Ich hatte keine Ahnung, dass Suki so rachsüchtig sein kann.«

»Wir stehen das durch«, sagte sie. »Aber wenn du das nächste Mal auf der Suche nach Liebe bist, lass die Finger von überspannten Supermodels, okay?«

Logan erschauderte. »Glaub mir, das habe ich vor. Ich werde der Liebe sogar ganz aus dem Weg gehen.«

»Vernünftig. Wenn du dir einen Partner wünscht, der dich nie im Stich lässt, schaff dir lieber einen Hund an.«

Logan brachte ein hohles Lachen zustande, als er sich daran erinnerte, wie Huxley ihn am Strand von den Beinen geholt hatte. »Ich denke, ich werde es erst einmal alleine versuchen.«

Sein Lachen war längst verklungen, als sie das Telefonat beendeten.

Anschließend brütete Logan eine Weile im Sessel vor sich hin, beobachtete das Gras auf den Dünen, ohne es wirklich zu sehen, und versuchte, die Kraft aufzubringen, die Schlagzeilen der Boulevardpresse zu googeln. Das Problem war, dass er genau wusste, dass ihn die Infos, die er dort fand, wütend machen würden, was der wahre Grund dafür war, dass er sich sträubte, danach zu suchen. Andererseits war sein Seelenfrieden ohnehin bereits dahin, also konnte er sich genauso gut mit den Tatsachen schwarz auf weiß konfrontieren. Allerdings sprach nichts dagegen, das draußen an der frischen Luft zu tun. Er konnte sein Handy mit an den Strand nehmen und Kieselsteine ins Meer kicken, sobald er mit dem Lesen fertig war. Solange er nicht in Versuchung geriet, das Smartphone hinterherzuwerfen …

Die morgendliche Brise war belebend, als er sich seinen Weg durch die Dünen suchte. Sein Atem stieg in kleinen Wölkchen von seinem Mund auf und wurde rasch vom Wind davongetragen. Die Flut kam zurück, und der Wind peitschte die Gischt wie Zuckerwatte von den Wellenkämmen, die aufs Ufer prallten. Logan atmete tief ein, spürte den kalten Stich der salzigen Luft in seiner Lunge und zwang sich, den Atem langsam wieder loszulassen. Anstatt parallel zum Ufer zu gehen, steuerte er auf die Wellen zu und ließ die brodelnde Brandung über seine Gummistiefel spülen. Der Sand bewegte sich unter seinen Füßen, während das Wasser anschwoll und wieder abebbte. Es hatte etwas Reinigendes, dabei zuzusehen, wie es über seine Schuhe floss, während ihm der böige Wind ins Gesicht blies. Er fühlte sich erfrischt, von seinem Schock und seiner Wut über Sukis Verrat befreit, und der Gedanke daran, die Lügen zu lesen, die sie erzählt hatte, war nun schon um einiges leichter zu ertragen.

Langsam machte er sich auf den Weg zu den niedrigen Felsen, auf denen er bereits gestern gesessen hatte. Im Darling's fand heute kein Kurs statt, zumindest konnte er niemanden hinter den Fenstern sehen, und das Licht war ausgeschaltet. Andererseits war es noch nicht einmal neun an einem Sonntagmorgen, rief sich Logan in Erinnerung. Die meisten vernünftigen Menschen lagen um diese Uhrzeit noch im Bett oder frühstückten zumindest in aller Ruhe, und Eve hatte sich in der Tat als sehr vernünftig erwiesen. So ziemlich das genaue Gegenteil von Suki.

Mit einer widerwilligen Grimasse beschloss Logan, dass er die Sache lang genug aufgeschoben hatte, und zückte sein Handy. Kaum hatte er seinen Namen eingetippt, sprang ihm die Schlagzeile ins Auge:

LIEBESSCHUFT LOGAN!

Suki Simpson packt aus

Er starrte einen Moment lang auf den Bildschirm und betrachtete das dazugehörige Foto einer wunderschönen Suki, dann klickte er wütend auf den Link und begann zu lesen.

Anscheinend hatte sie sich nicht zurückgehalten, aber die Geschichte war so übertrieben, dass Logan fast lachen musste. Kein Wunder, dass sie auf die Titelseite gekommen war. Der klatschsüchtige Redakteur musste sich gefühlt haben, als hätte er im Lotto gewonnen. Suki hatte sich eindeutig aus der Welt der Fiktion bedient, indem sie Logan als Serienbetrüger darstellte, dessen häufige Taktlosigkeiten ihr schließlich zu viel geworden waren und sie dazu gebracht hatten, ihre turbulente Beziehung zu beenden. Dem Schmierblatt zufolge war er nach außen hin charmant und liebevoll, aber hinter dieser Fassade verbarg sich eine narzisstische Ader, die ihn nach One-Night-Stands gieren ließ.

Logan Silk befindet sich auf einem Selbstzerstörungstrip. Ich habe mein Bestes gegeben, ihn zu lieben, aber am Ende hat er entschieden, uns beiden wehzutun. Ich hoffe, dass ich eines Tages aufhören kann zu weinen.

Er las das Interview bis zum Ende und stellte dabei mit zähneknirschender Bewunderung fest, mit welcher Gründlichkeit Suki die Aufmerksamkeit auf sich zog. Die Anschuldigungen waren lächerlich – wenn er sie so häufig betrogen hätte, wie sie behauptete, wäre ihm kaum Zeit für irgendetwas anderes geblieben –, aber viele Leute würden Sukis Behauptungen Glauben schenken. Oder zumindest einige von ihnen. Er vermutete, dass sie darauf setzte, dass er entweder so wütend wurde, dass er sich bei ihr meldete, um sie zu fragen, welches Spiel zum Teufel sie da spielte, oder sich gezwungen sah, sich zu verteidigen, und so eine Verbindung zwischen ihnen entstand, die monatelang andauern würde. Vielleicht hoffte sie auch auf beides.

Logan war sich nicht sicher, wie lange er auf dem Felsen gesessen hatte, als er Schritte hörte. Er riss seinen Blick von den Wellen los, die sich am Fuße des Kalksteinbogens brachen, und wandte sich um.

Die Person, die auf ihn zukam, war Eve.

»Guten Morgen«, sagte sie, als sie in Hörweite war. »Sie sitzen schon seit einer Ewigkeit hier draußen. Aiden dachte, Sie könnten den hier vielleicht brauchen.« Sie hielt einen Pappbecher mit weißem Deckel in die Höhe. Aus einem Loch an der Oberseite strömte schwach Dampf. Ihre Miene spiegelte vorsichtige Neutralität, sie wirkte weder zugewandt noch abweisend. »Wir waren uns nicht sicher, ob Sie Milch oder Zucker brauchen«, fuhr sie fort. »Deswegen habe ich vorsichtshalber beides mitgebracht.«

Logan räusperte sich und nahm sowohl das Getränk als auch die zwei kleinen Papiertütchen entgegen. »Danke. Das ist sehr nett von Ihnen.«

Eve zuckte mit den Schultern. »Wie gesagt, Sie sitzen

schon eine Ewigkeit hier draußen.« Sie ließ den Blick über seine handschuhlosen Hände und seinen Kopf gleiten. In der Eile hatte er nicht mal eine Mütze angezogen. »Ist Ihnen nicht kalt?«

»Ein bisschen«, gab er zu, während er herauszufinden versuchte, ob sie Sukis Anschuldigungen gelesen hatte. Falls ja, würde sie zweifellos Fragen haben. Zuallererst, warum er bei der Buchung einen falschen Namen angegeben hatte. Aber ihr Blick war weder wütend noch neugierig. In ihren außergewöhnlich blauen Augen, die er bereits am Abend zuvor bewundert hatte, lag höchstens ein Hauch von Mitleid, aber das konnte sich auch darauf beziehen, dass er sich Ende Februar ohne Mütze und Handschuhe an den Strand wagte.

Eve nickte, als ob seine Antwort genau die sei, die sie erwartet hatte. »Das ist ein guter Platz zum Sitzen und Nachdenken«, sagte sie und ließ ihren Blick zum Meeresbogen schweifen. »Aber das nächste Mal sollten Sie sich vielleicht etwas wärmer anziehen.« Damit wandte sie sich ab und ging Richtung Bar zurück.

»Das werde ich«, rief Logan ihr nach. »Und noch mal vielen Dank.«

Sie hob eine Hand, um abzuwinken, ohne sich noch einmal zu ihm umzudrehen oder auch nur ihren Schritt zu verlangsamen.

Logan sah ihr nach, bis sie durch die hohen Glastüren verschwunden war, und entschied, dass nichts an Eves Verhalten darauf hindeutete, dass sie die Schlagzeilen gesehen hatte. Sie hatte ihn weder entsetzt angestarrt noch wissend gegrinst oder seinen Blick gemieden. Sie hatte ihn einfach am Strand sitzen sehen und darauf sowohl auf freundliche als auch pragmatische Art reagiert. Doch seine Spekulationen führten ihm die unangenehme Wahrheit vor Augen: Irgendjemand auf der Insel würde die betreffende Zeitung kaufen oder zumindest die Geschichte online sehen, und mit großer Wahrscheinlichkeit war es Freda, die solche Boulevardblätter las. Sobald die Nachricht auf Ennisfarne die Runde machte, wäre seine Tarnung endgültig aufgeflogen. Es war nicht so, dass es ihm etwas ausmachte, wenn sie seine wahre Identität herausfanden, er wollte nur nicht, dass sie glaubten, Sukis Anschuldigungen seien wahr. Und es bestand immer die Möglichkeit, dass einer von ihnen der Zeitung, die die Story gebracht hatte, einen Tipp gab und er sich dann doch umzingelt von Paparazzi wiederfand.

Aber daran konnte er nur wenig ändern, musste er sich eingestehen und trank einen Schluck Kaffee. Alles, was er tun konnte, war darauf zu hoffen, dass die Menschen in Ennisfarne so anständig und mitfühlend waren, wie sie ihm erschienen.

Kapitel acht

Eve

»Und?«, fragte Selina, als Eve sie zurückrief.

»Er ist es«, bestätigte Eve und schüttelte den Kopf. »Das erklärt eine Menge. Zum Beispiel, warum er so viele Kameras hat.«

»Und warum er sich so geärgert hat, dass Huxley eine kaputt gemacht hat«, fügte Selina hinzu. »Überlag mal, wie viele Promis diese Kamera abgelichtet hat.«

»Hör bloß auf!«, bat Eve und stöhnte auf. Sie hatte Logan Silk sofort gegoogelt, nachdem Selina an diesem Morgen angerufen hatte, um ihr mitzuteilen, dass sie darauf gekommen war, warum ihr James Cotton so bekannt vorkam. Es gab eine umfangreiche, starbesetzte Liste berühmter Gesichter, die er fotografiert hatte, von Rock-'n'-Roll-Größen bis hin zur königlichen Familie. Sie hatte auch entdeckt, dass seine Beziehung zu Suki Simpson in vielen Zeitungsartikeln Erwähnung fand, gekrönt von der reißerischen Schlagzeile eines bestimmten Boulevard-Sonntagsblattes. Den Artikel hatte sie nicht gelesen, dafür war ihr ihre Zeit zu wertvoll. Die Zeitung hatte den Ruf, erst zu drucken und dann die Fakten zu prüfen. Außerdem kam es ihr furchtbar aufdringlich vor, in das Privatleben von jemandem einzudringen, den sie tatsächlich kannte. Ihre letzte Beziehung lag zwar schon drei Jahre zurück, aber sie wusste, dass sie es hassen würde, wenn die Details ihres Liebeslebens irgendwo öffentlich abgedruckt würden.

»Glaubst du, dass es wahr ist?«, fragte Selina, die offensichtlich keine solchen Skrupel verspürte. »Irgendwie macht er nicht den Eindruck, so ein Typ zu sein, aber schließlich weiß man ja nie, was die Leute hinter verschlossenen Türen treiben, richtig?«

Eve dachte darüber nach, was sie über James – oder Logan, wie sie ihn ab jetzt wohl nennen sollte – wusste, und schürzte die Lippen. Er mochte arrogant, kurz angebunden und von gestern sein, was seine Ansichten über Geschlechterrollen anging, aber er hatte es nicht verdient, in der nationalen Presse gedemütigt zu werden. Das hatte niemand. Außerdem mochte Freda ihn, und das zählte bei Eve sehr viel.

»Es spielt so oder so keine Rolle«, sagte sie fest. »Aber um ehrlich zu sein, gibt es nur einen Grund, warum jemand wie Suki Simpson ihre Geschichte verkaufen würde, und das ist Rache. Ist ja nicht so, als würde sie Geld brauchen, nehme ich an.«

»Guter Punkt«, stimmte Selina nachdenklich zu. »Vielleicht ist er deshalb unter falschem Namen hergekommen, ich meine, um den Konsequenzen zu entgehen.«

Das klang deprimierend einleuchtend, dachte Eve. Trennungen endeten viel zu häufig in einer Schlammschlacht, vor allem, wenn eine Hälfte des Paares verletzt war und nicht loslassen wollte. Das war einer der Gründe, aus denen sie trotz des wohlmeinenden Drucks vonseiten ihrer Freunde beschlossen hatte, Single zu bleiben, nachdem mit Michael Schluss gewesen war. Die Liebe war eine riskante Angelegenheit, und Eve hatte es nicht eilig, ihr Herz erneut mit Füßen treten zu lassen. »Könnte sein. Er hat gesagt, dass ihm an Ennisfarne die Abgeschiedenheit am besten gefällt.«

»Armer Kerl. Ich frage mich, ob er wusste, dass Suki an die Öffentlichkeit gehen würde.«

Eve bezweifelte, dass Logan mit irgendjemandem auf der Insel über die Anschuldigungen reden würde, und sie hatte sicher nicht vor, ihn darauf anzusprechen. »Wer weiß. Aber ich vermute, dass die Schlagzeile in ein oder zwei Tagen sowieso Schnee von gestern sein wird, und wenigstens kann er sich so lange im Cottage zurückziehen.«

»Genau«, antwortete Selina, und ihr Tonfall wurde fröhlicher. »Und das Gute daran ist, dass wir jetzt definitiv wissen, dass er Single ist.«

»Selina!«, protestierte Eve mit einer Mischung aus Unglauben und Belustigung.

»Was? Ich wollte nur darauf hinweisen, dass wir nicht jeden Tag heiße Prominente auf der Insel haben, die sich hier verstecken. Vielleicht braucht er etwas Unterstützung dabei, sein gebrochenes Herz zu kitten.«

Eve schüttelte immer noch schmunzelnd den Kopf. »Und für den Job bist du genau die richtige Frau, nehme ich an?«

»Einen Versuch ist es wert«, sagte Selina wie aus der Pistole geschossen. »Es sei denn, du bist interessiert.«

»Auf keinen Fall«, erwiderte Eve ebenso schnell. »Du weißt, dass ich eine glückliche Single-Frau bin, und selbst wenn ich es nicht wäre, ist James Cott… ich meine, Logan Silk, nicht mein Typ. Er sieht vielleicht gut aus, aber sein Ego ist mindestens so groß wie Newcastle.«

Erst als Eve auflegte, wurde ihr bewusst, dass es einen sehr guten Grund für die schlechte Laune ihres Mieters gab – ob er nun selbst der Herzensbrecher war oder ihm jemand das Herz gebrochen hatte, das Ende einer Beziehung traf einen immer. Freda hatte mit ihrem Hinweis, Eve solle etwas nachsichtiger mit ihm sein, recht gehabt, obwohl sie das Motiv für Logans Flucht auf die Insel zu dem Zeitpunkt noch nicht hatte erahnen können. Aber es erinnerte Eve an eine allgemeingültige Wahrheit, nämlich dass man nur selten von den Problemen anderer wusste und dass jeder deshalb ein bisschen freundlicher zu seinen Mitmenschen sein sollte. Und sie war froh, dass sie dem spontanen Impuls nachgegeben hatte, ihm einen Kaffee an den Strand zu bringen. Er hatte geschafft, so zu tun, als sei alles in Ordnung, und wenn sie nicht bereits von dem Interview gewusst hätte, hätte er sie vielleicht täuschen können. Aber so hatte er hinter seiner Fassade völlig deprimiert und müde gewirkt, fand Eve.

Vielleicht war es Zeit für einen Neustart, dachte sie mit einem Blick auf den nun leeren Strand hinaus. Vielleicht war es an der Zeit, *ihm* einen Olivenzweig zu reichen.

»Oh, Gott sei Dank, du bist da«, sagte Freda, als Eve das Nook betrat. »Ich habe gerade versucht, dich in der Bar anzurufen, und Aiden meinte, du wärst schon auf dem Weg hierher.«

Freda sah so ruhig und gelassen aus wie immer, aber Eve entging nicht, dass sie aufgeregt war. »Was ist los?«

Die Ladenbesitzerin verschränkte hinter dem Kassentresen die Arme. »Ich bin mir nicht ganz sicher, aber ich glaube, hier schnüffelt ein Journalist herum.« Sie gestikulierte in Richtung der Sonntagszeitungen, die in einem Ständer neben der Tür lagen, und schürzte die Lippen. »Er hat behauptet, ein Tagestourist zu sein, hatte ein Foto vom Steinbogen dabei und wollte wissen, wie man dahin kommt, aber der sah nicht wie ein Tourist aus. Erstens war er zu schick angezogen, und zweitens hatte er so einen hinterhältigen Ausdruck in den Augen. Trotzdem hätte ich ihm vielleicht geglaubt, wenn er nicht gefragt hätte, ob in letzter Zeit irgendwelche neuen Leute nach Ennisfarne gezogen sind. Welcher Tourist will denn so was wissen?«

»Die Sorte, die überhaupt kein Tourist ist«, sagte Eve beunruhigt. Ihr Blick wanderte zu den Zeitungen, doch sie stellte fest, dass es keine Exemplare mehr mit der Schlagzeile LIEBESSCHUFT LOGAN gab.

Freda registrierte ihren Blick. »Ich habe sie ins Lager gebracht, falls er reinkommt«, sagte sie und rümpfte missbilligend die Nase. »So ein Quatsch. Und es geht sowieso niemanden etwas an.«

»Also, wer, glaubst du, war der Typ?«, fragte Eve. »Ein Journalist, der nach James … ich meine, Logan sucht?«

»Ich denke schon. Er hätte genauso gut ein großes Schild mit der Aufschrift ›Neugieriges Wiesel‹ um den Hals hängen haben können.«

Das Bild entlockte Eve ein Grinsen. »Was hast du ihm erzählt?«

Sie zuckte mit den Schultern. »Nicht viel, aber auf seine Frage nach dem Meeresbogen musste ich ja irgendwas antworten. Ich hab ihm erklärt, dass er der Straße aus dem Dorf raus folgen und an der Gabelung rechts abbiegen muss. Deshalb habe ich dich angerufen, um dich zu warnen, dass er in der Bar auftauchen könnte.«

»Aiden kann mit ihm umgehen, oder Huxley schlabbert ihn einfach zu Tode«, erwiderte Eve und hielt dann inne. »Aber der Weg zum Bogen führt direkt am Cottage vorbei. Was, wenn der Typ beschließt, dort anzuklopfen?«

»Der wird erst mal eine ganze Zeit lang nichts tun«, antwortete Freda mit offensichtlicher Zufriedenheit. »Ich hab ihm gesagt, er soll vorher im Fisherman's Arms vorbeischauen und dort noch mal nachfragen. George ist eingeweiht und soll ihn beschäftigen, und laut Hamish redet er schon seit fünfundzwanzig Minuten über Seepocken.«

Eve war sich nicht sicher, wer ihr mehr leidtat – George, weil er sich mit einem Boulevardjournalisten unterhalten musste; der Fremde, weil er Georges Geruch ausgeliefert war, während er sich fast eine halbe Stunde lang eine Geschichte über Krustentiere anhören musste, oder Hamish, weil er die beiden im Auge behalten sollte. Aber für eine Verzögerungstaktik, das musste sie zugeben, war das Szenario ziemlich effektiv.

»Ausgezeichnet«, sagte sie und grinste Freda an. »Ich bin eigentlich gekommen, um ein paar Vorräte für Logan zu besorgen, Milch, Brot und so weiter, falls er sich ein paar Tage lang nicht im Ort blicken lassen will. Wenn ich mich beeile, kann ich beim Cottage sein, bevor unser Freund, das neugierige Wiesel, wieder bei Sinnen ist.«

»Sehr umsichtig von dir«, sagte Freda anerkennend und trat hinter der Kasse hervor. »Und ich weiß genau, was er mag.«

Vierzig Minuten später näherte sich Eve der Auffahrt zu Dune Cottage. Die späte Nachmittagssonne wurde von der weißen Fassade zurückgeworfen, als sie auf den Kiesparkplatz fuhr, und erstrahlte so gleißend zwischen den grauen Wolken, als würde das kleine Gebäude in Flammen stehen. Der Hilux parkte an derselben Stelle wie bei ihrem letzten Besuch. Es wäre kein Weltuntergang gewesen, wäre er nicht da gewesen – sie hätte die stabile Kiste mit den Lebensmitteln einfach auf der Türschwelle stehen lassen –, aber lieber war es ihr, ihm Fredas Neuigkeiten von Angesicht zu Angesicht zu überbringen. Natürlich vorausgesetzt, dass Logan überhaupt aufmachte. Sie an seiner Stelle hätte es vorgezogen, nie wieder jemandem gegenüberzutreten.

Sie wollte die Kiste bereits abstellen, als die Tür doch noch geöffnet wurde und Logan hinausspähte. Seiner Miene nach zu urteilen, war er überrascht, sie zu sehen.

»Entschuldigung, ich habe niemanden erwartet.«

Eve nickte. »Normalerweise würde ich auch nicht einfach so vorbeikommen, aber … na ja, es gibt etwas, das ich Ihnen erzählen muss.« Sie hob die Kiste an. »Macht es Ihnen etwas aus, wenn ich kurz reinkomme?«

Er musterte sie mit gerunzelter Stirn. »Kann es vielleicht warten? Gerade ist nicht der beste Zeitpunkt.«

»Ich weiß«, sagte sie und verzog den Mund zu einem, wie sie hoffte, mitfühlenden Lächeln. »Ich habe die Schlagzeile gelesen.«

Logans Kiefer spannte sich an. »Okay, ich nehme an, das war zu erwarten.«

»Ich bin nicht gekommen, um herumzuschnüffeln«, beruhigte Eve ihn. »Wir wollen nur helfen.«

Etwas Hartes stahl sich in seinen Blick. »Wir? Gab es etwa eine Dorfversammlung zu dem Thema?«

Eve spürte, wie sie ebenfalls ärgerlich wurde, und atmete tief durch, um sich zu beruhigen. Es musste doch möglich sein, dass sie wenigstens ein Gespräch führten, bei dem sie sich nicht gegenseitig auf die Palme brachten.

»Natürlich nicht.« Sie seufzte und suchte nach einer anderen Möglichkeit, ihm zu beweisen, dass sie tatsächlich mit guten Absichten gekommen war. »Diese Kiste ist voll mit Dingen aus dem Nook, von denen Freda und ich dachten, dass Sie sie brauchen könnten. Sie ist ziemlich schwer. Wenn Sie mich schon nicht reinlassen, können Sie sie mir dann wenigstens abnehmen?«

Blinzelnd warf Logan einen kurzen Blick auf die Lebensmittel und dann wieder auf Eve. Schließlich schüttelte er müde den Kopf und griff danach. »Tut mir leid, ich verhalte mich unmöglich. Kommen Sie rein.«

Mit einem erleichterten Blick über die Schulter folgte Eve ihm ins Haus. Es war genauso aufgeräumt wie bei ihrem letzten Besuch; sein MacBook lag geöffnet auf dem Couchtisch vor dem glühenden Holzofen, sein Handy daneben. Hatte er versucht zu arbeiten oder dafür gerade sowieso keinen Kopf?

»Darf ich Ihnen einen Kaffee anbieten?«, fragte Logan auf dem Weg in die Küche. »Oder einen Tee?«

Eve zögerte. Ihr Bauchgefühl sagte ihr, dass sie ihm die Nachricht überbringen und ihn anschließend schnell wieder in Ruhe lassen sollte. Aber es bestand die Möglichkeit, dass Logan jemanden brauchte, der ihm zuhörte, ganz gleich, wie abweisend er nach außen hin wirkte. Langsam begann sie zu begreifen, dass Unnahbarkeit wohl seine Standardeinstellung war, und jetzt, da sie wusste, wer er wirklich war, nahm sie an, dass es Sinn ergab.

»Gerne, vielen Dank. Tee mit Milch, bitte. Ohne Zucker.«

Sie blieb noch einen Moment im Wohnzimmer stehen, bis sie merkte, dass er den Verdacht haben könnte, dass sie herumschnüffelte, und folgte ihm in die Küche, wo sie ihm beim Befüllen des Wasserkochers zusah. Sobald es leise rauschte, wandte er seine Aufmerksamkeit der Kiste mit Lebensmitteln zu.

»Das ist wirklich nett von Ihnen. Danke.«

»Gern geschehen. Es ist nichts Besonderes, nur das Nötigste, um die nächsten Tage zu überstehen. Für den Fall, dass Sie keine Lust haben, rauszugehen oder sich etwas liefern zu lassen.«

Logan zog einen großen Riegel Dairy Milk zwischen den anderen Lebensmitteln hervor und hob eine dunkle Augenbraue. »Das Nötigste?«

»Auf jeden Fall«, bestätigte Eve. »Schokolade ist ein Heilmittel in extremen Stresssituationen. Ich dachte, das wäre allgemein bekannt.«

»Verstehe«, sagte er und hielt eine Flasche Malbec hoch. »Die hat auf jeden Fall therapeutischen Nutzen. Ich bin versucht, sie gleich aufzumachen.«

Eve zog eine Grimasse. »Die könnten Sie brauchen, nachdem Sie gehört haben, was ich Ihnen erzählen muss.«

Der Blick, den er ihr zuwarf, wirkte gefasst. »Das klingt nicht gut. Ich nehme mal an, es hat etwas mit dem Artikel über meiner Ex-Freundin zu tun?«

»Ich fürchte, ja.«

»Also erst einmal Tee«, sagte Logan und ging zum Kühlschrank, um Milch herauszunehmen. »Schlechte Nachrichten sind mit Tee grundsätzlich leichter zu ertragen.«

Erst als sie wieder im Wohnzimmer waren, fiel Eve ein, wie klein das Sofa war. Die Wärme des Holzofens war einladend, aber sie wollte nicht so dicht neben Logan sitzen. Aber auch er hatte das Problem offenbar erkannt, denn er bedeutet ihr, sich auf die Couch zu setzen, und zog für sich selbst den Sessel heran. So hatte sie freie Sicht auf sein

Mobiltelefon, das auf dem Couchtisch aufleuchtete: *Unbekannter Anrufer*.

Logan bemerkte es ebenfalls, machte aber keine Anstalten, den Anruf entgegenzunehmen.

»Okay«, seufzte er resigniert. »Lassen Sie hören.«

Eve tat, worum er sie bat, und gab alles weiter, was Freda ihr erzählt hatte.

Logan hörte schweigend zu, wobei er immer wieder aus dem Augenwinkel auf sein Handy schielte, das in den nächsten Minuten noch zwei weitere Male aufleuchtete, und stieß dann ein leises, angewidertes Knurren aus. »Ich bin mir sicher, dass Freda mit ihrem Bauchgefühl richtigliegt, der Typ wird Journalist sein. Allerdings habe ich keine Ahnung, woher der weiß, wo ich mich gerade aufhalte. Die einzigen beiden Menschen, denen ich Bescheid gegeben habe, sind meine Agentin und meine Mutter. Und ich würde jetzt mal davon ausgehen, dass keine von den beiden der Zeitung den Tipp gegeben hat.«

»Der Typ hatte wohl ein Foto von dem Kalksteinbogen dabei«, sagte Eve und nippte an ihrem Tee. »Haben Sie irgendwelche Bilder gepostet?«

»Nein. Ich habe keins der Bilder, die ich hier gemacht habe, geteilt. Mein Stil ist eigentlich ein ganz anderer«, sagte er, schlug sich dann jedoch mit einer Hand an die Stirn. »Moment mal, ich bin so ein Idiot! Kurz bevor wir den Streit hatten, mit dem diese ganze Sache ins Rollen gekommen ist, habe ich ein Foto von dem Meeresbogen an Suki geschickt. Sie muss es zusammen mit der Story verkauft haben. Damit die wissen, wo sie mich finden, und in die Mangel nehmen können.«

Eve starrte ihn mit offenem Mund an. Langsam, aber sicher entwickelte sie eine ernsthafte Abneigung gegen Suki Simpson. »Wow. Das ist ja furchtbar.«

Logan brachte ein freudloses Lächeln zustande. »Die Hölle kennt keine schrecklichere Wut als die eines verschmähten Supermodels. Ich nehme an, dass sie denen auch meine Handynummer gegeben hat, was erklären würde, warum mein Telefon schon den ganzen Tag nicht aufhört zu klingeln. Ich warte auf einen Anruf meines Anwalts, sonst würde ich es ausschalten.«

Eve spürte Mitleid in sich aufsteigen. Sie konnte sich nur ansatzweise vorstellen, wie sehr ihn das alles mitnahm. »Er wird nicht rausfinden, wo genau Sie wohnen«, sagte sie ruhig. »Zumindest von niemandem hier. Auf dieser Insel halten wir zusammen. Wir passen aufeinander auf.«

Logan öffnete gerade den Mund, um etwas zu erwidern, als es laut an der Tür klopfte. »Klingt, als würden Sie und Freda recht behalten«, murmelte er.

Eve stand auf. »Ich werde ihn abwimmeln. Sie bleiben hier, außer Sichtweite.«

Sie wartete nicht ab, ob er widersprechen würde, sondern trat rasch in den kleinen Flur. Ein kurzer Blick durch den Spion verriet ihr, dass es sich um einen Mann handelte, der auf die Beschreibung passte, die Freda ihr vorhin gegeben hatte.

Eve setzte einen überraschten, fragenden Gesichtsausdruck auf und öffnete die Tür. »Hallo. Kann ich Ihnen helfen?«

Der Typ lächelte auf eine Weise, die sie an ein Krokodil erinnerte. »Ich suche jemanden namens Logan Silk. Wohnt er hier?«

Eve tat so, als würde sie kurz über die Frage nachdenken, während ihr Herz losgaloppierte. »Ich verstehe nicht, wie Sie daraufkommen, das hier ist mein Cottage. Hier wohnt niemand mit diesem Namen.«

Der Mann spähte über ihre Schulter. »Wirklich nicht? Wie heißen Sie denn, wenn ich fragen darf?«

Sie sah keinen Grund zu lügen. Falls der Mann tatsächlich ein Journalist war, würde er vermutlich ohne große Probleme die Grundbuchdaten herausfinden können. »Eve Darling. Und wer sind Sie?«

»Charlie Ford.« Er musterte sie neugierig. »Der Laden oben an der Straße heißt doch auch Darling's – gehören Sie dazu?«

Erneut flüchtete sich Eve in die Wahrheit. »Ich betreibe die Bar zusammen mit meinem Bruder. Wir haben heute geschlossen, aber montagabends gibt es Cocktails zum halben Preis, falls Sie Lust haben vorbeizuschauen.«

Er grinste und entblößte dabei erneut viel zu viele Zähne. »Vielleicht mach ich das, falls ich eine Übernachtungsmöglichkeit finde. Ich habe im Dorf gefragt, aber die Hotels scheinen alle geschlossen zu sein. Sie vermieten wahrscheinlich auch keine Zimmer, oder?«

»Es ist Nebensaison«, sagte Eve kühl. »Und nein, wir haben keine Zimmer. Tut mir leid.«

Der Journalist nickte und warf dann einen spekulativen Blick auf den Hilux, der neben Eves Prius parkte. »Haben Sie eben nicht gesagt, dass Sie allein hier wohnen?«

»Nein«, antwortete Eve, während sie in Gedanken fieberhaft nach einer plausiblen Erklärung für das zusätzliche Auto suchte. »Mein Freund wohnt auch hier. James. Das ist sein Wagen.«

Innerlich verfluchte sie sich. Dass sie einen Namen genannt und auf den anderen Wagen eingegangen war, war zu viel des Guten gewesen. Details, nach denen er sich nicht erkundigt hatte und die demnach geradezu schrien, dass sie gelogen waren. Aber dem Typen schien es nicht weiter aufzufallen. Stattdessen griff er in seine Manteltasche und zog eine Visitenkarte heraus.

»Logan Silk ist der Freund eines Freundes. Falls Sie ihm zufällig über den Weg laufen, könnten Sie ihm ausrichten, dass ich mich gerne mit ihm unterhalten würde?« Er lächelte auf eine Weise, die nicht einmal annähernd seine Augen erreichte. »Wollte mich nur mal erkundigen, wie es ihm geht.«

Eve blickte auf die Karte hinunter, auf der der Name Charlie Ford und eine Telefonnummer standen, mehr nicht. »Klar«, sagte sie, um einen beiläufig-desinteressierten Tonfall bemüht. »Ach ja, und wenn Sie nicht auf der Insel bleiben, behalten Sie die Gezeiten im Blick. Nicht dass Sie noch zu spät losfahren und auf dem Straßendamm von der Flut erwischt werden.«

Er neigte den Kopf und musterte sie, als würde er sich ihr Gesicht einprägen. »Danke für den Hinweis. Bitte entschuldigen Sie die Störung, Eve.«

»Tschüss«, sagte Eve und schloss nachdrücklich die Tür, bevor sie sich von innen gegen das Holz sinken ließ, um ihr rasendes Herz zu beruhigen.

Nach ein paar Sekunden rappelte sie sich auf und ging zurück zu Logan.

»Charlie Ford«, sagte sie und reichte ihm die Visitenkarte, bevor sie zum Fenster mit Blick auf die Dünen ging und die Jalousie herunterließ. »Er meinte, er sei der Freund eines Freundes.«

»So kann man es auch ausdrücken«, bemerkte Logan wütend und warf die Karte auf den Couchtisch. »Obwohl wir wahrscheinlich davon ausgehen können, dass Suki und ich definitiv keine Freunde mehr sind.«

Eve atmete erleichtert aus und ließ sich aufs Sofa fallen. »Ich weiß nicht, ob er schon im Darling's war oder ob das seine nächste Station ist, aber hoffentlich war ich überzeugend genug, dass er so oder so aufs Festland zurückkehrt.« Sie stieß ein kleines, amüsiertes Schnaufen aus. »Er meinte, dass er auf der ganzen Insel kein Zimmer finden konnte.«

Logan runzelte die Stirn. »Ich dachte, es gäbe ein Hotel und ein paar Bed and Breakfast?«

»Schon.« Eve grinste. »Aber die haben heute auf wundersame Weise alle geschlossen. Wenn Charlie also nicht in seinem Auto schlafen will, muss er Ennisfarne spätestens heute Abend wieder verlassen.«

Nun schien auch bei Logan der Groschen gefallen zu sein. »Oh.« Er hielt inne. »Das ist aber nett.«

»Ich habe Ihnen doch gesagt, dass wir uns hier umeinander kümmern«, sagte Eve. »Und da Sie dafür bezahlt haben, die nächsten Monate hier zu wohnen, gehören Sie zu uns, zumindest vorübergehend.«

Logan schwieg einen weiteren Moment. »Danke«, sagte er schließlich. »Ich glaube, das ist das Netteste, was seit Langem jemand zu mir gesagt hat.«

Etwas in seiner Stimme verriet Eve, dass er die Wahrheit sagte. Und sie ertappte sich dabei, nach Worten zu suchen, die ihn ein wenig aufmuntern würden, falls das überhaupt möglich war. »Dann bin ich ja froh, dass Sie den Weg hierher gefunden haben. Klingt, als könnten Sie dringend ein paar Freunde brauchen.«

Ein kleinlautes Lächeln huschte über sein Gesicht. »Wahrscheinlich. Es gibt eine Menge Leute, die sich als meine Freunde bezeichnen würden, aber nur einen, dem ich wirklich vertraue, und der filmt gerade in der Antarktis. Wissen Sie, wie viele Freunde ich angerufen habe, seit dieser Albtraum heute Morgen begonnen hat?«

Sie schürzte die Lippen, als würde sie nachdenken. »Keinen?«

»Exakt«, bestätigte er mit einem Anflug von Selbstironie. »Abgesehen von meiner Agentin und meiner Mutter, sind Sie der einzige Mensch, mit dem ich bisher darüber gesprochen habe.«

Eve starrte ihn einen Moment lang an. Sie hatte vom ersten Augenblick an gewusst, dass er ein attraktiver Mann war, aber das war eine rein objektive Beobachtung gewesen; sie hatte sich nicht im Geringsten zu ihm hingezogen gefühlt. Und sie hatte sowohl Selina als auch Freda zugestimmt, als die ihn als gut aussehend – sogar heiß – bezeichnet hatten, aber auch da hatte sie keine körperliche Anziehung zu ihm verspürt. Doch als sie nun hier mit ihm saß, hatte sie das Gefühl, hinter die rein physischen Attribute und die Selbstsicherheit zu blicken, welche vermutlich die meisten Menschen anzogen, und einen Blick auf eine verletzliche Seite von ihm zu erhaschen, von der sie annahm, dass sie nur wenige Menschen je zu sehen bekamen. Er war immer noch der unsäglichste Typ, dem sie je begegnet war, und es bestand nach wie vor die Möglichkeit, dass Sukis Anschuldigungen nicht vollkommen an den Haaren herbeigezogen waren, aber sie begann zu erkennen, wie viel mehr sich hinter seiner Fassade verbarg.

»Also dann«, sagte sie und lächelte. »Ich schätze, das macht mich dann wohl zu einer Freundin.«

Er musterte sie nachdenklich. »Ich denke schon. Allerdings wurden wir uns noch nicht offiziell vorgestellt. Ich bin Logan Silk.«

Sie schüttelte ihm die Hand, wobei ihr zum ersten Mal seine langen Künstlerfinger auffielen, und ging auf seine kleine Einlage ein. »Sehr erfreut, Logan Silk. Ich bin Eve Horsley Darling.«

Falls Logan ihr seltsamer zweiter Vorname auffiel, der an ihre berühmte Vorfahrin erinnerte, ließ er es sich nicht anmerken. »Ganz meinerseits.« Er hob seine halb ausgetrunkene Tasse Tee und stieß damit gegen ihre. »Auf neue Freunde, Eve.«

Als sich ihre Blicke begegneten, spürte Eve, wie ihr ein gar nicht mal so unangenehmer Schauer über den Rücken lief, der durchaus etwas mit Vorfreude gemeinsam hatte. »Auf unsere Freundschaft, Logan.«

Teil zwei

Verborgene Tiefen

Kapitel neun

Eve

Eve Darling war sich nicht sicher, was schlimmer war – der Gestank, der von Huxley ausging, die schleimige braune Substanz, die an seinem schokoladenfarbenen Fell herunterlief, oder sein Ausdruck scheinbar absoluter Zufriedenheit darüber, einen guten Job gemacht zu haben. Sie rümpfte die Nase und wischte sich die tränenden Augen. »Ist das etwa …«

Warren wandte seinen Blick von Eve ab und betrachtete den Labrador, der in der Mitte des gepflasterten Hofes saß wie ein König, der sein Reich überblickt. »Jepp, Kuhfladen«, bestätigte er. »Und zwar mehr als einer, wenn mich nicht alles täuscht. Die verkrusteten Stücke, die an seinem Schwanz hängen, sind ein paar Tage alt, das Zeug, das da an seinen Hüften klebt, müsste frisch sein.«

Nicht zum ersten Mal fragte sich Eve, womit sie einen Hund verdient hatte, dessen Vorstellung vom Himmel darin bestand, sich in den ekelhaftesten Dingen zu wälzen, die er finden konnte. Er war dermaßen eingesaut, dass nur schwer zu erkennen war, wo der Dreck aufhörte und sein

Fell begann. Und bildete sie sich das nur ein, oder dampfte ihr Hund in der kühlen Morgenluft?

»Tut mir wahnsinnig leid, Warren«, sagte sie mit der gleichen Verlegenheit, die sie immer dann empfand, wenn sie sich für Huxley entschuldigte. »Geht es Mildred gut?«

Ihr Nachbar zuckte mit den Schultern. »Sie ist ein fünfhundert Kilo schweres Hochlandrind; ich glaube nicht, dass Huxley eine große Gefahr für sie darstellt. Aber es war ein Glück, dass wir ihr Kalb gerade für den Check-up vom Tierarzt im Stall hatten. Dir brauche ich ja nicht zu sagen, wie Mütter ihre Jungen beschützen. Mit Dora auf der Weide wäre es vielleicht anders ausgegangen.«

Die Vorstellung von einer wütenden Kuh, die auf Huxley losging, ließ Eve das Blut in den Adern gefrieren. Normalerweise war Mildred sanftmütig und freundlich, wenn sie die Welt unter ihrem rostroten Pony hervor beobachtete, aber Eve konnte sich dennoch gut vorstellen, dass ihr Schutzinstinkt durch einen ungestümen Labrador entfacht wurde, der um ihr acht Monate altes Kälbchen herumsprang. Was die Sache noch unerträglicher machte: Es war nicht das erste Mal, dass Huxley zur Nachbarfarm abgehauen war. Eve hatte keine Ahnung, wie er es diesmal geschafft hatte – sie war sich sicher, dass alle Türen und Tore verschlossen gewesen waren –, aber irgendwie hatte er all ihren Bemühungen zum Trotz einen Weg in die Freiheit gefunden. Warren war ein verständnisvoller und gutmütiger Nachbar, aber Eve war sich durchaus der Tatsache bewusst, dass er außerdem Landwirt mit einem knallharten

Sinn für Pragmatismus war, den sein Job mit sich brachte. Früher oder später würde seine Geduld ein Ende finden.

»Ich weiß«, sagte sie. »Und es tut mir wirklich sehr leid. Ich habe uns zu einem Training angemeldet, um seine Wanderlust in den Griff zu kriegen. Nächste Woche geht's los.«

»Kann auf jeden Fall nicht schaden«, sagte Warren und nickte bedächtig. »Gibt aber auch Hunde, die zu stur sind, um dazuzulernen.«

Der Gedanke war Eve auch schon gekommen. Huxley war im Alter von acht Monaten zu ihr gekommen, aus dem Tierheim, wo er von einer Familie abgegeben worden war, der nicht klar gewesen war, wie viel Pflege und Bewegung ein heranwachsender Labrador brauchte. Da sie an einem Privatstrand lebte, konnte Eve ihm viel Auslauf bieten, aber auch nach vier Monaten widersetzte sich Huxley noch immer ihren Bemühungen, seinen Drang nach weiteren Ausflügen auf eigene Faust zu zügeln. Sie konnte nur hoffen, dass ein professionelles Training helfen würde.

»Er ist intelligent. Ich muss ihn nur noch davon überzeugen, dass es zu Hause am schönsten ist.«

Warren warf einen Blick auf Huxley, der genüsslich an seinem eigenen Hintern schnüffelte. »Ich nehme mal an, du willst ihn einmal mit dem Schlauch abspritzen, bevor ihr geht.«

»Ich glaube, mir bleibt keine andere Wahl«, sagte sie mit einem ergebenen Seufzen. »Wenn ich das nicht mache, besteht das Risiko, dass ich wegen des Gestanks am Steuer ohnmächtig werde.«

Die Reinigung von Huxley wäre viel schneller gegangen, wenn er nicht so versessen darauf gewesen wäre, in den Wasserstrahl zu beißen, der aus dem Schlauch kam. Die Kälte schien ihm nichts auszumachen, ebenso wenig wie der scharfe Ostwind, der über den Hof pfiff, aber er war sowieso so sehr in Bewegung, dass er sich wohl nicht erkälten würde. Erst als das Wasser klar blieb und das braune Fell nass an seinem Körper klebte, schien seine Begeisterung für die improvisierte Waschaktion zu schwinden.

»Vielleicht lehrt dich das, dich nicht in Kuhscheiße zu wälzen«, sagt Eve, als sie ihn mit dem schmuddeligen alten Handtuch, das Warren ihr gegeben hatte, trocken rieb.

Ein weiterer eisiger Windstoß fegte über den Hof, und Eve war froh über ihren dicken Mantel und die Wollmütze, die sie über ihr blondes Haar gezogen hatte.

Warren warf einen prüfenden Blick zum Himmel, der sich in eine so dichte violett-graue Decke hüllte, dass das schwache Märzsonnenlicht keine Chance hatte. »Der Wind frischt auf, du solltest dich besser auf den Weg machen.«

Eve fröstelte, und das lag nur zum Teil an den winterlichen Temperaturen. Die Meteorologen warnten das ganze Land schon seit Tagen vor einer weiteren Kaltfront, die vermutlich noch frostiger sein würde als die letzte, aber Eve hatte gehofft, dass Ennisfarne zumindest dem schlimmsten Schnee, wenn schon nicht dem Wind, entgehen würde. Die morgendliche Seewettervorhersage hatte ihren Optimismus allerdings gedämpft – ihnen standen orkanartige Böen und sibirische Temperaturen bevor, die das ganze

Wochenende anhalten sollten, und die Inselbewohner bereiteten sich darauf vor, die Schotten dicht zu machen.

»Komm schon, Hux«, befahl sie, als der Hund sich noch einmal kräftig schüttelte. »Wird Zeit, dass wir dich ins Warme bringen.«

Nachdem sie sich noch einmal bei Warren bedankt hatte, verfrachtete Eve Huxley auf die Rückbank des alten Land Rover, den sie sich mit Aiden teilte, und fuhr die engen Straßen entlang. Als der zerklüftete Kalksteinbogen am Ende von Darling Cove in Sicht kam, hörte sie das Tosen des Meeres und war erneut überwältigt von dem düsteren, unheilvollen Himmel. Die Flut schlug gegen den Fuß des Bogens, was bedeutete, dass sie bereits höher stand als für die Tageszeit üblich. Das kam bei besonders starkem Wind oft vor, und die Wellen wurden von schäumendem Weiß gekrönt.

Zu ihrer Rechten blitzte etwas Helles auf. Dune Cottage. Eve riskierte einen kurzen Blick darauf, als sie die Einfahrt zu dem kleinen Parkplatz passierte, um sich zu vergewissern, dass mit dem Ferienhaus alles in Ordnung war. Nicht dass sie irgendwelche Probleme erwartet hätte – das kleine, weiß getünchte Häuschen hatte fast zweihundert Jahre lang allem getrotzt, was das Wetter zu bieten hatte, und Eve achtete darauf, es gut instand zu halten. Solange nichts Außergewöhnliches geschah, war sie zuversichtlich, dass es ihr Mieter im Cottage warm und kuschelig haben würde.

Bei dem Gedanken verzog Eve den Mund zu einem

amüsierten Grinsen. Sie konnte sich beim besten Willen nicht vorstellen, dass irgendjemand Logan Silk mit dem Wort »kuschelig« in Verbindung bringen würde. »Cool«, »geheimnisvoll« und »reizbar« waren Bezeichnungen, die ihn besser beschrieben, gespickt mit einer Prise Launenhaftigkeit. Sie selbst wäre die Erste, die zugeben würde, dass sie ihn bei seiner Ankunft auf Ennisfarne nicht hatte leiden können. Aber nachdem sie Logan ein wenig kennengelernt hatte und, was noch wichtiger war, begonnen hatte, die Gründe für seine etwas kantige Art zu verstehen, war ein Großteil ihrer Abneigung verflogen. Aiden hatte amüsiert gefragt, ob ihre Kehrtwende vielleicht etwas mit der Enthüllung zu tun hatte, dass ihr Mieter ein weltberühmter Fotograf war, und Eve konnte nicht leugnen, dass diese Tatsache ihre Neugierde geweckt hatte. Ihre Meinung über ihn hatte sie jedoch vor allem aus Gründen des Mitgefühls geändert, nachdem das skurrile Interview mit seiner Ex Schlagzeilen gemacht hatte. Und nun ertappte sie sich immer wieder dabei, wie sie am Strand nach ihm Ausschau hielt und der Versuchung widerstehen musste, unter irgendeinem Vorwand bei ihm vorbeizuschauen. Etwas, das ihrem Bruder ebenfalls nicht entgangen war.

»Frag ihn doch nach einem Date«, hatte er vorgeschlagen, als er sie das letzte Mal dabei ertappt hatte, wie sie abwesend aus dem Fenster auf den gelben Sand hinausstarrte. »Was soll denn schlimmstenfalls passieren?«

Eve hatte ihn angestarrt und erwidert: »Oh, keine Ahnung, vielleicht dass er sich kaputtlacht?«

Aiden schüttelte den Kopf. »Glaub ich nicht. Ich wette, er würde sich geschmeichelt fühlen.«

Die Einstellung war typisch für ihren jüngeren Bruder, von dem Eve sicher war, dass er noch nie in seinem Leben an sich selbst gezweifelt hatte.

»Ha, ha«, erwiderte sie und versuchte, sich Logans verächtliche Miene vorzustellen. »Erstens ist er es gewohnt, mit Supermodels auszugehen. Zweitens ist er auf Ennisfarne, um sich von einer Trennung zu erholen. Und zu guter Letzt, und das ist das Wichtigste, bin ich nicht interessiert.«

Daraufhin grinste Aiden auf diese enervierende Weise, die Eve schon ihr halbes Leben auf die Palme brachte. »Nee, natürlich nicht.« Er sah zum Fenster. »Ist er das? Da am Strand, meine ich.«

Eve hatte den Kopf herumgerissen und verrenkte sich dabei fast den Hals. »Wo?«

»Keine weiteren Fragen, Euer Ehren«, hatte ihr Bruder mit einem so selbstgefälligen Grinsen kommentiert, dass Eve ihm am liebsten einen Knuff in die Schulter gegeben hätte.

Die Erinnerung an diesen Schlagabtausch mit ihrem Bruder brachte Eve dazu, etwas entschiedener auf das Gaspedal zu treten, als sie Dune Cottage passierte, nur für den Fall, dass ihr Unterbewusstsein den aufkommenden Sturm als Vorwand nutzen wollte, um bei Logan reinzuschauen. Sie hielt den Blick fest auf die Straße gerichtet und folgte der Kurve zum Darling's.

Das Gebäude kauerte am Fuße der Klippen, als würde es vom beklemmenden Himmel niedergedrückt, seine Glasfassade unerschrocken den krachenden Wellen weiter unten am Strand zugewandt. Ein paar tapfere Möwen ritten auf dem böigen Wind, aber Eve war sich sicher, dass die meisten Tiere längst Schutz in den zerklüfteten Felsen gesucht hatten, welche die Inseln umgaben. Sobald sich der Sturm verstärkte und das Schneegestöber einsetzte, würde man keinen einzigen Vogel mehr über dem Meer schweben sehen.

Aiden kam ihr bereits an der Tür entgegen. Mit einem Blick auf Huxley hinunter begannen seine blauen Augen vor Belustigung zu funkeln. »Sieht aus, als hätte sich jemand gut amüsiert. Ich würde dir ja den Kopf tätscheln, Hux, aber du riechst eindeutig nach Eau de Kuhscheiße.«

Eve seufzte. »Ich werde ihn baden, aber der Geruch hält sich bestimmt hartnäckig.«

»Wie alle guten Parfums«, antwortete Aiden mit ernstem Gesicht. »Hoffentlich sitzen wir nicht die nächsten zwölf Stunden mit ihm im Haus fest.«

»Hör bloß auf«, stöhnte Eve. »Apropos drinnen sitzen, wir sollten die Sturmläden an den Fenstern schließen. Im Seewetterbericht war von einem Sturm der Stärke neun die Rede.«

Ihr Bruder hob die Augenbrauen. »Das hatten wir lange nicht mehr. Und die eisigen Temperaturen klingen auch nicht gerade verlockend. Ich habe einen großen Vorrat an Holzscheiten aus dem Schuppen geholt, damit das Feuer nicht ausbrennt.«

»Danke«, sagte Eve abwesend, weil ihre Gedanken erneut zu Logan abschweiften. War ihm klar, dass er sich für den Fall, dass der Strom ausfiel, mit Brennmaterial eindecken musste? Die Unterwasserleitungen, die Ennisfarne versorgten, arbeiteten normalerweise zuverlässig, aber wenn es auf dem Festland ein Problem gab … Vielleicht würde sie ihm eine kurze Nachricht schicken, bevor sich das Wetter weiter verschlechterte, damit sie beruhigt sein konnte.

»Kein Problem«, sagte Aiden. »Okay, dann kümmere ich mich jetzt um die Fensterläden, und du badest Mr. Stinky.«

»Meine Lieblingsbeschäftigung«, sagte Eve mit einem gequälten Blick auf Huxley. »Na komm, bringen wir's hinter uns.«

Es könnte schlimmer sein, dachte sie, als braun gefärbte Seifenlauge aus dem Fell des Labradors tropfte. Zum Beispiel, wenn sie Hux in der Badewanne hätte waschen müssen, die sie selbst benutzte. Nicht zum ersten Mal war sie unendlich dankbar für den Vorraum im hinteren Teil des Hauses, das sie und Aiden von ihrem Vater geerbt hatten. Vor Huxley hatten sie ihn vor allem benutzt, wenn sie zwischen den Wracks tauchen gewesen war, die in den Gewässern um Ennisfarne lagen, oder wenn ihr Bruder surfen gewesen war. Inzwischen war der Raum zu Huxleys privatem Badezimmer geworden, aber das machte Eve nichts aus. Zumindest trug er auf diese Weise keinen Sand und Schmutz durchs ganze Haus.

Nachdem sie den Hund mit einem Handtuch abgerubbelt und ihn zum Trocknen vor den Kamin gesetzt hatte, war das Tageslicht bereits deutlich schwächer geworden. Eve stand neben den Doppeltüren, die auf die Terrasse der Bar im ersten Stock führten, die Hände um einen Becher Kaffee geschlungen, während sie durch einen Spalt in den Sturmläden spähte, um sich einen Überblick über die Lage draußen zu verschaffen. Der Wind rüttelte bereits am Holz, aber bisher nicht annähernd so stark, wie die Wettervorhersage angekündigt hatte. Um ein Gefühl für die Stärke des Sturms zu bekommen, öffnete Eve die Türen und schob einen der Fensterläden zur Seite.

Das Erste, was ihr auffiel, als sie auf die Terrasse hinaustrat, war der Temperatursturz – kleine Dampfwolken stiegen von ihrem Kaffee auf und wurden sofort vom Wind mitgerissen, und ihre Wangen prickelten vor Kälte. Unten am Strand setzte die Flut ihren Angriff auf die Küste fort. Die Wellenkämme wurden zu weißen Gischtranken aufgepeitscht, die gierig nach der Luft griffen. Doch hinter der stürmischen Dringlichkeit des Windes und dem tosenden Meer verbarg sich eine seltsame Stille, ein merkwürdiges Gefühl der Erwartung, das an Eves Nerven zerrte. Es war nicht die Ruhe vor dem Sturm, die Wetterlage war alles andere als ruhig, sondern vielmehr die Gewissheit, dass noch etwas anderes folgen würde. Und tatsächlich, während Eve dastand und die Kälte bis in ihre Lungen drang, wirbelte eine weiche weiße Schneeflocke an ihrer Nasenspitze vorbei. Sie streckte die Finger aus, und eine weitere Flocke landete auf ihrer Handfläche, wo sie augenblicklich schmolz. Sie wurde sofort durch eine neue ersetzt, die das gleiche Schicksal ereilte, und Eve hob ihr Gesicht in die nun wirbelnden Schneeflocken. Jede einzelne fühlte sich an wie ein winziger Nadelstich aus Eis, bevor sie taute und sich mit ihren Gefährten zu Rinnsalen vereinigte, die ihre Wangen hinunterliefen. Als Eve das nächste Mal den Blick aufs Meer richtete, war der Steinbogen von einem weißen Vorhang verschleiert. Selbst das Rauschen der Wellen klang auf einmal gedämpfter, obwohl der pfeifende Wind immer lauter wurde. Eine plötzliche Böe fegte über die Holzplanken der Terrasse und schickte die herabfallenden Flocken zurück gen Himmel. Mit einem eiligen Schritt flüchtete sich Eve zurück in die Bar und schloss die Fensterläden. Wie es aussah, würde diese Kaltfront ihren Vorgängern in nichts nachstehen.

»Jetzt geht's richtig los«, kommentierte Aiden in sachlichem Ton, als Eve die Treppe hinunterkam und die Küche betrat. Er stand am Fenster vor der Spüle und beobachtete, wie der Wind den Schnee über den Hof trieb. »Meinst du, er bleibt liegen?«

Eve dachte an die dichten grauen Wolken, die sich über den Klippen aufgetürmt hatten und eindeutig viel Feuchtigkeit mit sich brachten, und nickte. »Kalt genug ist es auf jeden Fall. Es wird einiges an Schnee runterkommen, und ein Teil davon wird sicher liegen bleiben.«

»Vielleicht haben wir dann endlich Zeit für die Partie Schiffe versenken, vor der du dich schon ewig drückst«, antwortete Aiden und grinste verschmitzt.

Eve lachte »Vielleicht. Obwohl wir auch noch das eine

oder andere DVD-Set dahaben, das wir uns reinziehen können.«

Ihr Bruder legte den Kopf schief und funkelte sie herausfordernd an. »Du willst bloß nicht verlieren.«

Womit er recht hatte, wie Eve zugeben musste. Ihre Beziehung zu Aiden war schon immer von Konkurrenzdenken geprägt gewesen, und obwohl das mit dem Erwachsenwerden deutlich nachgelassen hatte, kam es manchmal immer noch zum Vorschein. Es half auch nicht gerade, dass Aiden ein unerträglicher Gewinner war – Großmut gehörte definitiv nicht zu seinen Stärken. Meistens lächelte Eve darüber hinweg und ließ ihm seinen Spaß, was sich jedoch als schwierig erweisen könnte, wenn das Wetter keine Flucht zu einem Strandspaziergang zuließ. Wenigstens schummelte er nicht mehr, wie er es getan hatte, als sie jünger gewesen waren.

»Verlieren macht mir nichts aus.«

»Daran werde ich dich erinnern, wenn ich dein erstes Schiff versenke«, sagte er und wirkte bei der Aussicht darauf viel zu euphorisch.

»Okay, dann lass uns loslegen«, sagte Eve und zog eine Grimasse. »Nichts hilft mir besser durch einen Sturm, als eine Flotte zu versenken.«

Bei den Worten lief ihr ein leichter Schauer über den Rücken. Auf dem Meeresboden um Ennisfarne lagen schon mehr als genug Schiffswracks, die teilweise Jahrhunderte alt waren, aber zum Glück war es schon lange her, dass ein großes Schiff in der Nähe untergegangen war. Dennoch war der Seerettungsdienst nach wie vor überlebenswichtig; sowohl Eve als auch Aidan hatten schon ehrenamtlich bei der Mannschaft von Seahouses ausgeholfen und hatten Freunde, die das Bootshaus bemannten. Sie schickte ein stilles Gebet zum Meer, dass die Rettungsboote dieses Wochenende nicht ausrücken mussten. Der einzige sichere Ort bei einem Sturm wie diesem war im Haus.

Als hätte das Wetter ihre Gedanken gelesen, prasselte in der nächsten Sekunde ein Hagelkornschauer gegen das Küchenfenster.

Zu Eves Füßen ließ Huxley ein leises Winseln hören und sah zu ihr auf.

»Du hast recht, mein Junge«, sagte sie und strich ihm über die nun glücklicherweise wieder sauberen Ohren. »Höchste Zeit, Holz nachzulegen. Was auch immer der Sturm noch vorhat, frieren werden wir zumindest nicht.«

Kapitel zehn

Logan

Logan Silk hatte schon schlimmere Unwetter erlebt als das, welches gerade über Ennisfarne tobte, allerdings nicht viele. Einmal war er in Nova Scotia in einen so heftigen Schneesturm geraten, dass er zwei Tage lang ungeplant mit der berüchtigten Rockband XXX eingeschneit war. Da dabei jedoch eine Reihe großartig entspannter, natürlicher Fotos der Bandmitglieder entstanden waren, die das Magazin, für das Logan damals arbeitete, begeisterten, war das kein großes Problem gewesen, und er traf sich nach wie vor ab und zu mit dem Leadsänger auf einen Drink. Und in Manila hatte es einen Taifun gegeben, der Tausende von Menschen, darunter auch Logan, in Schutzräume getrieben hatte, wo sie das Unwetter abwarten mussten. Das war weit weniger angenehm gewesen als der Schneesturm.

Er war sich sicher, dass ihm im Cottage keine Gefahr drohte – er hatte zu essen und jede Menge Bücher sowie einige DVDs, falls er anfangen sollte, sich wirklich zu langweilen –, aber das Knarzen der alten Balken des Gebäudes, das dem heulenden Wind und dem gegen die Fenster prasselnden Hagel standhielt, reichte aus, um einen gewissen Urinstinkt in ihm in Alarmbereitschaft zu versetzen. Mit einem Blick nach draußen stellte Logan fest, dass der Strandhafer auf den Dünen von der Wucht des Windes und beschwert vom Schnee regelrecht flach gedrückt wurde. Es überraschte ihn, dass so nahe am Meer überhaupt etwas davon liegen blieb. Die weiße Schicht, die hinter dem Haus den Boden bedeckte und sich in Verwehungen vor seinem Hilux und der Steinmauer neben der schmalen Straße türmte, war zwar sehr viel höher, doch auch auf den Dünen blieb jede Menge Schnee liegen. Gut, dass er sich mit Lebensmitteln eingedeckt hatte, es war durchaus möglich, dass er wieder eingeschneit würde. Und diesmal ohne Unterhaltung durch irgendwelche Rockstars.

Er war gerade in ein Buch über die turbulente Geschichte der Farne-Inseln vertieft, als die Tischlampe an seinem Ellbogen erlosch und das Wohnzimmer von einer Sekunde auf die andere in Dunkelheit getaucht wurde. Auch die Musik, die Logan abgespielt hatte, um den Lärm des Sturms zu übertönen, verstummte.

Stirnrunzelnd warf Logan einen Blick auf sein Handy – die WLAN-Verbindung war unterbrochen. Der Sturm musste einen Stromausfall verursacht haben.

Es dauerte nicht lange, bis er einige Kerzen aus der Schachtel, die er in einem der Küchenschränke fand, angezündet hatte. Ihr Licht verband sich mit dem Schein des Holzofens und erzeugte flackernde Schatten, die über die weißen Wände tanzten. Keine Elektrizität zu haben, war unangenehm, aber Logan musste zugeben, dass das Kerzenlicht eine gewisse Gemütlichkeit verbreitete und sogar einen Hauch Romantik, vor allem im Angesicht des draußen nach wie vor tobenden Unwetters. Seine dänischen Freunde würden zustimmend nicken und es *hyggelig* nennen, auch wenn Logan das Gefühl hatte, dass er wahrscheinlich sehr viel mehr Decken und Kissen sowie ausgefallenere Kerzen bräuchte, um diese Art von Atmosphäre zu kreieren. Und vielleicht etwas Gesellschaft, obwohl er ja auf der Suche nach Einsamkeit nach Ennisfarne gekommen war und sich demnach nun kaum über das Alleinsein beschweren konnte. Tatsächlich hatten sich die Inselbewohner als netter erwiesen, als er erwartet hatte, und ihn zu einem Zeitpunkt in ihre Gemeinschaft aufgenommen, als er unerwartet Unterstützung gebraucht hatte. Sie kümmerten sich umeinander, hatte ihm Freda, die Besitzerin des Dorfladens, versichert. Eine Tatsache, die erneut unter Beweis gestellt wurde, als kurz nach dem Stromausfall das Festnetztelefon im Cottage klingelte.

Als er abnahm, erklang zuerst ein Rauschen, dann gedämpft eine Stimme. »Logan? Ich bin's, Eve.«

Was ihn nicht weiter überraschte, da sonst niemand diese Nummer kannte. »Hi, Eve. Alles in Ordnung?«

»Abgesehen davon, dass man wegen des Sturms kein Netflix gucken kann, meinst du?« Das Rauschen wurde leiser, sodass er die Belustigung aus ihrer Stimme heraushören konnte. »Ja, uns geht's gut. Ich wollte nur hören, ob du genug Lebensmittel und Brennmaterial hast. Beim letzten größeren Stromausfall hat uns das Energieunternehmen Generatoren geschickt, aber bei diesem Wetter ist das natürlich nicht möglich.«

Logan warf einen Blick auf die weiße Wand vor dem Fenster. Das Meer war nicht zu erkennen, aber er konnte sich vorstellen, dass sowohl die Straße aufs Festland unbefahrbar als auch der Bootsverkehr eingestellt war.

Er blickte auf den Stapel Holzscheite im Korb neben dem Holzofen. »Kein Problem, die nächsten Stunden komme ich bestens klar. Irgendwann könnte zwar der Koffeinentzug einsetzen, aber ich kann ja stattdessen eine Flasche Wein aufmachen, wenn ich sowieso eine Zeit lang nirgendwohin gehen werde.«

In der darauffolgenden Stille fragte sich Logan, ob auch die Telefonleitungen ausgefallen waren, aber dann sprach Eve wieder. »Die Sache ist die, dass der Strom viel länger als nur ein paar Stunden ausfallen könnte. Ich glaube nicht, dass die das vor morgen früh wieder hinkriegen, und das auch nur, wenn der Sturm nachlässt. Reicht dein Brennmaterial bis dahin aus?«

Er rief sich den fast leeren Sack mit Holzscheiten in der Kiste an der Außenseite des Cottages ins Gedächtnis. Eigentlich hatte er vorgehabt, Nachschub zu besorgen, war dann jedoch nicht dazu gekommen und hatte – vielleicht zu naiv – nicht damit gerechnet, dass es einen Stromausfall geben könnte, der auch den Heizkessel für die Zentralheizung und das Warmwasser außer Betrieb setzen würde. Vor ihm lag ein langer Abend, an dem er darauf achten musste, das Feuer nicht ausgehen zu lassen, während der Wind um die Hütte peitschte. Nicht gerade das spannendste Wochenende, das er je erlebt hatte. Aber wenigstens hatte er vier Wände um sich herum und ein Dach über dem Kopf, und ein paar kalte Mahlzeiten würden ihm auch nicht schaden.

»Ich komme klar«, versicherte er Eve tapfer. »Wenn es wirklich kalt werden sollte, kann ich mich immer noch wärmer anziehen.«

Es entstand eine weitere Pause, die diesmal jedoch kürzer ausfiel. »Du kannst jederzeit zu uns kommen. Wir haben einen Aga, da köchelt gerade ein Schmortopf drin, und die Küche ist richtig gemütlich. Kaffee gibt es auch. Und natürlich ein oder zwei Flaschen Wein.«

Logan lief bei der Erwähnung des Essens das Wasser im Mund zusammen, aber er wollte Eves Gastfreundschaft nicht überstrapazieren, schon gar nicht nach ihrem holprigen Kennenlernen. Er hegte den starken Verdacht, dass sie ihm das Angebot nur aus einem Pflichtgefühl als seine Vermieterin heraus gemacht hatte und es das Letzte war, was sie wollte, dass er es annahm.

»Das ist sehr nett von dir, vielen Dank, aber ich habe alles, was ich brauche.«

Eve schnaubte. »Ich hab das nicht aus Nettigkeit angeboten, sondern aus einem reinen Selbsterhaltungstrieb. Aiden hat mich schon im Schiffeversenken geschlagen, und jetzt will er Twister spielen. Ehrlich gesagt würdest *du mir* einen Gefallen tun.«

Die Vorstellung, wie die praktisch veranlagte, nüchterne Eve versuchte, sich zu verrenken, um den Anforderungen der Twister-Nadel gerecht zu werden, entlockte Logan ein amüsiertes Lächeln. »Spielt Aiden Poker? Ich bin kein Profi, aber ich könnte ihn zu einer Runde herausfordern.«

»Deal«, antwortete Eve und klang tatsächlich sehr dankbar. »Obwohl ich nicht versprechen kann, dass Huxley nicht versuchen wird, die Karten zu fressen.«

Bei der Erinnerung an Huxley schnitt Logan eine Grimasse. Andererseits hatten sie sich seit ihrer ersten Begegnung am Strand noch ein paarmal wiedergesehen und dabei waren Huxleys Begrüßung etwas weniger ungestüm ausgefallen.

»Wie kommt er damit zurecht, im Haus eingesperrt zu sein?«

Sie lachte. »Ach, der schläft gerade hauptsächlich seine Abenteuer von heute Morgen aus. Heute Nachmittag war er kurz draußen und hat sich wie ein Welpe in den Schnee gestürzt.«

Wieder einmal musste Logan bei dem Bild, das Eves Worte in seinem Kopf hervorriefen, lächeln. »Kann ich mir vorstellen. Ehrlich gesagt bin ich total überrascht, dass so viel liegen bleibt.«

»Laut Wetterbericht soll noch mehr runterkommen«, sagte Eve. »Hast du Winterreifen drauf?«

Er dachte an seinen gebrauchten Hilux und runzelte

die Stirn. »Würde mich überraschen. Ich hätte niemals gedacht, dass ich welche brauche.«

»Kein Problem. Wir haben einen alten Land Rover mit Reifen, die alles aushalten. Es ist wahrscheinlich am besten, wenn ich dich abhole.«

»Ich kann nicht verlangen, dass du so ein Risiko eingehst.« Die Worte waren heraus, bevor Logan sie aufhalten konnte. Das Schnauben am anderen Ende der Leitung verriet ihm, dass er es geschafft hatte, sie zu verärgern.

»Ein *Risiko* bestünde, wenn du in einen Wagen mit den falschen Reifen für dieses Wetter steigst und damit auf einer Straße fährst, die du nicht gut kennst«, erwiderte Eve knapp. »Und wenn du einen Unfall hättest, müsste ich sowieso kommen und dich retten.«

Ein Argument, das nicht von der Hand zu weisen war, dachte Logan und fragte sich wieder einmal, was Eve Darling an sich hatte, dass er sie ständig unterschätzte. Sie war zwar eher klein und zierlich – die meisten Models, mit denen er arbeitete, würden sie um einiges überragen –, aber die fehlende Körpergröße machte sie mit ihren Fähigkeiten, ihrer Hartnäckigkeit und ihrer praktischen Veranlagung mehr als wett.

»Deswegen hole ich dich ab«, bekräftigte Eve, hielt dann kurz inne und fügte hinzu: »Es sei denn, du traust tatsächlich meinen Fahrkünsten nicht.«

In diesem Moment wurde Logan klar, dass er sich selbst mit dem Rücken zur Wand gestellt hatte. Ohne Frage würde er alleine klarkommen; der Sturm würde sich irgendwann legen, das Energieversorgungsunternehmen würde Ennisfarne mit Notstromaggregaten versorgen können, falls sie das Netz nicht ohnehin schon bald wiederherstellten, und er war weder im Begriff zu verhungern noch an Unterkühlung zu sterben. Aber wenn er das Angebot jetzt ablehnte, würde es so wirken, als traute er Eves Fahrkünsten nicht über den Weg, womit er einmal mehr sexistisch rüberkommen würde. Er war nicht gerade scharf darauf, diesen Eindruck bei ihr zu verstärken. Außerdem musste er zugeben, dass Eves Angebot ziemlich verlockend klang: eine gemütliche Küche, in der es nach leckerem Essen duftete und in der man sich unterhalten und miteinander lachen konnte. Logan war sich sicher, dass seine dänischen Freunde ihm versichern würden, dass das deutlich näher an *hyggelig* herankam, als die Nacht bibbernd alleine im Cottage zu verbringen.

»Ich habe eine Flasche argentinischen Rotwein und ein Kartenspiel hier«, sagte er. »Soll ich sonst noch was mitbringen?«

»Dein Portemonnaie«, antwortete Eve wie aus der Pistole geschossen. »Ich spiele auch Poker.«

Ein Hauch von Wärme und der köstliche Duft des Stews hüllten Logan wie eine warme Umarmung ein, sobald er die kleine, schwach beleuchtete Küche betrat.

Er blieb einen Moment in der Tür stehen und nahm die Szenerie in sich auf. Die Quelle der Wärme und des leckeren Geruchs war ein kirschroter Aga, der beinahe eine ganze Wand des Raumes einnahm. Auf der Arbeitsplatte zu beiden Seiten standen silberne Laternen, die einen goldenen Schein warfen, der sich mit dem der Kerzen auf dem antik aussehenden Eichentisch in der Mitte des Raumes vermischte. Am Tisch saß Aiden, der ein Puzzle vor sich ausgebreitet hatte. Er hob gerade eine Hand zur Begrüßung, als Huxley, dessen Schwanz vor unbändiger Begeisterung hin- und herschlug, auf Logan zustürmte.

»Platz, Huxley«, rief Eve streng, ein Kommando, das der Labrador ignorierte. »Huxley! Aus!«

»Schon okay«, beruhigte Logan sie und kraulte den Hund hinter den Ohren. »Ich habe meine Kamera im Cottage gelassen.«

Was nicht stimmte. Seine Lieblings-Nikon war sicher in dem Rucksack auf seinen Schultern verstaut, den er hastig mit einer Zahnbürste und Wechselkleidung gefüllt hatte, für den Fall, dass das Wetter es zuließ, den Steinbogen in der Bucht während des Sturms zu fotografieren. Er war noch nie der Typ gewesen, der extremen Wetterlagen nachjagte, um die Unbändigkeit der Elemente einzufangen, aber das bedeutete nicht, dass er eine Chance nicht nutzte, wenn sie sich ihm bot.

»Er muss lernen, sich zu benehmen«, sagte Eve und schaute Huxley an. »Es wird wirklich Zeit, dass das Hundetraining beginnt.«

Der Hund leckte Logans Hand und blickte mit frech blitzenden braunen Augen zu ihm auf, scheinbar weitestgehend unbeeindruckt von der Missbilligung seiner Besitzerin, und er erinnerte sich daran, wie Freda zu ihm gesagt hatte, es sei schwer, Huxley etwas übel zu nehmen. »Er ist noch ziemlich jung, oder?«

»Das sage ich Eve auch immer«, bekräftigte Aiden. »Er ist gerade erst ein Jahr alt geworden und in vielerlei Hinsicht noch ein Welpe.«

Eve verschränkte die Arme. »Ein Welpe, der fünfunddreißig Kilo wiegt und unfähig ist, seine Kräfte einzuschätzen. Keine ideale Kombination.«

Was Logan aus leidvoller Erfahrung nur bestätigen konnte. »Das lernt er sicher noch.«

»Besser wär's«, sagte Eve und stieß einen Seufzer aus, der jedoch eher liebevoll als genervt klang. »Wenigstens hat er dich diesmal nicht von den Beinen gefegt. Soll ich dir das Gästezimmer zeigen, damit du deine Tasche abstellen kannst? Allerdings ist es nicht ganz so gemütlich wie die Küche, fürchte ich.«

Kaum dass sie die Küche verließen, war der Temperaturunterschied deutlich spürbar. In der Nähe der Treppe deutete Eve auf eine verschlossene Tür, die vom Flur abging. »Im Wohnzimmer gibt es einen Kamin, wir sind also nicht allein auf die Küche angewiesen, aber die Zimmer oben werden über die Zentralheizung beheizt.« Sie warf einen Seitenblick auf Logan. »Ich hoffe, du hast einen warmen Pyjama dabei.«

Er konnte nicht erkennen, ob sie einen Scherz machte. Gab es tatsächlich Menschen unter sechzig, die einen Schlafanzug besaßen? Er schlief normalerweise nackt.

»Natürlich«, sagte er ernst. »Und Schaffellpantoffeln.«

Sie nickte. »Halt die bloß von Huxley fern. Er liebt Pantoffeln, je flauschiger, desto besser.«

Offensichtlich hatte sie keinen Witz gemacht, und Logan fragte sich, warum er jemals daran gezweifelt hatte. Eve war praktisch veranlagt, natürlich besaß sie geeignete Kleidung, um sich warm zu halten. »Dann lasse ich die besser oben.«

Das Gästezimmer war klein und wirklich ziemlich kalt. Aber auf dem Einzelbett lagen ein dickes Federbett und eine sonnengelbe Decke, die groß genug schien, dass sich Logan doppelt darin einwickeln konnte. Wenn der Wind weiter so heulte, würde er sie brauchen, dachte er und betrachtete das undurchdringliche Weiß draußen vor dem Fenster.

»Mir ist klar, dass es wahrscheinlich nicht ganz das ist, was du gewohnt bist«, sagte Eve, wobei ihr eine leichte Röte in die Wangen kroch. »Es gibt definitiv kein eigenes Bad.«

Es stimmte, dass er in einigen der prestigeträchtigsten Hotels der Welt übernachtet hatte, aber Logan hatte auch einmal drei Tage lang im Herzen des australischen Busches gecampt, um das unglaubliche Farbenspiel am Uluru zu verschiedenen Tages- und Nachtzeiten einzufangen, und eine kalte, einsame Nacht in einem Zelt am Rande des Polarkreises auf der Jagd nach Polarlichtern verbracht. Im Vergleich damit war ein Einzelbett mit Kissen und Decke purer Luxus.

»Es gibt alles, was ich brauche«, sagte er zu Eve und setzte seinen Rucksack ab. »Und noch mal vielen Dank, dass du mich abgeholt hast. Wahrscheinlich wäre ich in der nächsten Hecke gelandet, wenn ich versucht hätte, selbst zu fahren.«

Was er absolut aufrichtig meinte. Die Fahrt war kurz, aber tückisch gewesen, mit schlechter Sicht aufgrund des Schnees, der vom Himmel fiel und gleichzeitig von der Straße aufgewirbelt wurde. Selbst die dicken Reifen des Land Rovers hatten Mühe gehabt nicht wegzurutschen. Eve hatte die Fahrt jedoch wie ein Profi gemeistert und den Wagen gekonnt über die schmale Straße gelenkt.

»Kein Problem. Ich zeig dir noch schnell, wo das Bad ist, dann können wir in die warme Küche zurück.«

Fast wie aufs Stichwort knurrte Logans Magen. »Tut mir leid. Dein Stew riecht so lecker, und ich weiß nicht mehr, wann ich das letzte Mal was gegessen habe.«

Eve nickte verständnisvoll, als sie ihm voraus den Flur entlangging. »Das ist das Komische daran, bei einem Sturm scheint die Zeit stillzustehen.« Sie öffnete eine Tür und gab damit den Blick auf ein geräumiges weißes Badezimmer frei. »Aber das Kompliment für das Essen gebührt nicht mir. Wenn's sein muss, kann ich kochen, aber Aiden ist bei uns der eigentliche Held der Küche. Ich kann gut mit einem Schraubenschlüssel umgehen, aber ich bin total unkreativ.«

Logan war der Meinung, dass jeder Mensch mit einer angeborenen Kreativität auf die Welt kam, die im Laufe des Erwachsenwerdens einfach verschüttet wurde, widersprach ihr jedoch nicht. »Ich freu mich auf jeden Fall drauf, egal, wer gekocht hat.«

»Dann sollten wir keine Zeit mehr mit der Badbesichtigung verschwenden«, erwiderte Eve und machte sich auf den Weg zur Treppe. »Mit ein bisschen Glück hat Aiden daran gedacht, die Klöße dazuzugeben.«

Aiden hatte daran gedacht, und das Ergebnis, das mit cremigem Kartoffelpüree und warmem knusprigem Brot serviert wurde, war so lecker, dass sich Logan sicher war, noch lange an dieses Essen zurückzudenken. Aiden brachte ihn mit Geschichten über seine Kindheit auf Ennisfarne zum Lachen, wobei seine wilden Erinnerungen gelegentlich von Eve etwas abgeschwächt wurden, und Logan nutzte die Gelegenheit, die Dynamik zwischen den beiden zu beobachten. Eve ging eindeutig in ihrer Rolle als große Schwester auf, und es war klar, dass sie eine Menge tat, um Aidens Leben zu erleichtern, während er sich zurücklehnte und sie machen ließ. Aber die Zuneigung zwischen den beiden war offensichtlich, selbst wenn sie sich in die Haare bekamen.

»Hast du schon immer auf Ennisfarne gelebt?«, fragte er Eve in einer kurzen Gesprächspause.

Sie nickte. »Wir sind durch und durch Farne-Insulaner, hier geboren und aufgewachsen.«

Logan versuchte, sich vorzustellen, sein ganzes Leben an dem Ort zu verbringen, an dem er groß geworden war – einer kleinen unscheinbaren Stadt in Hampshire – und scheiterte. »Aber du bist sicher häufiger auf dem Festland gewesen und gereist, oder?«

»Wir sind auf dem Festland zur Schule gegangen, in Berwick-upon-Tweed«, antwortete sie. »Wegen der Gezeiten müssen alle Inselkinder unter der Woche aufs Internat, sobald sie alt genug sind. Und natürlich fahre ich jetzt ziemlich oft nach Berwick oder Newcastle und in den Ferien auch an andere Orte, zum Beispiel den Lake District. Aber ich bin nie in Versuchung geraten, von hier wegzuziehen.«

»Du hast das Vereinte Königreich noch nie verlassen?«, fragte Logan, wobei er versuchte, seine Ungläubigkeit zu verbergen.

Sie verschränkte die Arme. »Ich bin glücklich hier. Ennisfarne hat alles, was ich brauche, warum sollte ich irgendwo anders hinwollen?«

»Aber es gibt so viel zu sehen«, protestierte Logan. »Reisen öffnet die Augen. Es …«

»Erweitert deinen Horizont?«, warf Eve ein und hob die Augenbrauen.

Aiden verfolgte das Gespräch wie ein Tennismatch in Wimbledon. Er meldete sich jedoch nicht zu Wort und überließ es Logan, den Kopf in Anerkennung von Eves Argument zu neigen. »Okay, ja, das ist ein Klischee, aber nur deswegen, weil es wahr ist. Es hat etwas Außergewöhnliches, neue Orte und andere Kulturen kennenzulernen, zu sehen, wie andere Menschen leben. Man fühlt sich fremd und klein, während man gleichzeitig sein Verständnis für die Welt und seinen Platz darin erweitert.«

Sie hob beschwichtigend die Hände, ihre blauen Augen blitzten. »Ich hab's kapiert, du reist gerne. Bei mir ist es anders, ich habe bisher einfach nie den Drang danach verspürt.«

In Eves Stimme schwang ein leiser warnender Unterton mit, trotzdem starrte Logan sie an, als hätte sie etwas völlig Unbegreifliches gesagt. »Wolltest du noch nie die Sonne hinter den Pyramiden untergehen oder die Nordlichter über den Himmel tanzen sehen? Im Great Barrier Reef tauchen?«

Eve zögerte und drehte den Stiel ihres Weinglases zwischen den Fingern. »Das klingt alles sehr verlockend, aber es handelt sich immer nur um kurze Momente. Highlights, nehme ich an. Und die machen nicht das wahre Leben aus. Ich denke, was ich sagen will, ist, dass ich nie mehr wollte, als Ennisfarne zu bieten hatte.«

»Dann kannst du dich glücklich schätzen«, sagte Logan, nachdem er einen Moment lang über ihre Bemerkung nachgedacht hatte. »Ich glaube nicht, dass ich jemals diese Art Zufriedenheit oder Genügsamkeit empfunden habe.«

Es gab eine Pause, in der Eves Blick auf Logan ruhte und etwas zwischen ihnen hin- und herging – vielleicht ein Funken des gegenseitigen Verständnisses –, bevor Aiden fröhlich einwarf: »Ich konnte es nicht erwarten, hier wegzukommen. Aber die Heimat hat mich zurückgeholt, und jetzt hält Eve mich hier fest, damit ich nicht wieder weglaufe.«

Der absurde Vorwurf löste die Spannung in Eves Gesicht. »Das tue ich nicht. Du kannst jederzeit gehen, und das weißt du auch.«

Aiden zwinkerte Logan zu. »Das behauptet sie, aber ohne mich wäre sie verloren.«

Ein spöttisches Schnauben kam über Eves Lippen. »Es ist genau andersrum. Und du bist einfach nicht organisiert genug, um über das Stadium der Tagträumerei hinauszukommen.«

»Stimmt«, bestätigte Aiden mit einem unbekümmerten Achselzucken. »Und genau deshalb musst du mitkommen. Ich brauche dich für die Planung.«

»Davon habe ich hier genug, danke.« Sie warf einen Blick auf Logan. »Wir sind zwar weit weg vom Great Barrier Reef, aber in der Umgebung von Ennisfarne gibt es jede Menge Wracks, falls du gerne tauchst. Vorausgesetzt, du bist erfahren genug.«

»Ich habe früher viel Unterwasserfotografie gemacht, aber das ist schon lange her«, sagte Logan und schüttelte den Kopf. »Ich wette, ich hab alles vergessen.«

»Eve ist qualifizierte Tauchlehrerin«, sagte Aiden. »Sie könnte dir einen Auffrischungskurs geben.«

Eves Augenbrauen hoben sich, während sie erst ihren Bruder und dann Logan ansah. »Theoretisch ja. Aber es käme darauf an, wie erfahren du tatsächlich bist, wann du Zeit hast und …« Sie zögerte, bevor sie fortfuhr: »Dir wäre es vielleicht lieber, den Kurs bei jemand anderem zu machen. Ich könnte dir eine Empfehlung geben, wenn dir das lieber ist.«

Logan konnte über die Gründe für ihr Zögern nur Mutmaßungen anstellen, aber er nahm an, dass sie entweder davon ausging, er würde an ihrer Kompetenz zweifeln, oder dass sie keine Lust hatte, ihn zu unterrichten. Er war sich nicht sicher, was er schlimmer finden würde.

»Ehrlich gesagt weiß ich noch nicht, ob ich Zeit dafür haben werde«, wich er diplomatisch aus. »Aber mit deinem Nachnamen hätte ich gleich ahnen müssen, dass du dich zu Schiffswracks hingezogen fühlst. Seid ihr mit Grace Darling verwandt?«

Eve nickte. »Eine Tante, mehrere Generationen zurückliegend natürlich. Sie ist sehr jung an Tuberkulose gestorben, ohne direkte Nachkommen zu haben. Das war ziemlich tragisch.«

Nicht lange nach seiner Ankunft auf Ennisfarne war Logans Neugierde durch eine schwache Erinnerung an eine viktorianische Heldin mit demselben Nachnamen wie Aiden und Eve geweckt worden. Eine kurze Internetrecherche hatte seine verschwommene Erinnerung an eine todesmutige Seenotrettung konkretisiert: Grace war 1838 zu einer nationalen Heldin geworden, nachdem sie ihr Leben riskiert hatte, um Überlebende eines schrecklichen Schiffsunglücks in stürmischer See nahe einer der kleineren Farne-Inseln zu retten. Es hatte Logan nicht viel abverlangt, eine Verbindung zwischen Darling Cove und Grace selbst zu vermuten, und Eves Bestätigung machte ihre Verbundenheit mit Ennisfarne noch verständlicher. Ihre Wurzeln auf diesen Inseln reichten offensichtlich sehr tief.

»Es muss toll sein, so eine berühmte Vorfahrin zu haben«, bemerkte er. »Ist die Geschichte im Schulunterricht auch Thema?«

»Zumindest hier im Umkreis«, antwortete Eve. »Grace liegt auf dem Friedhof der St. Aidan's Church in Bamburgh begraben. Und es gibt auch ein Museum, das ihr gewidmet ist.«

Aiden lehnte sich nach vorne. »Sie bekam jede Menge Aufmerksamkeit; nachdem die Leute von der Rettung und ihrer Tapferkeit erfahren haben, ist sie zu einer richtigen Berühmtheit geworden. Es sind sogar Künstler hergekommen, die sie malen wollten. Wordsworth hat ein Gedicht über sie geschrieben, und Queen Victoria hat ihr fünfzig Pfund geschenkt.«

»Es gab auch ziemlich viele Heiratsanträge«, fügte Eve kopfschüttelnd hinzu. »Nicht dass sie auch nur einen davon angenommen hätte, dafür war sie viel zu klug.«

Logan versuchte sich vorzustellen, wie verwirrend es für Grace gewesen sein musste, von einem auf den anderen Tag in aller Munde zu sein, ohne es darauf angelegt zu haben.

»Glücksritter?«, fragte Logan.

»Eher Mitgiftjäger«, antwortete Aiden. »Der Ruhm hat einen anständigen Batzen Geld mit sich gebracht. Grace war plötzlich ein guter Fang.«

»Damals war das Leben natürlich noch ein ganz anderes«, sagte Eve. »Frauen hatten viel weniger Möglichkeiten. Aber welcher Idiot macht bitte jemandem nur aufgrund einer Zeitungsmeldung einen Heiratsantrag? Umso mehr bewundere ich Grace, weil sie sich auf so einen Blödsinn gar nicht erst eingelassen hat.«

Logan lächelte. »Dann findest du das gar nicht romantisch? Stell dir das mal vor, dass alle Logik und Vernunft angesichts des unglaublichen Mutes von jemandem weggefegt werden und man sich nur deswegen zu einer Person hingezogen fühlt. Ist dieses Gefühl der Verbundenheit nicht ein Teil dessen, was uns menschlich macht?«

Sie sah ihn einen Moment lang schweigend und mit gerunzelter Stirn an. »Ja, vielleicht in einem Buch oder Film, aber im wirklichen Leben ist das nicht romantisch, sondern einfach nur gruselig. Selbst nach viktorianischen Maßstäben.«

»Du wirst meine vernünftige Schwester niemals dazu bringen, etwas durch die rosarote Brille zu sehen, Logan«, sagte Aiden und schüttelte amüsiert den Kopf. »Sie lässt ihr Herz nie über den Kopf entscheiden.«

»Hey«, widersprach Eve und verpasste ihrem Bruder einen Klapps auf den Arm. »Das ist nicht wahr. Ich mag gute Liebesgeschichten genauso gern wie jeder andere. Aber es ist nun mal nicht romantisch, einen völlig Fremden zu heiraten, egal, was einem Reality-TV suggerieren will.« Sie schüttelte den Kopf, als ihr dazu noch ein anderer Gedanke kam. »Und die Überzeugung, mit der diese Typen von Grace erwartet haben, dass sie Ja sagt! Wetten, dass keiner von denen ein Märchenprinz war?« Das Aufblitzen in ihren Augen war unverkennbar; dies war eindeutig ein Thema, das sie mit Leidenschaft verfolgte.

Logan nippte an seinem Wein und versuchte, nicht darauf zu achten, wie das Kerzenlicht den goldenen Ton ihrer Haare einfing.

»Ich will dir gar nicht widersprechen«, erwiderte er sanft. »Aber du hast eben selbst gesagt, dass das Leben damals ein anderes war. Man kann Entscheidungen, die in einer anderen Zeit getroffen wurden, nicht immer eins zu eins durch eine moderne Brille betrachten. Und da Grace nicht geheiratet hat, war der Druck der Erwartungen vielleicht nicht so groß, wie wir annehmen.«

»Oder sie hatte einfach die Kraft, Nein zu sagen«, erwiderte Eve. »Und das Glück, ein finanzielles Polster zu haben, das ihr das ermöglicht hat. Ich glaube nicht, dass viele Frauen ihrer Zeit die gleichen Möglichkeiten hatten.«

Auch dieser Tatsache konnte Logan nicht widersprechen. Nicht, dass er in Versuchung gewesen wäre. Eve brachte ihre Argumente klar auf den Punkt, und sie hielt auch so schon wenig genug von ihm.

»Ich bin sicher, du hast recht«, sagte er und hob sein fast leeres Glas zu einem Toast. »Auf die starken Frauen, damals und heute.«

Als Eve ihn anlächelte, dachte Logan, dass vielleicht etwas von dem Eis in ihren blauen Augen getaut war.

»Dann sind wir uns ja einig«, sagte sie, während sie zuerst mit ihm und anschließend mit ihrem Bruder anstieß. »Prost, Jungs. Also, wer hat Lust auf eine Partie Poker?«

Kapitel elf

Eve

Als Eve am Sonntagmorgen aufwachte, war das Erste, was ihr auffiel, dass der Wind nicht mehr so klang, als würde er versuchen, das Dach abzutragen. Das Zweite war ein zartes, aber hartnäckiges Pochen in ihren Schläfen, das verräterische Zeichen dafür, dass sie in der Nacht zuvor vielleicht ein Glas zu viel getrunken hatte.

Sie blieb einen Moment lang ruhig liegen, um die Stärke des Unwetters und ihres Katers abzuschätzen; es stürmte nach wie vor, aber nicht mehr ganz so heftig wie am Tag zuvor. Das helle Schimmern hinter den Vorhängen deutete darauf hin, dass noch mehr Schnee gefallen war. Die Kopfschmerzen waren nichts, was ein zügiger Spaziergang am Strand nicht beheben würde, aber der schien noch für eine ganze Weile keine Option zu sein. Erst einmal Schmerzmittel, beschloss sie, und dann ein anständiges Frühstück.

Eve schwang ihre Füße über die Bettkante und durchforstete ihre Erinnerungen an den vergangenen Abend. Soweit sie sich entsinnen konnte, war das Pokerspiel schuld an ihrem pochenden Schädel. Die Partie war viel länger gegangen, als sie alle erwartet hatten, was bedeutete, dass auch mehr Wein geflossen war. Außerdem erinnerte sie sich, viel gelacht zu haben. Wie sich herausgestellt hatte, verbarg sich hinter Logans kühler Fassade ein robuster Sinn für Humor. Außerdem war er ein sehr guter Pokerspieler – er hatte mehrere Hände gewonnen, aber letztendlich hatte das nicht ausgereicht, um als Sieger vom Tisch zu gehen. Bei dem Gedanken daran verspürte Eve Befriedigung. Sie hatte damit gerechnet, dass Logan sie unterschätzen würde, und es hatte ihr großes Vergnügen bereitet, das gegen ihn auszunutzen. Obwohl sie bezweifelte, dass er denselben Fehler noch einmal begehen würde, zumindest was das Pokern anging.

Auf dem Flur war es fast genauso kalt wie in Eves Schlafzimmer. Hastig lief sie die Treppe hinunter, um so schnell wie möglich in die warme Küche zu kommen. Zwar hatte die sich über Nacht ebenfalls merklich abgekühlt, aber dort war es immer noch molliger als auf der eiskalten oberen Etage.

Als sie die Küche betrat, hob Huxley den Kopf und schlug mit dem Schwanz auf den Steinboden.

»Morgen, mein Junge«, sagte Eve und öffnete die Hintertür, um ihn rauszulassen. Als ihr der eisige Luftzug Schneeflocken ins Gesicht blies, erschauerte sie und zog die Tür rasch wieder so weit zu, bis sie nur noch einen Spalt offen stand, durch den sie Huxley zusehen konnte. Der Anblick, wie er über den Hof sprang und fröhlich im Schnee schnüffelte, ließ ihre Kopfschmerzen abklingen. Dennoch war sie froh, als er sein Morgengeschäft erledigt hatte und sie die Tür wieder gegen den beißenden Wind schließen konnte.

»Sieht nach einem weiteren Tag im Haus aus«, sagte sie zu dem Labrador, während sie ihm die Schneereste aus dem gewellten braunen Fell strich. »Tut mir leid.«

Daraufhin tapste der Hund zu seinem Körbchen in der Nähe des Ofens hinüber, ließ sich wieder in die weichen Kissen fallen und schloss zufrieden die Augen.

Eve lächelte vor sich hin; selbst Huxley war nicht so verrückt, sich bei einem Schneesturm länger als nötig draußen aufzuhalten.

Sie zog ihren dicken Morgenmantel etwas fester um die Schultern, stellte einen schweren schwarzen Kessel auf die Herdplatte und entzündete den Gasbrenner darunter. Dann betrachtete sie den Tisch, ein stummes Zeugnis des vergangenen Abends: Weingläser mit rubinrotem Boden, daneben zwei leere Flaschen und die Reste von Käse und Crackern, an die sie sich erst jetzt erinnerte. Die schmutzigen Teller vom gemeinsamen Abendessen stapelten sich neben der Spüle. Nach einem wehmütigen Blick auf den Geschirrspüler, der strom- und nutzlos unter der Arbeitsplatte stand, machte sich Eve daran, das Spülbecken mit heißem Wasser zu füllen.

Sie hatte bereits den Tisch abgeräumt und gewischt und war halb mit dem Abwasch fertig, als die Küchentür knarrend aufging. In der Erwartung, dass es Aiden war, griff sie nach einem Geschirrtuch und winkte damit in seine Richtung. »Wurde auch Zeit. Hilf mir, das hier aufzuräumen, bevor Logan runterkommt, ja?«

»Ich fürchte, dafür ist es zu spät.«

Das war nicht die Stimme ihres Bruder.

Verlegen, obwohl sie nicht wirklich wusste, warum, drehte sie sich zu Logan um und machte ein entschuldigendes Gesicht. »Sorry«, sagte sie und ließ das Geschirrtuch auf die Arbeitsplatte fallen. »Ich hätte nicht gedacht, dass du so früh wach bist.«

»Ich auch nicht«, erwiderte Logan und beugte sich hinunter, um Huxley die Ohren zu kraulen, bevor er die Küche durchquerte und das Geschirrtuch in die Hand nahm. »Der Wind hat mich geweckt. Dann konnte ich nicht mehr einschlafen, also hab ich mich auf die Suche nach einem Tee gemacht.«

Eve deutete auf Kessel, in dem das Wasser fast kochte. »Ist in der Mache.« Sie warf einen Blick auf Logan, der nach einem nassen Teller auf dem Abtropfgitter griff. »Das ist wirklich nicht nötig. Du bist unser Gast.«

»Ein Gast, den ihr freundlicherweise während eines Sturms aufgenommen und verpflegt habt. Das Geschirr abzutrocknen, ist das Mindeste, was ich tun kann.«

Sie verlagerte ihr Gewicht von einem Fuß auf den anderen, wohl wissend, dass es unhöflich gewesen wäre, darauf zu bestehen, dass er nicht half. Mal abgesehen davon, dass es vermutlich weniger unangenehm für ihn war, als am Tisch zu sitzen und ihr zuzusehen.

»Okay«, sagte sie, nachdem sie ein paar Sekunden hin und her überlegt hatte. »Danke.«

Eve wandte ihre Aufmerksamkeit wieder dem Abwasch zu und begann, die angebackenen Reste von den Seiten der Auflaufform abzuschrubben. »Hast du gut geschlafen? Ich hoffe, das Unwetter hat dich nicht die ganze Nacht wach gehalten.«

»Das hat mich überhaupt nicht gestört«, antwortete Logan. »Obwohl der Wein wahrscheinlich seinen Teil dazu beigetragen hat … Inzwischen klingt es aber weit weniger schlimm da draußen als gestern.«

Eve nickte. »Ich glaube auch, dass sich die Lage ein wenig beruhigt hat.« Sie blickte durch das Küchenfenster auf den schneebedeckten Hof. »Aber der Wind ist nach wie vor heftig. Ich bezweifle, dass es heute schon wieder Strom geben wird, wenn es so weitergeht.«

»Und keine Notstromaggregate«, bemerkte Logan. »Wie kommen die anderen Inselbewohner damit zurecht?«

»Das Nook ist unser Notfall-Hauptquartier. Jeder, der Hilfe braucht, wendet sich an Freda, und die treibt dann Unterstützung auf. Hamish hat einen Generator im Fisherman's Arms, deswegen sind die meisten Dorfbewohner, die sich weniger gut selbst helfen können, gestern dorthin gegangen.« Sie hielt inne. »Da wird es heute Morgen auch den ein oder anderen dicken Schädel geben.«

Logan verzog das Gesicht. »Wenigstens wurden die nicht beim Pokern über den Tisch gezogen. Wie viel hast du mir am Ende insgesamt abgeknöpft?«

Sie schürzte die Lippen und rechnete im Geiste ihren Gewinn zusammen. »Das müssen um die zehn Riesen gewesen sein.«

Logan schüttelte ungläubig den Kopf. »Der Royal Flush in der letzten Runde hat mir den Rest gegeben. Gut, dass wir nur um Streichhölzer gespielt haben.« Er hob die Kasserolle hoch und begann sie abzutrocknen. »Hast du schon mal drüber nachgedacht, beruflich zu spielen? Du hast ein super Pokerface.«

»Ha, ha!« Eve ließ das Wasser aus der Spüle ab. »Wenn du denkst, dass ich gut bin, solltest du mal gegen George spielen. Er ist der Pokerkönig von Ennisfarne, obwohl Hettie ihm verboten hat, die Touristen abzuzocken. Sie sagt, es sei grausam, ihnen den Urlaub zu verderben.«

»Darauf wette ich«, sagte Logan lachend, und Eve wurde daran erinnert, wie anders er aussah, wenn er kein so ernstes Gesicht machte. Dann schüttelte sie sich im Geiste, denn es war ziemlich wahrscheinlich, dass Aiden jeden Moment auftauchen würde, und das Letzte, was sie brauchen konnte, war, dass er sie dabei erwischte, wie sie Logan anschmachtete, als wäre sie dreizehn Jahre alt.

Sie hob den Kessel vom Aga und trug ihn zum Tisch. »Jedenfalls haben wir alle schon gegen George verloren. Sollte er jemals nach Vegas gehen, gibt's ein Gemetzel.«

Logan grinste. »Ich würde gutes Geld bezahlen, um dabei zu sein.«

»Sag ihm das bloß nicht«, warnte Eve. »Er hat schon versucht, Hettie davon zu überzeugen, dass Vegas das perfekte

Flitterwochen-Ziel ist. Wenn sie rausfindet, dass du ihn noch dazu ermutigst, zerreißt sie dich in der Luft.«

»Verstanden«, sagte Logan. »Wann ist denn der große Tag?«

Zu bald, war Eve versucht zu sagen, während sie dampfendes Wasser in die bauchige braune Teekanne schüttete, die ihrem Vater gehört hatte. Soweit sie wusste, hatten George und Hettie nicht einmal in Erwägung gezogen, ihre Zeremonie irgendwo anders als auf Ennisfarne abzuhalten, und trotz der langen religiösen Geschichte der Insel waren beide nicht scharf auf eine kirchliche Trauung. Das Darling's war die naheliegende Wahl für ihre Feier; Eve und Aiden veranstalteten jedes Jahr eine Handvoll persönlicher Hochzeiten, was kein Problem war, solange es der Standesbeamte rechtzeitig über den Damm schaffte, um die Trauung durchzuführen. Allerdings entschieden sich die meisten Paare für eine Heirat im Sommer, wenn das Wetter zuverlässiger war und der Strand sich von seiner besten Seite zeigte. Das erste Aprilwochenende dagegen konnte wettertechnisch alles Mögliche bereithalten, und Eve war aus mehreren Gründen besorgt, nicht zuletzt, weil der April mit beängstigender Geschwindigkeit näher rückte. Natürlich hatte sie trotzdem nicht Nein sagen können, als George sie gefragt hatte.

»Das ist das Datum, an dem Hetties Eltern vor Jahren geheiratet haben«, hatte er gesagt und sie mit einem hoffnungsvollen Blick bedacht. »Es würde ihr – uns beiden – viel bedeuten, wenn du drüber nachdenkst.«

Eve war sofort klar gewesen, dass sie den beiden ihren Wunsch auf keinen Fall abschlagen konnte. George war, so lange sie denken konnte, eingefleischter Junggeselle gewesen, und die meisten Inselbewohner hatten angenommen, er würde es für den Rest seiner Tage bleiben. Denn wer heiratete schließlich einen eingefahrenen sturköpfigen Fischer, dessen Körperpflege schon vor dem Verlust seines Geruchssinns zu wünschen übrig gelassen hatte? Doch dann war etwas völlig Unerwartetes geschehen: George lernte Hettie kennen, eine Witwe, die nach Ennisfarne gezogen war, nachdem ihr Sohn nach Australien ausgewandert war, und zwischen den beiden entwickelte sich eine unwahrscheinliche, aber bezaubernde Freundschaft. Irgendwie gelang es Hettie, hinter dem ungepflegten grauen Bart und der schmuddeligen gelben Regenjacke die großzügige und kluge Seele zu erkennen. Und George war im Angesicht ihrer Aufmerksamkeit aufgeblüht, hatte sich sogar die Haare schneiden lassen und versucht, seinen Bart zu stutzen, wenn auch mit mehr Enthusiasmus als Geschick. Hamish staunte nicht schlecht, als George bei seiner ersten Verabredung mit Hettie im Fisherman's Arms einen dicken cremefarbenen Pullover und eine ziemlich saubere Jeans trug. Es war das erste Mal seit Jahren, dass man ihn in etwas anderem als seiner Arbeitskleidung gesehen hatte. Schon bald waren sie ein festes Paar, wobei die Tatsache, dass Hetties Geruchssinn einige Jahre zuvor durch eine Krankheit beeinträchtigt worden war, eine große Hilfe darstellte. Sie waren, wie Freda mit Genugtuung festgestellt hatte, wie füreinander geschaffen, und die ganze Insel freute sich auf die Hochzeit.

»Anfang April«, sagte Eve zu Logan. »In vier Wochen, um genau zu sein. Alle Inselbewohner kommen, das wird eine tolle Feier.«

Als er lächelte, erkannte Eve ihren Fehler. »Ich bin mir sicher, dass du auch herzlich willkommen bist. Die Einladungen wurden nur schon verschickt, bevor du angereist bist.« Sie nickte nachdrücklich. »So wie ich die beiden kenne, lautet das Motto: Je mehr, desto besser.«

Logan sah alles andere als überzeugt aus. »Gibt es einen Junggesellenabschied?«

Die Frage beschwor Bilder herauf, die Eve nicht schnell genug wieder loswerden konnte. »Ja, ich glaube im Fisherman's Arms. Da kannst du bestimmt auch hingehen, wird allerdings eine Menge Seemannshumor geben, denke ich.«

»Meinst du wirklich? Zum Junggesellenabschied ist ja meist ein viel kleinerer Kreis eingeladen als zur Hochzeit. Ich kenne das so, dass nur die engsten Freunde des Bräutigams dabei sind. Da kann ich mich nicht einfach so einladen.«

»Glaub mir, das ist hier anders«, erwiderte Eve entschieden. »Wir halten nicht viel von Förmlichkeiten. Wenn es eine Party gibt, ist jeder eingeladen. Du könntest sogar zu Hetties Junggesellinnenabschied kommen, wenn du wolltest, selbst dann würde niemand mit der Wimper zucken.«

Logan hob amüsiert die Augenbrauen. »Und, gehst du hin?«

»Zu Hettie, ja.« Eve rührte Milch in ihren Tee. »Aber zu Georges Party kriegen mich nicht mal zehn wilde Seepferdchen.«

Er lachte. »Verstehe. Ich war noch nie auf einem Junggesellenabschied, also kann ich dazu nicht wirklich viel sagen.«

»Oh.« Eve rührte in ihrem Tee und dachte über seine Worte nach. War es nicht seltsam, dass ein Mann Mitte dreißig noch nie auf einem Junggesellenabschied war? Mit Sicherheit waren doch einige seiner Freunde verheiratet.

»Das ist zum Teil ein Nebeneffekt meines Jobs«, sagte er schulterzuckend. »Ich war scheinbar nie zur richtigen Zeit am richtigen Ort. Und wie ich schon sagte, sind solche Veranstaltungen was anderes als Hochzeiten – zu einer Junggesellenparty lädt einen niemand ein, um einen vierseitigen Beitrag in der *Hello* zu ergattern.« Es schwang keine Bitterkeit in seiner Stimme mit, sein Tonfall hatte sich nicht verändert, der Subtext entging Eve dennoch nicht. Bevor sie Logan kennengelernt hatte, hatte sie sich nie wirklich Gedanken darüber gemacht, was es eigentlich bedeutete, berühmt zu sein, aber langsam dämmerte ihr, dass Prominenz auch erhebliche Nachteile mit sich brachte. Zu einer Hochzeit eingeladen zu werden, nur damit der Name auf der Gästeliste auftauchte, musste sich ziemlich beschissen anfühlen. Andererseits waren Hochzeiten von Prominenten so glamourös, dass es den meisten Leuten vermutlich egal war, warum sie eingeladen wurden – sie waren einfach nur froh, dabei zu sein.

»Nun, ich kann dir versprechen, dass niemand über Georges und Hetties Hochzeit in *Hello* berichten wird.« Sie hielt inne. »Die haben die Exklusivrechte für die Bilder natürlich an *Sailor's Weekly* verkauft.«

Wieder lachte Logan. »Natürlich.«

Sie nippten einen Moment lang in geselligem Schweigen an ihrem Tee. Manchmal war Eve immer noch überrascht, dass derselbe Logan, der ihr Mieter war, in Dune Cottage wohnte und gerne mit Freda im Nook plauderte, auch der war, der sonst Prominente von Models bis hin zu den Royals fotografierte. Und jetzt saß er hier an ihrem Küchentisch und trank eine Tasse Tee, die sie ihm zubereitet hatte. Es war irgendwie unwirklich und gleichzeitig völlig normal.

»Vermisst du es nicht?«, fragte sie, nachdem sie ihn noch ein paar Sekunden lang über den Rand ihrer Tasse hinweg gemustert hatte. Logan warf ihr einen leicht verwirrten Blick zu, worauf sie sich beeilte zu erklären: »Deine Arbeit. Die ganzen Reisen und exotischen Orte. Ich weiß, dass du hergekommen bist, um eine Weile abzuschalten, aber das muss eine wahnsinnig große Umstellung für dich sein. Zumindest das Fotografieren vermisst du doch bestimmt?«

Logan hielt den Blick so lange auf die stumpfe Oberfläche des Tisches gerichtet, dass Eve befürchtete, sie habe ihn beleidigt. »Du musst nicht darauf antworten«, sagte sie, als sich das Schweigen zwischen ihnen in die Länge zog. »Ich wollte wirklich nicht neugierig sein.«

Sein Blick schnellte hoch, als wäre ihm jetzt erst wieder eingefallen, dass er nicht allein war. »Nein, ist schon gut. Ich weiß, dass du das nicht bist.« Er blies seine Wangen auf und seufzte. »Ja, ich vermisse es, zumindest zum Teil. Ich vermisse es, die Geschichten der Menschen durch die Linse der Kamera zu lesen, etwas einzufangen, was das bloße Auge nicht erkennen kann. Ein kurzes Nachlassen der Wachsamkeit, wenn sie denken, dass ich nicht hinschaue, vielleicht das Aufblitzen eines lang verborgenen Geheimnisses oder einer Emotion, von der sie selbst nicht einmal wissen, dass sie in ihnen schlummert. Ich glaube, die meisten Leute denken, dass ich nur die Kamera auf sie richte und auf den Auslöser drücke, aber es steckt viel mehr dahinter.«

Er brach abrupt ab, als hätte er mehr gesagt als eigentlich beabsichtigt.

Eve schüttelte erstaunt den Kopf. »Ich denke das nicht. Ich kenne einige deiner Bilder, und ich finde, es ist nicht zu übersehen, welches Können dahintersteckt. Sie sind wunderschön, ein wahres Zeugnis deines Talents.« Sie zögerte, fuhr dann nach einigem Überlegen jedoch fort: »Aber wenn du das Fotografieren so sehr vermisst, warum hast du dann aufgehört zu arbeiten? Sicherlich nicht wegen Suki, oder?«

Als die Worte dieses Mal zwischen ihnen in der Luft hingen, glaubte Eve, tatsächlich zu weit gegangen zu sein. Sie wusste zwar, dass die Trennung von dem Supermodel ein weiterer Grund für Logan gewesen war, nach Ennisfarne zu kommen, aber er hatte Eve nicht gerade sein Herz ausgeschüttet. Es ging sie nichts an.

»Nicht wegen Suki, nein«, erwiderte Logan schließlich und sah plötzlich sehr müde aus. »Es ist mir einfach immer schwerer gefallen. Jedes Shooting schien mehr Mühe zu machen. Ich musste immer tiefer graben, um die Magie zu finden. Manchmal kam sie gar nicht mehr auf. Wenn ich mir die Bilder nach solchen Shoots angesehen hab, konnte ich kaum fassen, dass mich niemand anruft, um sich zu beschweren. Aber ich wusste, dass sich die Leute ihren Teil dachten.« Er fuhr sich mit einer Hand über das Gesicht.

Eve wartete geduldig und atmete so flach und leise, wie sie konnte.

»Dann war ich auf der New York Fashion Week, um eine Strecke für ein Hochglanzmagazin zu shooten. Das Model war super, die Location großartig, die Beleuchtung professionell … Alles, was ich brauchte, war da. Rein körperlich war ich auch anwesend, hab Ansagen für die Shots gemacht und auf den Auslöser gedrückt.« Er trank einen Schluck Tee. »Aber mental war ich ganz woanders. Frag mich nicht, wo. Ich weiß nur, dass ich nicht wirklich anwesend war. Ich fühlte mich … verloren. Als wäre mir das Ziel abhandengekommen.«

»Du warst ausgebrannt«, sagte Eve leise.

Logan nickte. »Sobald ich die Aufnahmen im Kasten hatte, hab ich das Set fluchtartig verlassen und meiner Agentin gesagt, sie solle sämtliche kommenden Bookings absagen. Seitdem habe ich nicht mehr gearbeitet.«

Es war nicht das, was Eve erwartet hatte, aber seine Erklärung ergab durchaus Sinn.

»Das klingt hart«, sagte sie. »Selina – meine beste Freundin – hat mit Ende zwanzig etwas Ähnliches durchgemacht. Schließlich hat sie ihren stressigen Job aufgegeben und ist hierher zurückgekommen, um das Unternehmen ihrer Familie zu übernehmen. Eine Meerwassersaline zur Salzgewinnung. Sie meint, das war die beste Entscheidung, die sie je getroffen hat.«

»Meerwassersaline«, wiederholte er nachdenklich. »Ist das das große, seltsam aussehende Ding vor der Küste? In Richtung des Signalturms?«

»Genau«, bestätigte Eve. »Sie besteht aus einem Gradierwerk mit Schlehdorn, durch das Meerwasser geleitet wird, um das Salz herauszudestillieren. Meiner Meinung nach ist das Ding mindestens so launisch wie ein menschlicher Arbeitgeber, aber Selina sagt immer, das Holz habe mehr Einfühlungsvermögen als ihr letzter Chef.«

Das entlockte Logan ein Lächeln. »Klingt, als hätte sie die richtige Entscheidung getroffen. Ich wäre allerdings nie auf die Idee gekommen, dass es sich um eine Salzgewinnungsanlage handelt. Es sieht eher aus wie eine uneinnehmbare Festung.«

»Stimmt.« Eve dachte an die längliche Struktur, über die sie auf der Suche nach undichten Stellen schon unzählige Male gekrochen war. »Die Konstruktion ist wahnsinnig clever. Schon vor Jahrhunderten haben die Nonnen von St. Hilda Salz gewonnen. Bevor das Kloster schließlich zerstört wurde. Und die Tradition wurde von Generation zu Generation weitergegeben. Selinas Vater hat dann irgendwann von den Gradierwerken in Deutschland erfahren und eines hier gebaut. Seither wächst das Geschäft.«

Logan sah beeindruckt aus. »Dann muss ich mir unbedingt welches besorgen.«

Eve lächelte. »Der Großteil geht an Großkunden, Restaurants und dergleichen. Aber im Nook bekommst du das Salz auch. Und Selina würde dir sicher mit Vergnügen eine Führung geben, wenn du wissen willst, wie das Werk genau funktioniert.«

Logan öffnete den Mund, um zu antworten, hielt jedoch inne, als er einen kalten Luftzug spürte.

Aiden kam in die Küche und rieb sich die Arme. »Verdammte Scheiße, oben ist es kalt wie in der Arktis.« Huxley sprang auf und tappte zu ihm hinüber. Aiden beugte sich vor, um den Hund zu streicheln, und blickte dann zu Eve auf. »Was gibt's zu essen? Sag bitte, ein großes, üppiges Frühstück.«

Eve schaute zu Logan. »Wie klingt das?«

»Wie der Himmel auf Erden«, sagte Logan. »Solange du mich helfen lässt. Meine Fähigkeiten im Eierpochieren sind legendär.«

Eve versuchte, den bestürzten Blick ihres Bruders zu ignorieren, der seine Eier am liebsten in Butter gebraten mochte. »Perfekt«, sagte sie, bevor Aiden gegen die gesündere Variante Einspruch erheben konnte. »Drei Northumberland-Frühstücke mit allem Drum und Dran also.«

Huxley hob den Kopf, um sie anzustarren, und stieß ein leises Winseln aus, das Eve zum Grinsen brachte. »Tut mir leid, Junge. *Vier* Northumberlands mit allem Drum und Dran.«

Kapitel zwölf

Logan

Am frühen Nachmittag hatte sich der Sturm mehr oder weniger gelegt. Der Wind hatte an Heftigkeit verloren, obwohl die gelegentlichen Böen immer noch Schnee gegen die Fenster trieben, als wollte er jeden daran erinnern, welche Macht er hatte. Am Horizont hatte sich der Himmel von düsterem Blei- zu Taubengrau aufgehellt, was darauf hindeutete, dass tatsächlich irgendwo die Sonne schien. Es war immer noch bitterkalt, aber das machte Logan nichts aus, vor allem, wenn die Aussicht so spektakulär war.

Er stand auf der Terrasse mit Blick auf Darling Cove, warm eingepackt in mehrere warme Schichten Kleidung, und bewunderte die Schönheit der verschneiten Landschaft. Schnee hat etwas Magisches an sich, dachte Logan, während er den weiß gesprenkelten Bogen und den silbrigen Sand bewunderte, der sich vom blaugrünen Meer abhob. Er hatte die Kraft der Verwandlung, die allem, was er berührte, eine funkelnde Reinheit und Frische verlieh. Und er veränderte auch Logan, indem er den Sinn für Wunder und die Begeisterung in ihm weckte, die er als

Kind empfunden hatte, als es zum ersten Mal so viel geschneit hatte, dass die Welt wie verwandelt war. Es spielte keine Rolle, wie oft das weiße Pulver unter seinen Stiefeln knirschte oder zum wievielten Mal er eine Handvoll Flocken aufhob – es wurde ihm nie langweilig.

»Hast du ein paar gute Fotos gemacht?«, erkundigte sich Eve, als sie zu ihm nach draußen trat. Sie stieß ein kleines, selbstironisches Lachen aus. »Was für eine Frage. Natürlich hast du das.«

Logan berührte den oberen Teil der Kamera, die um seinen Hals hing. »Ich glaube nicht, dass ich der Szenerie gerecht geworden bin, aber ich kann dir die besten schicken, wenn du magst. Für eure Website.«

Ihre Augen weiteten sich vor Begeisterung. »O ja, bitte. Obwohl ich mir nicht sicher bin, ob wir uns die Lizenzgebühr leisten können.«

»Geschenkt. Betrachte sie als Gegenleistung für eure Gastfreundschaft.«

»Das ist nett«, antwortete Eve überrascht und erfreut zugleich. »Aber damit das klar ist: Du bist uns nichts schuldig. Ich … also *wir* haben deine Gesellschaft sehr genossen.«

Ihre Worte überraschten Logan ein wenig, auch wenn ihm bereits aufgefallen war, dass sie ihm gegenüber weniger abweisend wirkte. Vor allem, nachdem sie ihn beim Poker geschröpft hatte. Und als er ihr am Morgen den wahren Grund für seinen Aufenthalt in Ennisfarne genannt hatte, hatte er für einen Moment sogar das Gefühl gehabt, dass sie auf genau der gleichen Wellenlänge lagen. Aber vielleicht war sie auch nur höflich, wie, als sie sich bereit erklärt hatte, ihm beim Auffrischen seiner Tauchkenntnisse zu helfen, ohne es wirklich zu wollen. Es fiel ihm nach wie vor wahnsinnig schwer, sie zu durchschauen.

»Vielen Dank, dass ich es warm bei euch hatte, dass ihr mich mit Essen versorgt und unterhalten habt. Außerdem habe ich eine nützliche Lektion gelernt.«

»Ach ja?«, sagte Eve neugierig. »Und welche?«

Logan grinste. »Das nächste Mal, wenn mir nach Glücksspiel zumute ist, fahre ich besser nach Vegas.«

Der Strom funktionierte wieder, kurz nachdem sie ins Haus zurückgegangen waren, was ihnen das Leuchten und Piepen verschiedener Geräte, mit denen sie zum Leben erwachten, verriet. Da Logan die Gastfreundschaft der Geschwister nicht überstrapazieren wollte, lehnte er Eves Einladung, noch eine weitere Nacht zu bleiben, ab, ebenso wie ihr Angebot, ihn nach Hause zu fahren.

»Ich kann genauso gut am Strand entlang nach Hause laufen. Da liegt nicht so viel Schnee, und ich hab die Gelegenheit, noch ein paar Fotos zu machen.« Er warf einen Blick aus dem Küchenfenster auf die Schneeverwehungen, die sich im Garten türmten. »Das geht viel schneller, als den Land Rover auszugraben.«

Eve verzog das Gesicht. »Das muss ich sowieso irgendwann machen. Aber Huxley müsste sich dringend mal die Beine vertreten. Dürfen wir dich ein Stück begleiten?«

»Klar«, sagte Logan. »Ich hole nur schnell meine Tasche und bedanke mich bei Aiden.«

»Frag ihn nur nicht, ob er mitkommen will«, warnte sie. »Es sei denn, du willst, dass der Spaziergang innerhalb von dreißig Sekunden in eine Schneeballschlacht ausartet.«

Jetzt, da der Wind nicht mehr heulte, konnte Logan einen weiteren außergewöhnlichen Effekt des Schnees ausmachen – die Art und Weise, wie er die Landschaft in beruhigende Stille tauchte, indem er sämtliche Geräusche dämpfte. Er hatte dieses Phänomen schon oft beobachtet, in den Wäldern Sibiriens, in den kanadischen Rocky Mountains, im New Yorker Central Park, eigentlich überall, wo es in nennenswertem Umfang schneite, aber Ennisfarne war einer der stillsten Ort, an dem er sich je aufgehalten hatte. Hier gab es kaum Lärm zu dämpfen. Doch die besondere Atmosphäre ging über die Abwesenheit von Geräuschen hinaus; Logan hatte das Gefühl, in einer Art Blase eingeschlossen zu sein, wie in einer lebensechten Schneekugelszene, abgeschirmt von der Außenwelt. Ein paar Vögel kreisten hoch oben am Himmel, aber ihre Schreie waren nicht zu hören, und selbst das Rauschen des Meeres schien verhaltener. Zum Teil lag das daran, dass die Flut gerade erst zurückkehrte. Die Wellen waren noch weit genug entfernt, wo sie leise grollten, anstatt mit donnernder Wucht an den Strand zu krachen. Aber darüber hinaus schien die Magie des Schnees selbst den unbändigen Ozean zu zähmen.

Logan nahm einen langen, tiefen Atemzug eiskalter Luft und ließ ihn langsam wieder ausströmen. Sosehr er die Wärme in Eves Küche genossen hatte, es tat gut, wieder draußen zu sein.

Neben ihm ließ Eve Huxley von der Leine und sah zu, wie der Labrador über den Sand davonstürmte. Die untere Hälfte des Strandes, die zum fernen Wasser hinunterführte, war wie üblich vom Meer sauber gewaschen und bronzefarben. Im krassen Gegensatz zur landzugewandten Hälfte, die unter einer weißen Schicht begraben lag. Hier und da lugten goldene Flecken hervor, wo der Schnee verweht worden war, und es gab mehrere Erhebungen, von denen Logan annahm, dass es sich um die kleineren Felsen handelte, auf denen er schon einige Male gesessen hatte, um den Sonnenuntergang hinter dem Steinbogen zu beobachten. Und weiter hinten in der hufeisenförmigen Bucht konnte er die geduckten Umrisse von Dune Cottage vor dem blassgrauen Himmel ausmachen.

»Keine schlechte Aussicht, oder?«, sagte Eve, als sie sich in Bewegung setzten. »Sicher nicht so spektakulär wie an vielen anderen Orten der Welt, an denen du warst, aber es geht durchaus schlimmer.«

»Im Gegenteil«, sagte Logan. »Es ist wunderschön. Ich verstehe, warum du nie hier wegwolltest.«

Sie warf ihm einen Seitenblick zu. »Im Ernst? Oder hältst du mich insgeheim für ein Landei?«

Logan zögerte. Sein eigenes Fernweh war immer so stark gewesen, dass es ihm schwerfiel zu verstehen, wie jemand sein ganzes Leben lang an ein und demselben Ort verbringen konnte. Aber als er den Blick über die schneebedeckte Bucht wandern ließ und die frische Stille der Umgebung, begleitet von der Beständigkeit des Meeres, in sich aufnahm, meinte er zumindest zu erahnen, was Eve in Darling Cove hielt.

»Ganz bestimmt nicht. Ich bewundere jeden, der genau weiß, was er im Leben will.«

Eve brach in schallendes Gelächter aus. »Ich habe keine Ahnung, was ich will. Mal abgesehen davon, jeden Tag mit dieser Aussicht aufzuwachen.« Sie überlegte einen Moment, bevor sie hinzufügte: »Ein Lottogewinn wäre hilfreich, um die Bar auszubauen und der Gemeinde mehr bieten zu können. Vielleicht noch ein Bruder, der seinen Neoprenanzug nach dem Surfen nicht in einer Pfütze auf dem Boden liegen lässt. Und ich hätte gern einen Hund, der keine Socken frisst.«

Logan verzog keine Miene, auch wenn er wusste, dass sie versuchte, lustig zu sein. Stattdessen hielt er seinen Blick auf die Klippen am anderen Ende der Bucht gerichtet, an deren Fuß sich die Höhlen wie schwarze Knöpfe auf einem strahlend weißen Mantel aneinanderreihten. Wieder einmal fielen ihm die Unterschiede zwischen Eve und Suki auf. Er erinnerte sich an ein betrunkenes Gespräch, das in eine ähnliche Richtung gegangen war, damals, als er und Suki noch mehr miteinander geredet als gestritten hatten. Sie wollte ein Apartment in Monte Carlo, mehr *Vogue*-Cover als Supermodel Lauren Hutton und einen Verlobungsring, der größer war als der von Beyoncé.

»Ich glaube, das mit den Socken kannst du dir abschminken.«

»Wahrscheinlich«, stimmte Eve ihm schicksalergeben

zu. »Aber man kann nicht alles haben. Was ist mit dir, was wünschst du dir?«

Er hätte die Frage kommen sehen müssen, dennoch traf sie ihn vollkommen unvorbereitet. Eine schlagfertige Antwort schoss ihm durch den Kopf, eine, die sie ablenken würde, ohne wirklich eine zu sein, aber er schob sie beiseite und blies die Wangen auf, während er überlegte.

»Ich würde gerne wieder Leidenschaft empfinden«, sagte er nach einem kurzen Moment des Schweigens. »Nicht im romantischen Sinne, obwohl das auch völlig in Ordnung wäre, sondern hier.« Er legte eine Hand auf die Mitte seiner Brust. »Die Art Leidenschaft, die dich von innen erhellt und die Schönheit in allem sehen lässt. Früher ist mir das durch meine Arbeit gelungen, aber inzwischen ist es lange her, dass ich so empfunden habe.«

Er erwartete nicht, dass sie es verstand, aber sie nickte. »So geht es mir auch mit dem Tauchen. Ich war schon ewig nicht mehr draußen, aber es hat etwas unglaublich Berauschendes, unter Wasser zu sein. Selbst Seegras verwandelt sich in etwas Wunderschönes, wenn es sich in der Strömung wiegt.«

»Das kann ich gut verstehen«, sagte Logan, erneut überrascht. »Warum hast du mit dem Tauchen aufgehört?«

Eve zuckte mit den Schultern und starrte auf den Horizont. »Keine Zeit. Die Bar hält mich ziemlich auf Trab, sogar im Winter, und es gibt immer jemanden, der etwas braucht. Aiden meint, dass ich nicht gut Nein sagen kann, aber ich helfe wirklich gerne, wo ich kann.« Sie seufzte.

»Irgendetwas musste eben unter den Tisch fallen, und Tauchen ist nichts, was man wirklich spontan machen kann.«

»Ja, das stimmt«, bestätigte Logan, als er sich an den beträchtlichen Planungsaufwand für seine Unterwasseraufnahmen erinnerte. Allein die Vorbereitung der Ausrüstung war schon zeitaufwendig genug, dazu kam noch das Anmieten eines Boots und die Recherche zu Wetter und Gezeiten. »Trotzdem ist es schade, dass du nicht mehr rauskommst, besonders wo du so hart arbeitest. Es gibt nichts Schöneres als die Ruhe in fünfzehn Metern Tiefe.«

Sie nickte nachdenklich. »Da hast du recht. Vielleicht brauche ich einen guten Anlass, der mich zurück ins Wasser bringt.«

Logan dachte an das Gespräch vom Vorabend, als Aiden seiner Schwester angeboten hatte, Logan beim Wiedereinstieg in den Sport zu unterstützen. Eve schien nicht sonderlich begeistert gewesen zu sein, was er nur verständlich fand. Sie würde den Tauchgang sicher lieber selbst genießen wollen, als jemandem dabei die Hand zu halten, der sich erst mal wieder die Grundlagen aneignen musste.

»Ich könnte dir einen Tausch anbieten«, schlug er vor. »Du hilfst mir beim Auffrischen meiner Tauch-Skills, und ich bringe dir ein paar Fotografie-Tricks bei.«

Bildete er sich das nur ein, oder sah sie tatsächlich versucht aus, sein Angebot anzunehmen? Aber Sekunden später schüttelte sie den Kopf.

»Ich habe im Moment wirklich keine Zeit übrig«, sagte sie und klang dabei aufrichtig bedauernd. »Aber ich kann dir helfen, eine Tauchschule auf dem Festland zu finden, wenn du willst. Da gibt es einen Typ namens Billy, der dich ziemlich schnell wieder auf Stand bringen kann. Außerdem kennt er die besten Wracks, wenn du bereit bist, ein Stück weiter rauszufahren.«

»Danke, das wäre super«, sagte Logan. »Und mein Angebot steht – gib mir Bescheid, wenn du etwas über Fotografie wissen möchtest.«

»Das mache ich. Obwohl ich eine schreckliche Schülerin wäre. Dass ich keine kreative Ader habe, war nicht gelogen.«

Logan hob die Augenbrauen. »Das glaube ich dir nicht.«

Sie lächelte. »Nett von dir, aber meine Kunstlehrerin an der Schule war da anderer Meinung. *Eve hat eine Menge Enthusiasmus, aber leider keine erkennbare Begabung*. Das stand, soweit ich mich erinnere, in meinem Zeugnis.«

Ihr Tonfall war unbekümmert, doch es schwang auch ein wenig Entrüstung darin mit.

»Wow. Die verdient einen Orden als Lehrerin des Jahres.«

»Na ja, immerhin hatte sie nicht ganz unrecht«, sagte Eve und zuckte mit den Schultern. »Und sie hat mir beigebracht, meine Grenzen zu akzeptieren. Ich bin praktisch veranlagt, nicht künstlerisch. Und das ist in Ordnung.«

Logan scharrte mit einem Stiefel im Schnee, immer noch verärgert über die namenlose Lehrerin, die Eves Kreativität infrage gestellt hatte. »Vielleicht hast du einfach nur noch nicht das richtige künstlerische Ventil gefunden.«

»Vielleicht.« Sie klang wenig überzeugt. »Oder einige

von uns sind dazu bestimmt, wunderbare Fotos zu machen oder großartige Landschaften zu malen, und andere sorgen eben dafür, dass die Werke dann gerade an der Wand hängen.«

Er öffnete den Mund, um dagegenzuhalten, schloss ihn dann jedoch wieder. Es gab nichts, was er sagen konnte, um Eves Meinung zu ändern. Der einzige Weg, den Schaden, den die Kritik ihrer Lehrerin angerichtet hatte, wiedergutzumachen, hätte darin bestanden, ihr zu zeigen, dass sie durchaus in der Lage war, kreativ zu sein. Und vielleicht war das etwas, womit er sich für ihre Gastfreundschaft revanchieren konnte, etwas, das ihr noch lange nach seiner Abreise Freude bereiten würde. Aber das war nichts, was er heute erreichen konnte; er musste sich überlegen, wie er ihre feste Überzeugung revidieren konnte, dass ihre Fähigkeiten rein praktischer Natur waren.

»Definitiv ein Talent, das mir fehlt. Von meiner Wohnung in London würdest du Albträume bekommen.« Er schüttelte zugleich amüsiert und traurig den Kopf. »In der hängt nicht ein einziger Bilderrahmen gerade.«

Eve legte ihren Kopf schief. »Da hast du es, wir sind ein gutes Team.« Sie verstummte und richtete den Blick auf Huxley, der an etwas schnüffelte, das unter dem Schnee begraben lag. Als Logan sie ansah, bemerkte er, dass sie ein wenig errötet war. »Wie dem auch sei, du willst sicher nach Hause, und ich brauche dringend einen Kaffee. Sag mir Bescheid, wenn es mit dem Cottage irgendwelche Probleme gibt, ja?«

»Mach ich«, sagte Logan. »Nochmals danke, dass ihr mich gerettet habt. Du und Aiden wart eine tolle Gesellschaft.«

»Überhaupt kein Problem«, erwiderte Eve und pfiff nach Huxley, der sie mal wieder ignorierte. »Pass auf dich auf.«

Logan nickte. »Wir sehen uns.« Dann wandte er sich ab und ging am Strand entlang weiter.

Als er nach einigen Metern noch einmal einen Blick zurückwarf, sah er, wie sie eilig auf den ungehorsamen Labrador zustapfte. Der Hund wartete schwanzwedelnd, bis sie sich ihm genähert hatte, und sprang dann weiter den Strand hinauf. Logan konnte sich ein Grinsen nicht verkneifen, als er den Weg zwischen den Dünen einschlug. Wie es aussah, würde es noch eine Weile dauern, bis Eve ihren Kaffee bekam.

Es dauerte weitere vierundzwanzig Stunden, bis der Schnee, unterstützt von einem leichten, aber stetigen Regen, der am Montagnachmittag einsetzte und fast den restlichen Tag andauerte, schmolz. Jemand hatte sich die Mühe gemacht, die Straße, die am Cottage vorbeiführte, zu räumen – Logan hatte am frühen Montagmorgen das Rumpeln eines Traktors gehört –, und das erlaubte ihm, zum Nook zu fahren, um sich mit Holz einzudecken. Unterwegs hatte er angehalten, um ein paar Fotos von den umgedrehten Booten am Ufer zu machen, deren pastellfarbene Rümpfe wie mit weißem Puderzucker bestäubt waren. Und da er bereits unterwegs war, fuhr er gleich weiter bis zur Klosterruine an der nordöstlichen Spitze der Insel, in der Hoffnung, die bröckelnden Ruinen in ihrer eisüberzogenen rauen Schönheit einzufangen.

Er war nicht enttäuscht worden. Die dachlosen Sandsteinmauern und leeren Bogenfenster standen in völliger Trostlosigkeit im Schnee, umgeben von halb versunkenen Grabsteinen, die Logan daran erinnerten, dass die Insel einst ein Zufluchtsort für Pilger gewesen war. Es war passend, dass sich hinter der Ruine nun ein Refugium der anderen Art erstreckte, entschied er, während er zwischen den verfallenen Gräbern umherwanderte; die weitläufige Landzunge hinter dem Kloster war als Naturreservat mit einer Fülle geschützter Flora, Vögel und Meeresbewohner ausgewiesen. Logan war jedoch nicht weiter als bis zum Nonnenkloster gegangen. Wildtierfotografie erforderte Zeit, Geduld und langes Stillsitzen – er würde wiederkommen, wenn der Boden nicht mehr gefroren war.

Und dann hatte der Regen eingesetzt, der die Temperatur um einige Grad ansteigen ließ, und der Schnee war verschwunden. Einerseits war Logan froh, dass der Sturm vorbei war, aber er musste auch zugeben, dass er die kahle Schönheit von Darling Cove in ihrem winterlichen Mantel vermisste. Es war sein Glück gewesen, sie erleben zu dürfen, auch wenn das bedeutet hatte, sich Eve und Aiden aufzudrängen.

In den folgenden Tagen vermied er es, am Strand spazieren zu gehen, wenn er davon ausging, er könnte Eve über den Weg laufen. Es war nicht so, dass er sie nicht sehen wollte, sondern eher ein vages Gefühl, dass sie etwas Abstand verdient hatte. Was eigentlich Unsinn war, wenn er darüber nachdachte, aber der Gedanke hielt sich hartnäckig, und er nutzte die Gelegenheit, um die Höhlen am anderen Ende der Bucht zu erkunden. Sie erwiesen sich als eine Fundgrube von wassergefüllten Felsenbecken und dunklen Tunneln, die gelegentlich von Spalten im Gestein unterbrochen wurden, durch die Tageslicht ins Innere fiel und die mineralienreichen Wände beleuchtete. Logan wusste, ohne hinzusehen, dass die Bilder, die er gemacht hatte, gut waren, aber auf ganz Ennisfarne schien es, als müsse er nur seine Kamera ausrichten und den Auslöser drücken, um etwas Spektakuläres einzufangen.

Am späten Donnerstagabend war er gerade mit der Bearbeitung der Höhlenbilder fertig, als sein Handy auf dem Couchtisch vibrierte. Ein Blick darauf verriet ihm, dass es Nick war, der für ihn einem besten Freund am nächsten kam. Sie trafen sich nur selten, da Nick als erfolgreicher Schauspieler in Hollywood noch weniger Lücken im Terminkalender hatte als Logan, aber gelegentlich kreuzten sich ihre Wege beruflich, und beide wussten, dass der andere immer nur einen Telefonanruf entfernt war. Irgendwie hatte ihre Freundschaft, obwohl sie beide so beschäftigt waren, überdauert.

»Nick«, meldete Logan sich. »Schön, von dir zu hören. Was gibt's Neues?«

»Nicht viel«, antwortete Nick durch ein schwaches Knistern hindurch. »Ich bin in Buenos Aires, wir haben gerade die Dreharbeiten für diesen Antarktis-Thriller beendet. Wie läuft's bei dir?«

Logan grinste. »Letztes Wochenende hättest du deine Szenen auch gut hier drehen können. Es war ziemlich kalt und stürmisch. Wir sind sogar eingeschneit worden.«

»Wir?«, wiederholte Nick. »Gibt es etwas, das ich wissen sollte? Ich dachte, du wolltest nach Sukis Verleumdungsaktion den Ball flachhalten.«

»Tu ich auch«, sagte Logan. »Aber das Wetter hat mir einen Strich durch die Rechnung gemacht.«

Er berichtete Nick in wenigen Sätzen, was am vergangenen Wochenende geschehen war.

»Eve hat dich also sowohl unter den Tisch getrunken als auch beim Poker geschlagen?«, fasste Nick beeindruckt zusammen. »Klingt nach einer Frau nach meinem Geschmack.«

»Sie ist viel zu vernünftig für dich«, sagte Logan grinsend, während er sich Eves unbeeindruckte Reaktion auf Nicks Charmeoffensive ausmalte.

Sein Freund lachte. »Vielleicht ist das ja genau, was ich brauche – jemanden, der bodenständig ist und weiß, was er will. Ich habe genug von Dramen und Beziehungen, die nicht länger als ein paar Monate halten.«

Logan nickte wissend. Der Grund, aus dem Nick Schwierigkeiten hatte, eine langfristige Partnerin zu finden, bestand vor allem darin, dass ihn seine Arbeit, ähnlich wie Logan, ständig um die ganze Welt führte. Was wiederum bedeutete, dass er oft mit Frauen aus der Filmbranche zusammen war, die meist ebenso beschäftigt waren wie er selbst. Es war ein Spiegelbild von Logans Beziehung zu Suki, obwohl, soweit er wusste, keine von Nicks Ex-Freundinnen eine an den Haaren herbeigezogene Rachegeschichte über ihn an eine Boulevardzeitung verkauft hatte.

»Eve weiß auf jeden Fall, was sie will«, sagte er und hielt inne. »Ich glaube tatsächlich, dass ich noch nie jemanden wie sie kennengelernt habe.«

»Jetzt bin ich aber neugierig. Ist sie Single?«

»Soweit ich weiß, ja«, antwortete Logan und versuchte sich zu erinnern, ob Eve jemals ihren Beziehungsstatus erwähnt hatte. »Aber wie schon gesagt, sie ist viel zu vernünftig und ausgeglichen für Leute wie uns.«

»Schade«, sagte Nick. »Weswegen ich eigentlich anrufe: Ich habe jetzt, wo die Dreharbeiten abgeschlossen sind, etwas Zeit, und wollte vorschlagen, ein paar Tage mit dir auf dieser Insel zu verbringen. Vielleicht kann ich dann mal diesen Ausbund an Vernunft kennenlernen.«

Die plötzliche Freude, die Logan bei dem Gedanken, seinen Freund zu sehen, empfand, wurde durch etwas gedämpft, das er nicht genau definieren konnte, ein schwaches Aufblitzen, das wieder verschwunden war, bevor er die Ursache dafür ausmachen konnte.

»Klar«, sagte er und wischte das unbestimmte Gefühl beiseite. »Wann willst du kommen?«

»Ist nächste Woche zu spontan?«

Logan ging im Geiste seinen spärlich gefüllten Terminkalender durch. Abgesehen von dem Auffrischungskurs im Tauchen, den er für das kommende Wochenende gebucht hatte, hatte er keine konkreten Pläne.

Sie stellten einen groben Reiseplan zusammen, der noch geändert werden konnte, falls Nick plötzlich zu einer beruflichen Verpflichtung abberufen wurde.

»Halt dich unbedingt an die Überfahrtszeiten auf dem Damm«, warnte Logan. »Im wahren Leben bist du kein Superheld, und ich komme garantiert nicht, um dich zu retten, wenn du auf halber Strecke stecken bleibst. Das ist Sache des ehrenamtlichen Rettungsteams oder der Küstenwache, und ich glaube nicht, dass die Verständnis aufbringen würden, egal, wie oft du denen dein berühmtes Lächeln zeigst.«

»Kapiert.«

»Und lass den Lamborghini zu Hause«, fuhr Logan fort, der an die entspannte Einstellung seines Freundes zur Zeit denken musste. »Wäre schade, wenn du ihn an die Nordsee verlierst.«

»Danke für den Tipp«, sagte Nick amüsiert. »Ich freu mich, dich zu sehen. Unser letztes Treffen ist viel zu lange her.«

Logan merkte, wie sich seine Lippen unwillkürlich zu einem Lächeln verzogen. »Stimmt. Aber ich muss dich warnen, hier ist es sehr ruhig. Keine Nachtclubs oder Restaurants mit Michelin-Sternen weit und breit.«

Nick lachte. »Ich habe gerade einen Monat lang in der Antarktis gedreht. Glaub mir, im Vergleich damit kommt einem *jeder* Ort belebt vor. Aber ich bringe eine Flasche Whisky mit, nur für den Fall der Fälle …«

Sie beendeten das Gespräch mit dem Versprechen, die Planung nach dem Wochenende zu konkretisieren.

Logan legte sein Handy auf den Tisch und notierte sich, Eve nach der besten Unterkunft für Nick zu fragen. Dune Cottage war für zwei Leute nicht groß genug.

Der Gedanke daran, Nick wiederzusehen und ihm Ennisfarne zu zeigen, hob seine Laune. Er war sich nicht sicher, was die Inselbewohner davon halten würden, einen Filmstar in ihrer Mitte zu haben, aber eines wusste er – sie würden Nick genauso willkommen heißen wie ihn.

Logan griff, noch immer grinsend, weil er sich Fredas Gesicht vorstellte, wenn Nick das Nook betrat, nach seinem Laptop. Die Aussicht auf nächste Woche war plötzlich sehr viel interessanter geworden.

Kapitel dreizehn

Eve

Es war erstaunlich, was eine Tüte Cocktailwürstchen vollbringen konnte. Eve schaute auf Huxley hinunter, dessen Blick auf sie gerichtet war, als wäre sie der einzige Mensch auf der Welt, und schüttelte verwundert den Kopf. Warum war sie nicht schon früher auf die Idee gekommen, Würstchen als Bestechungsmittel zu verwenden? Die waren viel effizienter als sämtliche Leckerlis aus dem Laden, die sie bisher ausprobiert hatte.

Die Hundetrainerin hatte weniger als eine Minute gebraucht, um Eve auf ihren Fehler hinzuweisen. »Du brauchst etwas richtig Gutes«, hatte sie mit einem abschätzigen Blick auf die gelbe Tüte mit getrockneten Hundeleckerlis gesagt. »Etwas, das er nicht jeden Tag bekommt.« Dann war sie zu ihrem Lieferwagen gegangen, der am Rande des Feldes geparkt stand, auf dem das Training stattfand, und kurz darauf mit einem Gefrierbeutel zurückgekehrt, der mit klein geschnittener Wurst gefüllt war und den sie Eve in die Hand drückte. »Hier, probier's mal damit.«

Huxleys Verwandlung hatte unmittelbar begonnen, mit bebender Nase und gespitzten Ohren hatte er auf die Tüte gestarrt.

»Jetzt haben Sie seine Aufmerksamkeit«, hatte die Trainerin zufrieden verkündet. »Mal sehen, ob Sie ihn dazu bringen können, an der Leine zu gehen, ohne dass er Ihnen den Arm auskugelt.«

Es lief definitiv noch nicht rund, stellte Eve fest, während sie mit Huxley halb um das Feld herumging und halb von ihm gezogen wurde, aber schon sehr viel besser. Ihr einziger Trost bestand darin, dass einige der anderen Hundebesitzer offensichtlich auch zu kämpfen hatten. Da gab es eine Bulldogge namens Frank, die sich weigerte, überhaupt zu laufen, einen West Highland Terrier, der Springfedern anstelle von Pfoten zu haben schien, und einen wunderschönen fuchsroten Cocker-Spaniel-Welpen namens Molly, der freudig im Kreis um den Rollstuhl seines Besitzers herumhüpfte und die lange Leine um seine Räder wickelte. Mit Molly wollte Huxley besonders gerne spielen, und es brauchte mindestens die halbe Tüte Würstchen, um ihn abzulenken. Dann gingen sie zu den Kommandos »Sitz« und anschließend »Bleib« über, die Huxley beide beherrschte, und Eve fühlte sich ein kleines bisschen besser. Huxley war zwar einer der ältesten Hunde hier, aber er schien durchaus lernfähig.

»Ihr seid toll«, rief Selina vom Rand des Feldes, von wo aus sie den Kurs beobachtet hatte. »Gut gemacht, Huxley!«

Beim Klang seines Namens fuhr der Kopf des Labradors

herum, und in der nächsten Sekunde stürzte er auf Selina zu und zerrte Eve mit sich.

»Entschuldige«, sagte Selina, als Eve versuchte, ein Stückchen Wurst aus der kleinen Tüte zu angeln. »Sieht so aus, als hättest du nach dieser Sache was Stärkeres als Kaffee nötig.«

Eve biss die Zähne zusammen und konzentrierte sich darauf, Huxleys Aufmerksamkeit wieder auf sich zu lenken. Der Plan war gewesen, im nahen Morpeth ein nettes Café und vielleicht sogar ein Stück Kuchen aufzutreiben. Aber Selina hatte recht, so wie die Dinge liefen, würde Eve eher einen Biergarten brauchen.

»Gute Arbeit, Leute«, rief die Trainerin. »Jetzt üben wir den Rückruf ohne Leine. Wenn Sie Angst haben, dass Ihr Hund nicht zurückkommt, können Sie auch eine lange Leine verwenden. Das Wichtigste ist, dass Sie ganz begeistert klingen, damit Ihr Hund alle anderen ignoriert und zu Ihnen zurückkommt.«

Wenigstens lagen hier keine Kuhfladen rum, dachte Eve, als sie einen deutschen Schäferhund namens Zeus beobachtete, der über die Wiese zu seinem Besitzer sauste. Auch Molly machte ihre Sache gut, obwohl sie unterwegs einen kleinen Stopp einlegte, um einen Löwenzahn zu fressen. Frank weigerte sich trotz Würstchen, sich überhaupt von der Stelle zu rühren, und Bonnie, der Westie, hüpfte an seinem Frauchen vorbei, um sich auf Molly zu stürzen.

»Okay, wer war noch nicht an der Reihe?«, fragte die Trainerin und schaute sich in der kleinen Runde um. »Ah ja, Huxley.

Mal sehen, wie du dich schlägst.«

Eve ging zu ihr hinüber.

»Meinen Sie, er kommt, wenn Sie ihn rufen?«

»Ja«, antwortete Eve. »Ich meine … wahrscheinlich.«

»Dann benutzen wir die lange Leine, nur um sicherzugehen«, sagte die Trainerin und befestigte eine gelbe Nylonschnur an Huxleys Halsband.

Mit einigem Bangen ließ Eve ihren Hund neben der Frau stehen und steuerte schnellen Schrittes den Weg am Kanal am anderen Ende des Feldes an. Dort blieb sie stehen und drehte sich um.

Huxley zerrte an der Leine, welche die Trainerin noch kurz hielt.

»Jetzt rufen Sie ihn. Mit jeder Menge Begeisterung und Freude in der Stimme.«

Eve holte tief Luft. »Huxley!«, brüllte sie so freudig, wie sie konnte. »Hierher, Junge! Hierher, Huxley!«

Die Trainerin ließ die Leine los, und der Hund rannte mit flatternden Ohren und heraushängender Zunge auf Eve zu.

»Na los, mein Junge!«, rief Eve und streckte die Arme aus. »So ist es gut, komm zu mir.«

Huxley kam, nur schien er nicht langsamer zu werden. Für den Bruchteil einer Sekunde dachte Eve, er würde sie umwerfen, so wie er es mit Logan bei ihrer ersten Begegnung getan hatte. Aber im letzten Moment änderte der Hund seinen Kurs und stürmte an ihr vorbei, sodass er der Trainerin die Leine aus der Hand riss.

Eve wirbelte entsetzt herum und wedelte hilflos mit dem fast leeren Gefrierbeutel. »Huxley! Komm wieder her!«

Doch er beachtete sie gar nicht, und in diesem Moment ging Eve auf, was ihren Hund so magisch anzog. Der Kanal. Sie hätte es wissen müssen, dachte sie, und sprintete los. Wenn es etwas gab, das Huxley noch mehr liebte als Kuhscheiße, dann war es Wasser.

Ihr blieb nichts anderes übrig, als zuzusehen, wie er mit einem majestätischen Satz vom Ufer absprang und alle vier Beine von sich streckte, um in unbändiger Vorfreude auf das bevorstehende Vergnügen durch die Luft zu segeln und schließlich mit einem gewaltigen Platschen auf dem Wasser aufzuschlagen. Worauf mehrere Enten mit empörtem Quaken die Flucht ergriffen.

Schnaufend erreichte Eve das Ufer des Kanals und beobachtete, wie er einer grau-schwarzen Gans hinterherpaddelte. »Huxley!«, stöhnte sie und spürte, wie ihre Wangen vor Verlegenheit heiß wurden. »Komm her, du absoluter Albtraum!«

Aber er hatte viel zu viel Spaß, um ihr Beachtung zu schenken.

Erst mit vereinten Kräften in Form von Selina, der Trainerin und Eve gelang es ihnen letztendlich, den Hund aus dem Wasser zu bekommen.

»Es tut mir wahnsinnig leid«, sagte Eve zu den beiden Frauen, während sich Huxley so heftig schüttelte, dass Wasser in alle Richtungen spritzte. »Er schwimmt einfach gern.«

»Er ist ein Jagdhund«, stellte die Trainerin nüchtern fest und wickelte die durchnässte Nylonleine auf. »Die lieben es in der Regel zu baden. Das nächste Mal schicken wir dich in die andere Richtung, weg von der Versuchung.«

»Sieh es mal positiv, jetzt braucht er wenigstens kein Mittagessen mehr«, sagte Selina lachend, als sie zum Land Rover zurückgingen.

Dem konnte Eve nicht widersprechen. Es hatte eine weitere Tüte Würstchen gebraucht, um Huxley dazu zu bringen, sein Fangspiel mit den Vögeln im Kanal aufzugeben. »Das ist mir so peinlich. Alle haben gelacht. Wir können auf keinen Fall nächste Woche wiederkommen.«

Selina grinste. »Ich glaube, die anderen hatten eher Mitleid. Und waren dankbar, nicht an deiner Stelle zu sein. Wahrscheinlich hast du sogar dafür gesorgt, dass sie ihre eigenen Hunde jetzt noch ein bisschen mehr zu schätzen wissen.«

Eve starrte Huxley an, der so unschuldig neben ihr hertrottete, als würde er nicht vor Kanalwasser und Unkraut triefen. »Du bist ein böser Hund.«

»Er hat Charakter«, korrigierte Selina. »Wäre es dir lieber, er wäre wie Frank und würde sich überhaupt nicht bewegen?«

»Ja«, sagte Eve, obwohl sie es nicht so meinte.

»Er wird schon noch lernen zu gehorchen«, sagte Selina und hakte sich bei Eve unter. »Na komm, ich lade dich zum Brunch ein, um das Trauma etwas zu lindern.«

Bevor sie in den Land Rover stiegen, benutzte Eve eine

alte Decke, um Huxley abzurubbeln, dann fuhren sie nach Morpeth, um sich auf die Suche nach einem Café mit einem Sitzplatz im Freien zu machen. Erst als Eve einen großen Kaffee und einen Stapel Waffeln vor sich hatte, hellte sich ihre Stimmung wieder etwas auf. Sie hörte interessiert zu, während Selina von den Reparaturen berichtete, die nach dem Sturm am Gradierwerk vorgenommen werden mussten. Ein Teil des Schwarzdorn-Filtersystems war durch den Wind beschädigt worden und musste ersetzt werden, aber die schlimmsten Schäden waren auf die eisigen Temperaturen zurückzuführen. Sie hatten dazu geführt, dass eine Reihe der hölzernen Verteilerhähne durch Gefrieren aufgeplatzt waren.

»Jakob kann sie ersetzen«, berichtete Selina. Jakob war Bootsbauer auf Ennisfarne. »Aber sie müssen in Handarbeit hergestellt werden, und das braucht Zeit. Deswegen wird unsere Produktion in den nächsten Wochen nicht so laufen wie üblich.«

»Könnt ihr denn trotzdem eure Bestellungen bedienen?«, fragte Eve und schob sich eine Gabel mit Banane und Ahornsirup in den Mund.

»Wir müssen drauf hoffen, dass unsere Lagerbestände ausreichen, um alles abzudecken. Solange die Nachfrage nicht plötzlich ansteigt, sollte es kein Problem sein.« Selina machte eine Pause, um an ihrem Kaffee zu nippen. »Ich hab gestern übrigens unseren Prominenten im Nook getroffen.«

»Logan?«

Selina nickte. »Er hat sich nach einer Salinen-Führung erkundigt; anscheinend hattest du ihm davon erzählt.«

»Das Thema ist in der Sturmnacht aufgekommen«, erklärte Eve.

Ihre beste Freundin blinzelte verwundert. »Sind euch die Gesprächsthemen ausgegangen? Ich meine, klar, meine Leidenschaft gilt dem Salz, aber das ist doch meilenweit entfernt vom Glamour der Modeindustrie, oder?«

Eve nahm einen Bissen Waffel, während sie an die Gespräche dachte, die sie während Logans spontanem Aufenthalt bei ihnen geführt, und daran, wie sie zusammen gelacht hatten.

»Nein, wir hatten total viele Themen.« Sie erinnerte sich an seinen Vergleich des Gradierwerks mit einer Festung, die ihre eigene Sicht auf das Bauwerk verändert hatte. »Er sieht die Dinge auf eine interessante Weise, irgendwie mit anderen Augen. Ich nehme an, das ist es, was ihn so gut in seinem Job macht.«

»Ich führe ihn gerne herum«, sagte Selina achselzuckend. »Und wenn er mich danach auf einen Drink einladen will, um sich zu bedanken, habe ich auch nichts dagegen.«

Die Worte lösten in Eve ein leichtes Unbehagen aus, und sie nahm sich einen Moment Zeit, um diesem Gefühl nachzuspüren. Es war nicht so, dass sie die Anziehungskraft, die Logan ausübte, objektiv nicht nachvollziehen konnte – nicht viele Inselbewohner hätten die Gelegenheit, Zeit mit ihm zu verbringen, ungenutzt verstreichen lassen –, aber sie war sich sehr bewusst, dass er nur noch zwei Monate auf Ennisfarne war. Ihn kennenzulernen und sich mit ihm anzufreunden, war eine Sache, eine romantische Absicht zu verfolgen, eine andere, und Eve konnte sich nur allzu gut vorstellen, woran ihre beste Freundin interessiert war.

Die Vorbehalte mussten ihr ins Gesicht geschrieben stehen, denn Selina hob fragend die Augenbrauen. »Du hast deine Meinung über ihn doch nicht geändert, oder? Ich möchte dir auf keinen Fall in die Quere kommen, falls du doch an ihm interessiert bist.«

»Bin ich nicht«, beteuerte Eve, ohne auch nur eine Sekunde zu zögern. »Es ist nur … Na ja, du hast es ja selbst gesagt, sein Leben ist so ganz anders als unseres. Du brauchst ihn nur zu googeln, um zu sehen, mit welchem Typ Frau er normalerweise ausgeht.«

Selina warf ihr einen gespielt empörten Blick zu. »Willst du damit etwa sagen, dass er eine Nummer zu groß für mich ist?«

»Natürlich nicht!«, protestierte Eve und atmete einmal tief durch. »Ich stelle lediglich fest, dass ihr in verschiedenen Welten lebt. Und am Ende seines Aufenthalts, wenn seine Batterien wieder aufgeladen sind, wird er Ennisfarne verlassen, ohne einen Blick zurückzuwerfen. Ich möchte nicht, dass du verletzt wirst, wenn es so weit ist.«

Ihre beste Freundin musterte sie mehrere Sekunden lang, dann drückte sie ihre Hand. »Nicht jeder Mann ist wie Michael«, sagte sie leise.

Instinktiv öffnete Eve den Mund, um jeden Zusammenhang in dieser Richtung zu bestreiten, schloss ihn dann jedoch schnell wieder, als ihr klar wurde, dass Selina sie viel zu gut kannte. Und es bestand kein Zweifel daran, dass die Trennung von Michael selbst zweieinhalb Jahre später noch immer Einfluss auf ihr Liebesleben hatte.

Das Ende ihrer Beziehung war aus heiterem Himmel gekommen – eine schockierende Ankündigung wie aus dem Nicht, als er ihr eines Abends mitgeteilt hatte, keine Zukunft für sich auf Ennisfarne zu sehen. Und Eve fassungslos mit dieser Erkenntnis zurückgelassen hatte. Er hatte nicht mal versucht, sie zu überreden, mit ihm zu gehen, sondern einfach erklärt, dass er einen Job in Glasgow angenommen hatte und in der folgenden Woche abreisen würde.

»Ich weiß, dass du gerne hier lebst«, hatte er gesagt und sich dabei geweigert, ihren entsetzten Blick zu erwidern. »Aber mir reicht das nicht. Das Leben hat mehr zu bieten als einen Quizabend im Fisherman's mit den immer selben Gesichtern.«

»Aber du könntest doch am Wochenenden herkommen«, argumentierte sie, weil sie sich unglaublich schwer damit tat zu glauben, dass er sich so grundlegend verändert hatte. »Oder ich besuche dich.«

Er knibbelte unbeholfen an einem eingerissenen Fingernagel. »Die Sache ist die: Ich will mit jemandem zusammen sein, der keine Angst hat, Träume zu haben und nach den Sternen zu greifen.« Als er ihr daraufhin endlich ins Gesicht sah, wusste sie, dass es keine Hoffnung gab. »Und dieser Jemand bist nicht du.«

Wenigstens hatte sie nicht gebettelt. Es hatte sie jedes bisschen Selbstbeherrschung gekostet, das sie aufbringen konnte, aber sie schaffte es, ihm unter Tränen alles Gute zu wünschen, auch wenn sie sich fragte, was sie falsch gemacht hatte.

Nachdem Selina aufgehört hatte, ihn zu verfluchen, hatte sie versucht, Eve davon zu überzeugen, dass Michael das Problem war und nicht sie. »Jeder Mann, der den Griff nach den Sternen als Grund für das Ende einer vierjährigen Beziehung nennt, hat Probleme«, hatte sie geknurrt.

Doch dadurch hatte Eve sich nicht besser gefühlt. Sie war davon ausgegangen, ihre Träume wären die gleichen – ein gemeinsames Leben auf Ennisfarne aufzubauen und vielleicht irgendwann eine Familie zu gründen. Aber wie sich herausstellte, waren das nur ihre Träume. Mit der Zeit hatte sie sich langsam wieder aufgerappelt und sich alle Mühe gegeben, im Dorf nicht seiner Mutter über den Weg zu laufen. Seitdem hatte sie nichts mehr von Michael gehört.

Eve seufzte und warf Selina einen skeptischen Blick zu. »Ich weiß. Trotzdem bleibe ich bei meinem Standpunkt. Du müsstest verrückt sein, etwas mit Logan anzufangen, wenn es keine Chance gibt, dass er bei dir bleibt.«

Ihre beste Freundin reckte das Kinn. »Wer sagt denn, dass ich das will? Vielleicht bin ich auf der Suche nach einem kurzen, netten Flirt, ohne jede Verpflichtung.« Sie hob eine

Hand, um die Punkte an ihren Fingern abzuhaken. »Erstens, er sieht gut aus. Zweitens, er ist Single. Drittens sind wir beide erwachsen, und viertens glaube ich, dass es Spaß machen würde.«

Allesamt zutreffende Beobachtungen, musste Eve zugeben. Selina hatte sich nie von der gleichen Vorsicht leiten lassen, die Eves Handeln bestimmte, weder in der Liebe noch in anderen Lebensbereichen.

Sie hob kapitulierend die Hände. »Wenn das so ist: Tu dir keinen Zwang an.«

»Sicher?« Selina musterte sie prüfend.

Eve zwang sich zu einem Lächeln und schob ihre Bedenken energisch beiseite. »Sicher.«

»Gut.« Selina leerte ihre Kaffeetasse. »Höchste Zeit, dass ihm jemand zeigt, dass Ennisfarne mehr zu bieten hat als Ruhe und schöne Strände.«

Eve nickte, auch wenn sie sich ziemlich sicher war, dass Logan das bereits von ganz allein rausgefunden hatte.

»Auf jeden Fall«, stimmte sie ihrer Freundin angesichts des entschlossenen Funkeln in ihren Augen dennoch zu. »Lass dich von mir nicht aufhalten.«

Anschließend wandte sich ihr Gespräch den Vorbereitungen für Georges Hochzeit zu, aber Eve war nicht richtig bei der Sache. Geistesabwesend schob sie den Rest ihrer Waffel auf dem Teller hin und her, während sie die vorangegangene Unterhaltung Revue passieren ließ. Wenn sich Selina erst mal etwas in den Kopf gesetzt hatte, tat sie alles, es auch zu bekommen, und wie sie überzeugend dargelegt hatte, stand einer Annäherung mit Logan nichts im Wege. Warum also hatte Eve plötzlich das Gefühl, als ob sich ein Stein in ihrer Magengrube festgesetzt hätte?

Kapitel vierzehn

Logan

Als Logan am Donnerstag auf den Parkplatz neben dem Fisherman's Arms fuhr, war von einem Sportwagen weit und breit nichts zu sehen. Stattdessen stand dort ein Audi der Luxusklasse, der von der Fahrt über den Damm mit Meerwassertropfen bespritzt war und in der Mittagssonne glänzte. Es saß kein Fahrer drin, aber Logan wusste dennoch sofort und ohne Zweifel, wem er gehörte: In typischer Nick-Borrowdale-Manier hatte es sein bester Freund gerade noch so über die Wattstraße geschafft.

Er fand Nick an der Bar, wo er sich mit einem leicht perplex wirkenden Hamish unterhielt. So wie er dreinschaute, bestand kein Zweifel, dass er seinen neuesten Kunden erkannt hatte, dachte Logan, und grinste verstohlen. Es war nicht so, dass Nick mit seiner Bekanntheit hausieren ging, ganz im Gegenteil reiste er sogar häufig unter falschem Namen, aber sein Gesicht war regelmäßig auf den Seiten von Bussen oder auf Werbetafeln zu sehen, weswegen ihn die meisten Leute dennoch sofort erkannten. Und selbst wenn das nicht der Fall gewesen wäre, strahlte er wie viele

Promis diese gewisse Aura aus, die automatisch die Blicke auf sich zog, ohne dass er sich darum bemühte. Das war es auch, was ihn so leicht zu fotografieren machte, überlegte Logan, als er durch den Pub auf ihn zuging. Und ganz sicher war es das, was die drei oder vier Stammgäste, die ebenfalls an der Bar saßen, dazu veranlasste, ihn mit mehr oder weniger offenem Mund anzustarren.

»Macht er dir Ärger, Hamish?«, rief Logan. »Ganz egal, was er behauptet hat: Er braucht keine goldenen Wasserhähne im Bad.«

Als Nick sich umdrehte und Logan musterte, funkelten seine dunklen Augen vor Wärme. »Dabei hab ich gar nicht nach goldenen Wasserhähne verlangt«, sagte er amüsiert. »Wenn du es unbedingt wissen willst: Wir haben nur darüber gesprochen, welche Farbe M&Ms ich am liebsten mag.«

Lachend zog Logan seinen besten Freund an sich. »Schön, dich zu sehen. Wie war die Anreise?«

»Weitestgehend unproblematisch«, antwortete Nick und hob eine Augenbraue. »Aber mit der Flut ist echt nicht zu scherzen. Hat sich angefühlt, als würde ich von einem rachsüchtigen Meeresgott über den Damm gejagt.«

»Könnte daran liegen, dass du auf den letzten Drücker rüber bist«, erwiderte Logan trocken. »Es hatte schon seinen Grund, warum ich dir gesagt hab, dass du vor zwölf an der Küste sein sollst.«

Nick tat die Bemerkung mit einem Schulterzucken ab. »Ich hab's geschafft, oder nicht?«

Hinter der Bar räusperte sich Hamish und schob einen

schweren Eisenschlüssel über den Holztresen. »Zimmer drei, ganz oben«, sagte er ungewöhnlich verlegen. »Ist das beste Zimmer, das ich habe, mit einem schönen Blick auf den Hafen.«

»Perfekt.« Nick nahm den Schlüssel und schaute Logan an. »Ich bringe kurz meine Tasche hoch, dann kannst du mir die Insel zeigen.«

Man musste Freda zugutehalten, dass sie nicht einmal mit der Wimper zuckte, als Nick das Nook betrat. Sie begrüßte Logan, nickte Nick zu, als wäre er nur ein weiterer Tourist, und räumte weiter Regale ein. Aber Logan ließ sich nicht täuschen. Das Nook war schließlich die Informationszentrale von Ennisfarne. Nichts, was auf der Insel passierte, ging an Freda vorbei. Und er war sich sicher, dass Hamish in der Sekunde, nachdem Logan und Nick den Pub verlassen hatten, Bericht erstattet hatte. Und tatsächlich, als Logan sich noch einmal nach Freda umsah, stellte er fest, dass sie vom anderen Ende des Ganges zu ihnen hinüberspähte.

Nick hatte es auch bemerkt, und er zwinkerte Logan zu. »Ist das die berühmte Feinkosttheke, von der du seit einem Monat schwärmst?«, fragte er so laut, dass Freda es hören konnte.

Sofort ließ sie alles stehen und liegen, um hinter den Tresen zu schlüpfen, von wo sie Nick und Logan anstrahlte. »Die Kundschaft ist bei uns König«, sagte sie mit einem Kichern, das Logan fast die Fassung raubte. Freda war von dem Starbesuch in ihrem Laden mindestens genauso überwältigt wie Hamish zuvor.

»Das ist mein guter Freund Nick«, stellte Logan ihn ihr vor. »Nick, das ist Freda, die mich schon diverse Male vor einer traurigen Tütensuppen-Mahlzeit bewahrt hat.«

Freda verlor ein wenig von ihrer Zurückhaltung, als sie die Augen verdrehte. »Als ob du jemals Tütensuppe gegessen hättest.« Ihr Blick wanderte zurück zu Nick, und Logan beobachtete, wie ihr Lächeln strahlender wurde. »Wie dem auch sei, es freut mich sehr, Sie kennenzulernen, Nick. Obwohl ich das Gefühl habe, dass ich Sie eigentlich schon kenne. Ich muss gestehen, dass ich ein großer Fan bin. Ich habe Sie letztes Jahr in diesem Film über den Zweiten Weltkrieg gesehen und *geliebt*. Der, der auf Orkney spielt. Ich musste heulen wie ein kleines Kind, aber ich vergebe Ihnen.« Sie hielt abrupt inne, als wäre ihr bewusst geworden, dass sie ohne Punkt und Komma geredet hatte, fuhr dann jedoch ungebremst fort. »Sind Sie beruflich hier? Vielleicht, um sich einen Drehort anzusehen? Oder um sich in eine Rolle einzuarbeiten?« In den letzten beiden Fragen schwang unverhohlene Neugier mit.

Nick schüttelte den Kopf. »Ich bin einzig und allein wegen eines längst überfälligen Wiedersehens mit meinem sehr guten Freund hier gekommen. Er hat mir das Leben auf Ennisfarne so idyllisch geschildert, dass ich es mit eigenen Augen sehen musste.« Er ließ gerade genug Charme in die Worte einfließen, um die Enttäuschung zu kompensieren, die seine Antwort auslösen könnte.

Und Freda schluckte den Köder. Ihr Gesicht glühte vor Stolz. »O ja, Logan ist jetzt einer von uns. Ich nehme nicht an, dass wir Sie überreden können, sich auch hier niederzulassen, oder?«

Logan lachte. »Er ist erst seit einer halben Stunde hier. Gib mir die Chance, ihm wenigstens erst mal alles zu zeigen.«

»Ja, ja, da hast du natürlich recht«, räumte sie ein und richtete den Blick konzentriert auf die Auslage in der Kühltheke. »Aber ich wage zu behaupten, dass ihr auf eurer Besichtigungstour ein paar leckere Snacks braucht, um bei Kräften zu bleiben. Was darf ich euch anbieten?«

Zwanzig Minuten später hatten sie Logans Hilux mit drei Einkaufstüten voll Käse, Wurst und Wein beladen.

»Sie ist eine gute Verkäuferin«, stellte Nick fest, als er auf den Beifahrersitz kletterte. »Wundert mich, dass sie uns nicht auch noch ihre eigene Großmutter aufgeschwatzt hat.«

Logan grinste. »Glaub mir, wenn sie eine hätte, hätte sie es versucht. Das Problem ist, dass alles, was sie verkauft, wirklich gut ist. Ich bin süchtig nach ihren Sachen.«

»Gibt schlimmere Dinge, nach denen man süchtig sein könnte«, wandte Nick ein.

Logan ließ den Motor an. »Ich würde vorschlagen, wir fahren als Erstes zum Cottage, um alles im Kühlschrank zu verstauen. Irgendwelche Präferenzen, was wir anschließend unternehmen?«

Nick winkte ab. »Nein, keine. Das hier ist dein Territorium, du sagst, wo es langgeht.«

Es war ein seltsames Gefühl, Nick Ennisfarne als sein Territorium bezeichnen zu hören, aber Logan nahm an, dass dem wohl tatsächlich so war, wenn auch nur vorübergehend. Die Begeisterung seines Freundes, als Darling Cove in Sicht kam, freute ihn auf jeden Fall sehr.

»Wahnsinn!«, rief Nick aus, während er den Blick aus dem Fenster über den goldenen Strand der Bucht schweifen ließ, an deren Ende der imposante Kalksteinbogen aus dem Meer ragte. »Das ist keine Aussicht, das ist der Hammer.«

Logan nahm den Fuß vom Gas, um das glitzernde Meer unter dem vergissmeinnichtblauen Himmel zu bewundern. Die Wellen schlugen an den Fuß des Steinbogens und schickten Gischtfontänen in die Luft, die zurück ins Meer regneten, bevor alles wieder von vorne begann. Niemals könnte er sich an diesem Anblick sattsehen, nicht einmal, wenn er für den Rest seines Lebens jeden Tag damit aufwachen würde. Was natürlich nicht passieren würde; in zwei Monaten würde er Ennisfarne verlassen und sein Leben wieder seinen alten, hektischen Gang gehen. Ein Grund mehr, es jetzt zu genießen, beschloss Logan.

»Du hättest die Bucht im Schnee sehen sollen«, sagte er und beschleunigte wieder. »Ich kann dir Fotos zeigen, aber das ist natürlich nicht dasselbe.«

Nick zog eine Grimasse. »Wie gesagt, hab ich im Moment genug von Schnee. Gib mir stattdessen lieber bernsteinfarbenen Sand, rauschende Wellen und eine milde Brise, die mir jedes Mal aufs Neue den Atem raubt.«

»Kannst du hier alles haben«, erwiderte Logan und lenkte den Hilux auf den kleinen Parkplatz neben Dune Cottage. »Aber erst gibt's Tee.«

Fünfundvierzig Minuten später erkundeten sie bereits die entweihte Pracht des verfallenen Nonnenklosters.

»Der Legende nach haben sich einige der Nonnen von den Klippen gestürzt, um den eindringenden Wikingern zu entkommen«, erzählte Logan, während sie zwischen den Ruinen umherschlenderten. »Die heilige Hilda hatte Mitleid mit ihnen und verwandelte sie in Robben, damit sie nicht ertranken.«

»Wie nett von ihr«, kommentierte Nick trocken. »Eine Armee von Godzillas wäre aber vielleicht zweckmäßiger gewesen.«

Logan lachte. »Sei einfach höflich, wenn du auf eine Robbe triffst. Es bringt Unglück, sie zu verschrecken.«

Der nächste Halt auf Logans Liste war der weiße Granitobelisk an der Landzunge auf der anderen Seite der Insel, wo sie sich auf dem üppig wuchernden Gras ausstreckten, die Frühlingssonne genossen und die Möwen und Trottellummen beobachteten, die sich hoch über ihnen von der Thermik tragen ließen.

»Ich nehme an, dass es nicht auf jeder Insel einen Leuchtturm geben kann«, sagte Nick, als Logan den Zweck des Signalturms erläuterte, der früher die Schiffe vor den Felsen gewarnt hatte. »Aber ich schätze mal, das bedeutet, dass es dort unten viele Schiffswracks gibt. Guter Tauchspot.«

»Lustig, dass du das erwähnst. Eve hat genau das Gleiche zu mir gesagt, deswegen habe ich letztes Wochenende diesen Auffrischungskurs gemacht, von dem ich dir am Telefon erzählt habe. Ich hoffe, dass ich auf Entdeckungsreise gehen kann, sobald es das Wetter zulässt.«

»Ah, die mysteriöse Eve. Taucht sie auch?«

Logan nickte. »Sie ist sogar qualifizierte Tauchlehrerin.«

»Perfekt.« Nick wirkte beeindruckt. »Dann wird sie bestimmt die besten Wracks kennen.«

»Davon gehe ich aus«, sagte Logan und legte den Kopf zurück, um in den wolkenlosen Himmel zu blicken. »Aber vom Festland fahren das ganze Jahr über Boote raus, sofern es das Wetter zulässt. Ich nehme dann eins von denen.«

Falls Nick dachte, dass etwas an Logans Plan merkwürdig war, ließ er es sich nicht anmerken. »Ich freu mich auf jeden Fall schon auf die Bilder.«

Anschließend fuhren sie zurück zum Cottage und nahmen den Weg durch die Dünen zur Bucht hinunter. Als sie den Strand erreichten, stieß Nick einen leisen Pfiff aus und ließ anerkennend den Blick über die hufeisenförmige Darling Cove schweifen. »Ich kann verstehen, warum du es nicht eilig hast, hier wegzukommen.«

Während sie den Strand entlangspazierten, warf Logan einen Blick auf seine Uhr. »Das Beste habe ich für den Schluss aufgehoben. In etwa dreißig Minuten wird die Sonne hinter dem Felsenbogen untergehen. Ich glaube, heute Abend wird das besonders spektakulär aussehen.«

Nick musterte ihn neugierig. »Du bist hier ja schon richtig heimisch geworden.«

»Quatsch«, schnaubte Logan.

»Doch, das ist mein Ernst«, beharrte Nick. »Du hast mir

lauter Geschichten über die Insel erzählt, von der Tier- und Vogelwelt geschwärmt, und die Leute hier bezeichnen dich als einen von ihnen. Wenn das nicht bedeutet, dass du hier angekommen bist, dann weiß ich es auch nicht.«

Logan musste zugeben, dass Nick mit seinen Beobachtungen nicht ganz falschlag. Andererseits wohnte er inzwischen eben schon seit einem Monat auf Ennisfarne, war es da nicht unvermeidlich, dass er etwas von der Geschichte aufsog und sich mit seinen Nachbarn anfreundete?

»Vielleicht«, sagte er zweifelnd.

»Auf jeden Fall steht es dir gut zu Gesicht.« Nick musterte ihn erneut von Kopf bis Fuß. »Du warst immer dieser krasse Stadtmensch, dass ich eher erwartet hätte, du wärst hier wie ein Fisch auf dem Trockenen. Aber du scheinst dich im Gegenteil wirklich wohlzufühlen. Als wärst du hier zu Hause.«

Logan wollte gerade einwenden, dass definitiv noch immer London sein Zuhause war, als ihm eine Bewegung in der Ferne ins Auge stach. Ein kleiner dunkler Punkt raste über den Sand auf sie zu, und als er näher kam, erkannte er, um wen es sich handelte. »Pass auf«, sagte er grinsend zu Nick, »gleich lernst du Huxley kennen.«

Der Labrador begrüßte sie so überschwänglich wie immer. Mit größter Begeisterung sprang er zwischen Logan und Nick hin und her, wobei er so heftig mit dem Schwanz wedelte, dass es aussah, als würde er gleich abheben. Nick ging vor Freude auf die Knie und ließ sich von Huxley abschlabbern, während er dem Hund die Ohren kraulte.

Als Logan aufblickte, sah er Eve auf sie zurennen.

»Tut mir wahnsinnig leid«, schnaufte sie, als sie nahe genug war, dass sie sie hören konnten. »Der kleine Racker ist entwischt, als Aiden die Terrassentür aufgemacht hat.«

Logan warf einen Blick auf Nick, der inzwischen Huxleys Bauch streichelte. »Keine Sorge, es ist nichts passiert. Ich gehe mal davon aus, dass euer Training noch nicht abgeschlossen ist?«

Eve stöhnte. »Frag gar nicht erst. Aber ja, wie du siehst, arbeiten wir noch an ein paar Kleinigkeiten. Wenigstens hat er keinen von euch beiden umgerannt«, fügte sie dann mit einem Blick auf Nick hinzu.

»Oh, entschuldige, das ist Nick Borrowdale. Ein Freund von mir. Er ist für ein paar Tage zu Besuch auf der Insel. Nick, das ist Eve Darling, meine Vermieterin und Besitzerin des Darling's, der Bar dahinten.«

Nick stand auf und klopfte sich den Sand von den Händen, während Huxley davonsprang. »Hallo. Freut mich, dich endlich kennenzulernen.«

Eve sah ein wenig verblüfft aus. »Endlich?«

»Ja«, sagte Nick und lächelte strahlend. »Logan hat mir viel von dir erzählt. Und von allen anderen natürlich auch.«

Logan wartete darauf, dass Nicks Lächeln seine übliche Wirkung entfaltete, aber Eve nickte nur. »Verstehe. Dann musst du sein einziger Freund sein. Er hat dich auch erwähnt.«

Damit hatte sie nicht ganz unrecht, Logan hatte ihr schließlich selbst erzählt, dass er Nick als seinen einzigen wahren Freund betrachtete, aber es aus ihrem Mund zu hören, führte ihm die traurige Wahrheit ein wenig zu deutlich vor Augen.

Nick ging es offensichtlich ähnlich, sein Lächeln hatte einen verschmitzten Zug, als er Logan ansah. »Wir haben alle unser Kreuz zu tragen.«

»Wo bist du untergekommen?«, erkundigte sich Eve. »Bestimmt nicht bei Logan im Cottage, oder?« Ihre Wangen färbten sich leicht rosa, als sie von Logan zu Nick sah.

»Ich bin deiner Empfehlung gefolgt und hab ein Zimmer im Fisherman's besorgt«, sagte Logan. »Damit ist er heute Abend offiziell Hamishs Problem.«

Eve legte den Kopf schief. »Wahrscheinlich ist es eher umgekehrt. Hamish wird so begeistert davon sein, dass ein echter Filmstar in seinem Pub übernachtet, dass er wahrscheinlich schon eine Kulturdenkmal-Plakette angebracht hat, wenn du zurückkommst.« Sie schürzte die Lippen. »Oder zumindest Eintritt verlangt.«

Nick lachte. »Ich bin mir nicht sicher, ob da viele kommen werden.«

»Du machst wohl Witze«, sagte Eve. »Dein Besuch ist das Interessanteste, was hier seit … na ja, seit Logan aufgetaucht ist, passiert.« Sie warf Logan einen fragenden Blick zu. »Ich hoffe, du hast Nick zu dem Junggesellenabschied am Samstag eingeladen.«

Logan zögerte, vor allem, weil er eigentlich vorgehabt hatte, Nicks Besuch als Ausrede vorzuschieben, die Party ausfallen zu lassen. »Noch nicht, nein.«

»Ein Junggesellenabschied?« Nick schien sofort Feuer und Flamme. »Wer heiratet denn?«

»George«, sagte Logan und beschloss, sich die nähere Beschreibung für später aufzuheben. »Das hab ich ganz vergessen, dir zu erzählen. Im Pub finden auch Veranstaltungen statt, kann also gut sein, dass es ab und zu ein bisschen lauter wird.«

»Ein Grund mehr mitzumachen«, sagte Nick prompt und schaute Eve an. »Solange du denkst, dass George nichts dagegen hat?«

»Was dagegen?« Eve schüttelte amüsiert den Kopf. »Glaub mir, der wird noch jahrelang davon zehren.«

»Großartig«, sagte Nick mit offensichtlicher Begeisterung, bevor er Logan mit einem übertrieben anklagenden Blick bedachte. »Und du behauptest, hier gäbe es keine Partys.«

»Ich hab nur gesagt, dass es keine Nachtclubs gibt«, korrigierte Logan. »Also wird es wenigstens nicht die ganze Nacht dauern.«

Eve stieß ein hohles Lachen aus. »Du hast offensichtlich noch nie mit Seeleuten gefeiert.« Sie hielt inne und sah Logan in die Augen. »Aber im Ernst, es würde George sehr viel bedeuten, wenn du kommst, und wenn nur für eine Stunde oder so.«

Logan schluckte einen ergebenen Seufzer hinunter und akzeptierte sein Schicksal. »Das sollten wir hinkriegen.«

»Super«, sagte Eve mit leuchtenden Augen. »Jetzt müssen wir nur noch dafür sorgen, dass Hettie keinen Wind davon kriegt, dass ihr beide dabei seid, und auch kommen will.«

»Die Sache ist die … Fischer und Schauspieler sind … sind sich sehr ähnlich.«

Das Fisherman's Arms war so voll, wie Logan es noch nie erlebt hatte; viele von Georges Freunden von der Insel und vom Festland waren gekommen, um mit ihm das Ende seines Junggesellenlebens zu feiern. Sitzplätze waren schwer zu bekommen, aber Logan und Nick hatten zwei ergattert und saßen nun eingekeilt um einen wackeligen Tisch am Fenster, George zwischen sich. Live-Musik gab es noch keine, aber der Geräuschpegel stieg dennoch stetig, angeheizt durch den nicht abreißenden Nachschub an Alkohol, und sie mussten sich dicht aneinanderlehnen, um ein Gespräch zu führen. Logan war erleichtert, als er feststellte, dass George zu Ehren seiner Party offensichtlich geduscht hatte – ihn umgab nur noch ein Hauch von Salzlake und Fisch.

Es war Nick hoch anzurechnen, dass er Georges leicht hinkenden Vergleich zwischen Fischerei und Schauspielerei mit Würde aufgriff. »Beide haben viel mit Geduld zu tun?«, schlug er, ohne eine Miene zu verziehen, als Gemeinsamkeit vor.

Logan verbarg ein Grinsen, als George eulenhaft blinzelte. »Stimmt.« Er hob eine Hand und wedelte mit einem schwieligen Finger vor Nicks Gesicht herum. »Aber was ich meine, ist, dass wir beide grausame Geliebte haben.

Meine ist das Meer und deine …« Er brach ab und richtete den Blick ins Leere, als versuchte er, sich daran zu erinnern, was er hatte sagen wollen.

»Der Wankelmut der Menschheit«, sprang Nick mit ernster Miene ein. »Und manchmal mein Agent.«

George schüttelte den Kopf. »Nein, nein, nein, das habe ich nicht gemeint.« Er schwankte ein wenig und schnippte dann unbeholfen mit den Fingern. »Die Muse! Die ist genauso grausam wie das Meer, stimmt's?«

Nick dachte einen Augenblick darüber nach. »Ich glaube, du hast es schlimmer getroffen. Eine Muse versucht nicht, den Künstler zu ertränken, wenn sie schlechte Laune hat.«

»Auch wieder wahr«, sagte George und stieß einen langen biergeschwängerten Atemzug aus, der Logan und Nick dazu veranlasste, sich ein wenig zurückzulehnen. »Aber wir können beide nicht ohne. Die See mag grausam sein, aber sie ist die Hüterin meiner Seele.«

Sein letzter Satz war so unerwartet poetisch, dass Logan lächelte. »Aber nicht deines Herzens.«

Das riss George aus einer weiteren drohenden Innenschau. »Nein. Das gehört Hettie«, sagte er und entblößte seine überraschend weißen Zähne zu einem strahlenden Grinsen. Dann wandte er sich wieder an Nick. »Hast du sie schon kennengelernt? Sie ist eine tolle Frau. Sie weiß, wie man mit einem Hering umgeht, wenn du verstehst, was ich meine …«

Logan nahm einen hastigen Schluck von seinem Bier, um ein belustigtes Schnauben zu verbergen.

Nick hatte sich besser im Griff. »Noch nicht, klingt mir aber ganz danach, als solltest du sie dir warmhalten.«

George nickte energisch und schaffte es dennoch irgendwie, nicht sein Bier zu verschütten. »Auf jeden Fall. Ich bin ein glücklicher Mann.« Darauf verfiel er in Schweigen, offensichtlich in selige Gedanken an seine zukünftige Braut versunken.

Logan nutzte die Gelegenheit, um Nick einen vielsagenden Blick zuzuwerfen. »Wolltest du Hamish nicht nach dem Wasserhahn in deinem Zimmer fragen?«

Nick runzelte für einen Moment die Stirn, dann schien er zu begreifen. »Stimmt. Würdest du uns für eine Minute entschuldigen, George?«

Sie erhoben sich von ihren Plätzen und bahnten sich einen Weg durch die Menge zur Bar. Das Gesprächsgewirr wurde leiser, als sie an den einzelnen Gruppen von Männern vorbeikamen; Logan registrierte die subtilen und zum Teil unverhohlen neugierigen Blicke, was er für vollkommen verständlich hielt, aber es gab keine Feindseligkeit oder Groll darüber, dass sich jemand Außenstehendes unter die Inselbewohner gemischt hatte. So war man auf Ennisfarne nicht.

»Wie hält sich der Junggeselle?«, erkundigte sich Hamish, als sie den Tresen erreichten. »Hat er schon angefangen Seefahrer-Gedichte zu rezitieren? Sein Favorit ist ›The Rime of the Ancient Mariner‹.«

»Bis jetzt nicht«, antwortete Logan.

Hamish blickte zum Fenster, wo George sich gerade mit

Jakob, dem Bootsbauer, unterhielt. »Sieht allerdings so aus, als würde es nicht mehr lange dauern. Und dann wird Jakob mit skaldischer Dichtung kontern. Besser, ich sag den Jungs Bescheid, dass sie anfangen sollen zu spielen.«

Die Band an diesem Abend war Near and Farne, die Logan zuletzt bei der monatlichen Musiknacht im Darling's gesehen hatte. Logan und Nick suchten sich eine freie Ecke, um der Live-Musik zuzuhören. Es dauerte nicht lange, bis die ansteckenden Melodien und die stampfenden Beats der Band die Gäste dazu brachte, im Takt zu nicken, und Logan war nicht überrascht, als die Ersten aufstanden, um zu tanzen – wobei sich George als wesentlich sicherer auf den Beinen erwies, als Logan erwartet hätte.

»Er hat ein paar anständige Moves drauf, das muss man ihm lassen«, bemerkte Nick, als die Menge dem Junggesellen etwas Platz machte.

»Offenbar ein Mann mit vielen Talenten«, kommentierte Logan. »Und wie die meisten Leute hier hat er ein Herz aus Gold.«

Nick musterte ihn von der Seite. »Warum habe ich das Gefühl, dass du hier nie wieder weggehen wirst?«

Logan zuckte mit den Schultern. »Keine Ahnung. Vielleicht, weil ich noch nie so lange an einem Ort geblieben bin?«

»Schon, aber es steckt noch mehr dahinter«, bemerkte Nick nachdenklich. »Du wirkst hier irgendwie anders … zufriedener.«

Logan wollte protestieren, schloss den Mund jedoch

wieder. Die Wahrheit war, dass er tatsächlich zufrieden war. Ob es nun daran lag, dass er eine Jobpause einlegte und es insgesamt viel langsamer angehen ließ, oder daran, dass er Zeit mit ganz gewöhnlichen Menschen verbrachte und sich auf die Dinge besann, die ein gewöhnliches Leben ausmachten. Aber das bedeutete nicht zwingend, dass er vorhatte, auf der Insel zu bleiben. An seinem Plan, nach drei Monaten nach London zurückzukehren, hatte sich nichts geändert.

»Es gefällt mir hier«, bestätigte er. »Ennisfarne hat etwas an sich, das mich zur Ruhe kommen lässt. Vielleicht ist es das Meer oder die Art, wie das Licht auf den Sand und die Landzunge fällt. Oder einfach die Stille. Ich kann es wirklich nicht genau sagen.«

Nick hob fragend eine Augenbraue, denn in der Kneipe war es derzeit alles andere als still. »Wahrscheinlich ist es all das und noch ein bisschen was anderes«, vermutete er und nahm einen Schluck von seinem Bier. »Verbindung.«

Kaum dass Nick es ausgesprochen hatte, wusste Logan, dass er recht hatte. Die Fotografie hatte ihn um die ganze Welt geführt und das Privileg verschafft, mit unglaublich talentierten Menschen zusammenzuarbeiten, aber es war selten, dass er mit jemandem mehr als eine flüchtige Verbindung einging, und das fast ausschließlich durch das Objektiv seiner Kamera. Er nahm an, dass dies auch der Grund war, aus dem er sich unbewusst so lange an seine Beziehung mit Suki geklammert hatte, obwohl ihm bewusst gewesen war, dass sie keinem von ihnen guttat. Er sehnte sich nach einer substanzielleren Bindung. Und obwohl er zu niemandem auf Ennisfarne so etwas wie eine tiefe Beziehung aufgebaut hatte, traf er regelmäßig dieselben Leute und wusste genug über ihren Alltag, um aufrichtiges Interesse an ihnen zu entwickeln. Ein Interesse, das erwidert wurde und mit Freundlichkeit, Wärme und Großzügigkeit einherging, sodass Logans Tage reich an vielen Miniverbindungen geworden waren. Und all das war geschehen, ohne dass er es wirklich bemerkt hatte.

»Möglicherweise«, sagte er zu Nick. »Aber das bedeutet nicht, dass ich nie von hier weggehen werde.«

»Es sei denn, du gehst eine noch tiefere Verbindung ein«, bemerkte Nick. »Zum Beispiel mit einer attraktiven lokalen Unternehmerin.«

Darauf wollte er also hinaus, dachte Logan.

»Ich habe dir schon mal gesagt, dass Eve an Leute wie dich oder mich keinen Blick verschwendet.«

Sein bester Freund hob vielsagend die Brauen. »Aber das hat sie getan. Wenn ich mich nicht irre, hat sie dir sehr wohl einen Blick geschenkt.« Er hielt inne und grinste Logan an. »Du hast es wahrscheinlich nur nicht bemerkt, weil du so verzweifelt versucht hast, sie nicht anzusehen.«

Logan fragte sich, ob Nick recht hatte. Hatte er es mit Absicht vermieden, Eve näherzukommen? Oder versuchte sein Freund einfach nur, bei ihrem Schlagabtausch recht zu behalten?

»Das denkst du dir doch nur aus.«

»Meinst du? Ich spreche nur aus, was ich gesehen habe,

und das waren zwei Menschen, die sehr offensichtlich versucht haben, sich demonstrativ *nicht* anzusehen.«

»Eve kann mich nicht einmal besonders gut leiden. Sie gibt sich Mühe, freundlich zu mir zu sein, weil sie ein netter Mensch ist und wahrscheinlich denkt, dass ich einsam bin, aber das ist auch schon alles.«

Nick dachte einen Moment darüber nach. »Aber du magst sie?«

»Nein!«, protestierte Logan. »Ich meine, ja, natürlich, als Mensch schon, aber nicht mehr. Hör auf, daraus eine romantische Storyline für deinen nächsten Film zu stricken.«

Was auch immer Nick als Nächstes sagen wollte, ging in dem stürmischen Beifall unter, der ausbrach, als die Band in diesem Moment ihren letzten Song beendete.

Als der Applaus langsam abebbte, lehnte sich George Halt suchend gegen den nächstbesten Stuhl und ließ den Blick mit der entschlossenen Miene eines Mannes durch den Raum wandern, der etwas zu sagen hatte. Er hob beide Hände, um die letzten Jubelrufe zum Verstummen zu bringen, und nahm dann das Mikrofon in die Hand. Ein seliges Lächeln schmückte sein Gesicht.

Logan und Nick tauschten einen Blick. Nach ihrer Unterhaltung mit George am Tisch zu urteilen, würde seine Rede vermutlich sehr lang und ausschweifend geraten. Aber es gab kein Entkommen – die Bar war zu voll, um einen diskreten Abgang hinlegen zu können. In stiller Resignation fing Logan Hamishs Blick auf und gab ihm ein Zeichen, ihnen zwei weitere Pints zu zapfen.

George räusperte sich, hielt noch einen Moment inne, dann öffnete er den Mund.

»It is an ancient Mariner«, rezitierte er, *»and he stoppeth one of three. By thy long grey beard and glittering eye, now wherefore stopp'st thou me?«*

Neben Logan stieß Nick ein kaum hörbares Stöhnen aus. »Das kann ja heiter werden«, murmelte er und winkte Hamish zu sich. »Zwei Gläser vom besten Whisky, den du im Angebot hast.«

Als Logan bemerkte, dass Jakob, der Bootsbauer, George erwartungsvoll zuhörte, lehnte sich Logan über die dunkle Holztheke. »Bring am besten gleich die ganze Flasche, Hamish. Irgendetwas sagt mir, dass es eine lange Nacht wird.«

Kapitel fünfzehn

Eve

Eve war sich sicher, den Wetterbericht niemals mit größerer Besorgnis verfolgt zu haben als in der Woche vor Georges und Hetties Hochzeit. Das Darling's hatte schon viele Hochzeiten ausgerichtet, aber bisher nie für ein Paar von der Insel, nur für Fremde vom Festland, zumindest waren sie das gewesen, bis sie am Strand vor dem Steinbogen ihr Gelübde abgelegt und die Nacht gemeinsam mit ihren Gastgebern im Sand durchgetanzt hatten. Aber Hettie und George waren so viel mehr als das. Sie waren wie Familie, und Eve war es wichtig, dass sie einen perfekten Tag hatten. Dass sie sich nicht für eine kirchliche Trauung entschieden hatten, hatte Eve etwas überrascht, aber George hatte darauf bestanden, sich im Beisein seiner anderen großen Liebe, des Meeres, das Ja-Wort geben zu wollen, und Hettie hatte nichts dagegen einzuwenden gehabt.

»Das erspart mir außerdem, wie ein Baiser auszusehen«, sagte sie bei ihrem Junggesellinnenabschied zu Eve. »Für eine unschuldige Braut in Weiß bin ich eindeutig zu alt, außerdem habe ich das alles schon einmal hinter mir.«

All das bedeutete, dass Eve die Last der Verantwortung noch mehr als sonst spürte, je näher der große Tag rückte.

»Du musst dich wirklich nicht um jedes Detail kümmern«, hatte Aiden bemerkt, als sie darauf bestand, die Bestellung von Bier, Wein und dem so wichtigen Champagner zu überprüfen. »Was kommt als Nächstes? Schaust du Esther beim Backen der Torte über die Schulter, um sicherzugehen, dass sie auch ja alles richtig macht? Oder Lucia, während sie die Kanapees zubereitet?«

Seine Bemerkung hatte ihr einen Stich versetzt, ohne dass Eve hinterher weniger besorgt gewesen wäre. »Ich möchte nicht, dass etwas schiefgeht, das ist alles.«

Aiden hatte auf seine übliche, entspannte Art gelächelt. »Mach dich mal locker, Eve. Wird schon schiefgehen.«

Es schien dann auch, als sei sein Optimismus gut begründet. Am Mittwoch sagten die Zeitungen eine kurze Hitzewelle für das kommende Wochenende voraus, mit Temperaturen, die mit denen auf Ibiza konkurrieren konnten, und nachdem der Himmel am Donnerstag und Freitag klar und blau blieb, begann Eve die vorsichtige Hoffnung zu hegen, dass die Wetterstation tatsächlich recht behielt. Es würde traumhaft werden.

Am Samstagmorgen war sie noch vor Sonnenaufgang auf den Beinen. Huxley hatte nichts gegen einen morgendlichen Strandspaziergang einzuwenden, er schnüffelte fröhlich am Seetang, den die Flut zurückgelassenen hatte, und sprang mit dem ihm eigenen Enthusiasmus in die Brandung. Eve nutzte die Gelegenheit, um die Stille des Morgens zu genießen. Sobald ab kurz nach acht die Dammstraße sicher überquert werden konnte, würden nach und nach die Lieferanten eintreffen. Eve bezweifelte sehr, dass ihr anschließend noch viel Zeit zum Denken blieb, bis der letzte Hochzeitsgast in den frühen Sonntagmorgenstunden davongetaumelt war.

Paulina, die Floristin, war mit Vasen voller zartblauer Hortensien und weißer Rosen für die Tische beladen als Erste vor Ort. An irgendeinem Punkt der Vorbesprechungen für die Hochzeit war auch mal von einem Blumenbogen auf der Terrasse die Rede gewesen, aber Hettie war der Meinung, dass das Gegenstück aus Kalkstein in der Bucht jegliches florales Arrangement nur in den Schatten stellen konnte. Stattdessen hatte sie darum gebeten, die Stühle auf dem Sand vor dem Bogen aufzustellen, und Eve war froh darüber, denn sie stimmte ihr von ganzem Herzen zu, dass es keinen schöneren Hintergrund gab als diesen.

Eve ließ Paulina ihre Arbeit machen und begab sich auf die Suche nach Aiden, der ihr helfen sollte, die Strandkörbe aufzustellen.

Weitere Lieferanten kamen und gingen. Die Stühle um die Tische waren in weiße Hussen mit meerblauen Organzabändern gehüllt. Esther lieferte die Hochzeitstorte – ein dreistöckiges Meisterwerk, das mit Wellen aus italienischer Buttercreme überzogen war, die an das Meer erinnerten – und eilte dann nach Hause, um sich umzuziehen. Der DJ kam mit seinem Equipment für den späteren Abend;

George hatte vorgeschlagen, Dudelsack zu spielen, war jedoch von Hettie überstimmt worden. Je mehr sie im Laufe des Vormittags erledigten, desto deutlicher spürte Eve, wie ein Teil der Anspannung von ihr abfiel. Alles schien so weit unter Kontrolle zu sein.

»Oh, Eve, das sieht wunderbar aus«, rief Hettie aus, als sie um kurz nach halb elf eintraf. Ihr graues Haar war auf große Lockenwickler gedreht, die wackelten lustig, als sie sich in der Bar umsah. Sie trug einen pinkfarbenen Kapuzenpulli, der sie als »MRS. POTTS in spe« auswies. »Genau so habe ich es mir vorgestellt.«

»Das freut mich«, sagte Eve herzlich und warf einen Blick auf die Uhr. »Aber jetzt schauen wir erst mal zu, dass du dich drinnen in Ruhe fertig machen kannst.«

Sie führte Hettie und ihre Brautjungfer Mabel ins Haus und die Treppe hinauf in ihr eigenes Zimmer, das sie zum Ankleideraum für die Braut umfunktioniert hatte. »In dem Eiskübel dort steht Champagner«, sagte sie und deutete auf einen silbernen Ständer. »Die Gläser sind hier. Aber wir können euch auch gerne einen Tee machen, wenn euch das lieber ist. Und Esther hat ein paar Kekse hochgebracht, falls ihr Hunger bekommt.«

Hettie klopfte sich reumütig auf den Bauch. »Besser nicht«, sagte sie und warf einen Blick auf den Kleidersack, den Mabel trug. »Es ist kein figurbetontes Kleid, aber trotzdem …«

Eve lächelte. »Verstehe. Ich gehe wieder runter, es gibt noch einiges zu tun, aber sag mir einfach Bescheid, wenn du etwas brauchst.« Sie versprach noch, die Friseurin hochzuschicken, sobald diese eintraf, und ließ die beiden Frauen dann allein, um zurück in die Bar zu gehen und zu sehen, wie Aiden und Tish mit dem Eindecken der Tische vorankamen.

»Noch neunzig Minuten bis zum Startschuss«, stellte Aiden fest, während Eve mithilfe der Sitzordnung begann, Platzkarten zu verteilen. »Hast du schon was von der Standesbeamtin gehört?«

»Sie ist auf dem Weg«, antwortete Eve. »Wenn alles nach Plan läuft, sollte sie es schaffen, zurück aufs Festland zu kommen, bevor die Flut einsetzt.«

Aiden grinste. »Wenigstens wissen wir, dass die Braut auftauchen wird. Bei dem Bräutigam bin ich mir da nicht so sicher.«

Hamish hatte sie gewarnt, dass George im Laufe der Woche immer nervöser geworden war. »Ich würde zwar nicht sagen, dass er kalte Füße bekommt, aber seine Zehen frieren schon ein bisschen.«

»Er wird kommen«, versicherte Eve ihrem Bruder. »Ich habe Jakob gesagt, dass er heute persönlich für George verantwortlich ist. Er wird dafür sorgen, dass George auftaucht, und wenn er ihn tragen muss. Dafür ist ein Trauzeuge schließlich da.«

Es war bereits nach elf, als Eves Handy in ihrer Gesäßtasche vibrierte.

Es war Hettie.

»Hey, alles in Ordnung?«

Eve war nicht auf den lauten Schrei vorbereitet, der in der nächsten Sekunde an ihr Ohr drang. »Neeeeeiiiiin, ist es nicht!«

Eve verzog erschrocken das Gesicht und hielt das Telefon einige Zentimeter weit von ihrem Ohr weg. »Was ist los, Hettie? Gibt es ein Problem mit deinen Haaren? Oder dem Kleid? Keine Panik, wir kriegen das hin, was auch immer es ist.«

Am anderen Ende der Leitung holte Hettie tief Luft. »Es geht nicht um die Frisur oder das Kleid, sondern um den Fotografen. Er hat einen Notfall in der Familie und kann nicht kommen.«

Eve schloss die Augen. »Okay. Schön weiteratmen. Schickt er Ersatz?«

»Das ist es ja gerade – er kann nicht! Er ist ein Ein-Mann-Unternehmen, und alle Kollegen, die er kennt, sind bereits gebucht. Was sollen wir denn jetzt machen?«

Bei den letzten Worten nahm ihre Stimme einen deutlich hysterischen Klang an.

»Ganz ruhig, Hettie«, versuchte Eve sie zu beruhigen, während sie im Geiste die Möglichkeiten durchging. »Fredas Mann ist doch so ein begeisterter Fotograf, könnten wir ihn nicht bitten einzuspringen?«

Auf ihren Vorschlag hin herrschte am anderen Ende der Leitung eine Stille, die noch schlimmer war als das panische Geschrei zuvor. Eve dachte an frühere Hochzeiten im Darling's, die alle von professionellen Fotografen auf wunderschöne Weise festgehalten worden waren, und stellte sich dann vor, wie sie einer dieser Bräute einen begeisterten Amateurknipser als Ersatzkandidaten ans Herz legte.

»Oder vielleicht auch nicht«, räumte sie ein.

»Ich weiß, dass du nur helfen willst«, sagte Hettie, jetzt etwas ruhiger. »Aber George und ich heiraten nur einmal. Fotos sind wie Erinnerungen, die man in der Hand halten kann. Ich finde es nicht zu viel verlangt, mir Fotos von einem professionellen Fotografen zu wünschen. Ich will Len nicht beleidigen, er macht sicher schöne Bilder, aber …«

»Natürlich ist das nicht zu viel verlangt«, sagte Eve. »Aber leider haben wir kaum Optionen. Es sei denn …« Sie ließ den Satz in der Luft hängen und biss sich auf die Lippe. Natürlich gab es eine Option, nur war es keine, die sich Hettie oder George oder sonst jemand auf Ennisfarne leisten konnte. Sie wagte nicht mal, darüber nachzudenken, was Logan Silk für ein Fotoshooting verlangte. Vollkommen überflüssig, es Hettie überhaupt vorzuschlagen. »Es ist eine Katastrophe, aber ich fürchte, wir haben keine andere Wahl«, sagte sie so sanft, wie sie konnte. »Sieh es doch mal so: besser Fotos von Len als gar keine.«

Aber es war zu spät, Hettie war von selbst auf die Option gekommen, die Eve eben durch den Kopf gegangen war. »Könnten wir nicht Logan fragen?«

Eve kniff sich in den Nasenrücken. Wie sollte sie erklären, dass nicht die ganze Welt so funktionierte, wie die enge Gemeinschaft von Ennisfarne mit dem gegenseitigen Austausch von Gefälligkeiten? Man konnte von niemandem erwarten, auf dieser Grundlage einen Job zu übernehmen, erst recht nicht von einem weltberühmten Spitzenfotografen. Sie war sich nicht einmal sicher, ob Ennisfarne Logan überhaupt etwas im Austausch für seine Leitung anzubieten hätte.

»Ich glaube ehrlich gesagt nicht, dass wir ihn uns leisten können.«

»Oh.« Hettie klang aufrichtig verblüfft. »Ich bekomme die Anzahlung von unserem ursprünglichen Fotografen natürlich zurück, und Logan wird uns sicher einen kleinen Preisnachlass geben. Freundschaftstarif oder wie man das nennt.«

Eve dachte an die kunstvollen Bilder, die sie im Internet gefunden hatte, als sie neugierig geworden war, wer Logan wirklich war, was sie noch mehr davor zurückschrecken ließ, ihn zu bitten, die bescheidene Hochzeit von George und Hettie zu fotografieren. Als würde man Leonardo da Vinci bitten, ein Badezimmer zu streichen. Hettie hatte wirklich keine Ahnung, was sie da verlangte.

»Ich bin mir nicht sicher, ob es fair wäre, ihn in diese Lage zu bringen.«

»Na schön«, sagte Hettie nach ein oder zwei Sekunden. »Gib mir seine Nummer, dann rufe ich ihn selber an. George hat gesagt, dass er sehr nett ist. Ich bin sicher, dass er uns aus der Patsche helfen wird.«

Ihre Worte ließen Eve innehalten. In ihrer Vorstellung gab es zwei Logan Silks – den Starfotografen, der Mitglieder des Königshauses, Hollywood-Prominenz und Rockstars fotografierte, und den Mann, der scherzend in ihrer Küche gesessen hatte, während er beim Poker gegen sie verlor. Der Logan, den sie kannte, war freundlich und ging großzügig mit seinem Talent um, immerhin hatte er ihr seine Bilder von Darling Cove kostenlos für ihre Website zur Verfügung gestellt. Vielleicht hatte Hettie recht. Vielleicht tat Eve ihm unrecht, indem sie einfach so davon ausging, dass er nicht helfen wollte.

»Nein, du konzentrierst dich darauf, dich fertig zu machen«, sagte sie schließlich. »Ich rufe Logan an.«

Mit vor Aufregung zitternden Händen suchte sie Logans Nummer heraus und warf einen weiteren Blick auf die Uhr. 11:20. Ob er bereits auf dem Weg zum Darling's war?

»Hi Eve.« Seine Stimme klang leicht gedämpft, als wäre er gerade dabei gewesen, sich den Mantel anzuziehen. »Alles in Ordnung?«

Sie holte tief Luft. »Nicht wirklich. Wir haben ein kleines Problem, und ich hatte gehofft, dass du uns vielleicht helfen kannst.«

Dann berichtete sie ihm, was passiert war. Nachdem sie geendet hatte, wünschte sie sich für den Bruchteil einer Sekunde, sie könnte die Zeit zurückdrehen und hätte ihn doch nicht gefragt, aber dieser Impuls wurde von Logans Antwort weggewischt.

»Aber klar doch. Ich packe schnell das Equipment zusammen. Kannst du mir einen Parkplatz vorm Darling's reservieren? Das würde mir das Leben leichter machen.«

Eve merkte erst, dass sie offenbar den Atem angehalten

hatte, als sie zischend ausatmete. »Das ist toll, vielen, vielen Dank. Ich sage sofort Hettie Bescheid, die wird überglücklich sein.« Sie zögerte und fügte dann hinzu: »Nur noch eine Sache: Ich bin mir nicht sicher, ob sie dir so viel zahlen können, wie du es gewohnt bist. Sie bekommen von dem Fotografen, der abgesagt hat, zwar eine Erstattung, aber …«

»Eve«, unterbrach Logan sie sanft. »Es wird kein Honorar fällig. Nach allem, was du, was ihr *alle* auf Ennisfarne für mich getan habt, ist es mir ein Vergnügen und eine Ehre, auf Hetties und Georges Hochzeit zu fotografieren.«

Eve runzelte die Stirn. »Aber …«

»Kein Aber«, fiel er ihr erneut und sehr entschlossen ins Wort. »Ich bin froh, dass ich helfen kann.«

Sie wollte protestieren, erklären, dass es nicht ihre Absicht gewesen war, ihn honorarfrei zu engagieren. Die Summe, die George und Hettie für den vorherigen Fotografen eingeplant hatten, war für jemanden mit Logans Erfahrung und Status mit Sicherheit beleidigend niedrig, aber sie hoffte sehr, dass ihm bewusst war, dass niemand von ihm erwartete, einen ganzen Tag zu opfern, um ohne Bezahlung zu arbeiten.

»Trotzdem«, sagte Eve, ebenso entschlossen. »Das werden die beiden niemals akzeptieren.«

Es folgte eine nachdenkliche Pause, bevor Logan erwiderte: »Wenn sie tatsächlich drauf bestehen, können sie anstelle eines Honorars eine Spende für wohltätige Zwecke machen. Wie wäre das?«

Da war sich Eve nicht so sicher, aber sie wusste auch, dass die Uhr tickte. Bis halb eins war es nicht mehr lang hin, bald würden die ersten Gäste eintrudeln. Sie hatte keine Zeit, sich über etwas zu streiten, das sie streng genommen gar nichts anging.

»Das ist sehr nett von dir«, sagte sie. »Hettie und George werden sich bestimmt noch persönlich bei dir bedanken wollen, aber du sollst wissen, wie sehr ich das zu schätzen weiß.«

»Wie gesagt, es ist mir ein Vergnügen, aber jetzt packe ich mal besser meine Sachen zusammen. Wir sehen uns in zehn Minuten.«

Eve widerstand der Versuchung, sich noch einmal bei ihm zu bedanken, legte auf und ging dann nach oben, um Hettie die gute Nachricht zu überbringen. Auf dem Rückweg vergewisserte sie sich, dass die Standesbeamtin eingetroffen war und das Catering im Zeitplan lag, bevor sie noch einmal einen Blick in den makellos blauen Himmel über dem Felsbogen warf, ob in der Zwischenzeit Wolken aufgezogen waren. Sie mochte vielleicht keine Kontrolle über das Wetter haben, aber sonst sollte absolut nichts schiefgehen – nicht, solange sie es verhindern konnte.

Alle waren sich einig, dass es eine der schönsten Hochzeiten war, die sie je erlebt hatten. George hatte sich erstaunlich nett herausgeputzt. Er trug einen frisch gestärkten marineblauen Anzug, eine aquamarinblaue Krawatte und hatte sich ordentlich den Bart gestutzt. Als er neben Jakob vor der Standesbeamtin im Sand gestanden und gewartet hatte, war seine Nervosität beinahe mit Händen greifbar gewesen. Er hatte erst aufgehört zu zappeln, als Hettie im Türrahmen zur Terrasse erschienen war und sich ihren Weg den provisorischen Mittelgang entlang gebahnt hatte. In ihrem meergrünen Etuikleid, mit nackten Füßen, das Haar mit silbernen Blumen verziert, sah sie einfach umwerfend aus. Anerkennendes Raunen ging durch die Reihen der Gäste, und George sah aus, als würde er vor Glück implodieren, während sie auf ihn zukam. Unter der strahlenden Frühlingssonne, eingerahmt vom Kalksteinbogen und mit dem Tosen der Wellen als passendem Hintergrund hatten die beiden ihre selbstverfassten Gelöbnisse ausgetauscht, bevor die Standesbeamtin sie zu Mann und Frau erklärte und Darling Cove von Jubel und begeistertem Beifall erfüllt wurde.

Zu Beginn der Zeremonie hatte Eve noch registriert, wie sich Logan geschickt um die Szenerie herumbewegt hatte, sein Gesicht größtenteils hinter der Kamera verborgen, aber er ging so umsichtig und respektvoll vor, dass sie ihn bald gar nicht mehr wahrnahm.

Im Anschluss an die Zeremonie posierten die Frischvermählten für weitere Fotos so nahe am Felsbogen, wie es die Gezeiten und der Schatten zuließen. Eve lief währenddessen zwischen den Gästen auf der Terrasse herum und füllte Gläser nach, aber es fiel ihr schwer, nicht immer wieder Logan bei seiner Arbeit zu beobachten. Er bewegte sich geradezu anmutig, machte ohne Hektik einen Schritt nach links oder rechts, nahm für einen Moment die Kamera herunter, um andere Einstellungen vorzunehmen oder einen Blick auf das Display zu werfen, bevor er weitere Fotos machte, während er dem Brautpaar gelegentlich eine Anweisung gab. Eve war nicht nah genug dran, um zu hören, was gesagt wurde, aber George und Hettie wirkten entspannt und strahlten, offenbar genossen sie es, für diesen Moment im Mittelpunkt zu stehen.

Ein Lächeln schlich sich auf Eves Lippen, während sie die drei beobachtete; wenn Logan immer auf diese Weise arbeitete, war es kein Wunder, dass er so wunderbare Ergebnisse erzielte. Sie konnte es kaum erwarten, die Bilder zu sehen.

Es war einer dieser wunderschönen Frühlingstage, an denen die Sonne bereits so warm schien, dass man fast meinen konnte, es sei Sommeranfang. Das Licht funkelte auf den Wellen, und der Himmel war in ein wolkenloses Kornblumenblau getaucht. Kinder rannten über den Sand, jagten Bällen nach und spielten Fangen. Lachen und Gesprächsfetzen erfüllten die Luft. Die Atmosphäre war so entspannt und ausgelassen, dass Eve nur ungern alle zum Essen nach drinnen rief, aber die verlockenden Düfte, die aus der Küche strömten, halfen.

»Da hatten die beiden ja noch mal riesiges Glück«, sagte Selina zu Eve, als sie von der Terrasse hereinkam, »Logan Silk als Hochzeitsfotografen zu haben, ist kaum mit Geld aufzuwiegen.«

Bei ihrer Bemerkung zuckte Eve innerlich zusammen,

weil es sie daran erinnerte, was für einen Gefallen sie von ihm verlangt hatte.

»Ich weiß. Ehrlich gesagt habe ich mich gar nicht wohlgefühlt, ihn darum zu bitten, aber er war sofort einverstanden.« Sie warf einen Blick nach draußen, wo Logan inzwischen Fotos von den Gästen machte. »Ich glaube, er hat, seitdem er hier ist, nicht einmal gesessen.«

Selina folgte ihrem Blick. »Wenn ein Mann dermaßen in sein Handwerk vertieft ist, ist das unglaublich sexy, findest du nicht? Abgesehen davon, dass er groß, dunkelhaarig und gut aussehend ist, versteht sich.«

Eve fühlte sich unbehaglich, ohne so recht zu wissen, woher dieses Unbehagen rührte. »Kann sein.«

Ihre beste Freundin schüttelte amüsiert den Kopf. »Mir ist klar, dass du ihn nicht so siehst. Aber ich freue mich schon auf heute Abend, wenn er alle Hemmungen fallen lässt.«

»Ich wäre mir an deiner Stelle nicht so sicher, dass er das tatsächlich tut«, sagte Eve. »Er scheint seinen Job ziemlich ernst zu nehmen.«

»Irgendwann muss er die Kamera ja auch mal weglegen«, erwiderte Selina mit einem Augenzwinkern. »Und sobald er das tut, schlage ich zu.«

Eve sah wieder nach draußen. »Vielleicht musst du gar nicht mehr so lange warten. Da kommt er schon.«

Ein Anflug von Panik machte sich auf Selinas Zügen breit. »Im Ernst? Wie sehe ich aus?« Sie entblößte ihre Zähne. »Hab ich Lippenstift auf den Zähnen?«

»Du siehst großartig aus«, versicherte Eve ihr leise, als Logan sich ihnen nährte. Sie fing seinen Blick auf. »Du wirkst, als könntest du einen Drink gebrauchen. Was kann ich dir bringen?«

»Nur ein Glas Wasser, wenn es dir keine Umstände macht«, antwortete er. »Ich glaube, da draußen ist es noch heißer als auf Ibiza.«

Selina schob sich kaum merklich ein wenig vor. »Das liegt daran, dass du so viel gearbeitet hast«, sagte sie und hakte sich bei ihm unter. »Komm, ich helfe dir, deinen Platz zu finden. Eve kann dir das Wasser an den Tisch bringen.«

Logan warf ihr einen dankbaren Blick zu. »Okay, danke.«

Eve beobachtete, wie sich die beiden einen Weg durch das Gedränge zu der Tafel mit dem Sitzplan bahnten, und lächelte gequält – Selina verschwendete wirklich keine Zeit. Mit einem angedeuteten Kopfschütteln ging sie zur Bar, um Logan sein Wasser zu holen. Wenn der heutige Tag erst mal vorbei war, würde sie sich eine ordentliche Wiedergutmachung für ihn einfallen lassen müssen.

Nach dem Essen folgten die Reden, die wesentlich jugendfreier ausfielen, als Eve erwartet hatte. Jakob verstand es, etwas isländische Poesie in seine Rede einzuflechten, dankenswerterweise jedoch eine der kürzeren Versionen. Hetties Bruder Roger stand anstelle des Brautvaters auf und sprach darüber, wie wunderbar es sei, dass sie George gefunden habe.

»Ich muss meine Schwester heute nur ansehen, um zu

erkennen, wie glücklich sie ist«, sagte er und blickte zwischen den beiden Frischvermählten hin und her. »Und ich weiß, dass Eddie sich ebenso freuen würde, wenn er wüsste, dass Hettie die Liebe wiedergefunden hat. Ich bin sicher, er sieht zu und erhebt ein himmlisches Glas auf euch.«

Als George darauf zärtlich die Hand seiner frisch angetrauten Frau drückte, spürte Eve, wie ihr Tränen in die Augen stiegen. Was hatten Hochzeiten bloß an sich, dass selbst die unromantischsten Menschen schrecklich emotional wurden?

»Und damit«, schloss Roger, »möchte ich euch alle bitten, es mir gleichzutun, um mit mir auf das glückliche Paar anzustoßen. Auf Hettie und George!«

Die anderen Gäste erhoben ebenfalls ihre Gläser und riefen im Chor: »Auf Hettie und George!«

Die nächste Stunde verging wie im Flug. Eve schaffte es lediglich, eine kurze Pause einzulegen, während Dessert und Kaffee serviert wurden, in der sie zurück ins Haus ging, um Huxley hinauszulassen. Sie fühlte sich schuldig, als sie ihn wieder allein ließ, aber sie konnte ihn unmöglich gleichzeitig beaufsichtigen und sich um die Hochzeitsgäste kümmern. Sonst würde er wahrscheinlich auf der anderen Seite der Insel landen oder zumindest in einer ziemlichen kompromittierenden Situation mit der Hochzeitstorte.

»Ich mache es wieder gut, Hux«, versprach sie, als er ihr nachsah. »Tut mir leid, mein Junge.«

Nach dem Essen wurde es eine Zeit lang etwas ruhiger, doch es dauerte nicht lange, bis die Musik aufgedreht wurde und die Leute zu tanzen begannen. Hettie und George überraschten alle mit einer wunderschönen Walzer-Einlage zu »Perfect« von Ed Sheeran, und Eve entging nicht, wie sich mehrere Gäste dabei die Augenwinkel tupften. Logan stand am Rand der Tanzfläche und hielt mit seiner Kamera den Moment fest.

»Wusstest du, dass George tanzen kann?«, flüsterte Aiden, während er einige leere Gläser einsammelte.

»Ich hatte keine Ahnung«, raunte Eve zurück. »Unser George scheint einige ungeahnte Talente zu besitzen.«

Nach dem Hochzeitstanz stürmten auch die Gäste die Tanzfläche. Eve war hinter der Bar beschäftigt und verlor Logan aus den Augen, aber sie hoffte, dass er endlich seine Kamera weggelegt hatte und die Feier genoss. Draußen hatte sich der Himmel zu einem samtigen Tiefblau verdunkelt, vor dem die ersten Sterne schimmerten. Gelächter schallte über den Strand, als die Gäste auf die Terrassen strömten, die von Lichterketten erhellt wurden.

Stunden später fiel Eve auf, dass sich die ersten Gäste die Augen rieben und kaum verhohlen gähnten. In kleinen Gruppen oder einzeln fanden sie den Weg zu Hettie und George, um sich zu verabschieden. Um Mitternacht gingen auch die Frischvermählten, und die Menge lichtete sich bis auf ein paar eingefleischte Feierwütige. Eve entließ Tish und die anderen Angestellten in den Feierabend, drückte ihnen zum Abschied ein ordentliches Trinkgeld in die Hand und machte sich dann daran, die vielen leeren Gläser auf der unteren Terrasse einzusammeln. Sie wollte gerade oben weitermachen, als sie hinter den Glastüren leise Stimmen hörte. Als sie genauer hinsah, entdeckte sie ein Paar, dass sich in einer dunklen Ecke der Terrasse unterhielt. Eve überlegte noch, ob sie die beiden wirklich stören sollte, als sie ein leises Lachen hörte, das sie als Selinas erkannte. Es folgte das Grollen einer männlichen Stimme, und Selina lachte erneut.

Eve fühlte sich seltsam ertappt, als hätte sie gelauscht, konnte sich aber dennoch nicht davon abhalten, vorsichtig um die Ecke zu spähen, um herauszufinden, mit wem sich ihre beste Freundin da unterhielt.

Es war Logan. Die dunklen Köpfe der beiden befanden sich sehr dicht beieinander, ihre Haare schimmerten schwach im Schein der Lichterketten. In diesem Moment kamen sie sich noch näher. Außer dem fernen Rauschen des Meeres war nichts zu hören. Wie gebannt starrte Eve die beiden an, während ihr Herz unangenehm heftig in ihrer Brust klopfte. Sie küssen sich, dachte sie wie betäubt. Logan und Selina küssen sich.

Als Eve mit einem Schlag bewusst wurde, dass sie auf schreckliche Weise die Privatsphäre der beiden verletzte, stolperte sie hastig zurück. Am Fuß der Treppe traf sie auf Aiden, der angesichts ihrer starren Miene die Stirn runzelte.

»Alles okay?«

Die Frage brachte Eve vollkommen aus dem Konzept. Warum sollte sie nicht okay sein? Selina hatte ihre Absichten schließlich mehr als deutlich gemacht, und Logan stand vollkommen frei zu küssen, wen immer er wollte. Warum also hatte Eve das Gefühl, es wäre etwas in ihr zerbrochen?

Sie schluckte einen Anflug von Galle hinunter und rang sich ein Lächeln ab. »Alles bestens.« Dann drückte sie ihrem Bruder einen Stapel Gläser in die Hand. »Würdest du die bitte in die Spülmaschine räumen? Ich muss kurz frische Luft schnappen.«

Auf der unteren Terrasse atmete sie mehrmals tief durch und blickte in dem Versuch, ihre wirren Gefühle zu sortieren, in den Sternenhimmel hinauf. Sie sollte sich für Selina freuen. Warum also tat sie es nicht?

Zum ersten Mal in ihrem Leben war Eve eifersüchtig auf das Glück ihrer besten Freundin. Vollkommen erbärmlich, beschämend eifersüchtig. Das lag nur an dem Schreck, die beiden erwischt zu haben, redete sie sich ein, während sie sich bemühte, das unangenehme Stechen in ihrer Brust zu ignorieren. Sobald sie die Überraschung verdaut hatte, würde sie sich mit dem Gedanken an Logan und Selina abfinden. Sie würde sich für sie freuen.

Eve biss sich auf die Lippe, fest entschlossen, dafür zu sorgen, dass es genau so kam. Denn was blieb ihr auch anderes übrig?

Teil drei

Stürmische See

Kapitel sechzehn

Logan

»Ich hab gehört, du bandelst mit Selina Heron an.«

Fredas Blick war hellwach und unverhohlen neugierig, als sie Logan von der anderen Seite des schmalen Ganges im Nook musterte. Er nahm an, dass er nicht überrascht sein sollte – auf einer Insel von der Größe Ennisfarnes gab es wohl nicht viele Geheimnisse –, aber die Bemerkung ärgerte ihn trotzdem. Dennoch schaffte er es irgendwie, sich nichts anmerken zu lassen.

»Wie kommst du darauf?«, fragte er, legte ein Sauerteigbrot in seinen bereits gut gefüllten Einkaufskorb und ging weiter, um eine Reihe von Einmachgläsern in Augenschein zu nehmen.

Die Ladenbesitzerin schürzte die Lippen und schielte betont nachdenklich an die Decke. »Also, ich weiß ja nicht, aber möglicherweise liegt es daran, dass Selina es gestern Abend im Pub verkündet hat.«

Am liebsten hätte er laut aufgestöhnt. Es war noch gar nicht so lange her, dass sein Liebesleben für die Öffentlichkeit von regem Interesse gewesen war, und auch wenn Fredas Neugier nicht solche Ausmaße hatte wie die der reißerischen Boulevardblätter, ernüchterte sie ihn.

»Verstehe.«

»Natürlich hat sie es nicht direkt so ausgedrückt«, fuhr Freda fort. »Was hat sie noch mal genau gesagt? Nicht *Netflix and chill*, das war Hetties Vorschlag …«

Logans Hand hielt auf halbem Weg zu einem Glas grünem Pesto inne. Er war sich fast sicher, dass sie scherzte; es fiel ihm extrem schwer, sich vorzustellen, dass Hettie mit ihren sechzig Jahren einen solchen Satz sagte, selbst wenn sie wusste, was er bedeutete.

»*Friends with benefits* auch nicht«, überlegte Freda weiter und schnippte dann mit den Fingern. »*Wir treffen uns*, das war's. Ziemlich bescheuerte Art, es zu beschreiben, wenn du mich fragst. Ich treffe dich ja auch fast jeden Tag, ohne dass wir auf romantische Weise miteinander anbandeln.«

Als Logan sie anschaute, tanzte ein Lachen in ihren Augen, vielleicht weil »anbandeln« ein ebenso lächerlicher Euphemismus war, und sein Ärger verrauchte. Schließlich war es nicht Fredas Schuld, wenn Selina Details von ihrem und Logans bisher einzigen Date preisgab. Außerdem war der etwas albere Humor der Ladenbesitzerin irgendwie schon wieder liebenswert; er ließ darauf schließen, dass sie sich in seiner Gegenwart wohl genug fühlte, um ihn aufzuziehen, so wie es Freunde untereinander taten. Nur dass ihm das relativ selten passierte – was wenig überraschend war, nachdem er meist nie lange genug an einem Ort geblieben war, um wirklich enge Freundschaften zu schließen.

»Ich könnte mir vorstellen, dass Len da was dagegen einzuwenden hätte«, antwortete Logan mit dem Verweis auf Fredas freundlichen, aber recht wortkargen Ehemann. »Aber im Ernst: Es ist noch viel zu früh, um die Sache mit Selina mit irgendeinem Etikett zu versehen. Belassen wir es dabei, dass wir zurzeit einfach die Gesellschaft des anderen genießen.«

Freda öffnete den Mund, um etwas zu erwidern, wurde jedoch durch das Läuten der Türglocke und das laute Geschnatter einer Gruppe von Touristen mit Pudelmützen, die den Laden stürmten, unterbrochen.

Instinktiv zog Logan den Kopf ein. Der beginnende Frühling und die damit einhergehenden wärmeren Temperaturen hatten zu einem starken Anstieg der Besucherzahlen auf Ennisfarne geführt, was bedeutete, dass das Dorf und die umliegenden Straßen sehr viel belebter waren als noch im Winter. Vor allem in den Zeiten, in denen die Dammstraße aufgrund der Flut nicht befahrbar war, was die jeweiligen Besucher zu stundenweisen Gefangenen der Insel machte. Auch auf der Straße, die an Dune Cottage vorbeiführte, hatte der Verkehr zugenommen. Der Anstieg der Besucherzahlen hatte Logan bisher keine größeren Probleme bereitet, abgesehen davon, dass es schwieriger geworden war, im Ort einen Parkplatz zu finden, aber er hatte sich angewöhnt, eine Baseballmütze zu tragen, wenn er unterwegs war. Es war zwar fast zwei Monate her, dass er das letzte Mal auf der Titelseite einer Zeitung gestanden hatte, und die Welt – inklusive der Schlagzeilen –

hatte sich weitergedreht, aber das bedeutete nicht, dass ihn ein besonders aufmerksamer Tourist nicht erkennen würde. Das wäre natürlich nicht das Ende der Welt gewesen, aber er war nach Ennisfarne gekommen, um seine Ruhe zu haben, und es war ihm sehr daran gelegen, dass es dabei blieb.

Freda eilte zu den neuen Kunden hinüber und wies ihnen geschäftig den Weg zur Feinkosttheke.

Logan lächelte, als er mit seinem Einkaufskorb zur Kasse neben der Tür ging. Er war sich sicher, dass sie in einem früheren Leben Hypnotiseurin gewesen war, wirklich niemand verließ das Nook mit leeren Händen.

Während Freda Logans Einkäufe in die mitgebrachte Tasche packte, kamen weitere Kunden herein. »Wenn das so weitergeht, brauchst du bald Hilfe«, bemerkte Logan und hielt seine Kreditkarte auf das Lesegerät.

»Das ist noch gar nichts«, gab Freda fröhlich zurück. »Ab Donnerstag kommen die Oster-Ausflügler. Dann kann man sich vor Touristen hier kaum noch retten. Zum Glück haben die meisten irgendwann Hunger und Durst, vor allem wenn sie gerade den St.-Hilda-Pilgerpfad hinter sich haben.«

Logan runzelte die Stirn. »Den kenne ich gar nicht. Hat das was mit der Klosterruine zu tun?«

Das Nonnenkloster war von der heiligen Hilda gegründet worden und hatte jahrhundertelang Bestand gehabt, bis Heinrich VIII. im Jahr 1537 die Auflösung anordnete, und Logan wusste, dass die hoch aufragenden Überreste bei Touristen beliebt waren, aber er hatte nicht gewusst, dass sie eine Pilgerstätte waren.

Freda nickte. »Der Weg führt von Whitby Abbey nach Ennisfarne, ähnlich wie der St. Cuthbert's Way, der von Melrose in den Scottish Borders nach Lindisfarne geht.«

Das ergab Sinn, dachte Logan, denn die heilige Hilda war bis zu ihrem Tod Äbtissin von Whitby gewesen. Ihre sterblichen Überreste hatten für kurze Zeit auf Ennisfarne geruht, während der sich eine Reihe von Wundern ereignet haben soll, und es gab auf der ganzen Insel verteilt eine Fülle von teilweise halb versteckten Schnitzereien und Symbolen zu ihren Ehren, die nur für diejenigen zu finden waren, die wussten, wonach sie Ausschau halten mussten. Vielleicht wäre es also überraschender, wenn es *keine* Wallfahrten ihr zu Ehren gäbe, dachte Logan.

Freda warf einen Blick auf die Touristen und schob Logan die Tüte mit den Lebensmitteln zu. »Die Wanderung kann man das ganze Jahr über machen, aber am Karfreitag kommen einige Pilger mit großen Holzkreuzen an. Man kann sie über das Watt laufen sehen, sobald sich die Flut zurückzieht. In einem Jahr waren sogar mal an die hundert hier.« Sie schüttelte amüsiert den Kopf. »Verrückte Leute.«

Es war tatsächlich möglich, zu Fuß vom Festland auf die Insel zu gelangen, jahrhundertelang war dies die einzige Möglichkeit gewesen, Ennisfarne und die Schwesterinsel Lindisfarne zu erreichen. Der Weg war durch eine Reihe von hohen Holzpfählen markiert und verschob sich im Gegensatz zu vielen anderen tückischeren Küstenübergängen nicht. Dennoch war Timing auch hier das A und O.

»Dann müssen die aber losgehen, sobald die Flut niedrig genug ist«, bemerkte Logan, während er sich fragte, wie viel so ein großes Holzkreuz wohl wog.

»Zu Fuß braucht man etwa fünfundsiebzig Minuten«, sagte Freda. »Wenn die Leute auftauchen, ist das jedes Mal ein ganz besonderer Anblick, ein bisschen, als würde man einen Blick in die Vergangenheit werfen.«

Logan rief sich die hölzernen Pfähle vor Augen, die sich jenseits der verwitterten, teerbedeckten Rümpfe der umgedrehten alten Heringskutter über das Watt Richtung Festland erstreckten, und konnte Fredas Sichtweise durchaus nachvollziehen. »Unter den richtigen Lichtbedingungen könnte das ein tolles Motiv abgeben.«

»Da bin ich mir sicher, wenn du die Kamera in der Hand hältst«, stimmte Freda zu. »Hettie und George waren von ihren Hochzeitsbildern auf jeden Fall restlos begeistert. Falls es dir jemals langweilig werden sollte, die Royals abzulichten, könntest du dich als Hochzeitsfotograf versuchen, denke ich.«

»Danke. Ich werd's im Hinterkopf behalten.«

Die Ladenbesitzerin zwinkerte ihm zu. »Apropos glückliche Paare, vielleicht beschließen Selina und du ja, demnächst Instagram official zu gehen.« Dabei betonte sie die Worte *»Instagram«* und *»official«* dermaßen übertrieben, dass Logan unfreiwillig grinsen musste. Aber Freda schaute schon wieder zu ihren anderen Kunden hinüber, und ihr

Gesicht hatte einen geschäftsmäßigen Ausdruck angenommen. »Die Pflicht ruft«, verkündete sie. »Zum Filmabend am Samstag kommst du doch bestimmt, oder?«

Auf Ennisfarne gab es kein Kino, und aufgrund der Gezeiten war es schwierig, sich einen Film auf dem Festland anzusehen, weswegen die Inselbewohner improvisierten. An diesem Wochenende wurde vom Darling's *Top Gun* auf einer großen Leinwand am Strand gezeigt. Oder vielleicht auch auf einer großen Leinwand in der Bar, falls das Wetter ihnen einen Strich durch die Rechnung machte.

»Das würde ich um nichts in der Welt verpassen. Bis dann!«

Als Logan seinen Wagen rückwärts vom Parkplatz steuerte, warteten bereits zwei Autos auf seine Lücke, und jeder der beiden Fahrer war offenbar der Meinung, Anspruch darauf zu haben. Logan beobachtete die Auseinandersetzung im Rückspiegel, als er wegfuhr, und beschloss, das Dorf am kommenden Osterwochenende, so gut es ging, zu meiden.

Auf der Straße, die zur Südwestspitze der Insel führte, herrschte mehr Verkehr als sonst, auch wenn das Verkehrsaufkommen noch meilenweit von dem entfernt war, was Logan von städtischen Stoßzeiten gewohnt war. Als er an den umgedrehten Booten vorbeikam, die wie schlummernde Seeungeheuer nebeneinander am Ufer aufgereiht lagen, fuhr er spontan rechts ran und stieg aus. Die Flut lief gerade auf und dehnte sich in ihrer silbrig-grauen Weite Richtung Festland aus. Möwen kreisten tief über dem Wasser und nutzten die spärliche Thermik des bedeckten Tages. Ein paar von ihnen hockten auf den schlanken Pfählen des Pilgerpfads, andere auf den Finnen der Boote, und alle beobachteten, wie Logan sich näherte. Vermutlich hofften sie darauf, etwas zu fressen abstauben zu können.

Einmal mehr fiel Logan auf, wie viel Wert auf den Erhalt der alten Rümpfe der ausgedienten Schiffe gelegt wurde. Was durchaus Sinn ergab, schließlich wurden darin nun wertvolle Güter verwahrt, aber es war mehr als das. Die Inselbewohner hatten eine Art, mit Dingen umzugehen, die erfrischend und erdend zugleich war; der Kontrast zu seinem eigenen Leben hätte nicht größer sein können, da die Anforderungen seiner Arbeit bedeuteten, dass so viele Elemente seines Lebens flüchtig waren. Es ging auch nicht darum, Geld zu sparen. Die nicht mehr seetauglichen Rümpfe in Lagerschuppen umzuwandeln, war natürlich eine kostengünstige Lösung, aber er wusste aus Gesprächen mit den Inselbewohnern, dass diese vor allem auch stolz darauf waren, die Handwerkskunst zu bewahren, mit der die Boote erbaut worden waren. Er legte eine Hand flach an die Seite des nächstgelegenen Schiffes und blieb einen Moment lang stehen, bewunderte die Stabilität des geteerten Holzes und stellte sich vor, wie der Bug mit einer Ladung frisch gefangener Heringe durch die glitzernden Wellen schnitt. Logan war kein Seemann, aber er konnte sich die robusten Fischerboote sehr gut in ihren glorreichen Tagen vorstellen, mit Masten so hoch und stolz wie die Männer, die sie steuerten, und Segeln weißer als Wattewolken. Es war ein fesselndes Bild – fast meinte er den stechenden Geruch des Fangs zu riechen.

»Falls du auf eine Fähre hoffst, wirst du lange warten müssen.«

Die Stimme ließ Logan aus seinem Tagtraum aufschrecken. Er drehte sich um und sah Eve drei Boote weiter stehen. Sie drehte gerade den Schlüssel im Schloss einer kornblumenblauen Tür, die genau die gleiche Farbe hatte wie die seines Cottages, und musterte ihn unverhohlen neugierig. Ihr blondes Haar war zum üblichen Pferdeschwanz zurückgebunden, und sie trug eine abgewetzte, marineblaue Wachsjacke, die an den Manschetten ausfranste. In der freien Hand hielt sie ein Paar lange schwarze Schwimmflossen.

Als Logan merkte, dass er die Augen geschlossen gehabt hatte, fühlte er sich ertappt und trat schnell vom Boot weg. »Ich versuche nur, etwas Geschichte aufzusaugen«, erklärte er und verscheuchte den Anflug von Verlegenheit, den er in sich aufkommen spürte. »Ich wette, diese Boote haben so einige Geschichten zu erzählen.«

Eve schürzte nachdenklich die Lippen. »Garantiert. Obwohl ich mir vorstellen könnte, dass auch eine Menge ziemlich langweiliger darunter sein dürften, über Seepocken und solche Sachen. Vermutlich war nicht jedes Ereignis im Leben dieser Schiffe hochdramatisch.«

Logan verbarg angesichts ihrer wie immer sehr pragmatischen Art, die Welt zu sehen, ein Grinsen. »Da hast du wahrscheinlich recht.« Er betrachtete die Tür, die sie gerade abgeschlossen hatte. »Ist das deins?«

»Meins und Aidens. Wir haben es von unserem Vater bekommen und der es wiederum von seinem Vater.«

»Eine große alte Dame des Meeres«, bemerkte Logan mit Blick auf das Boot und lächelte. »Hat es einen Namen?«

Eve musterte ihn aufmerksam. »Die Frage haben mir noch nicht viele Leute gestellt … Mein Großvater hat es *Cecily* genannt, nach meiner Großmutter, aber mein Dad hat es *Lookfar* getauft, nachdem er es geerbt hatte.« Sie tätschelte den teerbedeckten Rumpf. »Der Name steht hier drunter. Man muss nur wissen, wo man suchen muss.«

»Zwei sehr unterschiedliche Namen«, sagte Logan und runzelte dann die Stirn. »*Lookfar* kommt mir bekannt vor, aber ich komm nicht drauf, woher.«

Eve lächelte. »Wahrscheinlich hast du *Der Magier der Erdsee* von Ursula Le Guin gelesen, daher hatte Dad den Namen. Er war ein großer Fantasy-Fan. Das Darling's hätte fast Zum Tänzelnden Pony geheißen, nach der Kneipe in *Der Herr der Ringe*, aber da hat Mum ein Machtwort gesprochen.«

Der kleine Einblick in Eves Kindheit entlockte Logan ein weiteres Lächeln, während er versuchte, sich an das Buch zu erinnern, das sie erwähnt hatte. »*Der Magier der Erdsee*«, wiederholte er langsam. »Ein Junge von einer winzigen Insel kämpft gegen Eindringlinge und wird zum größten Magier aller Zeiten, ist es das?«

»Klingt wie der Plot vieler Bücher, aber ja, genau darum geht es in der Geschichte«, sagte Eve. »Ich glaube, mein

Vater hat in dem Teil mit der kleinen Insel eine Parallele zu seinem Leben gesehen und insgeheim gehofft, er würde auch ein Zauberer werden, aber das ist nicht passiert, soweit ich weiß. Allerdings hat er sich ab und zu mit den Touristen gestritten, wenn sie hier eingefallen sind.«

Der letzte Satz brachte Logan zum Grinsen. »Vielleicht war er ein heimlicher Zauberer.«

»Vielleicht. Er war auf jeden Fall ein magischer Seemann, daher der Bootsname. Es hat ihm das Herz gebrochen, als es nicht mehr seetüchtig war.«

»Wenigstens hat es in dieser Form ein zweites Leben geschenkt bekommen. Es ist eine großartige Idee, die alten Boote als Schuppen zu nutzen.«

»Unseres steht erst seit etwa zwanzig Jahren hier.« Eve deutete auf die Reihe an Unterständen hinter ihnen. »Ein paar stammen aus der Zeit um 1900. Es ist wirklich erstaunlich, dass sie so lange überdauert haben.«

Logan warf einen weiteren Blick auf die umgedrehten Boote, erstaunt, dass einige von ihnen offensichtlich mehr als hundert Jahre alt waren. »Unglaublich, dass sie so gut erhalten sind. Aber sie gehören doch eigentlich eher in ein Museum als hier draußen hin, wo sie den Elementen ausgesetzt sind?«

»Sie sind unser Erbe«, erwiderte Eve trocken, »ein Stück Tradition dieser Insel. Was wäre der Nutzen, wenn sie meilenweit weg in irgendeinem Museum stehen würden, ohne Kontext oder Hintergrund, um das Gesamtbild zu vermitteln? Solange sie hier sind, erfüllen sie dagegen einen doppelten Zweck: Sie dienen als Unterstand und ziehen gleichzeitig Touristen an.«

Logan verstand, was sie meinte, konnte sich aber dennoch nicht davon abhalten, zu widersprechen. »Und was ist, wenn das Wetter und das Salzwasser zu viel Schaden anrichten?«

»Dann lassen wir sie gehen«, antwortete Eve schlicht. »Nicht alles ist für die Ewigkeit bestimmt. Ich dachte, als Künstler wüsstest du das.« Aus ihren Worten klang deutlich Missbilligung, und wieder einmal musste sich Logan eingestehen, dass er es versehentlich geschafft hatte, sie zu verärgern. Würden sie jemals ein Gespräch führen, in dem er das nicht tat?

»Doch, doch, das verstehe ich«, sagte er und hob entschuldigend die Hände. »Und ich hatte auch gar nicht die Absicht, dich zu belehren. Die Tatsache, dass die Boote so lange überlebt haben, zeigt ja ganz eindeutig, dass du und die anderen Inselbewohner wisst, wie man das Holz am besten schützt. Tut mir leid, dass ich das infrage gestellt habe.«

Der hitzige Ausdruck in ihren Augen wurde weicher. »Ich weiß, du meinst es nur gut. Aber für uns sind das mehr als nur alte Schiffe oder Schuppen. Sie schaffen eine Verbindung zu unserer Vergangenheit und den Menschen, die wir verloren haben. Ihre Geschichte ist unsere Geschichte.«

Logan nickte. »Natürlich. Ich nehme an, das ist der Punkt, an dem meine besondere Spezialität zum Tragen kommt. Die Fotografie ist auch eine Form der Bewahrung, nicht ganz das Gleiche, wie etwas im Original zu haben, aber eine Möglichkeit, sich daran zu erinnern, sobald es nicht mehr da ist.«

Eve schien einen Moment darüber nachzudenken, bevor sie einräumte: »Das ergibt Sinn. Vielleicht könntest du die Boote fotografieren, damit wir etwas haben, auf das wir zurückblicken können, wenn irgendwann das Unvermeidliche eintritt.«

Logan warf einen Blick auf die Boote und erinnerte sich daran, wie er sie sich als riesige Drachen vorgestellt hatte, nachdem er auf Ennisfarne angekommen war, und sein Gehirn begann sofort, die Aufnahmen zu komponieren. Er brauchte einen helleren Tag, an dem die Sonne über der Flut stand, und wenn es ihm gelang, die letzte Stunde vor dem Sonnenuntergang zu erwischen, würde er von dem außergewöhnlichen goldenen Licht profitieren, das selbst das eintönigste Motiv zu etwas Besonderem machte. Mit Glück und ein wenig Voraussicht konnte er die Szene vor ihm so einfangen, dass diese Zeugen der Geschichte von Ennisfarne niemals ganz dem Zahn der Zeit zum Opfer fielen.

»Klar, sehr gerne.«

»Das musst du natürlich nicht machen«, sagte Eve. »Ich habe das Gefühl, dass ich dich ständig darum bitte, von irgendwas Fotos zu machen.« Sie machte eine verlegene Miene.

Logan schüttelte den Kopf. »Nein, ich würde die Boote wirklich gerne fotografieren.«

Eve klemmte sich die Flossen unter den Arm und verzog das Gesicht. »Ich sollte jetzt besser zurück in die Bar fahren. Aiden ist mit Huxley allein – wer weiß, was die beiden sonst wieder anstellen.«

Logan grinste bei dem Gedanken daran, dass Eves Bruder manchmal tatsächlich nur geringfügig verantwortungsbewusster als Eves Labrador wirkte.

»Sind das deine Flossen oder Aidens?«

»Aiden surft nur. Unser Gespräch übers Tauchen hat mir Lust gemacht, mal wieder rauszufahren, nur dass in letzter Zeit mit Georges und Hetties Hochzeit und der beginnenden Touristensaison einfach zu viel zu tun war. Aber ich dachte, ich kann zumindest schon mal meine Ausrüstung überprüfen.« Sie machte eine kurze Pause, in der sie aussah, als würde sie über ihre nächsten Worte nachdenken. »In einer Woche veranstaltet Billy einen Tauchgang. Nachdem der Osteransturm vorbei ist. Falls du mitkommen willst. Nichts Besonderes, nur etwa fünfzehn Meter tief; zu einem der Wracks an der Ostküste.«

Logan hob überrascht die Augenbrauen. Eves Beschreibung der vielen Schiffswracks rund um Ennisfarne hatte seine Fantasie beflügelt, doch nach seinem Auffrischungskurs war er nicht wieder unten gewesen. Eves Vorschlag, gemeinsam mit Billy tauchen zu gehen, kam unerwartet. Einen Moment lang fragte er sich, was ihren Sinneswandel bewirkt haben könnte, beschloss dann jedoch, dass es nicht wirklich wichtig war.

»Ich würde sogar sehr gerne mitkommen. Solange es

euch nicht stört, dass meine Technik etwas eingerostet ist. Um ehrlich zu sein, hatte ich vollkommen vergessen, wie schwierig es ist, mit Flasche und Flossen zu schwimmen.«

»Das kommt wieder«, sagte Eve. »Wir machen nichts allzu Anstrengendes. In der Nähe des Naturschutzgebiets liegt ein Wrack aus dem Zweiten Weltkrieg, das zu erkunden immer wieder Spaß macht. Es eignet sich auch, um Robben zu beobachten.«

»Klingt toll, vielen Dank für das Angebot. Ich bringe meine Kamera mit.«

Eve schenkte ihm ein schiefes Grinsen. »Ich dachte mir schon, dass du das sagen würdest. Der Termin hängt natürlich von den Gezeiten und den Wetterbedingungen ab, es könnte also sehr kurzfristig losgehen. Ist das für dich in Ordnung?«

Logan legte nachdenklich den Kopf schief und ging im Geiste rasch seinen Kalender durch, der zufriedenstellend leer war. »Klar. Ich habe in den nächsten Wochen nicht viel vor.«

Der Blick, mit dem sie ihn bedachte, war ein wenig neidisch. »Du Glücklicher. Ich gebe dir Bescheid, sobald Billy und ich einen Plan gemacht haben.«

»Perfekt«, antwortete Logan. »Vorher sehen wir uns aber sicherlich noch am Samstag zum Filmabend. Wie geht es mit der Organisation voran? Kann ich dir irgendwie helfen?«

Sie schürzte die Lippen. »Ich denke, wir haben alles unter Kontrolle, abgesehen vom Wetter. Falls du irgendwelche

Kontakte haben solltest, die mir einen sonnigen Abend bescheren können, wäre das natürlich großartig.«

»Sorry, da muss ich passen«, sagte Logan lachend.

»Dann bleibt uns nichts anderes übrig, als die Daumen zu drücken«, sagte Eve und seufzte übertrieben. »Aber jetzt muss ich wirklich los. Wir sehen uns am Wochenende.«

»Ich freue mich darauf«, erwiderte Logan herzlich.

Nachdem Eve gegangen und Logan mit seinen Gedanken allein war, dachte er noch einmal über ihre Worte nach. Er hatte schon häufig gehört, wie viel Glück er doch im Leben habe. Das Glück, die Welt bereisen zu dürfen. An glamourösen Orten mit Prominenten und Adeligen zu arbeiten. Das Glück, den Höhepunkt seiner Karriere bereits in jungen Jahren erreicht zu haben, sodass sein Auftragsbuch niemals leer blieb und seine Agentin stets zufrieden war. Das Glück, mit einem der schönsten Models der Welt zusammen zu sein. Aber wenn Eve ihn als glücklich bezeichnete, dann gerade deshalb, weil nichts von alledem mehr zutraf. Sie beneidete ihn um seinen *leeren* Terminkalender, seine Freiheit. Und während Logan die grau-weißen Möwen beobachtete, die über seinem Kopf schwebten, wusste er selbst sein Glück auf eine ganz neue Art und Weise zu schätzen. Es war kein Glück gewesen, das ihn dazu gebracht hatte, seiner glanzvollen Karriere den Rücken zu kehren, sondern ein schwerer Fall von Burnout, der ihn seiner Kreativität und Lebensfreude beraubt hatte. Vielleicht aber war es Glück, dass ihn dieser Burnout ausgerechnet nach Ennisfarne geführt hatte.

Kapitel siebzehn

Eve

Die Aussicht von der oberen Terrasse des Darling's war tatsächlich spektakulär, stellte Eve einmal mehr fest. Die Sonne neigte sich dem Horizont zu und tauchte den Strand in dunstiges, bernsteinfarbenes Licht, während sie den Himmel mit delikaten Himbeer- und Zitronenblütentönen überzog. An provisorischen Laternenpfählen hingen Retro-Glühbirnen, die den Weg zu den Liegestühlen beleuchteten, die vor der riesigen Leinwand jenseits der Strandpromenade aufgestellt waren.

Es war 19:30 Uhr – eine halbe Stunde vor Vorstellungsbeginn –, aber die Bar war bereits mit Kinobesuchern gefüllt. Einige hatten ihre Plätze eingenommen und plauderten in kleinen Gruppen miteinander, andere hielten sich auf der Veranda unterhalb der Terrasse im ersten Stock auf oder saßen im goldenen Sand. Und über allem thronte, in würdevollem Kontrast zur Sonne, der krönende Abschluss von Darling Cove – der vom Meer verwitterte Kalksteinbogen, der den Strand zu einem der atemberaubendsten in Northumberland machte.

Ein fast perfekter Abend, dachte Eve und zog ihre Jacke ein wenig enger um den Körper. Wäre es nur ein paar Grad wärmer gewesen, hätte das den Hauptpreis in der Lotterie für Freiluftkinos bedeutet. Die Gäste schienen sich jedoch nicht an der kühlen Luft zu stören. Was vermutlich daran lag, dass die meisten von ihnen Inselbewohner waren und ein Großteil derjenigen, die vom Festland herübergekommen waren, von robuster Northumberland-Abstammung waren. Sie hatte die Veranstaltung als BYOB vermarktet – nicht »Bring Your Own Booze«, sondern »Bring Your Own Blanket« –, und die meisten Leute hatten genau das getan. Ein oder zwei hatten statt einer Decke sogar einen Schlafsack dabei, und Eve bewunderte ihre Entschlossenheit, den Film zu genießen, von ganzem Herzen. Wie sie es schon von zahlreichen skandinavischen Besuchern auf Ennisfarne gehört hatte – es gab kein schlechtes Wetter, nur die falsche Kleidung.

Eve richtete ihre Aufmerksamkeit vom Publikum auf den Projektor, der neben ihr auf der Terrasse stand, und prüfte zum zehnten Mal, ob das Stromkabel richtig angeschlossen war. Sie hatten in der Vergangenheit schon häufiger Filmabende im Darling's veranstaltet, die immer reibungslos verlaufen waren, und Eve wünschte sich sehr, an die früheren Erfolge anknüpfen zu können. Deswegen überprüfte sie lieber alles doppelt und dreifach.

Nachdem sie sich vergewissert hatte, dass alles in Ordnung war, befestigte sie die schwarze Schutzhülle um den Projektor und ging nach unten, um nachzusehen, wie

Aiden und Tish, die an diesem Abend wieder aushalf, hinter der Bar zurechtkamen.

»Wie läuft's?«, fragte sie ihren Bruder leise, während er eine Pappschachtel mit köstlich duftendem Popcorn aus der Maschine füllte, die sie extra für den Abend gemietet hatten. »Irgendwelche Probleme?«

»Du meinst abgesehen davon, dass ich Maiskörner an Körperstellen habe, von denen ich nicht laut sprechen möchte?«

Eve biss sich auf die Lippe und versuchte, nicht zu lachen. »Oh je. Womit kann ich euch behilflich sein?«

Aiden blickte zu Fredas Enkelin Tish hinüber, die ihr Bestes tat, um die Schlange hungriger und durstiger Kunden abzuarbeiten, und verzog das Gesicht. »Such dir was aus«, schlug er vor, während er drei überquellende Popcornschachteln in den Händen balancierte. »Könnte sein, dass wir gleich Eis-Nachschub brauchen, aber das kann erst mal warten.«

Womit er vermutlich recht hatte, dachte Eve. Die Stimmung war ausgelassen, niemand schien sich daran zu stören, dass die Bedienung langsamer lief als sonst. Aber Eve war es wichtig, dass ihre Kunden zufrieden waren, und da der Film in weniger als einer halben Stunde starten würde, musste sie dafür sorgen, dass die Leute möglichst bald ihre Plätze einnahmen. Also setzte sie ihr professionelles Lächeln auf und fragte Freda, was sie ihr bringen könne.

»Zwei Honig-Eis, einen großen Gin Tonic und eine Cola, bitte«, orderte Freda.

Eve nickte und machte sich daran, die Getränke zusammenzustellen.

»Viel los heute Abend«, bemerkte Freda beiläufig und schaute sich um. »Du hast anscheinend genau den richtigen Film ausgesucht.«

»Ist eben ein Klassiker«, sagte Eve, als sie sich umdrehte, um in die Kühltruhe hinter ihr zu greifen. »Wer hat schon was gegen einen Flieger-Adrenalinrausch einzuwenden?«

»Ich zumindest nichts«, antwortete Freda. »George und Hamish wollten unbedingt die Volleyball-Szene am Strand nachstellen, aber ich glaube, sie haben beschlossen, dass es doch ein bisschen zu kühl ist, um mit freiem Oberkörper herumzuturnen.«

Eve ließ beinahe die Becher mit Ferrelli's-Eiscreme fallen, die sie gerade aus dem Gefrierschrank geholt hatte. George und Hamish waren weit vom gebräunten Körperbau der Kampfpiloten aus dem Film entfernt, und an die Schrammen, die sie sich beim Hechtsprung in den kalten, feuchten Sand zuziehen könnten, wollte sie gar nicht erst denken. »Wahrscheinlich besser so«, antwortete sie diplomatisch.

»Ach, ich weiß nicht«, sagte Freda mit einem Funkeln in den Augen. »Sie meinten, dass sie Logan fragen wollen, ob er mitspielt. Also ich hätte nichts dagegen, ihn oben ohne zu sehen …«

Freda machte wirklich keinen Hehl aus ihrer Bewunderung für Logan, und es war nicht ihre erste Andeutung, dass er eine gute Partie für Eve sein könnte, allerdings hatte sie keine Bemerkung mehr in die Richtung gemacht, seit er etwas mit Selina angefangen hatte. Da Eve sich nicht sicher war, ob hinter Fredas Bemerkung noch etwas anderes steckte als ihre Fieberfantasie, beschloss sie vorsichtshalber, nicht darauf zu reagieren. »Darf es sonst noch etwas sein?«

Freda warf einen Blick auf die Popcornmaschine, bevor sie bedauernd den Kopf schüttelte. »Das wäre für den Moment alles, danke.«

Zwanzig Minuten später ging ihnen das Popcorn aus, und die Schlange an der Bar war auf eine Handvoll Kunden zusammengeschrumpft. Eve hatte Logan in der Schlange entdeckt, der neben Selina stand, und dafür gesorgt, dass jemand anderes die beiden bediente, als sie an der Reihe waren. Es ging nicht darum, dass sie ihnen grundsätzlich aus dem Weg gehen wollte, sondern darum, dass sie Fredas Volleyball-Kommentar einfach nicht aus dem Kopf bekam und nicht sicher war, ob sie Logan in die Augen sehen konnte, ohne rot zu werden. Da war es sehr viel einfacher, sich mit etwas anderem zu beschäftigen und zu hoffen, dass das Bild aus ihrem Kopf verschwunden war, bis sie ihm das nächste Mal gegenüberstand.

Aber Eve hatte die Rechnung ohne die Originalszene im Film gemacht. Sie sah von ihrem Platz auf der oberen Terrasse neben dem Projektor zu und war heilfroh, nicht in der Nähe von Freda zu sitzen, als das Volleyball-Match über die Leinwand flackerte. In Wahrheit konnte sie sich nicht vorstellen, dass Logan ein solches Machogehabe an den Tag legte. Sie hatte keinen Zweifel daran, dass er sich in Form hielt und unter seinem Shirt wahrscheinlich auch so aussah, aber er schien nicht der Typ zu sein, der um jeden Preis gewinnen musste. Andererseits hatte sie ihn zu Beginn für mindestens genauso arrogant gehalten wie Maverick. Und obwohl sie ihre Meinung über ihn inzwischen revidiert hatte, war sich Eve durchaus bewusst, dass sie kaum behaupten konnte, eine Logan-Silk-Expertin zu sein. Vielleicht spielte er in seiner Freizeit ja sogar wirklich Beachvolleyball. Seine Arbeit führte ihn an genügend geeignete Orte, um ihm die Gelegenheit dazu zu bieten, und er kannte sicherlich viele schöne Menschen, die eine ähnliche Ästhetik wie die im Film ausstrahlten. Nur hatte sie das Gefühl, dass er die Szenen eher mit der Kamera festhalten würde, als selbst mitzuspielen.

Als der Abspann lief, war es bereits dunkel geworden. Unten am Strand begannen sich die Leute wieder zu unterhalten, während sie sich nach dem langen Sitzen auf ihren Plätzen streckten. Einige standen auf, um in die Bar zu gehen, wo Aiden und Tish bereitstanden, um sie zu bedienen. Eve ließ den Blick über die Köpfe ihrer Freundinnen und Nachbarn schweifen, die noch immer vom Schein der Leinwand und der Lichterketten am Strand erhellt wurden. Freda unterhielt sich angeregt mit Hettie. Hamish hatte sich auf seinem Stuhl umgedreht und war in ein Gespräch mit Warren, dem Farmer, vertieft, daneben saß George. Als sie zu Selina schaute, beobachtete sie, wie diese gerade etwas zu Logan sagte, das ihn zum Lächeln brachte.

Plötzlich hatte Eve das Gefühl zu spionieren und wandte ihre Aufmerksamkeit rasch wieder dem Projektor zu. Nach dem Abspann schaltete sie das Gerät ab und beeilte sich, ins Erdgeschoss zu kommen, um Aiden und Tish an der Bar zu helfen.

Unten herrschte ausgelassene Stimmung, der Film schien allen gefallen zu haben, was Eve sehr freute. Das Darling's machte mit dieser Art Veranstaltung kaum Gewinn, wenn man die Lizenzkosten und die Miete für die Ausrüstung in die Kalkulation mit einbezog, aber das war auch nicht der Grund, aus dem sie sie organisierte. Es freute Eve ganz einfach, den Inselbewohnern auf diese Weise einen Kinobesuch zu ermöglichen. So viele lächelnde, entspannte Gesichter zu sehen, war Lohn genug, fand sie, obwohl sie bezweifelte, dass ihr Buchhalter der Schlussfolgerung zustimmen würde.

»Inspirierende Filmauswahl, Eve.« Selina strahlte sie von der anderen Seite der Bar an, in den Händen hielt sie zwei leere Gläser. »Erinnerst du dich an das erste Mal, als wir ihn gesehen haben? Ich hätte mich fast bei der Navy beworben, um Kampfpilotin zu werden.«

Und wie sich Eve erinnerte. Darauf war eine kurze, aber heftige Besessenheit von allem, was mit Luftfahrt und Streitkräften zu tun hatte, gefolgt, bevor Selinas gesunder Menschenverstand wieder einsetzte. Sie hatten sich den Film in jenem Sommer immer wieder angesehen und waren in der Lage gewesen, ganze Dialoge zu zitieren. Inzwischen, das hatte Eve im Laufe des Abends festgestellt, konnte sie sich jedoch nur noch an die berühmtesten Stellen erinnern.

»Wahrscheinlich besser, dass es nicht dazu gekommen ist«, sagte sie grinsend. »Wolltest du noch einen Drink?«

»Auf jeden Fall«, sagte Serena. »Um es mit Maverick aus *Top Gun* zu sagen: ›I feel the need.‹«

»The need for Gin?«, fragte Eve mit schief gelegtem Kopf.

Ihre beste Freundin nickte. »Und einen Whisky für Logan. Keins von beidem bietet den gleichen Adrenalinkick wie ein Luftgefecht mit einer russischen MiG, aber wir müssen nehmen, was wir kriegen können.«

»Wie läuft es denn?«, erkundigte sich Eve, als sie die Drinks vor Selina abstellte. »Mit Logan, meine ich.«

Selina blies die Wangen auf. »Na ja, wir kennen uns ja noch nicht besonders lange, aber wenn man seinen Ruf als Partylöwe bedenkt, ist er auf jeden Fall ruhiger, als ich erwartet habe.«

Eve hob die Augenbrauen. »Du weißt doch, dass du nicht alles glauben sollst, was du im Internet liest.«

»Stimmt schon«, räumte Selina ein. »Außerdem ist es ziemlich schwer, auf Ennisfarne Rock ’n’ Roll zu leben. Vielleicht locke ich ihn für eine lange Nacht nach Newcastle, um einen Eindruck zu bekommen, wie er so ist, wenn er sich austobt.«

Eve dachte an den Abend im März zurück, den sie und Aiden mit Logan verbracht hatten, als sie eingeschneit worden waren. Er hatte zwar viele Anekdoten über Stars und Sternchen erzählt, aber sie hatte den Eindruck gehabt, dass er eher ein Beobachter als ein Teilnehmer an exzessiven Partys war, eine Wahrnehmung, die durch die Art und Weise, wie er sich seit seiner Ankunft auf Ennisfarne verhalten hatte, bestätigt wurde. Wenn Logan tatsächlich ein Partylöwe war, dann hatte er diese Seite von sich bisher sehr gut versteckt.

»Da er hergekommen ist, um möglichst wenig Aufmerksamkeit auf sich zu ziehen, könnte ich mir vorstellen, dass er keine besonders große Lust darauf hat.«

Selina nahm die Getränke entgegen und zwinkerte ihr zu. »Dann muss ich eben einen Weg finden, ihn zu überzeugen.«

Eve beobachtete, wie sie sich einen Weg durch die Menge zu Logan zurück bahnte und gab sich Mühe, den Anflug von Unbehagen, den sie auf einmal empfand, zu verdrängen. Sie war noch immer nicht hundertprozentig davon überzeugt, dass Selinas Interesse an Logan vor dem Hintergrund, dass er die Insel in etwas mehr als sechs Wochen wieder verlassen würde, eine gute Sache war. Aber sie hatte vor langer Zeit gelernt, ihrer besten Freundin nicht zu widersprechen, wenn die sich erst mal etwas in den Kopf gesetzt hatte. Nur dass die Schwierigkeit diesmal darin bestand, dass sie Logan mochte und respektierte, und als seine Vermieterin fühlte sie sich auf gewisse Weise dafür verantwortlich, dass er eine schöne Zeit auf Ennisfarne hatte.

Aber unterm Strich ging es Eve nichts an, was er tat und mit wem. Sie konnte nur hoffen, dass weder ihre älteste Freundin noch ihr neuester Freund verletzt wurden.

Die restlichen Osterfeiertage vergingen wie im Fluge, und das Darling's war oft überfüllt mit Gästen, von denen keiner von der Insel stammte. Die Bewohner von Ennisfarne, die selbst ein Geschäft führten, das vom Tourismus lebte, waren ebenso beschäftigt und hatten kaum Zeit, die Bucht zu besuchen. Eve überraschte es nicht, dass auch Logan in der Zeit einen Bogen um die Bar zu schlagen schien; sie hatte sich daran gewöhnt, ihn bei Sonnenuntergang mit der Kamera in der Hand am Strand entlangspazieren zu sehen, aber er war auffallend abwesend. Eve war jedoch viel zu erschöpft, um sich darüber Gedanken zu machen, und erst als sich die Menschenmassen nach dem langen Osterwochenende lichteten, begann sie wieder, über ihre Einladung an ihn zum Tauchen nachzudenken. Das Wetter schien sich für mehrere Tage zu beruhigen, was hoffentlich bedeutete, dass die Sicht unterhalb der Wasseroberfläche gut sein würde. Eve war sich nicht sicher, ob sie jemals perfekte Tauchbedingungen vorgefunden hatte – die waren eher tropischen Gewässern vorbehalten –, aber die verhältnismäßig ruhige See und die wärmeren Temperaturen sollten dennoch für einen angenehmen Tauchgang sorgen.

Nach einer kurzen Rücksprache mit Billy zu den Terminen, schickte sie Logan eine Nachricht.

Hast du Donnerstagnachmittag schon was vor? Sieht bisher nach dem besten Tag zum Tauchen aus.

Seine Antwort kam prompt. Unbedingt. Um wie viel Uhr?

Eve sah sich noch einmal die Gezeitentabelle an. Bei Flut war die Sicht in der Regel am besten, und die Lage des Schiffswracks, das sie ausgewählt hatte, bedeutete, dass starke Strömungen kaum stören sollten. Bei manchen Wracks war es sinnvoll, ein Zeitfenster mit Stauwasser auszuwählen, wenn der Wechsel der Gezeiten bedeutete, dass es keine Strömung gab, die einen in die eine oder andere Richtung zog; aber das versunkene Schiff, das Eve im Sinn hatte, wurde normalerweise nicht von der Gezeitenströmung beeinflusst.

13 Uhr?, tippte sie. Ich hole dich auf dem Weg ab, das spart uns ein bisschen Sprit.

Einen Moment später piepte ihr Handy erneut. Perfekt, danke. Ich sage Billy noch mal, welche Größe ich für den Neoprenanzug brauche. Und danke fürs Organisieren, das weiß ich wirklich sehr zu schätzen.

Der Donnerstag begann hell und klar, genau wie es die Wetterprognose versprochen hatte, und Eve stellte erfreut fest, dass die Oberfläche des Meeres auch mit auflaufender Flut ruhig blieb. Eine leichte Brise zerzauste ihr Haar, als sie vor Logans Cottage anhielt, und sie konnte sehen, wie sich das Gras auf den Dünen hinter dem kleinen weiß getünchten Haus sacht im Wind wiegte.

Es dauerte nicht lang, bis Logan öffnete; er hob zum Gruß die Hand und verschwand noch einmal kurz, um seine Sachen zu holen, bevor er zu ihr nach draußen trat und die kornblumenblaue Tür hinter sich zuschlug.

»Sieht ganz danach aus, als hättest du einen guten Tag zum Tauchen ausgesucht«, bemerkte er, während Eve ihren Land Rover Richtung Hafen steuerte.

Eve nickte. »Besser Bedingungen könnten wir kaum haben. Wir sollten vom Boot aus ziemlich viele Tiere sehen können. Wenn wir richtig Glück haben, vielleicht Delfine oder sogar einen Wal.«

Logan klopfte auf die Kameratasche, die er im Fußraum abgestellt hatte. »Ich bin auf jeden Fall vorbereitet. Ich freue mich darauf, Unterwasseraufnahmen zu machen, falls die Sicht gut genug ist.«

»Das sollte sie sein«, sagte Eve etwas zögerlich. Tauchen war ein komplexer Sport, und Logan hatte nicht damit hinterm Berg gehalten, dass sein letzter Tauchgang im offenen Wasser schon eine Weile zurücklag. Sie war sich nicht sicher, ob es die beste Idee war, wenn er gleich eine weitere Ebene hinzufügte, indem er Fotos machte. Andererseits war das Fotografieren für ihn so selbstverständlich wie das Atmen. Sie würde ihm auf keinen Fall Vorschriften machen, seine Kamera an Bord zu lassen.

Als hätte er ihre Gedanken gelesen, verzog Logan amüsiert das Gesicht. »Keine Sorge, ich betrachte das hier nicht als Fotoshooting«, bemerkte er trocken. »Ich bin mir nicht sicher, ob ich überhaupt noch weiß, wie man die Kamera bedient, also wird es schon an ein Wunder grenzen, wenn ich Bilder mache, die nicht verschwommen sind.«

Sie warf ihm einen Blick von der Seite zu. »Das halte ich für eher unwahrscheinlich. Pass einfach auf, dass du kein

Risiko eingehst. Die Bedingungen sind vielleicht gut, aber das heißt nicht, dass es da unten keine Gefahren gibt. Also nicht auf der Jagd nach dem perfekten Bild unaufmerksam werden, okay?«

Für eine Nanosekunde dachte sie, sie sei zu weit gegangen, aber Logan nickte. »Du hast das Sagen. Ich bin einfach nur froh, dass du mich mitnimmst. Wer ist sonst noch dabei?«

»Em Davey und Sam Hopwood«, antwortete Eve. »Beide erfahren und daran gewöhnt, zusammen zu tauchen, sodass wir Tauchpartner sein können.«

»Und Billy leitet den Tauchgang also vom Boot aus«, sagte Logan. »Warst du schon oft mit ihm draußen?«

Eve lenkte den Land Rover um eine Linkskurve, die zum Dorf führte. »Ja. Er ist der Beste, absolut unschlagbar. Er kennt diese Gewässer besser als jeder andere. Ich fühle mich sicherer, wenn ich weiß, dass Billy mir den Rücken frei hält, während ich unter Wasser bin.«

Logan nickte. »Ein gutes Team zu haben, ist entscheidend.« Voller Vorfreude rieb er sich die Hände. »Ich kann es kaum erwarten zu sehen, was eure Insel sonst noch zu bieten hat.«

Billys Boot, die *Serendipity*, wartete im Hafen, als Eve und Logan kurze Zeit später ankamen. Ihr weißer Rumpf hob sich vom Graublau des plätschernden Wassers ab. Normalerweise lagen hier noch eine Reihe weiterer Schiffe vor Anker, aber im Moment hatten sie den Hafen so gut wie für sich allein. Sämtliche Boote waren auf dem Meer, die

Fischerei war einer der größten Wirtschaftszweige von Ennisfarne.

»Hallo«, sagte Billy, als Eve und Logan die Planke überquerten. »Willkommen an Bord der *Serendipity*.«

»Hi Billy«, sagte Eve und nickte dem grauhaarigen Kapitän um die fünfzig zu, den sie schon fast ihr ganzes Leben lang kannte. »Du erinnerst dich sicher an Logan.«

»Aber klar«, antwortete Billy, wobei sein Blick zu Logan wanderte. »Schön, dass du dabei bist, Kumpel. Sam und Em sind im Bug, um die Ausrüstung zu überprüfen, falls ihr Hallo sagen und euch einrichten wollt. Wir legen gleich ab.«

Eve bahnte sich ihren Weg an der Seite des Bootes entlang, wo Em und Sam über das Equipment, bestehend aus Sauerstoffflaschen, Westen und Masken, gebeugt waren. Beide trugen bereits Neoprenanzüge. Als sich Eve und Logan näherten, richteten sie sich auf und begrüßten sie mit einem Lächeln.

»Dein Neoprenanzug ist hier, Logan«, sagte Em und deutete auf ein gefaltetes schwarzes Bündel. »Deine Flossen liegen daneben, zusammen mit deiner Maske und deiner Weste. Dürfte dir alles passen. Falls nicht, haben wir aber auch noch Ersatz dabei.«

»Toll, danke.«

Eve nahm ihren Rucksack ab, in dem sich ihr eigener Neoprenanzug und ihre Maske befanden. »Kann ich noch irgendetwas tun? Die Sauerstoffflaschen überprüfen oder die Westen beschweren?«

Sam deutete auf die vier Flaschen auf der anderen Seite des Decks. »Alles erledigt. Du kennst Billy, er ist Mr. Gut organisiert.«

»Stimmt«, sagte Eve lachend, während sie ihren Neoprenanzug aus dem Rucksack zog. »Deshalb tauche ich auch so gerne mit ihm.«

Em warf einen Blick auf Logan, der ebenfalls nach seinem Leihanzug gegriffen hatte. »Probier ihn einfach mal an. Unten gibt es genug Platz zum Umziehen.«

Logan schüttelte den Kopf. »Das hab ich schon mal gemacht und war am Ende total verschwitzt. An der frischen Luft ist es viel einfacher, deshalb habe ich eine Badehose unter die Jeans gezogen.«

Es gefiel Eve, dass Logan vorbereitet war; auch sie hatte ihren Badeanzug bereits zu Hause angezogen. Sie sah zu, wie Logan seinen Neoprenanzug ausschüttelte, und konzentrierte sich dann darauf, in ihren eigenen blauen Anzug zu steigen. Als er saß, griff sie in ihren Rücken, um den Reißverschluss bis zum Hals hochzuziehen, bevor sie die Klettverschlüsse um Knöchel und Handgelenke schloss. Beim Anziehen ihrer Neoprenschuhe konnte sie sich nicht verkneifen, neugierig zu Logan hinüberzuspähen. Sie erhaschte einen Blick auf seine gebräunte Brust, auf der sich schwarze Haare kräuselten, die sich zur Taille hin verjüngten, und spürte, wie ihre Wangen warm wurden. Das war allein Fredas Schuld, dachte sie, als sie entschlossen den Blick abwandte. Das ganze Gerede bei der Filmnacht hatte sich eindeutig in Eves Kopf festgesetzt und sie in eine

Spannerin verwandelt. Stattdessen bemühte sie sich, ihre Konzentration auf ihre eigene Ausrüstung zu richten, und sah erst wieder auf, als sie sicher war, dass Logan vollständig angezogen war.

»Alle bereit?«, rief Billy hinter dem Steuer.

Sam warf einen fragenden Blick auf Eve und Logan, die beide nickten. »Alle bereit, Billy.«

Das Rumpeln des Motors ließ das Deck leicht vibrieren, und einen Moment später entfernte sich das Boot vom Kai und steuerte auf die Lücke zwischen den grauen Hafenmauern zu. Em und Sam begaben sich unter Deck, sodass Eve allein mit Logan zurückblieb, der die leuchtend bunten Bojen beobachtete, die auf den Wellen tanzten. Auf einigen von ihnen hockten Möwen.

»Hast du den Hafen schon mal bei Ebbe gesehen?«, fragte sie.

Logan überlegte kurz. »Ich glaube nicht, nein.«

Eve deutete zur linken Seite der sich rasch nähernden Hafenmauer. »Da drüben befindet sich ein Brandungsgeysir. Wenn das Meer bei Ebbe darauf trifft, entsteht eine riesige Wasserfontäne. Mein Dad hat uns immer erzählt, dass jemand den Drachen, der unter der Insel lebt, verärgert hätte, was ihn zum Brüllen bringt. Ich habe Jahre gebraucht, um rauszufinden, dass es sich um ein natürliches Phänomen handelt.«

Logan lachte. »Erziehungstipp für Anfänger: Jag deinen Kindern Angst ein, damit sie sich benehmen.«

Sie nickte. »Wahrscheinlich. Dabei habe ich ihn als einen

sehr pragmatischen Mann in Erinnerung, der nicht gerade zu Fantastereien geneigt hat.«

»Bis auf die Tatsache, dass er Ursula Le Guin gelesen hat«, wandte Logan ein. »Ich meine, dass in dem Buch, das er so mochte, der ein oder andere Drache vorkam.«

»Stimmt«, sagte Eve und lächelte. »Aber in Wahrheit ist es doch so, dass wir unsere Eltern nie wirklich kennen, oder? Als eigenständige Menschen, meine ich, und nicht nur als die Erwachsenen, die für uns verantwortlich sind.«

Logan betrachtete sie einen Moment lang nachdenklich, dann richtete er seinen Blick wieder auf die Hafenmauer. »Ja, wahrscheinlich. Mein Vater ist ganz plötzlich verstorben, nicht lange nachdem ich zu Hause ausgezogen war. Ich habe mich immer gefragt, ob wir uns als erwachsene Männer gut verstanden hätten.«

Seine unerwartete Offenheit überraschte Eve. Sie war sich ziemlich sicher, dass Logan ihr gegenüber seine Familie bisher noch nie erwähnt hatte. »Das tut mir leid. War er auch Künstler?«

Ein kurzes Lächeln flackerte über Logans Gesicht. »Nein, Ingenieur. Hat bei der Eisenbahn gearbeitet. Ich glaube, er hat meine Faszination für die Fotografie nicht wirklich verstanden. Für ihn war das ein Hobby, kein Beruf.«

Sein Ton war sachlich, aber Eve erkannte eine leichte Traurigkeit hinter seinen Worten und verspürte einen Anflug von Mitgefühl. »Wie schade, dass er nicht mehr erlebt hat, wie erfolgreich du geworden bist. Ich wette, er wäre stolz auf dich.«

Logans verzog den Mund. »Vielleicht. Er hätte mir trotzdem gesagt, ich soll mir einen richtigen Job suchen.« Dann warf er einen Blick über die Schulter und fügte hinzu: »Ich glaube, dein Vater hatte recht. Ennisfarne ist der perfekte Unterschlupf für Drachen.«

Eve grinste. »Erzähl das bloß nicht Freda, sonst ändert sie noch den Namen vom Nook und fängt an, Touren zu organisieren.«

Er lachte. »Garantiert. Ich bin mir ziemlich sicher, dass sie sogar Sand an die Pharaonen verkaufen könnte.«

»Gäbe es die noch, würde sie es wahrscheinlich versuchen«, stimmte Eve zu. »Aber genau deshalb lieben wir sie.«

Sie verfielen in kameradschaftliches Schweigen, während das Boot durch die Öffnung in der Hafenmauer tuckerte und in den Kanal zwischen Ennisfarne und dem Festland einfuhr. Es war ein perfekter Frühlingsnachmittag – die Sonne glitzerte auf dem Wasser, und am Himmel war kaum eine Wolke zu sehen, als Billy einen nördlichen Kurs einschlug, um sie zu ihrem Ziel zu bringen.

Fast schon zu schönes Wetter zum Tauchen, dachte Eve und beschirmte ihre Augen mit einer Hand, aber wenigstens hätten sie so unter Wasser gute Sicht. Unwillkürlich fragte sie sich, was Logan von dem Wrack halten würde, das sie ausgesucht hatte. Es war kaum vergleichbar mit dem Great Barrier Reef, aber sie hoffte, dass er die weniger auffällige Schönheit der Nordsee ebenso zu schätzen wusste.

Eve wurde in ihren Gedanken unterbrochen, als Sam und Em zurück an Deck kamen. Die drei tauschten sich ein paar Minuten über die Neuigkeiten aus, die sich seit dem letzten Mal, dass sie sich gesehen hatten, ereignet hatten, bis Eve sich fragte, ob sie Logan in das Gespräch einbeziehen sollte. Doch der saß am Bug des Bootes, den Blick auf den Horizont gerichtet, und schien sie fast vergessen zu haben. Einen Moment später griff er nach seiner Kamera, und sie beschloss, ihn nicht zu stören, schließlich hatte sie schon ein paarmal beobachten können, wie konzentriert er bei der Arbeit war.

Aber erst als sie sich der Nordostspitze der Insel näherten, wo die Ruinen des Nonnenklosters stolz und einsam auf der Landzunge thronten, schien Logans beruflicher Instinkt tatsächlich zuzuschlagen. Aus dem Augenwinkel beobachtete Eve, wie er mit ernstem Gesicht einige Bilder schoss, und nicht zum ersten Mal wünschte sie sich, sie könnte Ennisfarne mit seinen Augen sehen. Die Insel war ihr Zuhause, und sie liebte jeden Aspekt ihres Lebens dort, aber Logans Kreativität hinter der Linse hatte etwas Faszinierendes an sich. Irgendwie gelang es ihm, die Orte, die sie bereits ihr ganzes Leben kannte, in etwas Frisches und Neues zu verwandeln. Und sie hatte absolut keine Ahnung, wie er das schaffte.

Als sie die kleinen Inseln vor der Spitze des Naturschutzgebiets erreichten, ging Eve schließlich doch zu ihm hinüber. »Wir nennen sie die Selkie-Inseln«, sagte sie und deutete auf die kahlen Felsen. »In der Brutzeit sind sie mit Robbenjungen übersät.«

Logan senkte die Kamera und sah sie an. »Selkie-Inseln?«

Eve nickte. »Nach der Legende von den Nonnen, die sich in die Fluten gestürzt haben, um den Invasoren zu entkommen. Selkies sind mythologische Wesen, die sich von Menschen in Robben verwandeln können. Und einige unserer Vorfahren haben geglaubt, dass dies passiert ist, als die heilige Hilda die Nonnen bei ihrem Sprung von den Klippen gesegnet hat.«

»Das wäre auf jeden Fall besser als die Realität«, antwortete Logan und legte den Kopf schief. »Und wer weiß, vielleicht ist ja genau das passiert.«

»Vielleicht«, sagte Eve mit einem Lächeln. »Unser Tauchplatz liegt gleich hinter den Inseln. Wir könnten schon mal die Sauerstoffflaschen aufziehen.«

Als der Motor zum Stillstand kam, waren die Taucher jeweils mit Schwimmweste, doppelter Sauerstoffflasche und Maske ausgerüstet. Billy stand vor ihnen, erläuterte den Zeitplan für den Tauchgang und erinnerte sie daran, regelmäßig ihre Sauerstoffvorräte zu überprüfen und zum Boot zurückzukehren, wenn der Inhalt bis auf fünfzig Bar absank.

»Die Bedingungen da unten sollten gut sein«, fuhr Billy fort. »Trotzdem: Passt auf euch auf. Vor allem, weil es ein Wrack ist, das die meisten von euch gut kennen, da wird man schnell mal unvorsichtig. Bleibt immer in Sichtweite eures Tauchpartners und stellt sicher, dass ihr miteinander kommuniziert. Und vergesst nicht, dass es sich um ein Kriegsgrab auf See handelt, das Wrack darf also nicht betreten werden. Nur Beobachtungen von außen, bitte.«

Logan warf Eve einen fragenden Blick zu.

»Einige Wracks aus dem Krieg gelten als letzte Ruhestätte der Seeleute, die beim Untergang ihres Schiffes ums Leben gekommen sind«, erklärte sie. »Wir dürfen ihre Totenruhe nicht stören und ohne Genehmigung keine Artefakte entfernen.«

»Verstehe. Wie viel Zeit haben wir unter Wasser?«

Billy warf einen Blick auf seine Uhr. »Kommt darauf an, wie viel Sauerstoff ihr verbraucht. Ihr solltet etwa zwanzig Minuten Stauwasser haben, sobald ihr das Wrack erreicht. Dann müsst ihr eine Entscheidung auf Grundlage der Stärke der Strömung treffen.« Fachmännisch ließ er den Blick über die Wellen schweifen. »An einem Tag wie heute würde ich mit einer Tauchzeit von fünfundvierzig Minuten rechnen, aber Eve hat das Sagen. Wenn sie der Meinung ist, dass sich die Bedingungen ändern, wird sie euch früher auftauchen lassen.«

»Ich bin optimistisch, dass wir die Strecke schaffen«, sagte Eve ermutigend zu Logan. »Genug Zeit, um deine Tauchfähigkeiten wiederzuentdecken.«

»So ist es«, sagte Billy mit einem bekräftigenden Kopfnicken. »Wenn es keine weiteren Fragen gibt, sollten wir euch langsam ins Wasser bringen.«

Eve spürte das vertraute aufgeregte Ziehen des Adrenalins in ihrem Magen, als sie sich die Maske aufsetzte und den ersten Atemzug vom Sauerstoffgemisch nahm. Der Nervenkitzel beim Verlassen des Bootes und beim Eintauchen ins Wasser nutzte sich niemals ab, auch wenn er mit der ständigen Gefahr verbunden war, dass jederzeit etwas schiefgehen konnte. Sam und Em waren unerschütterliche, erfahrene Taucher, sie wusste, dass sie sich keine Sorgen um ihre Reaktionen machen musste, sobald sie sich unter Wasser befanden. Aber Logan war eine unbekannte Größe für sie. Billy hatte gesagt, dass er während seines Auffrischungskurses ruhig und kompetent agiert hatte, aber Eve wusste, dass die Reaktionen eines Tauchers in einem Pool ganz anders sein konnten als im offenen Wasser, und sie musste sich eingestehen, dass sie beim Tauchen mit Logan ein leicht mulmiges Gefühl hatte. Es war wie bei einem ersten Date – man hoffte auf eine tolle Zeit, musste aber jederzeit auf eine schwierige Situation gefasst sein.

Billy erschien in ihrem Blickfeld und formte mit Daumen und Zeigefinger einen Kreis, das vertraute Zeichen, mit dem sich Taucher untereinander fragten, ob alles okay sei.

Eve nickte und erwiderte die Geste.

Nachdem er sich auch bei den anderen versichert hatte, dass sie bereit waren, neigte Billy den Kopf. »Passt auf euch auf. Wir sehen uns in fünfundvierzig Minuten.«

Sam und Em gingen zuerst von Bord. Eve ließ ihnen einen Moment Vorsprung, damit sie sich weit genug vom Boot entfernen konnten, dann sah sie Logan an und bedeutete ihm, den beiden zu folgen. Sie beobachtete, wie er unter der Wasseroberfläche verschwand, dann atmete sie tief durch und folgte ihm.

Kapitel achtzehn

Logan

Das Erste, was Logan auffiel, als er in das klare Wasser eintauchte, war die plötzliche Abwesenheit sämtlicher Geräusche aus der Welt über Wasser, so als hätte jemand abrupt einen Lautsprecher abgeschaltet. Eine Kaskade von Luftblasen zog an ihm vorbei, während er in die grüne Tiefe sank, und erzeugte ein leises tiefes Glucksen, das sich mit einer leichteren Melodie von sich schneller bewegenden Luftblasen vermischte, als er ausatmete. Ansonsten war es vollkommen still, während der Atemrhythmus seine Sinne beherrschte, und er erlaubte sich ein oder zwei Sekunden lang, die Veränderung der Sinneseindrücke zu bewundern. Das Wasser war eine faszinierende Mischung aus Smaragd und Türkis, die sich unter ihm zu Königsblau und Jade vertieften. Seine Arme und Beine fühlten sich plump und fremdartig an, obwohl ihm der Sauerstoff, der durch seinen Körper strömte, fast ein Gefühl von Schwerelosigkeit vermittelte. Er bewegte eine Hand und wedelte damit vor seinem Gesicht herum, wobei er versuchte, den beunruhigenden Eindruck zu ignorieren, dass sie jemand anderem gehörte, und sah sich dann auf der Suche nach Sam und Em um.

Kurz darauf vernahm er einen gedämpften Aufprall von oben. Das Wasser um ihn herum wirbelte auf, und als er aufblickte, sah er eine dunkle Gestalt zu seiner Rechten herabschweben. Einen Moment später befand sich Eve vor ihm, die sich mit einem Zeichen vergewisserte, dass es ihm gut ging. Nachdem er das Signal erwidert hatte, bedeutete sie ihm mit einer Geste, ihr zu folgen.

Logan atmete tief durch und tat wie ihm geheißen.

Es dauerte einige Minuten, bis sie das Wrack erreichten, und in dieser Zeit fühlte sich Logan immer gelöster. Die anfängliche Nervosität schwand, und er begann, die langsamen, bedächtigen Bewegungen zu genießen, welche die Tauchausrüstung erforderte. Je tiefer sie kamen, desto dunkler wurde es, und die Wassertemperatur sank. Als sie sich dem Meeresboden näherten, einem Riff, das mit anmutig tanzenden Anemonen, Korallen und Algen bedeckt war, wusste Logan, dass es nicht mehr weit sein konnte. Dennoch schien der Rumpf des versunkenen Schiffs wie aus dem Nichts aufzutauchen. Ein Schwarm winziger silberner Fische zerstreute sich, als sie sich dem Wrack näherten, und hinterließ aufgewirbelten Schlick. Logan spürte, wie ihm der Atem stockte, als er das Wrack betrachtete, das halb im Meeresboden vergraben lag. Er hatte natürlich gewusst, dass es riesig sein musste, dennoch war es ihm schwergefallen, sich seine tatsächlichen Ausmaße vorzustellen. Es war ein U-Boot, vielleicht sogar ein deutsches, und was auch immer es zum Sinken gebracht hatte, hatte keine größeren sichtbaren Schäden verursacht. Soweit Logan erkennen konnte, war der Rumpf an der Seite, auf der sie sich befanden, sogar komplett unbeschädigt.

Er streckte seine Hand aus und strich über die silbrigschwarze Oberfläche, wobei er die rauen Seepocken unter seinen Fingerspitzen spürte. Ein bernsteinfarben schimmernder Seestern ruhte direkt zu seiner Linken, eingebettet in ein Büschel purpurfarbenen Seetangs und kirschrote Juwelenanemonen, zwischen deren wogenden Armen sich ein Schwarm silberner Fische tummelte. Ein leuchtend grüner Teppich bedeckte die metallene Außenhaut des U-Bootes, durchsetzt von weiteren goldenen Seesternen. Die spektakuläre Fülle an Meereslebewesen, die das Wrack besiedelten, machte deutlich, dass es schon lange nicht mehr Eigentum der Menschen war, die es einst erbaut hatten. Das Meer hatte es für sich beansprucht, und es gehörte nun unwiderruflich zu seinem Reich.

Logan drehte sich im Wasser, nahm Blickkontakt mit Eve auf und berührte die Kamera, die fest an seiner Weste befestigt war. Sobald sie ihr Einverständnis signalisiert hatte, bewegte er sich rückwärts, um die besten Winkel zu finden. Weiter am Rumpf entlang, neben den Überresten des Kommandoturms, konnte er Sam und Em erkennen, die sich als Silhouetten von dem blasseren Grün und Blau des Wassers über ihm abhoben. Das Bild war zu gut, um es nicht festzuhalten, und er beeilte sich, die Kamera auszurichten. Während er auf den Bildschirm schaute, bewegte er die Kamera, um das anmutige Wiegen der Pflanzen, die sich auf dem Schiff angesiedelt hatten, und die unzähligen Meeresbewohner, die inzwischen die kalte Metalloberfläche zierten, einzufangen. Während er arbeitete, bemerkte er auf einmal eine subtile Veränderung in der Bewegung der zarten Pflanzenarme – statt ziellos hin und her zu schwingen, begannen sie in eine Richtung zu treiben, was Logan verriet, dass die Gezeitenströmung wieder einsetzte. Im nächsten Moment befand sich Eve neben ihm und erinnerte ihn daran, die Anzeige an seinem Sauerstofftank zu überprüfen.

Logan war überrascht, wie viel er bereits verbraucht hatte, fast die Hälfte seines Vorrats war aufgebraucht. Er teilte ihr die Zahl mit, und sie deutete auf die andere Seite des Wracks, wobei sie ihre Hände auf und ab bewegte, um ihm das Zeichen für Schwimmen zu geben.

Erneut folgte Logan ihren Anweisungen, und sie machten sich gemeinsam auf den Weg zur anderen Seite des U-Boots.

Dort offenbarte sich auf den ersten Blick, was der Grund dafür gewesen war, dass es gesunken war. Ein Loch von etwa einem Meter Durchmesser klaffte in dem ansonsten intakten Metallrumpf. Die Ränder des Lecks waren durch die ständige Bewegung des Meeres glatt geschliffen worden und wie der Rest der Oberfläche grün umrandet, aber die Anzeichen für den heftigen Aufprall waren nicht zu übersehen.

Vielleicht ein Torpedo, dachte Logan, eventuell war das Schiff aber auch auf einen Felsen um Ennisfarne aufgelaufen. Vermutlich fanden sich online Informationen dazu; nach dem Tauchgang würde er Nachforschungen anstellen.

Nun konnte Logan nachvollziehen, warum das U-Boot als Kriegsgrab auf See ausgewiesen worden war. Bei seinem Untergang mussten sehr viele Männer ums Leben gekommen sein. Dennoch gab es auch hier Schönheit. Die Farbenpracht der Unterwasserwelt milderte den Schrecken der Zerstörung. Logan machte noch mehr Fotos, lächelte, als sich eine rote Krabbe in die Aufnahme stahl, und bewunderte, wie sich die Natur die Dinge zu eigen machte, die in ihre Welt eindrangen.

Als Nächstes bewegte sich Eve auf das zu, was vom Turm übrig geblieben war. Auf dem Weg dorthin machte sie ihn auf die Luke des U-Boots aufmerksam, die für alle Zeiten geöffnet bleiben würde, um den neuen Bewohnern das Kommen und Gehen zu ermöglichen. Seetang und andere Algen schlängelten sich wie Gespenster aus dem Loch. Kurz fragte sich Logan, wie es wohl wäre, die schwarze Leere dahinter zu erforschen, aber die Vorstellung war alles andere als reizvoll. Außerhalb des Wracks gab es mehr als genug zu sehen, und er hatte keinerlei Intention, den hart erkämpften Frieden der Matrosen zu stören, die hier ihr Leben verloren hatten.

Sam und Em warteten auf der anderen Seite des Turms. Sobald Eve sie erreichte, gab Sam eine Reihe schneller Zeichen, denen Logan nicht ganz folgen konnte.

Eve antwortete ebenfalls in Zeichensprache und schaute in die Richtung, die Sam angegeben hatte, bevor sie sich an Logan wandte und ihm gestikulierend bedeutete, neben ihr herzuschwimmen. Wie zuvor befolgte er ihre Anweisungen, ohne zu zögern, aber erst als sie sich ein ganzes Stück vom U-Boot entfernt hatten und klareres Wasser erreichten, wurde ihm klar, warum Sam so aufgeregt gewirkt hatte. Vor ihnen glitten mit seidiger Anmut mehrere silberhäutige Robben durch die smaragdgrünen Tiefen. Ein Anblick, der Logan den Atem raubte.

Ehe er sich versah, hatte er bereits die Kamera im Anschlag. Sein beruflicher Instinkt hatte die Oberhand gewonnen, während sein Gehirn noch verarbeitete, was genau er vor sich hatte. Die Robben drehten sich im Kreis und beschrieben Achten im Wasser, schnappten sich einzelne Fische aus einem Schwarm, der sich synchron auf und ab bewegte, um den Räubern zu entkommen. Die akrobatischen Drehungen und Wendungen der Tiere hatten etwas geradezu Hypnotisierendes an sich, und Logan konnte nur hoffen, dass die Kamera auch nur einen Bruchteil des unglaublichen Schauspiels einfing.

Sie hielten Abstand, solange der Jagdtaumel anhielt, sodass die Robben erst, als der letzte Fisch verschwunden war, zu bemerken schienen, dass sie nicht allein waren. Die meisten von ihnen warfen den Tauchern neugierige Blicke zu und schwammen dann weg, zweifellos auf der Suche nach mehr Nahrung, aber eines der Tiere löste sich aus der Gruppe und kam neugierig auf sie zu. Logan musste sich zwingen, gleichmäßig weiterzuatmen und nicht die Luft anzuhalten, als das bärtige Gesicht mit den großen Augen das Objektiv seiner Kamera streifte, bevor es direkt in seine Maske blickte. Unwillkürlich lachte er auf, worauf eine Kaskade an Luftblasen aufstieg, denen die Robbe spielerisch hinterherjagte, ehe sie zurückkam, um die anderen Taucher unter die Lupe zu nehmen.

Logan beobachtete, wie sie versuchsweise an Eves Flosse knabberte, bevor sie Sam und Em umkreiste. Schließlich schien sie zu dem Schluss zu kommen, dass sie keine Fische waren, und schwamm davon, um ihren Artgenossen zu folgen.

Alle vier Taucher starrten ihr noch einen Moment lang nach, als könnten sie nicht glauben, was gerade geschehen war, bis Eve den Bann brach. Sie gab ihnen Zeichen, ihre Sauerstoffvorräte zu überprüfen, wartete ab, bis jeder von ihnen geantwortet hatte, und bedeutete ihnen dann, zur Oberfläche zurückzukehren.

Eine Welle des Bedauerns durchflutete Logan – es gab noch so viel zu entdecken –, aber die Anzeige an seiner Falsche verriet ihm, dass der Tauchgang für heute beendet war. Er befestigte seine Kamera und schwamm Eve hinterher, die sie auf demselben Weg zurückführte, den sie gekommen waren. Sie waren nicht tief genug getaucht, um sich um Dekompression Sorgen machen zu müssen, dennoch stiegen sie langsam und gleichmäßig auf, bis sie das Führungsseil fanden, das Billy an der Markierungsboje befestigt hatte, um schließlich kurz vor dem Boot an die Oberfläche zu kommen.

Es war ein seltsames Gefühl, wieder über dem Wasser zu

sein, stellte Logan fest, als er die Leiter zum Deck hinaufkletterte. Zum einen war es laut – die Vögel, die über ihnen kreisten, schienen auf einmal doppelt so kräftige Schreie auszustoßen –, zum anderen fühlten sich die Sonnenstrahlen auf seiner vom Meer kühlen Haut an, als wäre eine Wärmelampe auf ihn gerichtet.

Billy kam ihm am oberen Ende der Leiter entgegen und behielt ihn wachsam im Auge, während sie zum Bug vorgingen. »Alles okay, Logan?«

Logan nahm sein Mundstück heraus und schob sich die Maske vom Gesicht. »Alles bestens, vielen Dank.«

Mit einem Nicken ließ Billy ihn zurück, um den anderen an Bord zu helfen.

Ein paar Minuten später standen sie zusammen, tropften auf die Holzplanken und grinsten sich an.

Billy betrachtete ihre strahlenden Gesichter. »Wie's aussieht, war es ein guter Tauchgang, oder?«

Eves Grinsen wurde noch breiter. »Ein *sehr* guter Tauchgang. Gegen Ende sind wir auf eine Gruppe Kegelrobben gestoßen.« Sie schaute zu Logan. »Bitte sag mir, dass du noch wusstest, wie man die Kamera benutzt.«

»Ich hoffe es. Allerdings bin ich mir nicht sicher, ob die Fotos der Schönheit dort unten gerecht werden. Es war unglaublich.«

Eve schien fast vor Stolz zu strahlen, als sie ihre Sauerstoffflasche löste und auf dem Deck ablegte. »Gar nicht mal schlecht für eine kleine Insel vor der Nordostküste Englands.«

Er legte den Kopf schief und erinnerte sich an ihre Feststellung, dass sie nicht um die Welt reisen müsse, weil sie in Ennisfarne alles habe, was sie wolle. »Überhaupt nicht schlecht«, stimmte er ihr zu.

»Ich habe gehört, dass du am Donnerstag eine neue Freundin gefunden hast.« Selina lächelte verschmitzt über den Rand ihres Weinglases hinweg, während sie sich auf ihrem Stuhl zurücklehnte und Logan über den weiß gedeckten Tisch hinweg betrachtete.

Es war Samstagabend, und etwa die Hälfte der Tische im Pilgrim's waren besetzt. Leise Gesprächsfetzen begleiteten das verhaltene Klirren von Besteck und Gläsern. Auf der Speisekarte fanden sich Gerichte, die hauptsächlich aus hochwertigen Produkten der Region zubereitet wurden, und Logan konnte sich gut vorstellen, dass das Restaurant in den Sommermonaten gut besucht war. Seine Vorspeise, Jakobsmuscheln mit Kartoffelpüree, war hervorragend, und der Blick auf das Meer bei Sonnenuntergang war sicher ebenfalls ein Gästemagnet. Darüber hinaus half natürlich auch, dass das Pilgrim's eines von nur drei Restaurants auf Ennisfarne war. Das Fisherman's Arms servierte herzhaftes Pub-Essen, das nach einem anstrengenden Wandertag perfekt war, und das Mango's war ein gut gehendes Lokal, in dem tolle Currys serviert wurden, aber keines von beiden schien für ein zweites Date geeignet, und die Gezeiten hinderten Logan und Selina daran, sich aufs Festland hinüber zu wagen. Ihr Vorschlag, ins Pilgrim's zu gehen, war gut gewesen, obwohl er schon bemerkt hatte, dass sie den einen oder anderen verstohlenen Blick auf sich zogen. Ohne Frage würde die Information über Date Nummer zwei noch vor Ablauf des Abends bei Freda landen. Das war der Preis dafür, in einer winzigen Gemeinde zu leben, weswegen es ihn auch nicht im Geringsten überraschte, dass Selina bereits über die Einzelheiten ihres Tauchgangs am vergangenen Donnerstag Bescheid wusste.

»Stimmt, hab ich«, antwortete er. »Und sie hat sich als Naturtalent erwiesen – ich würde auf jeden Fall wieder mit ihr zusammenarbeiten.«

Selina lachte. »Klingt, als hättet ihr euch wirklich gut verstanden. Und wie war der Tauchgang sonst so?«

Pflichtbewusst berichtete Logan vom Rest des Tages, obwohl er sicher war, dass sie das alles schon von Eve gehört hatte. Er lobte die Professionalität, mit der Billy den Tauchgang geleitet hatte, Eves Tauchkenntnisse und die wilde Schönheit des Wracks selbst, spielte aber herunter, wie viel Zeit er hinterher damit verbracht hatte, die Fotos zu sichten, die besten auszuwählen und sie so zu bearbeiten, dass sie auf dem Bildschirm regelrecht erstrahlten. Wie fast alle Fotos, die er während seines Aufenthalts auf Ennisfarne gemacht hatte, hätten die Motive kaum weniger mit seiner üblichen Arbeit gemein haben können, aber er hatte es sehr genossen, am Donnerstagabend im Cottage zu sitzen, den Tauchgang bei einem Glas Wein Revue passieren zu lassen und die Pracht des Meeres auf diese Weise noch einmal zu bewundern. Aber er ging stark davon aus, dass Selina nicht von ihm hören wollte, wie angenehm er es empfand, einen ruhigen Abend allein zu Hause zu verbringen. Er hatte das Gefühl, dass Selina mehr von ihm erwartete.

»Bedeutet das, wir werden bald berühmt?«, fragte sie, nachdem Logan verstummt war.

Er runzelte die Stirn. »Inwiefern?«

»Na ja, nachdem du die ganzen Fotos von der Insel gemacht hast, dachte ich, dass du vielleicht vorhast, einige davon zu verkaufen und Ennisfarne in einen Promi-Hotspot zu verwandeln.« Sie grinste, dennoch glaubte Logan, einen gewissen Ernst aus ihren Worten herauszuhören.

Er schüttelte den Kopf. »Nein, ich habe nicht vor, irgendwelche Bilder zu verkaufen. Aber ich habe mit dem Gedanken gespielt, eine anonyme Ausstellung zu veranstalten. Vielleicht in der Gemeindehalle. Um die Schönheit von Ennisfarne zu zeigen. Meinst du, das könnte die anderen Inselbewohner interessieren?«

Selina beugte sich vor, ihre Augen leuchteten. »Machst du Witze? Unsere kleine Insel aus der Perspektive eines weltberühmten Fotografen – was sollte einen daran bitte *nicht* interessieren?«

»Die Ausstellung würde nicht im Zusammenhang mit meinem Namen stehen«, erinnerte Logan sie und griff nach seinem Wasserglas.

»Schon klar. Aber wir würden trotzdem alle wissen, dass die Bilder von dir sind. Die Fotos sind bestimmt unglaublich toll. Mir fällt kein einziger Grund ein, der dagegen sprechen würde. Das ist eine wunderbare Idee.«

»Großartig«, sagte Logan, den Selinas Begeisterung aufrichtig freute. »Ich rede mit Freda darüber. Mal sehen, was sie davon hält.«

Selina schürzte nachdenklich die Lippen. »Ich lehne mich jetzt mal weit aus dem Fenster und behaupte, dass sie vor Freude ausflippen wird. Vor allem, wenn sich dadurch die Möglichkeit ergibt, etwas Geld in die Gemeindekasse der Insel zu spülen.«

Logan nickte. »Ehrlich gesagt wäre es mir am liebsten, wenn der Eintritt frei wäre, aber vielleicht könnten wir um Spenden bitten, um die Kosten für die Nutzung des Saals zu decken.«

Der Kellner tauchte an ihrem Tisch auf, räumte unauffällig die leeren Teller ab und füllte ihre Gläser nach. Als er weg war, sah Selina Logan mit einem wissenden Blick an. »Auf jeden Fall wirst du keinen Mangel an Models haben, wenn sich das erst einmal rumgesprochen hat. Da werden alle mitmachen wollen, um ihre fünfzehn Minuten Ruhm zu ergattern.«

Logan dachte über ihre Bemerkung nach. Die Idee einer Ausstellung war bisher nicht viel mehr als ein flüchtiger Gedanke gewesen, aber eigentlich hatte er sich auf die Landschaft der Insel beschränken wollen, ohne dass die Bewohner dabei eine größere Rolle spielten. Doch warum sollte er sie eigentlich nicht mit einbeziehen? Warum nicht Ennisfarne als Ganzes feiern? Das war das Mindeste, was er tun konnte, nachdem ihn die Menschen hier so herzlich aufgenommen hatten.

»Meinst du?«

»Auf jeden Fall«, bekräftigte Selina. »Allerdings gibt es eine wichtige Bedingung, auf der ich bestehen muss.«

»Ach ja?« Logan zog die Augenbrauen hoch, während der Kellner das Hauptgerichte servierte. »Und die wäre?«

Sie strich sich das dunkle Haar glatt und lächelte ihn über den Tisch hinweg gewinnend an. »Dass du mich als Erste fotografierst, natürlich.«

Kapitel neunzehn

Eve

In der Gemeindehalle war es definitiv kalt. Eve zog ihre Jacke enger um sich in dem Versuch, ein Frösteln zu unterdrücken. Es war ihre eigene Schuld, dass sie darunter nur ein T-Shirt trug; der Saal war seit dem Wochenende, also seit zwei Tagen, nicht mehr benutzt worden, und die Temperaturen waren seitdem gesunken. Sie hätte wissen müssen, dass es eine Ewigkeit dauern würde, bis die Heizung den großen Saal erwärmte, und einen Pullover mitbringen müssen. Ihr einziger Trost bestand darin, dass die Sitzung des Gemeinderats fast beendet war. Sie hatte die Diskussionen über die Erhöhung der Gebühren für Besucherparkplätze, den Reinigungsplan für die öffentlichen Toiletten auf der Insel und die Maßnahmen gegen die kriminellen Machenschaften der Möwen im Hafen überstanden. Nun warf Freda erneut einen Blick auf die Tagesordnung, und als sie wieder in die Runde schaute, war ihr Gesichtsausdruck wesentlich enthusiastischer als bei den drei vorangegangenen Themen.

»Ah, Punkt zwölf«, sagte sie und strahlte die Ausschussmitglieder an. »Ennisfest. Damit übergebe ich an dich, Eve.«

Fünf weitere Köpfe drehten sich erwartungsvoll in Eves Richtung. Sie räusperte sich und fragte sich insgeheim, warum sie plötzlich so nervös war. Seit vier Jahren organisierte sie das jährliche Musikfestival der Insel, informierte den Gemeinderat regelmäßig über die gebuchten Künstler und die verkauften Eintrittskarten und leitete das Verwaltungsteam, das sich um die Logistik kümmerte, damit die über zweitausend Festivalbesucher ein Wochenende lang in Darling Cove ausgelassen tanzen und feiern konnten. In diesem Jahr war es nicht anders als in den vorhergehenden: Es gab einen bewährten Zeitplan, der jeden Aspekt des Wochenendes abdeckte. Alle Mitglieder des Komitees – Warren, Hamish, Nina, Petr und Shona sowie Freda als Vorsitzende – kannten Eve schon fast ihr ganzes Leben lang. Warum also hatte sie plötzlich das Gefühl, sich beweisen zu müssen?

Eve schob das unangenehme Gefühl beiseite und blickte auf ihre Notizen. »Wie ihr wisst, findet das Festival bereits in zwei Monaten statt. Alle Auftritte sind bestätigt, die meisten Essens- und Getränkehändler stehen fest, und ich freue mich, euch mitteilen zu können, dass die Eintrittskarten fast ausverkauft sind.« Sie sah Hamish an. »Unsere übliche Liefervereinbarung mit der Brauerei wird auch in diesem Jahr fortgesetzt, sodass wir Lager, Cider und verschiedene Ales in den Zelten auf dem Festivalgelände ausschenken werden. Sie stellen auch eine Reihe von alkoholfreien Getränken zur Verfügung, und ich habe eine Anfrage von einem Mocktail-Verkäufer erhalten, der sich uns anschließen möchte, was ich sehr begrüße.«

Shona schnaubte. »Das will ich hoffen. Und wie sichern wir nachts den Strand? Wir wollen ja nicht, dass sich so etwas wie letztes Jahr wiederholt.«

Das war eine gute Frage, die Eve bereits einige schlaflose Nächte beschert hatte. Es gab immer ein oder zwei Fälle, in denen betrunkene Festivalbesucher versuchten, im Meer zu schwimmen, nachdem die Party vorbei war, aber im letzten Jahr war einer der Badenden in ernste Schwierigkeiten geraten und musste gerettet werden. Alle wollten ein ähnliches Risiko vermeiden, aber das war leichter gesagt als getan.

Eve sah in ihren Notizen nach. »Der Zugang zum Strand wird für die Dauer des Festivals eingeschränkt sein«, sagte sie. »Über die gesamte Länge der Bucht werden Metallzäune aufgestellt, die verhindern, dass jemand von weiter oben den Strand betritt, und wir werden einen Zaun bis zum tiefsten Ebbestand ziehen. Es wird Schilder geben, die davor warnen, schwimmen zu gehen, und wir werden zusätzliche Leute abstellen, um die Sicherheit aller zu gewährleisten. Aber ich fürchte, letztendlich können wir niemanden aufhalten, der wild entschlossen ist, sich in die Fluten zu stürzen.«

Warren nickte ihr beruhigend zu. »Die Bars auf dem Festivalgelände schließen alle um Mitternacht, eine Stunde nach Ende der Haupt-Acts. Das sollte die Leute dazu bringen, zum Campingplatz zurückzukehren, wo es mehrere Essens- und Getränkestände geben wird.«

»Danke, Warren«, sagte Eve, dankbar für seine Unterstützung. Sowohl der Camping- als auch der Parkplatz befanden sich auf seinem Land, und sie war sich bewusst, dass es ohne ihn kein Ennisfest geben würde. »Die überwiegende Mehrheit unserer Festivalbesucher benimmt sich tadellos, und ich bin zuversichtlich, dass das auch in diesem Jahr so sein wird.«

Freda beugte sich vor. »Das sehe ich genauso. Wir sollten nicht vergessen, was für einen wichtigen wirtschaftlichen Beitrag das Festival für die Unternehmen vor Ort und die Insel insgesamt leistet. Wir sind dir alle sehr dankbar für deine unermüdliche Arbeit, Eve.«

»Danke, Freda«, erwiderte Eve, der in diesem Moment ein wenig Last von den Schultern fiel. »Die Anerkennung gebührt allerdings dem gesamten Team der Festivalleitung. Ohne euch würde ich das nicht schaffen.«

Warren und Hamish lächelten ihr von der anderen Seite des Tisches aus zu. Sie waren Eves rechte Hand bei der Organisation und ihre erste Anlaufstelle, wenn sich ein Problem auftat.

Freda nickte zustimmend. »Natürlich sind wir allen dankbar, die das Festival möglich machen. Gibt es sonst noch etwas zu tun?« Sie blickte fragend in die Runde. Als sich niemand zu Wort meldetet, blätterte sie kurz durch ihre Unterlagen, als ob sie etwas suchte. »Dann habe ich noch einen letzten Punkt. Logan Silk hat angeboten, nächsten Monat einige seiner Fotografien von der Insel auszustellen, und würde gerne diesen Saal dafür nutzen. Gibt es irgendwelche Einwände?«

Eve blinzelte. Es war keine Überraschung, dass Logan mittlerweile genug Ennisfarne-Fotos zusammen hatte, um eine Ausstellung auf die Beine zu stellen, nur selten traf man ihn ohne Kamera in der Hand an, aber sie war überrascht, dass er es ausgerechnet in der Hauptsaison tat. Andererseits ging er vielleicht einfach davon aus, dass das Interesse der Medien an seinem Privatleben inzwischen so weit abgeklungen war, dass er das Risiko, seinen Aufenthaltsort zu verraten, eingehen konnte.

Keines der Ausschussmitglieder hob die Hand, also fuhr Freda fort. »Ich muss vermutlich nicht betonen, dass die Ausstellung anonym sein wird. Logan wird die Kosten für die Anmietung der Gemeindehalle inklusive Personal für die Ausstellung selbst tragen. Außerdem verzichtet er auf das Urheberrecht an den Fotos, sodass wir sie selbst verwenden können. Das ist sehr großzügig von ihm.«

Zustimmendes Gemurmel erhob sich.

»Weißt du, für wann er die Ausstellungseröffnung plant?«, erkundigte sich Eve und spürte dabei ein seltsames Ziehen in der Magengrube. Als Logan nach Ennisfarne gekommen war, waren ihr die drei Monate, die er Dune Cottage gemietet hatte, lang erschienen, aber die Zeit war wie im Flug vergangen. Nun stellte sie erschrocken fest, dass es bis zu seiner Abreise kein ganzer Monat mehr war, obwohl das Cottage bereits für den ganzen Sommer hinweg ausgebucht war. Die Vorstellung, Logan nicht mehr einfach so am Strand zu begegnen, löste ein Gefühl in ihr aus, von dem sie sich nicht ganz sicher war, um was es sich handelte. Auf jeden Fall bestürzte es sie. Vielleicht machte es sie sogar traurig.

»Wir haben die Einzelheiten noch nicht festgelegt«, sagte Freda, wobei sie Eve genau musterte. »Aber ich hatte den Eindruck, dass er die Ausstellung auf jeden Fall vor seiner Abreise organisieren will.«

Eve spürte, wie ihre Wangen warm wurden, auch wenn sie sich vor Augen hielt, dass Freda unmöglich wissen konnte, was sie dachte.

»Gut«, sagte sie. »Ich habe mich nur gefragt, ob wir die Fotos für das Werbematerial des Festivals verwenden können, das ist alles.«

»Unsere Eve denkt eben immer praktisch«, erwiderte Freda mit einem Lächeln, das Eve nicht einen Augenblick lang täuschen konnte. Bei ihrem nächsten Besuch im Nook würde sie sich auf ein Verhör gefasst machen müssen. Alles, was sie bis dahin tun musste, war, sich selbst einzureden, dass es ihr egal war, dass sie Logan nach Ablauf der nächsten vier Wochen wahrscheinlich nie wiedersehen würde.

Nach dem Treffen verabschiedete sich Eve und tat ihr Bestes, um Freda aus dem Weg zu gehen, als sie den Saal verließ. Der Abend war angebrochen und brachte einen kalten Nieselregen mit sich, der sie mit gesenktem Kopf und hochgezogenen Schultern über die Straße zum Parkplatz des Fisherman's Arms huschen ließ. Dabei hätte sie beinahe die beiden Personen übersehen, die vor ihr den Parkplatz überquerten. Als sie abrupt stehen blieb, stellte sie fest, dass es Logan und Selina waren.

»Na so was«, sagte Selina belustigt. »Kommst du gerade von der Gemeindeversammlung? War es so schlimm, dass du die Flucht ergriffen hast?«

»Nein«, antwortete Eve und hoffte, dass ihre Stimme in Wahrheit nicht so hoch klang wie in ihren eigenen Ohren. Sie holte tief Luft, während sie sich fragte, was zum Teufel eigentlich mit ihr los war. »Es war in Ordnung. Das übliche Zeug.«

»In dem Fall brauchst du einen Drink.« Selina hakte sich bei Logan unter und lächelte. »Wir wollten gerade reingehen. Warum kommst du nicht mit?«

Es sollte kein Problem darstellen, den beiden Gesellschaft zu leisten – Selina war ihre beste Freundin und Logan … nun ja, er war auch ein Freund. Und hatte sie sich nicht gerade darüber erschrocken, wie kurz er nur noch auf Ennisfarne sein würde? Aber sie wollte auf keinen Fall in eine Verabredung platzen, die ganz offensichtlich ein Date war.

»Ich … ich kann nicht«, stotterte sie, fing sich dann aber wieder und brachte ein schwaches Lächeln zustande. »Ich muss zurück zu Huxley. Du weißt ja, wie er ist.«

Selina hob die Augenbrauen. »Er wird doch noch zwanzig Minuten durchhalten, oder? Ist Aiden nicht zu Hause?«

»Nein. Er musste weg«, sagte Eve und überkreuzte bei der Notlüge unauffällig zwei Finger. »Ganz unerwartet. Er hat vorhin angerufen.«

Logan runzelte die Stirn, als er Eve musterte, und für einen Moment sah es aus, als wolle er etwas einwenden.

Hastig begann Eve in ihrer Tasche nach dem Schlüsselbund zu kramen und setzte einen Ausdruck des Bedauerns auf, von dem sie hoffte, dass er überzeugend genug war. »Ich gehe dann jetzt mal besser. Lasst uns ein andermal was trinken gehen.« Damit schob sie sich an den beiden vorbei zu ihrem Land Rover, riss die Tür auf und schlüpfte hinein, bevor die beiden weiter versuchen konnten, sie zu überreden.

Erst als sie außer Sichtweite des Pubs war, stieß Eve den Atem aus, den sie offensichtlich die ganze Zeit über angehalten hatte, und ließ die Schultern sinken. Was hatte das zu bedeuten? Dass sie keine große Lust darauf hatte, das fünfte Rad am Wagen zu spielen, war nachvollziehbar, aber das unangenehme Ziehen in ihrem Magen verriet ihr, dass es in Wirklichkeit um etwas anderes ging. Und sie wurde den Verdacht nicht los, dass es absolut nichts mit Selina und dafür umso mehr mit Logan Silk zu tun hatte.

Die Nachricht von Logan kam kurz nach halb elf am Mittwochvormittag, als Eve gerade nach dem Bauch-Beine-Po-Gymnastikkurs, der den Raum in der Bar nutzte, aufräumte. Sie warf einen flüchtigen Blick auf ihr Handy. Anscheinend hatte er ein Problem mit dem Heizkessel im Cottage – es gab kein heißes Wasser.

Wahrscheinlich die Zündflamme, dachte Eve, die war in der Vergangenheit gelegentlich ausgegangen. Rasch ging sie im Geiste ihren Zeitplan durch. Aiden war mit Huxley auf seinem Morgenspaziergang, sollte aber bald zurückkommen, und bis nach dem Mittagessen erforderte nichts anderes ihre dringende Aufmerksamkeit. Sie schaute zu Tish hinüber, die die Kaffeemaschine reinigte, und biss sich auf die Lippe; normalerweise versuchte sie, sie nicht allein arbeiten zu lassen. Aber Aiden antwortete ihr auf eine kurze Nachricht, dass er in weniger als zehn Minuten zu Hause sein würde, also schnappte sich Eve ihre Werkzeugtasche und machte sich auf den Weg zum Ferienhaus.

»Danke, dass du so schnell gekommen bist«, sagte Logan an der Tür. »Wahrscheinlich ist es gar kein großes Problem, aber was ich über Heizkessel weiß, würde auf einen ziemlich kleinen Bierdeckel passen, also dachte ich, ich überlasse das lieber der Expertin.«

Seine Reaktion unterschied sich deutlich von der, als Eve zum ersten Mal hergekommen war, um den Wasserhahn zu reparieren, aber sie entschied, dieser Tatsache keine große Beachtung zu schenken, und folgte ihm in die Küche, wo er offensichtlich gerade arbeitete. Sein MacBook war aufgeklappt, auf dem Display war ein Foto des gesunkenen U-Boots zu sehen.

»Wow«, sagte sie und hielt inne, um die leuchtenden Farben auf dem Bild zu bewundern. »Das ist atemberaubend.«

»Ich weiß«, sagte Logan. »Aber das ist nicht allein mein Verdienst. Wenn du mich nicht eingeladen hättest, mit tauchen zu kommen, hätte ich nicht mal von dem Wrack gewusst. Das war Teamwork, würde ich sagen.«

Seine Worte freuten Eve insgeheim, obwohl sie automatisch den Kopf schüttelte. »Ich habe den Tauchgang mindestens ein Dutzend Mal gemacht und noch nie ein einziges Foto geschossen, geschweige denn eines, das so aussieht, als könnte es einen Preis für das Naturfoto des Jahres gewinnen. Das Lob gebührt eindeutig dir allein.«

»Teamwork«, wiederholte Logan hartnäckig. »Keine Widerrede.«

Eve gab nach. »Okay. Aber jetzt sehe ich mir besser mal den Boiler an. Ich versuche, dich nicht zu stören.«

Es dauerte nicht lange, bis Eve dem Problem auf die Spur gekommen war: Um den Mechanismus der Flamme hatte sich Schmutz angesammelt, der verhinderte, dass sie sich entzündete. Sie schaltete sowohl die Gas- als auch die Stromzufuhr zum Kessel ab und machte sich anschließend daran, den Schmutz zu entfernen. Als alles sauber war, drehte sie den Gasknopf, um die Zufuhr wiederherzustellen, und betätigte dann den Stromschalter.

Einen Herzschlag lang passierte nichts. Dann ertönte ein gedämpftes Klicken, gefolgt von einem leisen Zischen, als sich das Gas entzündete und eine kleine, aber stetige blaue Flamme im Zündflammenfenster erschien. Eve erlaubte sich ein kurzes zufriedenes Lächeln, verschloss den Boiler mit der weißen Metallabdeckung und drehte sich zu Logan um.

Sie hatte erwartet, dass er in seine Arbeit vertieft sein würde. Doch stattdessen beobachtete er sie.

»Ich bin mal wieder schwer beeindruckt«, sagte er und

schüttelte erstaunt den Kopf. »Gibt es irgendetwas, das du *nicht* wieder hinbekommst?«

»Ziemlich viele Dinge sogar«, wehrte Eve sein Kompliment ab. »Orchideen zum Beispiel. Und gebrochene Herzen. Ach ja, und gegen Huxleys Entschlossenheit, sich in Kuhscheiße zu wälzen, kann ich auch nichts ausrichten.«

Er lachte. »Ich bin mir nicht sicher, ob es überhaupt jemanden gibt, der letzteres Problem lösen könnte. Und Orchideen sind bekannt dafür, Diven zu sein. Ich habe schon mit Supermodels gearbeitet, die weniger anspruchsvoll waren.«

Jetzt war Eve mit Lachen an der Reihe. »Aber die stellen sich garantiert nicht tot, wenn du sie an die falsche Stelle stellst. Zumindest hoffe ich das.«

»Stimmt, das ist bis jetzt noch nicht vorgekommen. Nicht einmal bei Mimi Van Morten, und die ist mit Abstand die pflegeintensivste von allen.« Er hielt einen Moment inne und richtete seine Aufmerksamkeit wieder auf den Bildschirm. »Um ehrlich zu sein, vermisse ich es nicht, mich damit rumschlagen zu müssen.«

Das war sie, beschloss Eve, die perfekte Gelegenheit herauszufinden, was Logan nach seinem Aufenthalt auf Ennisfarne vorhatte. Es klang nicht danach, als hätte er Interesse daran, in die Modebranche zurückzukehren, aber das war kaum eine Überraschung, wenn man bedachte, wie abrupt er sich Anfang des Jahres von ihr abgewandt hatte. Er war nicht zuletzt deshalb auf die Insel gekommen, um sich von seinem beruflichen Burnout zu erholen. Was würde die Zukunft für ihn bereithalten, wenn nicht seine Kamera?, fragte sich Eve. Aber sie hatte nicht den Mut, ihn danach zu fragen. Stattdessen konzentrierte sie sich darauf, ihr Werkzeug zusammenzupacken.

Als sie ihre Tasche zumachte, sah Logan auf. »Da wäre noch eine Sache, bei der du mir helfen könntest, falls du nicht zu viel zu tun hast.«

Eve zögerte und hoffte, dass sie das passende Equipment dabeihatte, um das Problem zu lösen. »Klar«, sagte sie, ließ ihre Tasche wieder auf die Arbeitsplatte sinken und griff nach dem Verschluss. »Wo hakt es?«

»Es hat nichts mit dem Cottage zu tun«, sagte Logan. »Es geht eher um einen Gefallen, wenn auch um einen, an dem du hoffentlich Spaß hast.«

Verwundert legte Eve den Kopf schief. »Okay«, sagte sie langsam. »Was für ein Gefallen?«

Logan drehte das MacBook so, dass sie den Bildschirm sehen konnte, auf dem eine Reihe Miniaturfotos abgebildet waren. »Hast du schon gehört, dass ich nächsten Monat eine Ausstellung plane?«

Eve nickte. »Ja, im Gemeindehaus, oder? Freda ist ganz aufgeregt, sie hat sogar schon auf der Website der Tate Modern nach Ideen gegoogelt.«

Logan sah amüsiert aus. »Warum überrascht mich das nicht? Aber bevor wir mit der Installation beginnen, muss ich die Fotos auswählen, die das Herz von Ennisfarne repräsentieren. Könntest du mir dabei helfen? Es ist mir sehr wichtig, dass es die richtigen sind.«

Das war das Letzte, was Eve zu hören erwartet hatte, weswegen sie einen Moment brauchte, um darauf zu reagieren. »Oh, ich dachte … Also, jetzt sofort?«

Er blies die Wangen auf. »Gerne. Oder wann immer es dir passt. Ich weiß ja, wie beschäftigt du bist.«

Eves zweifelnder Blick flackerte wieder zum Bildschirm mit der übersichtlichen Anordnung der Schnappschüsse. »Ich habe keine Ahnung von Fotografie.«

»Aber du kennst Ennisfarne und die Menschen, die hier leben«, sagte Logan ermutigend. »Ich möchte wissen, welche Bilder dich ansprechen. Welche für dich das Leben und die Geschichte der Insel besonders gut einfangen.«

Eve musste zugeben, dass die Aufgabe verlockend klang. Es gab wahrscheinlich Leute, die einen Mord begangen hätten, um einen Blick hinter die Kulissen der Arbeit eines berühmten Fotografen wie Logan Silk zu werfen; und die Tatsache, dass dies hier, auf der winzigen Insel, auf der sie ihr ganzes Leben verbracht hatte, möglich war, war ebenso unwahrscheinlich wie überwältigend.

Sie fasste einen Entschluss. »Ich könnte später wiederkommen. Aiden sollte die Bar heute Abend für ein oder zwei Stunden allein übernehmen können.«

»Das wäre großartig«, sagte Logan, dem die Dankbarkeit ins Gesicht geschrieben stand. »Hoffentlich nehme ich nicht zu viel von deiner Zeit in Anspruch. Sag mir Bescheid, wenn du losfährst, dann mache ich uns eine Flasche Wein auf.«

»Klingt gut«, sagte Eve und lächelte, aber erst auf dem

Weg zurück zum Darling's wurde ihr bewusst, wie sehr sie sich auf die überraschende Verabredung freute. Erst jetzt fiel ihr auf, dass von der Unbehaglichkeit, die sie bei ihrer letzten Begegnung mit Logan und Selina empfunden hatte, keine Spur mehr übrig war. Alles, was sie empfand, war die stille Zufriedenheit über ein gelöstes Problem, mit dem Bonus einer angenehmen Unterhaltung und einer faszinierenden Gelegenheit, mehr über Logans Arbeit zu erfahren.

Eve beschloss, nicht weiter über diese Tatsache nachzudenken, sondern sich einfach auf den bevorstehenden Abend zu freuen. Ein paar Stunden in Logans Gesellschaft in ihrem gemütlichen Cottage bei einem Glas Wein zu verbringen und dabei nichts Anstrengenderes zu tun zu haben, als sich tolle Bilder von der Insel, die ihr die Welt bedeutete, anzuschauen – was könnte besser sein als das?

Kapitel zwanzig

Logan

Für Logan war es eine neue Erfahrung, Unsicherheit dabei zu empfinden, jemandem seine Arbeit zu zeigen, und er war sich nicht sicher, ob es ihm gefiel. Er ging zwar davon aus, dass Eve nicht entsetzt sein würden, wie es seine Tutoren an der Uni zum Teil gewesen waren, aber ihre Meinung war ihm sehr wichtig. Abgesehen von allem anderen war sie ein Barometer dafür, wie der Rest der Inselbewohner reagieren würde, und er vertraute ihrem Urteilsvermögen. Nur war es eben sehr lange her, dass er wegen seiner Bilder so nervös gewesen war wie jetzt. Andererseits war es auch lange her, dass er in Bezug auf seine Arbeit überhaupt irgendetwas empfunden hatte. Eventuell hatte das Gefühl der Beklommenheit sogar etwas Gutes. Vielleicht, nur vielleicht, bedeutete es, dass er auf dem Weg war, seine Leidenschaft für die Fotografie wiederzuentdecken.

Sein Blick wanderte zu Eve, die sich auf dem Sofa vorbeugte, um durch die Bilder auf dem Computerbildschirm zu scrollen. Ganz in ihre Aufgabe vertieft, bemerkte sie gar nicht, dass er sie beobachtete, was ihm mehr Zeit gab, ihr

Profil zu studieren. Sie hatte ein hübsches Kinn und eine schöne Nase, stellte er fest; gerade, aber an der Spitze leicht nach oben gebogen. Ihre Wangenknochen waren hoch – nicht dominant und hervorstechend wie bei vielen Models, mit denen er arbeitete, sondern auf eine zarte, feminine Art. Aus der Nähe konnte er sehen, dass die Wimpern, die ihre außergewöhnlichen blauen Augen umrahmten, lang und voll waren und so blond wie ihr Haar. Ein guter Visagist würde diese Augen in den Mittelpunkt rücken, ihre Farbe betonen und die hellen Wimpern mit Mascara tuschen, um sie hervorzuheben. Sie könnte sogar als Fotomodell durchgehen, dachte er mit professionellem Blick. Er hatte schon mit weniger bemerkenswerten Frauen gearbeitet, und die Ergebnisse hatten die Titelseiten von Zeitschriften auf der ganzen Welt geziert. Aber er wusste mit absoluter Sicherheit, dass Eve lediglich laut lachen würde, wenn er ihr das sagte, und außerdem hatte sie die Art von natürlicher Schönheit, die ohne Make-up glänzte. Wie anmaßend wäre es gewesen, ihr etwas vorzuschlagen, das sie vermutlich gar nicht sein wollte.

Als sie plötzlich den Kopf hob, erwischte sie ihn dabei, wie er sie anstarrte. Sie runzelte die Stirn, und Logan spürte, wie seine Wangen rot wurden. »Entschuldige! Berufskrankheit. Ich habe daran gedacht, dich zu fotografieren.«

Ihre Augen weiteten sich ein wenig, dann lachte sie. »Nicht einmal du könntest mich auf einem Bild gut aussehen lassen, Logan. Ich bin bekannt dafür, absolut nicht fotogen zu sein – als könnte sich mein Gesicht in so einem

Moment nicht entscheiden, was es tun soll, und am Ende verziehe ich es wie ein Hutzelmännchen.«

Jetzt war es an Logan, die Stirn zu runzeln. »Das glaube ich keine Sekunde lang.« Er griff nach dem Computer und überflog die Thumbnails. »Du bist auf mehreren meiner Bilder drauf, und auf keinem siehst du auf irgendeine Weise merkwürdig aus. Schau mal hier …«

Es handelte sich um ein Foto, das er auf Georges und Hetties Hochzeit aufgenommen hatte. Es zeigte Eve, die mit George über etwas lachte. Sie hatte den Kopf amüsiert in den Nacken geworfen, und in ihren Augen spiegelte sich ansteckende Fröhlichkeit. Es war eine vollkommen natürliche Aufnahme, bei deren Anblick Logan unwillkürlich lächeln musste.

»Ja, okay, auf dem schaue ich aber auch nicht in die Kamera«, kommentierte Eve die Aufnahme.

Logan klickte ein weiteres Foto an, das an Bord der *Serendipity* aufgenommen worden war, nach ihrem gemeinsamen Tauchgang. Eves nasses Haar lag dunkel und glatt an ihrem Kopf an und floss ihr von dort wie seidener Seetang über den Rücken. Sie hatte ihren Neoprenanzug bis zur Taille heruntergezogen, der untere Teil schmiegte sich wie eine zweite Haut an ihre Hüfte, während sie wehmütig auf die seichten Wellen hinausblickte. Das Licht der Nachmittagssonne tauchte sie in goldenes Licht. Der Gesamteindruck war so unwirklich, dass man fast meinen konnte, Selkies gäbe es wirklich, obwohl Eve seine Meinung vermutlich nicht teilen würde.

»Auf dem verziehst du auch nicht das Gesicht. Langsam glaube ich, dass du dir das nur ausdenkst.«

Sie stieß ein dumpfes Lachen aus. »Glaub mir, es gibt sehr viele sehr furchtbare Fotos von mir, mit denen ich dir das Gegenteil beweisen könnte. Zu unser beider Glück sind die sicher bei mir zu Hause verwahrt.« Doch noch während des letzten Satzes wanderte ihr Blick zurück zum MacBook. »Obwohl ich zugeben muss, dass das hier tatsächlich nicht allzu furchtbar ist.«

Logan schürzte die Lippen. »Was für ein Kompliment.«

Eve schien zu begreifen, wie das gerade geklungen hatte, und wurde rot. »Du weißt, was ich meine. Es ist ein tolles Foto, *obwohl* ich darauf zu sehen bin.«

Die Gelegenheit wollte sich Logan nicht entgehen lassen. »Dann wärst du einverstanden, wenn es in die Ausstellung kommt?«

»Oh, ich …« Sie zögerte. »Ja, ich denke schon. Wenn du Platz dafür hast.«

»Keine Sorge, ich habe Platz«, beruhigte er sie. »Welche anderen haben dir gefallen?«

Als Eve ihm ihre Favoriten zeigte, stellte Logan erfreut fest, dass einige darunter waren, die er selbst ebenfalls in die engere Auswahl genommen hatte: das Nonnenkloster, dessen Aufnahme im Schnee schwarz-weiß wirkte. Hettie und George, die vor dem Kalksteinbogen in Darling Cove ihre Ringe tauschten. Die Pilger mit ihren Holzkreuzen am Strand. Und einige Fotos von ihrem Tauchgang in der Woche zuvor. Zudem viele Porträts, darunter eines von

George am Hafen in kompletter Fischermontur, sodass es aussah, als wäre er einem Werbeplakat für Fischstäbchen entsprungen, und eines von Freda mit einem unbändig vorwitzigen Lächeln im Gesicht vor dem Nook. Und natürlich waren auch Bilder dabei, die die Aussicht vom Cottage aus einfingen – den Strandhafer auf den Sanddünen mit der untergehenden Sonne im Hintergrund.

»Das hier ist richtige Kunst«, sagte Eve und tippte auf ein Foto von Mildred, dem rostroten Hochlandrind, mit ihrem Kälbchen Dora. »Warren wird überglücklich sein.«

Logan grinste. »Und natürlich wäre die Ausstellung nicht vollständig ohne diesen liebenswerten Schurken.« Auf dem Bildschirm erschien Huxley, mit leicht schief gelegtem Kopf und seitlich heraushängender Zunge.

Eves lachte gleichzeitig liebevoll wie auch zerknirscht. »Natürlich nicht. Aber halt ihn bloß vom Ausstellungsraum fern.«

Nachdem Logan die Dateien in einen separaten Ordner verschoben hatte, überprüfte er noch einmal, wie viele Bilder Eve ausgewählt hatte. »Ich komme auf insgesamt zweiunddreißig Fotos«, sagte er nach einem kurzen Moment. »Das sollte ausreichen, wenn alle Personen damit einverstanden sind, dass ihr Bild ausgestellt wird. Vielen Dank für deine Hilfe.«

Eve nahm einen Schluck Wein und lehnte sich dann zurück. »Keine Ursache. Ich fühle mich geehrt, dass du mich darum gebeten hast. Eigentlich sollte ich dir im Namen aller Bewohnerinnen und Bewohner von Ennisfarne danken.

Die Fotos, die ich heute Abend gesehen habe, sind ein wahres Geschenk für uns, und ich bin sicher, dass die darauf abgebildeten Personen überglücklich sein werden, Teil der Ausstellung zu sein.«

»Sogar du?«, zog er sie auf.

»Vor allem ich. Wie gesagt sind gute Fotos von mir seltener als vierblättrige Kleeblätter.«

Logan war sich nicht sicher, ob es an der Art lag, auf die das flackernde Licht des Holzofens ihr Haar leuchten ließ, oder am sanften Schwung ihrer Lippen, als sie lächelte, aber plötzlich verspürte er den Drang, nach seiner Kamera zu greifen.

»Ich würde dich gern noch einmal fotografieren.«

Sie sah ihn überrascht an.

»Nicht jetzt«, fügte er hastig hinzu. »Ein anderes Mal, vielleicht am Strand. Du darfst die Bilder natürlich behalten.«

Es entstand eine kurze Pause, in der Eve eine Art inneren Kampf mit sich auszufechten schien. Dann nickte sie langsam. »Ja, gut. Ich meine, du bist Logan Silk, lehnt es jemals jemand ab, von dir fotografiert zu werden?«

»Normalerweise nicht«, räumte er ein. »Aber es ist schon eine Weile her, dass ich jemanden darum gebeten habe. Die Fotografie ist schon so lange mein Beruf, dass ich fast vergessen habe, wie es ist, sich inspiriert zu fühlen.«

Eve blinzelte. »Dann fühle ich mich doppelt geehrt. Versprichst du mir, alle zu löschen, auf denen ich wie ein Hutzelmännchen aussehe?«

Er hob die Augenbrauen. »Es wird keine geben.«

»Aber wenn doch?«, beharrte sie.

Lachend griff Logan nach seinem Glas und stieß mit ihr an. »Einverstanden, Eve Darling.«

Nachdem sie nach Hause gegangen war, saß Logan noch lange auf dem Sofa, sichtete die Fotos, die Eve ausgewählt hatte, und versuchte, sie in eine sinnvolle Reihenfolge zu bringen. Langsam, aber sicher kristallisierte sich eine subtile Geschichte heraus, von der er hoffte, sie würde den Betrachter durch die Ausstellung führen, ohne ihm vorzuschreiben, wie er zu reagieren hatte. Es sollte ein Liebesbrief an die Insel werden, ein Dankeschön dafür, dass sie ihn mit offenen Armen willkommen geheißen und ihn daran erinnerte hatte, wie es sich anfühlte, Freude am Fotografieren zu haben. Bei den Bildern von Eve verweilte er, bewunderte noch einmal ihre zarten Gesichtszüge und fuhr sich dann müde mit einer Hand über die Augen. Es war Zeit, ins Bett zu gehen, beschloss er, als er gähnen musste. Wenn er viel Glück hatte, träumte er vielleicht von einer goldhaarigen Selkie mit Augen, die an das Meer erinnerten.

Der Mai kam und schien beeindrucken zu wollen, denn er setzte das schöne Frühlingswetter des Aprils fort und machte bereits erste Andeutungen, dass der Sommer vor der Tür stand.

Die milden Temperaturen und die ruhige See eröffneten zu Beginn der folgenden Woche eine weitere Möglichkeit zum Tauchen. Am Dienstagmorgen schickte Eve Logan eine Nachricht, in der sie ihn fragte, ob er ein weiteres Wrack erforschen wolle, das älter war als das U-Boot und ein ganzes Stück tiefer lag, und er ergriff die Chance.

Logan wurde nicht enttäuscht. 1915 war ein norwegischer Dampfer vor einer unbewohnten Nachbarinsel ein Stück weiter die Küste hinunter auf Grund gelaufen. Die *Gunhilde* lag halb eingeklemmt in einer Felsspalte etwa fünfundzwanzig Meter tief, und ein weiteres Mal raubte Logan die Vielfalt des Meereslebens am Riff den Atem. Schwämme schmiegten sich an Weichkorallen, Seeigel spreizten ihre Stacheln zu perfekten tückischen Kugeln, und er entdeckte mehr als einen Aal, der sich durch den Seetang schlängelte. Den Höhepunkt des Tauchgangs bildetet jedoch ein Oktopus, der argwöhnisch aus einer Spalte hinter einem riesigen eisernen Steuerrad hervorlugte; Logan wusste sofort, dass das dabei entstandene Foto in die Ausstellung kommen würde. Im Anschluss blieb ihnen gerade noch Zeit für eine flüchtige Erkundung der Meereshöhlen am Fuß der Unterwasserklippe, auch wenn Eve Logan nicht erlaubte, sie zu betreten. Wieder einmal waren die Gezeiten ihr Gegenspieler. Als sie zur *Serendipity* zurückschwammen, spürte Logan die starke Strömung, die an ihm zerrte.

Billy empfing sie wie beim letzten Tauchgang an der Leiter, diesmal jedoch mit untypisch grimmiger Miene.

»Was ist los?«, fragte Eve, nachdem sich Billy vergewissert hatte, dass es ihnen gut ging, und ihnen half, die Flaschen abzunehmen. »Du wirkst besorgt.«

»Das bin ich auch«, sagte Billy. »Vor etwa fünfzehn Minuten habe ich einen Notruf von der Küstenwache empfangen. Ein kleines Boot vor der Südostspitze von Ennisfarne, das sehr schnell voll Wasser läuft. Es geht um Selina, Eve. Sie ist in Schwierigkeiten.«

Entsetzt sah Eve zu Logan, bevor sie sich wieder Billy zuwandte. »Haben sie das Rettungsboot losgeschickt? Von Seahouses aus dürfte es nicht lange dauern, sie zu erreichen.«

Billy schüttelte den Kopf. »Sie sind auf einem Einsatz, ein Kreuzfahrtschiff mit vierzig Passagieren an Bord ist weiter nördlich in Seenot geraten. Das ist ein großer Zwischenfall und hat erst mal Vorrang. Sie haben beide Rettungsboote hingeschickt, und die National Coastwatch ist auch im Einsatz.«

»Und was jetzt?«, fragte Logan beklommen.

Eves Aufmerksamkeit ruhte weiterhin auf Billy. »Hast du Selinas genau Positionsdaten?«

Er nickte. »Wir sind dreißig Minuten entfernt.«

»Dann los«, sagte Eve entschlossen. »Du gibst den Kurs vor, ich sage ihr Bescheid, dass wir unterwegs sind.«

»Kann ich irgendetwas tun?«, fragte Logan, als Billy sich hinters Steuer begab.

Eve presste kurz die Lippen aufeinander. »Such unter Deck nach dem Erste-Hilfe-Kasten. Und bring Decken mit. Wenn sie versucht, das Wasser abzuschöpfen, wird sie nass und ausgekühlt sein.« Sie hielt inne, Logan erkannte die Sorge in ihren Augen. »Und lass den Neoprenanzug an.

Falls das Boot bereits gesunken ist, wenn wir ankommen, müssen wir vielleicht ins Wasser.«

Logan tat wie ihm geheißen, allerdings beschäftigte ihn die Aufgabe nur ein paar Minuten. Danach blieb er in Eves Nähe, die am Funkgerät ausharrte. Der letzte Kontakt mit Selina hatte ergeben, dass sich ihr Boot noch über der Wasseroberfläche hielt, es aber nicht mehr lange dauern konnte, bis es sank.

Die Stille, die ihnen aus dem Funkgerät entgegenschlug, zerrte an Logans Nerven, obwohl ihm klar war, dass Selina viel zu beschäftigt mit Wasserschöpfen war, um sich zu melden. Seine sichtbare Unruhe entlockte Eve ein schwaches Lächeln. »Sie hat mit dem Segeln angefangen, bevor sie laufen konnte. Sie weiß, was in einem Notfall zu tun ist.«

Ihre Worte halfen ein wenig gegen seine Nervosität, dennoch konnte Logan nicht umhin, vom Schlimmsten auszugehen. Zu wissen, was zu tun war, war eine Sache, aber würde ihr das wirklich helfen, wenn das Boot komplett unterging? Wie lange konnte ein Mensch in der Nordsee überleben, selbst wenn er eine Rettungsweste trug? Würde Selina mit der Flut aufs Meer hinausgezogen werden? An welchem Punkt setzte die Unterkühlung ein?

Er versuchte, sich abzulenken, indem er die Seevögel auf den Klippen unterhalb des Signalturms von Ennisfarne beobachtete, aber nichts konnte die schrecklichen Bilder aus seinem Kopf vertreiben. Selina hatte sich nach wie vor nicht wieder gemeldet, und Logan entging nicht, dass auch

Eve immer angespannter wurde, je näher sie der Insel kamen, auf der sich die Salzfarm befand.

Schließlich ertönte ein Schrei von Billy. »Da ist sie! Vor uns, zweihundert Meter steuerbord.«

Eve und Logan rappelten sich auf und eilten zum Bug der *Serendipity*. Nur die Spitze von Selinas Boot, das wie ein schiefes Monument in die Höhe ragte, war noch zu sehen. Doch einen Moment später war ein lautes Rauschen zu hören, und das Boot verschwand mit einem Ächzen in den Wellen.

»O nein«, keuchte Eve. »Wo ist Selina?«

Blinzelnd suchte Logan die Wellen ab und sah kurz darauf etwas Orangefarbenes aufblitzen, das in einiger Entfernung vom Wrack auf dem Wasser trieb. Als sie den Arm ausmachten, mit dem Selina hin und her wedelte, hörte er Eve erleichtert den Atem ausstoßen.

»Sie lebt. Gott sei Dank.«

Auch Logan durchströmte Erleichterung. »Es ist eine Schande, dass wir nicht schnell genug waren, um das Boot zu retten.«

»Ich weiß«, antwortete Eve finster. »Aber zum Glück auch nicht langsamer. Die Strömung ist stark, Selina wäre bestimmt weit hinausgetrieben worden, wenn sie auf das Rettungsboot hätte warten müssen.«

Billy steuerte die *Serendipity* so nah wie möglich heran und stellte den Motor ab, als sie nur noch etwa zehn Meter entfernt waren. Keine Sekunde später war Eve bereits im Wasser und kraulte mit kräftigen Zügen auf Selina zu. Die beiden tauschten ein paar Sätze, die Logan auf die Entfernung nicht verstehen konnte, dann zog Eve Selina im Rettungsgriff zurück zur Leiter. Sobald sie ihr Boot erreicht hatten, streckte er einen Arm nach unten, damit sie ihn ergreifen konnte, während Eve sie auf die Metallstufen dirigierte.

Selina krallte die Finger um sein Handgelenk, und Logan zog sie hoch, bis sie halb krabbelnd, halb taumelnd an Deck kam. Einen Moment lang lag sie zitternd und schwer atmend auf dem Rücken, dann rollte sie sich auf die Seite und übergab sich. Eve war in Windeseile bei ihr, nahm das Glas Wasser, das Billy in der Hand hielt, und reichte es ihrer Freundin.

»Spül dir damit den Mund aus«, sagte sie sanft. »Danach holen wir dich aus der Schwimmweste und wickeln dich in eine Decke.«

Selina blickte zu ihr auf. »D-Danke«, brachte sie zwischen klappernden Zähnen hervor. »I-Ich gl-glaub nicht, da-dass mir scho-hon mal s-s-so kalt w-war.«

Während sie an dem Wasser nippte, machte Eve sich daran, die Schnallen der Rettungsweste zu lösen, bevor sie sie Selina über den Kopf zog und ihr auf die Beine half.

»Und jetzt sehen wir zu, dass wir dich wieder warm kriegen«, sagte sie, nahm Logan die Decke ab und legte sie ihrer besten Freundin um die Schultern. »Bist du verletzt?«

Selina schüttelte den Kopf. »M-Mir ist n-nur kalt.« Sie sah auf. Erst jetzt schien sie wirklich zu registrieren, dass Logan auch da war, und plötzlich quollen ihr Tränen aus den Augen. »Ich bin so froh, dass du hier bist.« Sie machte ein oder zwei schwankende Schritte auf ihn zu, bevor er sie auffing, die Arme um sie schlang und sie festhielt, während sie schluchzte.

»Alles wird gut«, murmelte er in ihr tropfendes Haar. »Du bist in Sicherheit.«

Ihre einzige Reaktion bestand darin, sich noch fester an ihn zu klammern.

Über ihren Kopf hinweg suchte Logan Eves Blick. »Was jetzt?«

»Wir bringen sie ins Berwick Infirmary«, sagte Eve, ohne seinen Blick zu erwidern, stattdessen sah sie Billy an. »Reicht der Treibstoff bis dahin?«

»Auf jeden Fall«, sagte der ältere Mann. »Sie muss sofort durchgecheckt werden.«

Eve schenkte ihm ein Lächeln. »Danke, Billy. Für alles. Wenn du Selinas Funkspruch nicht entgegengenommen hättest …« Sie brach mit einem Schaudern ab und wandte sich wieder Logan zu. »Sollen wir dich am Hafen von Ennisfarne absetzen? Könnte sein, dass wir in der Notaufnahme warten müssen. Du weißt ja, wie es in den Krankenhäusern oft zugeht.«

Logan spürte, wie Selina in seinen Armen noch stärker zu zittern begann, als würde sie protestieren. »Nein, nicht nötig. Ich komme mit.«

Falls seine Antwort Eve überraschte, ließ sie es sich nicht anmerken. »Okay«, sagte sie nur und machte einen Schritt auf Selina zu. »Komm schon, Sel. Lass uns nach unten gehen und die nassen Sachen ausziehen. Du wirst dich besser fühlen, wenn du trocken bist.«

Einen Moment lang glaubte Logan, Selina würde sich weigern, ihn loszulassen. Doch dann lockerte sich ihr Griff, und sie ließ sich, immer noch leise schluchzend, von Eve unter Deck bringen.

»Das ist der Schock«, bemerkte Billy, während er den beiden Frauen nachsah, die in der Kabine verschwanden. »Nach einem heißen Getränk und einer Pause wird es ihr wieder besser gehen.«

»Ich hoffe es«, sagte Logan. »Gott sei Dank waren wir in der Nähe.«

»Aye«, bestätigte Billy und bedachte Logan dabei mit einem scharfen Blick. »Du solltest dich besser auch abtrocknen. Ich brauche keine zwei Fälle von Unterkühlung an Bord.« Damit begab er sich wieder hinters Steuer und ließ Logan allein an Deck zurück.

Erst jetzt, da der Adrenalinschub langsam abebbte, spürte Logan, wie ihm ein Schauer über die Haut kroch. Doch das war nichts im Vergleich zu dem eisigen Entsetzen, das er empfand, wenn er daran dachte, was hätte passieren können, wenn sie an diesem Nachmittag nicht tauchen gewesen wären. Eine Tragödie war abgewendet worden, und das war nicht zuletzt Billys und Eves entschlossenem Handeln zu verdanken.

Vielleicht hatte Eve mehr von Grace Darlings Tapferkeit geerbt, als ihr bewusst war, dachte Logan, als er auf die Holzbank sank und auf das Meer hinausstarrte.

Ihm schien, dass auch Eve Darling eine absolute Heldin war.

»Wie geht es dir?«

Es war Montagmorgen, fast eine Woche nach Selinas Bootsunglück, und Logan war mit Blumen und Pralinen bei ihr zu Hause vorbeigekommen. Ihr Krankenhausaufenthalt war kurz gewesen – sie hatten sie sechs Stunden lang zur Beobachtung in der Klinik behalten, um Herzschlag und Atmung zu überprüfen, und hatten sie schließlich mit der Anweisung entlassen, sich auszuruhen und sich zu melden, sollten außergewöhnliche Symptome auftreten. Anschließend hatte Billy sie zurück nach Ennisfarne gebracht, wo sie am Hafen von Selinas besorgten Eltern in Empfang genommen wurden, die sie mit zu sich nach Hause nahmen. Um ihr Zeit zu geben, sich zu erholen, hatte Logan sie bisher noch nicht besucht, sondern ihr nur Nachrichten geschrieben. Aber heute hatte Selina ihn gebeten vorbeizukommen, und er war froh, dass sie wieder Farbe im Gesicht hatte.

Sie sah vom Teekochen auf und zuckte mit den Schultern. »Gut, glaube ich. Keine bleibenden körperlichen Schäden, soweit ich das beurteilen kann, obwohl die Albträume nicht gerade dazu beitragen, dass ich gut schlafen kann.«

»Kann ich mir vorstellen«, antwortete Logan mitfühlend. »Aber die werden mit der Zeit hoffentlich nachlassen.«

»Zumindest hat man mir das gesagt«, seufzte sie. »Leider führt sich die Salzfarm nicht von selbst. Zum Glück konnte sich mein Bruder ein Boot leihen und zur Insel fahren, um jeden Tag den Wasserfluss zu regulieren und zu überprüfen, ob alles in Ordnung ist, aber das kann er nicht ewig übernehmen. Irgendwann muss ich wieder auf das sprichwörtliche Seepferdchen steigen.«

Logan hatte einmal ein Fotoshooting mit einem Hauptmann gemacht, der ohne Beine aus Afghanistan zurückgekehrt war und an einer schweren Posttraumatischen Belastungsstörung litt. Das Interview, zu dem die Bilder gehörten, war ein inspirierendes Lehrstück über die Bewältigung eines Schicksalsschlags und die Entwicklung von Resilienz gewesen, in dem der Hauptmann davon sprach, wie er den Schauplatz der Explosion, die ihn fast getötet hätte, noch einmal besucht und wie dies zu seiner späteren Genesung beigetragen hatte. Selinas Unfall war zwar nicht damit vergleichbar, dennoch konnte Logan ihren Widerwillen, nach dem Erlebten erneut allein in See zu stechen, gut nachvollziehen.

»Ich begleite dich gerne, wenn du meinst, dass es dir helfen würde«, bot er an. »In praktischer Hinsicht bin ich wahrscheinlich keine große Unterstützung, aber vielleicht kann ich dir zumindest mental den Rücken stärken.«

Mit einem seltsam angespannten Lächeln reichte sie ihm einen Becher Tee. »Das ist wirklich nett von dir«, sagte sie und deutete zum Küchentisch. »Wollen wir uns setzen?«

Logan war sich nicht sicher, ob er sich ihren leicht steifen Tonfall lediglich einbildete, setzte sich jedoch ohne Einwände an den Tisch. Da er spürte, dass sie noch mehr zu sagen hatte, wartete er darauf, dass sie fortfuhr.

»Du kannst dir wahrscheinlich gut vorstellen, dass ich in den letzten Tagen viel nachgedacht habe«, sagte Selina und schlang ihre Finger um den warmen Becher. »Man könnte wohl sagen, dass ich eine Art Bestandsaufnahme gemacht habe. Im Ernst, auch wenn es nach einem Klischee klingt.«

Logan nickte, schwieg jedoch weiter, trotz des aufkommenden Verdachts, welche Richtung sie mit ihrem Gespräch einschlug.

»In den Tagen nach dem Unfall ist mir einiges klar geworden. Das Übliche, nehme ich an, zum Beispiel, was ich vom Leben will und ob ich aktiv danach suche oder mich nur treiben lasse. Außerdem habe ich viel an dich gedacht.« Ihr Blick huschte kurz zu ihm, dann nahm sie einen großen Schluck Tee und seufzte. »Hör zu, es gibt wirklich keinen einfachen Weg, dir das zu sagen. Ich mag dich, Logan, und ich bin dir wirklich dankbar, dass du für mich da warst, als ich dich auf Billys Boot gebraucht habe. Aber eines der Dinge, die mir im Nachhinein bewusst geworden sind, ist, dass das Leben zu kurz ist, um es mit etwas zu vergeuden, von dem man weiß, dass es nicht das Richtige ist. Ich wünsche mir einen Partner zum Pferdestehlen, jemanden, der mich wirklich versteht und sich eine Zukunft mit mir vorstellen kann. Und so wenig ich glauben kann, dass ich das laut ausspreche: Ich denke nicht, dass du dieser Jemand bist. Tut mir leid.«

Logan brachte ein schiefes Lächeln zustande, als sich sein Verdacht bestätigte. Aber genauso wenig, wie er überrascht war, konnte er es Selina verübeln, dass sie beschlossen hatte, die Sache zwischen ihnen zu beenden. Nach ihrem ersten Kuss auf der Terrasse des Darling's hatte sie ihm ohne Umschweife erklärt, dass sie nicht mehr wollte als ein wenig Spaß. Was ihm recht gewesen war. Die Tatsache, dass er Ennisfarne Ende des Monats verlassen würde, machte jede andere Art von Beziehung schwierig, wenn nicht gar unmöglich. Und sie hatten Spaß gehabt. Er hatte die Zeit mit Selina sehr genossen. Dennoch war er nicht enttäuscht, dass sie ihm nun den Laufpass gab. Ganz im Gegenteil glaubte er den Grund für ihren Sinneswandel gut zu verstehen.

»Es muss dir nicht leidtun«, sagte er und nahm ihre Hand. »Wir hatten ein paar tolle Dates, ich bereue nichts. Ich bin dir nicht böse, dass es jetzt vorbei ist.«

Dankbar drückte sie seine Finger. »Ich wusste, dass du es verstehen würdest.«

»Schmerzen tut es trotzdem«, fügte Logan mit gespieltem Selbstmitleid hinzu. »Aber ich werde darüber hinwegkommen.«

Selina grinste. »Ach, hör doch auf! Sobald du hier weg bist, wirst du ein wunderschönes Model kennenlernen.« Sie hielt inne und musterte ihn einen Augenblick lang nachdenklich. »Vorausgesetzt, du hast immer noch vor, die Insel zu verlassen.«

Logan runzelte irritiert die Stirn. Was in aller Welt veranlasste sie zu dieser Bemerkung?

»Doch, klar hab ich das«, entgegnete er verblüfft. »Abgesehen von allem anderen wäre ich obdachlos, wenn ich hierbliebe. Soweit ich weiß, ist das Cottage von Anfang Juni bis Ende Oktober ausgebucht.«

Ihre Miene blieb nachdenklich. »Es gibt immer Möglichkeiten, falls du dem Rampenlicht noch ein wenig länger entgehen willst. Ich bin mir sicher, dass wir eine Lösung finden würden.« Sie hielt inne und schien kurz über ihre eigenen Worte nachzudenken. »Ich meine natürlich, gemeinsam mit dem ganzen Dorf, nicht du und ich.«

»Natürlich«, bekräftigte Logan angesichts ihrer eiligen Klarstellung amüsiert. Als er sich nach einem Fluchtort umgesehen hatte, war ihm der Mai eine Ewigkeit entfernt vorgekommen, und seit seiner Ankunft auf Ennisfarne schien die Zeit viel langsamer zu vergehen, sodass er gar nicht richtig wahrgenommen hatte, wie die Tage verstrichen waren. Er erinnerte sich an sein sehr ähnliches Gespräch mit Nick, bei dem dieser infrage gestellt hatte, ob Logan tatsächlich nach London zurückkehren würde. Die Vorstellung, seine Sachen zu packen und Dune Cottage zu verlassen, hatte sich damals noch weit entfernt angefühlt, doch nun war der Abschied nicht mehr fern. Sobald die Pläne für die Ausstellung abgeschlossen waren, würde er ernsthaft darüber nachdenken müssen, wie es danach weitergehen sollte.

»Ich behalte das Angebot im Hinterkopf. Danke.«

»Tu das«, sagte Selina und strahlte zufrieden. »Abgesehen von allem anderen ist es wirklich sehr nett, unseren eigenen Promi auf Ennisfarne zu haben, auch wenn wir es niemandem verraten dürfen. Und ja, ich bin so oberflächlich und egoistisch. Du hast Glück, dass du meinen Fängen entkommst.«

Auf dem Rückweg zum Cottage wirbelten Logans Gedanken wild durcheinander. Es war nicht gelogen gewesen, dass Selinas Zurückweisung wehtat, aber das lag vor allem an seinem verletzten Stolz; tief in seinem Inneren hatte er von Anfang an gewusst, dass Selinas Interesse an ihm tatsächlich nur oberflächlicher Natur war. Doch darüber hinaus hatte ihn ihr Gespräch unmissverständlich daran erinnert, dass sich sein Aufenthalt auf der Insel dem Ende zuneigte. Ennisfarne war vielleicht genau das, was er vor zwei Monaten gebraucht hatte, aber es war nie für immer bestimmt gewesen. Es war an der Zeit, sich der Realität zu stellen und herauszufinden, wo seine Zukunft lag.

Kapitel einundzwanzig

Eve

Mit dem Beginn der Touristensaison wurde es immer schwieriger, Zeit und Raum für einen Spaziergang mit Huxley zu finden. Eigentlich war Darling Cove ein Privatstrand, aber Eve hatte nie versucht, das durchzusetzen, vor allem nicht in der Hauptsaison. Obwohl er nie so überfüllt war wie die Strände auf dem Festland, war er dennoch beliebt. Und angesichts des Enthusiasmus, mit dem ihr Labrador die Leute buchstäblich umwarf – was durch die Kurse zur Hundeerziehung, die sie mit ihm besuchte, zwar langsam besser wurde, ihn aber nicht davon abhielt, es dennoch ab und zu zu tun –, ging Eve am liebsten mit ihm raus, wenn die Wahrscheinlichkeit, auf Fremde zu treffen, geringer war. Das bedeutete oft am frühen Morgen, wenn die Touristen, die auf Ennisfarne übernachteten, noch schliefen und die Tagesausflügler noch nicht da waren. Dann ging sie häufig zu Fuß zum Signalturm, wobei sie Warrens Felder überquerte, um die Straßen zu meiden. Er hielt seine Schafe, während sie Lämmer hatten, in der Nähe des Hofes, sodass das Schlimmste, was Eve zu befürchten hatte,

Huxleys Vorliebe für Kuhfladen war. Aber auch in dieser Hinsicht hatten die Trainingskurse geholfen – wenn sie ihrem Hund ein »Aus« hinterherbrüllte, gehorchte er jetzt manchmal sogar.

Der Weg über die Felder führte sie auch am Atelier der Malerin Morag Chester vorbei. Das Haus hatte eine recht illustre Geschichte: Gerüchten zufolge hatte Wordsworth in ihm gewohnt, und der berühmte Maler der Romantik William Turner war ebenfalls dort zu Gast gewesen, als er im 19. Jahrhundert die Farne-Inseln besuchte. Aber seit Morag im vergangenen Frühjahr krank geworden war, stand es leer. Sie war aufs Festland gegangen, um sich bei ihrer Tochter zu erholen, und nach allem, was Eve gehört hatte, war es unwahrscheinlich, dass die alte Dame aufgrund ihrer nachlassenden Sehkraft jemals auf die Insel zurückkehren würde. Das gedrungene weiße Gebäude lag in Richtung des Signalturms, dessen Spitze gerade noch über dem stetig ansteigenden Gelände zu sehen war, und die melancholische Stimmung, die von den verschlossenen Fenstern und dem ungepflegten Garten ausging, führte dazu, dass Eve ihre Schritte verlangsamte. In den vergangenen Jahren war sie Morag oft oben am Obelisken begegnet, ihre Staffelei im Gras und den Pinsel in der Hand, während sie auf das Meer hinausschaute.

Nach einigen Minuten setzte sich Eve seufzend wieder in Bewegung. Es war jammerschade, dass sie Morag wohl nie wieder dort oben begegnen würde.

Ihre Stimmung war immer noch nachdenklich, als sie

den weißen Granitturm erreichte. Selbst Huxleys Freude über die Entdeckung eines Löwenzahnbüschels konnte ihre Laune nicht heben. Sie ging bis zum Turm und ließ sich an seinem Fuß nieder, um die Wellen zu beobachten, die auf die Klippen zurollten. Es war die gleiche Szenerie, die sie auf Logans Computerbildschirm aus einer anderen Perspektive bewundert hatte, wobei die Kamera der Aussicht, die sie so gut zu kennen glaubte, auf eine gewisse Weise noch mehr Tiefe verlieh. Heute mied sie jedoch den Blick Richtung Süden, wo die Überreste von Selinas Boot nun zu einem Teil des Meeresbodens wurden. Seit jenem schrecklichen Moment, in dem Billy ihr die Nachricht von Selinas Seenot überbracht hatte, war ihr der Tag immer wieder im Kopf herumgegangen, was die Freude über den schönen Tauchgang zunichtemachte. Es war reines Glück gewesen, dass sie zur richtigen Zeit am richtigen Ort waren, um Selina rechtzeitig zu erreichen, bevor sie ernsthaft Schaden genommen hatte, und Eve würde auf ewig dankbar sein für die Idee und das gute Wetter, die sie dazu veranlasst hatten, den Tauchgang zu organisieren. Was passiert wäre, wenn die *Serendipity* nicht zu Selinas Rettung gekommen wäre, darüber wollte sie gar nicht erst nachdenken.

Aufgewühlt zupfte Eve an einem Löwenzahnkopf, der es irgendwie geschafft hatte, Huxleys scharfer Nase zu entgehen. Als Kind hatte ihr Vater ihr eingeredet, dass Pusteblumen in alten Zeiten anstelle von Uhren verwendet wurden, und sie hatte ganze Tage damit verbracht, sie zu pflücken, um ihre Tauglichkeit zu testen. Selbst jetzt konnte sie dem Drang nicht widerstehen, mit ihrer Hilfe die Zeit abzulesen, indem sie die Samen in die leichte Brise streute. Huxley hob den Kopf, um ihnen nachzusehen.

»Aus!«, sagte Eve streng und freute sich, als der Hund tatsächlich keine Anstalten machte, ihnen nachzujagen. Noch vor ein paar Monaten hätte er sie über die halbe Landzunge hinter sich hergezerrt. »Guter Junge.«

Sein Schwanz klopfte auf das grüne Gras, während sie ihm liebevoll die Ohren kraulte.

»Ich glaube, wir sollten langsam zurückgehen«, sagte Eve zu ihm. »Ennisfest organisiert sich nicht von allein.«

Das Festival war nicht der einzige Punkt auf ihrer Agenda. Am Abend zuvor war eine E-Mail von Logan eingegangen, in der er das Datum bestätigte, an dem er ausziehen würde, und um Empfehlungen für eine Reinigungskraft bat. Natürlich hatte sie damit gerechnet – die nächsten Feriengäste von Dune Cottage würden bereits am ersten Juniwochenende eintreffen –, dennoch war sie bei seiner Mail erschrocken. Und der Schock war noch von etwas anderem begleitet gewesen, das sie nicht sofort identifizieren konnte, aber sie vermutete stark, dass es die Ursache für ihre schlechte Laune an diesem Morgen war. Nun, da Logans Abreise kurz bevorstand, wurde sie wieder daran erinnert, wie sehr sie seine Gesellschaft genoss; sie würde es vermissen, ihn in unmittelbarer Nähe zu wissen. Aber daran war nichts zu ändern. Sein Aufenthalt auf Ennisfarne war von vornherein begrenzt gewesen, und vielleicht würde sie ihn ja doch dann und wann wiedersehen, zum Beispiel wenn er Selina besuchte. Ein Gedanke, der ihre Laune noch tiefer in den Keller sinken ließ, auch wenn sie nicht recht begriff, warum.

Eve schüttelte die Gedanken ab und stand auf, wobei sie ihr Bestes tat, ihren Unwillen und ihre Unruhe zu ignorieren.

»Na komm, Hux«, sagte sie und klopfte sich aufs Bein, um ihn zu ermuntern, mit dem Herumschnüffeln aufzuhören und ihr zu folgen. »Zeit, den Tag in Angriff zu nehmen.«

Zurück zu Hause, fand sie einen an sie adressierten und offensichtlich persönlich zugestellten Briefumschlag auf der Fußmatte vor. Stirnrunzelnd drehte Eve ihn in den Händen; es gab weder einen Absender noch einen anderen Hinweis darauf, von wem er stammte. Sie machte Huxley von seiner Leine los und nahm sich ein Glas Wasser, bevor sie mit dem ungeöffneten Umschlag in der Hand auf die Terrasse ging. Aiden hatte die Tische noch nicht aufgestellt, also nahm sie einen Stuhl vom Stapel, um sich daraufzusetzen. Dann richtete sie ihre Aufmerksamkeit wieder auf die geheimnisvolle Post.

In der braunen Luftpolstertasche befand sich ein kleinerer weißer Umschlag aus hochwertigem Papier, auf dem in säuberlicher schwarzer Handschrift ihrer und Aidens Name stand, und ein schlanker schwarzer USB-Stick. Ihr Blick ruhte einige Sekunden auf dem Stick, während sie überlegte, was er wohl enthielt, dann legte sie ihn beiseite und schob einen Finger unter die Klappe des kleineren

Umschlags. Das Rechteck aus dickem Papier im Inneren fühlte sich genauso schwer und teuer an wie der Umschlag. Die Oberfläche war strukturiert und mit einer Blattgoldumrandung versehen, die Buchstaben in eleganter schwarzer Druckschrift gehalten.

HERZLICHE EINLADUNG
ZUR AUSSTELLUNGSERÖFFNUNG
VON ENNISFARNE – *unvergleichlich*
AM FREITAG, DEN 20. MAI
18:00–20:00 UHR
GEMEINDEHALLE,
LONG STREET, ENNISFARNE

Es bestand kein Zweifel, von wem die Einladung stammte, dennoch drehte Eve sie um und sah, dass der Absender eine Notiz hinzugefügt hatte. Es war dieselbe Handschrift, die auch den Umschlag zierte, obwohl sie hier ausdrucksstärker war, sich schlängelte und Kreise beschrieb wie ein Schmetterling im Flug.

Bitte komm vorbei, wenn du Zeit hast – viele der Fotos habe ich allein dir zu verdanken.
Ich hoffe, die Bilder auf dem Stick gefallen dir. Ich finde sie großartig. Meiner Meinung nach bist du ein wahres Naturtalent.

Unterschrieben war der kurze Text nur mit einem L.

Eve blieb noch einen Moment lang sitzen und starrte auf die Worte. Bei der Fotosession mit Logan am Sonntag am Strand hatte sie sich nicht gerade wie ein Naturtalent gefühlt. Seine Anweisungen waren geduldig und behutsam gewesen, er hatte sie gebeten, sich in eine Richtung zu drehen, den Kopf in eine andere zu neigen, das Kinn anzuheben, Huxley zu streicheln … Nichts davon war schwierig gewesen, trotzdem war sie sich steif und hölzern vorgekommen. Ihr Lächeln hatte sich eher wie eine Grimasse angefühlt, ihren Bewegungen hatte es an Anmut gefehlt, und Huxley hatte sich geweigert, länger als ein paar Sekunden an einer Stelle zu bleiben. Am Ende war sie sich sicher gewesen, dass ihr Gesicht einer Tomate glich und dass sich Logan insgeheim wünschte, sich nicht die Mühe gemacht zu haben, obwohl er ihr hinterher versicherte, dass sie sich glänzend geschlagen habe. Jetzt musste sie nur noch den Stick in ihren Laptop stecken, um ihre mangelnde Starqualität überdeutlich vor Augen geführt zu bekommen. Das war mehr, als sie ertragen konnte.

Hastig schob sie den USB-Stick zurück in den Umschlag und ging zu Aiden, um mit ihm zu verhandeln. Ihre eigenen Fotos wollte sie vielleicht nicht sehen, die Ausstellung dagegen auf jeden Fall. Mit etwas Glück und sanfter Überredungskunst würde er sich bereit erklären, am Abend der Ausstellungseröffnung den Dienst in der Bar zu übernehmen.

»Okay, Eve, was ist los?«

Eve sah zu Selina auf, die in der offenen Glastür stand, die von der Terrasse in den Gastraum des Darling's führte. Hinter ihr schlugen rauschend die Wellen auf den Strand, während sie Eve mit in die Hüften gestemmten Händen aus schmalen Augen musterte.

»Du bist schon seit über einer Woche komisch zu mir«, fuhr ihre beste Freundin fort und schlängelte sich zwischen den Tischen hindurch, um sich vor Eve aufzubauen. »Und versuch jetzt bitte nicht, es abzustreiten, wir sind schon ewig befreundet. Also, wo liegt das Problem?«

Eve griff hinter der Bar nach einem Geschirrtuch, trocknete sich langsam die Hände ab und wich dabei Selinas Blick aus, während sie überlegte, was sie sagen sollte. Sie war ihr nicht bewusst aus dem Weg gegangen, genauso wenig wie den anderen Inselbewohnern – sie steckte wirklich bis zum Hals in der Festivalplanung und der Bewältigung all der anderen Aufgaben, die sie tagtäglich umtrieben. Dennoch, wenn sie ehrlich war, hatte sie jedes Mal, wenn sie an ihre beste Freundin dachte, eine ungewohnte Abneigung verspürt. Eine Empfindung, die neu war und deren Ursache sie nicht weiter hatte erforschen wollen. Stattdessen hatte sie sich noch mehr als sonst in ihre Arbeit gestürzt. Doch nun war der Moment gekommen, in dem ihr ihre Ausweichtaktik zum Verhängnis wurde.

Selina reckte entschlossen das Kinn, was erfahrungsgemäß von einer bevorstehenden Explosion kündete, sollte Eve sich nicht erklären.

»Ich hatte viel zu tun«, antwortete sie ausweichend.

Selina schnaubte verächtlich. »Du hast *immer* viel zu tun. Nur dass dich das normalerweise nicht davon abhält, auf meine Nachrichten zu antworten.«

Das war nicht fair, dachte Eve, schließlich hatte sie Selina nicht einfach ignoriert. »Ich habe dir geantwortet.«

»Ein-Wort-Sätze und Emojis zählen nicht«, erwiderte Selina. »Du warst gestern Abend nicht beim Buchclub, und ich weiß, dass das nicht daran liegt, dass du das Buch nicht gelesen hast.«

Eve spürte, wie ihre Wangen warm wurden. Sie hatte fest vorgehabt, zu der kleinen Truppe, die sich regelmäßig bei Freda zu Hause traf, dazuzustoßen. Das aktuelle Buch war ein erotisch-historischer Streifzug durch eine neu gedachte Schlacht von Waterloo, und Eve hatte sich darauf gefreut, bei einem Glas Wein zu erfahren, ob die anderen den grüblerischen Earl of Lamorna ebenso geliebt hatten wie sie. Doch ihr Enthusiasmus war durch eine schleichende Unlust gedämpft worden, die sie im Laufe des Nachmittags nach Kräften zu verdrängen versucht hatte.

»Musst du nicht langsam los?«, hatte Aiden sie gefragt, als es auf sieben Uhr zugegangen war.

Eve hatte gezögert und die Optionen abgewogen, bevor sie den Kopf schüttelte. »Ich habe noch so viel zu tun. Nächsten Monat bin ich wieder dabei.« Was nicht gelogen gewesen war, tatsächlich hatte sie bis fast dreiundzwanzig Uhr gearbeitet.

Selina hatte ihr kurz vor Beginn des Treffens getextet,

um sich zu erkundigen, welchen Wein Eve mitbringen würde, und später dann noch einmal, um zu fragen, warum sie nicht gekommen sei. Eve hatte erst an diesem Morgen geantwortet, und ihre Ausrede war offensichtlich nicht überzeugend genug gewesen.

»Die Arbeit hat mir eben einen Strich durch die Rechnung gemacht«, sagte sie jetzt, straffte die Schultern und zwang sich, Selinas Blick zu erwidern. »Es sind nur noch fünf Wochen bis zum Festival.«

»Schon klar, aber ich weiß, dass es nicht nur darum geht, dass du beschäftigt bist«, erwiderte Selina beharrlich. »Hör auf, mich mit irgendwelchen Ausreden abzuspeisen, dafür kenne ich dich viel zu gut.«

Eve spürte, wie sie langsam wütend wurde. »Das ist keine Ausrede. Du hast keine Ahnung, wie viel Organisation so ein Event erfordert. Und nebenher muss ich mich noch ums Tagesgeschäft kümmern – die Reservierungen für das Cottage, Bestellungen für die Bar und so weiter.«

Selina hob die Augenbrauen. »Aber das machst du alles schon seit wer weiß wie vielen Jahren, trotzdem hast du mir bisher nie das Gefühl gegeben, ich würde nicht existieren. Es ist, als ob du eine Mauer zwischen uns errichtet hättest.« Sie hielt inne und schüttelte den Kopf. »Es gibt nur eine Sache, die anders ist als sonst, und das ist Logan Silk.«

»Jetzt machst du dich lächerlich«, schnauzte Eve, doch die Bemerkung verfehlte nicht ihr Ziel. Tiefes Unbehagen machte sich in ihrem Magen breit, als sie sich zwang, über Selinas Worte nachzudenken. War es Logan, der sie dazu gebracht hatte, sich von ihrer besten Freundin zu entfremden? Das konnte doch nicht sein, oder?

»Tue ich das?« Selina musterte sie mit gerunzelter Stirn. »Ich hab recht, oder? *Er* ist das Problem.«

»Nein«, murmelte Eve, wusste jedoch, dass ihre glühenden Wangen sie verrieten.

»Oh, Eve«, sagte Selina, und ihre Stimme wurde weicher. »Dich hat es ja ganz schlimm erwischt.«

Eve öffnete den Mund, um erneut zu protestieren, als sie eine schreckliche Erkenntnis überkam: Logan war tatsächlich der Grund, aus dem sie sich unbewusst von Selina zurückgezogen hatte. Sie wusste nicht, wann es passiert war – vielleicht an jenem Tag auf dem Boot, als sie gesehen hatte, wie sich ihre beste Freundin an ihn klammerte –, aber irgendwann, irgendwie hatten sich ihre Gefühle verheddert und verhakt, und die Eifersucht hatte sich mit ihren kräftigen Wurzeln in ihr Herz gewunden. Was sie zu einem noch schlechteren Menschen machte, dachte sie kläglich, denn was für eine Person ignorierte ihre Freundin, die nur knapp dem Tod entronnen war? Die Tatsache, dass sie sich dessen die ganze Zeit über nicht wirklich bewusst gewesen war, entschuldigte nichts.

Eve schloss die Augen und holte tief Luft. »Es tut mir leid.«

Selina verschränkte die Arme. »Das sollte es auch.« Aber sie klang nicht wütend. »Von allen Menschen schließt du ausgerechnet mich aus, Eve. Wir haben uns doch immer alles erzählt.«

Eve zuckte unglücklich mit den Schultern. »Ich wusste es nicht. Ehrlich, ich dachte die ganze Zeit, ich wäre einfach nur mit der Arbeit überfordert. Ich meine, wie könnte ich eifersüchtig auf dich sein, nachdem ich dir immer wieder gesagt habe, dass du es mit Logan versuchen sollst? Ich war mir so sicher, dass ich nichts für ihn empfinde, dass er mein Mieter ist und vielleicht ein Freund, aber nicht mehr.« Sie schluckte schwer, um den Kloß in ihrem Hals loszuwerden, während heiße Tränen in ihre Augen traten. »Ich bin eine schreckliche Freundin.«

In der nächsten Sekunde war Selina an ihrer Seite und zog sie in eine Umarmung. »Das bist du nicht. Zugegeben, du hast dir in den letzten Wochen nicht gerade die Medaille für die beste Freundin der Welt verdient, aber das war das erste Mal in über dreißig Jahren. Und jetzt, wo ich weiß, warum du dich so verhalten hast, ergibt alles einen Sinn.«

Tränen kullerten über Eves Gesicht. »Es tut mir leid. Kannst du mir jemals verzeihen?«

Selina drückte sie noch einmal einige Sekunden lang fest an sich, bevor sie sich zurücklehnte und Eve ansah. »Es gibt nichts zu verzeihen.«

Eve wusste, dass sie es so meinte, aber das Brennen in ihrem Magen sagte ihr etwas anderes. »Doch«, murmelte sie. »Ich sollte mich für dich und Logan freuen, nicht eifersüchtig sein.«

»Na ja«, sagte Selina langsam, und auf einmal war ihre Miene nur noch schwer zu deuten, »wenn du dich in der letzten Woche nicht dermaßen rar gemacht hättest, wüsstest du jetzt schon, dass wir nicht mehr zusammen sind.«

Die Worte trafen Eve wie ein Schlag, betäubten sie kurzzeitig und ließen ihre Gedanken ins Leere laufen. »Was?«, brachte sie schließlich hervor.

»Wir haben uns getrennt«, erklärte Selina geduldig. »Nach meinem Unfall habe ich gemerkt, dass wir beide nur so tun, als ob etwas zwischen uns wäre, das in Wirklichkeit gar nicht da ist. Also haben wir uns unterhalten, und ich habe ihm gesagt, dass es nicht funktioniert. Und das war's.«

Eve wusste, dass ihr der Mund offen stand, aber sie schien nicht mehr in der Lage zu sein, ihn zu schließen. »Was?«, wiederholte sie.

»Er hat es gut aufgenommen«, fuhr Selina fort. »Um ehrlich zu sein, war er weniger unterhaltsam, als ich erwartet hatte. Er ist nett, aber ein bisschen zu introvertiert für mich.« Sie musterte Eve nachdenklich. »Und ich hatte immer das Gefühl, dass er nicht ganz anwesend ist, selbst wenn wir uns geküsst haben. Es war immer ein bisschen so, als wäre ein Teil von ihm irgendwo anders. Aber jetzt frage ich mich, ob das vielleicht daran liegt, dass er Gefühle für jemand anderen hat.«

Eve brauchte einen Moment, um zu begreifen, worauf Selina hinauswollte. »Nein«, sagte sie fest. »Was auch immer ich für Logan empfinde, ist definitiv eine Einbahnstraße. Er geht mit *Models* aus, Selina. Nicht mit irgendwelchen nichtssagenden Frauen von einer winzigen Insel vor der Küste Northumberlands.«

Selina hob die Augenbrauen, sagte aber nichts.

»Und selbst wenn er sich durch eine unmögliche Fügung des Schicksals auch nur ansatzweise für mich interessieren sollte, ändert das nichts daran, dass er Ennisfarne in weniger als zwei Wochen verlässt, um in sein glamouröses Jetset-Leben zurückzukehren«, fuhr Eve fort und gab all den Einwänden eine Stimme, die ihr Unterbewusstsein schon seit einiger Zeit zu produzieren schien, um jetzt damit um die Ecke zu kommen. »Ich bin sicher, dass er es besser weiß, als etwas mit einer Frau anzufangen, die er nie wiedersehen wird.«

»Stimmt alles«, räumte Selina ein und nickte langsam. »Aber du wirst nie erfahren, was hätte sein können, wenn du es nicht versuchst. Und wenn ich eines über dich gelernt habe, Eve Darling, dann, dass du dich nicht vor etwas drückst, nur weil es schwierig ist.«

Eve starrte sie hilflos an. »Aber es geht hier nicht um einen Job oder einen Musikabend, den ich organisieren kann, sondern um das Herz von jemandem. Um *mein* Herz.«

»Ich weiß.« Selina drückte ihre Hand. »Und ich weiß, dass du es sicher weggesperrt hast, damit niemand rankommt – dank dieses verdammten Idioten Michael. Aber die Sache ist die: Logan *ist* bereits rangekommen. Willst du ihn wirklich ziehen lassen, ohne herauszufinden, was er für dich empfindet?«

Allein bei dem Gedanken, ein solches Gespräch mit ihm zu führen, wurde Eve schwindelig. Was um alles in der Welt könnte ein Mann wie Logan Silk in einer Frau wie ihr sehen?

»Ja«, sagte sie und schaffte es fast, sich selbst damit zu überzeugen. Aber bei der Vorstellung, Logan nie wiederzusehen, begann ihr Herz zu rasen. »Nein … Ach, ich weiß nicht.«

Ihre beste Freundin musterte sie ein paar Sekunden lang und seufzte dann. »Tja, du hast zwei Wochen Zeit, dich zu entscheiden. Mit einer Deadline hast du schon immer am besten gearbeitet.«

Eve schluckte und verdrängte das vertraute Gefühl der Panik, das beim Gedanken an Logans Abreise in ihr aufstieg. »Vielen Dank auch.«

Selina breitete die Arme aus. »Aber es stimmt doch. Obwohl ich zugeben muss, dass ich das vor allem aus deinen hervorragenden Leistungen bei Schulaufsätzen ableite und nicht von potenziell lebensverändernden Entscheidungen, die du für den Rest deines Lebens bereuen könntest.«

Diesmal konnte Eve nicht verhindern, dass ihr ein kleines Lachen entwich. »Nochmals na danke.«

»Nicht der Rede wert«, erwiderte Selina leichthin. »Aber wir beide wissen, dass du bereits Hals über Kopf in Logan Silk verliebt bist. Bleibt nur noch eine Frage: Was willst du dagegen unternehmen?«

Teil vier

Segel setzen

Kapitel zweiundzwanzig

Logan

»Ich will ehrlich sein, Logan, du machst mir Sorgen, und das schon eine ganze Weile.«

Logan Silk sah seine Agentin Phoebe über den makellos eingedeckten Tisch mit dem weißen Tischtuch hinweg an und fragte sich, welche seiner Aktionen der letzten Monate sie wohl am meisten beunruhigte.

»Ach ja?«, entgegnete er mit einem Lächeln und griff nach seinem Sektglas. »Inwiefern?«

Phoebe erwiderte seinen Blick, ohne die Miene zu verziehen oder auch nur einmal zu blinzeln. »Mal sehen … könnte es ganz eventuell daran liegen, dass du von heute auf morgen sämtliche beruflichen Verpflichtungen abgesagt hast?« Sie hob einen zweiten Finger, als würde sie die Gründe einen nach dem anderen an der Hand abzählen. »Oder an deiner Weigerung, neue Aufträge anzunehmen, egal, wie glamourös oder lukrativ sie sind? Daran, dass du ganz plötzlich wie vom Erdboden verschluckt warst?«

»Ich bin nach Northumberland gefahren, Phoebe«, wandte Logan ein. »Das liegt bloß ein paar Autostunden von London entfernt. Man kann nicht gerade behaupten, ich sei auf den Mars ausgewandert.«

Sie seufzte und nahm sich ein Grissini. »Du weißt, was ich meine. Und Ennisfarne ist mehr als nur ein paar Stunden von London entfernt – immerhin ist die Insel den Großteil der Zeit durch das Meer von der Außenwelt abgeschnitten.« Sie unterstrich ihre Worte, in dem sie nachdrücklich mit der Brotstange in der Luft herumwedelte, als würde sie ein Orchester dirigieren. »Was hat es eigentlich mit Künstlern und Inseln auf sich? Merina ist damals nach Orkney abgehauen, und ich hab es nie geschafft, sie da wieder wegzukriegen.«

Logan lächelte. Merina Wilde war eine äußerst erfolgreiche Romanautorin und eine weitere Klientin von Phoebe; sie hatten sich bei mehreren Gelegenheiten getroffen, und Logan hatte sie als klug, charmant und witzig in Erinnerung. Sie war ebenfalls mit Nick befreundet; er hatte die Hauptrolle in der Verfilmung ihres letzten Romans gespielt, die, wie Logan sich jetzt erinnerte, teilweise auf Orkney gedreht worden war.

»Ist Merina nicht der Grund, warum du gerade hier in Newcastle bist?«, fragte er und hob die Augenbrauen. »Wenn sie auf dem Literaturfestival auftritt, scheint sie ihre abgelegene Insel ja doch ab und zu zu verlassen.«

»Ja, das ist sie, und ja, das tut sie«, räumte Phoebe ein. »Aber das ist eher die Ausnahme als die Regel. Und darum geht es auch gar nicht. Eine Autorin kann überall arbeiten, ein weltberühmter Modefotograf nicht und …« Sie hielt mitten im Satz inne und begegnete seinem Blick mit vollkommener Offenheit. »Na ja, ich kann mir kaum vorstellen, dass Haute Couture auf Ennisfarne eine große Rolle spielt.«

Unwillkürlich schoss Logan ein Bild von George in seiner schmuddeligen gelben Regenjacke durch den Kopf, der unter seinem struppigen grauen Bart hervorgrinste. Es war so weit von den Models entfernt, die Logan normalerweise fotografierte, wie nur irgend möglich, und doch hatte es Logan sehr viel mehr Spaß gemacht, ihn zu fotografieren, als eines der stilisierten Shootings, an denen er im letzten Jahr gearbeitet hatte.

»Solange der Fischer-Look nicht in Mode kommt, nicht, nein«, stimmte er zu. »Aber genau das ist einer der Gründe, aus denen ich ausgerechnet auf eine abgelegene Insel gezogen bin. Modefotografie interessiert mich im Moment einfach nicht.« Er holte tief Luft. »Als ich aus dem Shooting in New York raus bin, war es mir vollkommen gleichgültig, ob ich jemals wieder ein einziges Foto von irgendetwas mache.«

Seine Agentin schwieg einen Moment lang, während sie ihn nüchtern über den Tisch hinweg musterte. »Und jetzt?«

Logan dachte an seinen Laptop, auf dem Hunderte Fotos gespeichert waren, die er seit seiner Ankunft auf Ennisfarne gemacht hatte. Es war, als hätte ihn die Insel in ihren Bann gezogen, als er an jenem ersten Nachmittag an der Auffahrt zum Damm gestanden hatte, der sich über den Sand Richtung Ennisfarne schlängelte. Es war ein Zauber, der ihn während seines dreimonatigen Aufenthalts nicht wieder losgelassen hatte. Er hatte sich in die Art und Weise verliebt, wie sich das Licht im Laufe des Tages veränderte und eine Szenerie, die er gut zu kennen glaubte, in etwas völlig Neues verwandelte, das ihn instinktiv nach seiner Kamera greifen ließ. Und als man ihn gebeten hatte, als Fotograf auf Georges und Hetties Hochzeit einzuspringen, hatte ihn das daran erinnerte, wie viel Freude es ihm bereitete, die Erinnerungen an einen so schönen Tag festzuhalten. Es bestand kein Zweifel daran, dass Ennisfarne und ihre Bewohner Logans Leidenschaft für die Fotografie neu entfacht hatten. Aber würde diese Leidenschaft anhalten, sobald er die Insel verlassen hatte? Er war sich nicht sicher.

»Jetzt ist es anders«, räumte er nach einer kurzen Pause ein. »Aber vielleicht liegt das daran, dass der Druck weg ist. Wenn ich jetzt meine Kamera in die Hand nehme, dann, weil ich es will, und nicht, weil ich es muss.«

»Was bedeutet das für deine künftige Arbeit?«, hakte Phoebe ein. »Offensichtlich ist Mode gerade nicht dein Thema, und das ist vollkommen okay. Du solltest keinen Job annehmen, bei dem du nicht mit ganzem Herzen dabei bist. Aber es wäre hilfreich, ein Gefühl dafür zu bekommen, was du als Nächstes machen möchtest.«

Und genau das war das Problem, dachte Logan düster, als der Kellner mit den Vorspeisen erschien, er wusste es nicht. Nicht wirklich. Das Einzige, was er mit Sicherheit sagen konnte, war, dass er nicht zu seiner früheren Arbeitsweise zurückkehren wollte. Abgesehen davon hatte Phoebe recht damit, dass dieses sprunghafte Verhalten vollkommen untypisch für ihn war. Er konnte verstehen, dass es ihr Kopfzerbrechen bereitete.

»Ich muss mich bei dir entschuldigen«, sagte er. »Mir ist bewusst, dass ich dir mit meinem plötzlichen Ausstieg eine Menge Ärger beschert habe.«

Phoebe winkte ab. »Ach, schon vergessen. Es ist meine Aufgabe, meine Klienten zu schützen, und wir arbeiten schon so lange zusammen, dass ich weiß, dass du dich nicht ohne Grund aus dem Staub machen würdest.« Sie hielt kurz inne und musterte ihn erneut eingehend, ohne sich vom Klirren des Bestecks und der Gläser um sie herum oder den Gesprächen ihrer Tischnachbarn ablenken zu lassen. »Mit meiner Bemerkung von eben, dass ich mir Sorgen um dich mache, meinte ich nicht deine beruflichen Verpflichtungen oder deine Karriere im Allgemeinen. Es geht mir um dein Wohlbefinden und deine geistige Gesundheit, vor allem nach diesem furchtbaren Rachefeldzug von Suki.«

Logan erlaubte sich ein kurzes zustimmendes Grunzen. »Rachefeldzug« war genau die richtige Beschreibung für das, was seine Ex-Freundin abgezogen hatte, um sein Leben und seine Karriere zu zerstören. Doch sosehr ihn das Interview vor ein paar Wochen beunruhigt hatte, so schwer fiel es ihm jetzt, sich deswegen weiter aufzuregen. Ennisfarne hatte es geschafft, die Wucht des Aufpralls zu dämpfen und dafür zu sorgen, dass ihn das Ereignis nicht lange runterzog. Abgesehen davon half es natürlich auch, dass er seit Monaten keinen Blick mehr in irgendeine Zeitung geworfen hatte.

»Aber jetzt, von Angesicht zu Angesicht, wird mir klar, wie ausgeruht und entspannt du bist. Dir steht die Zufriedenheit praktisch ins Gesicht geschrieben«, fuhr Phoebe fort. »Was mich zu meiner vorherigen Frage zurückbringt – wie soll es ab sofort für dich weitergehen?«

»Ich komme bald zurück nach London«, antwortete er mit einem Schulterzucken. »In weniger als zwei Wochen hat mich das Stadtleben wieder, und wer weiß, vielleicht habe ich dann eine Art Erleuchtung und sehe die Dinge klarer. Aber bis dahin bin ich, glaube ich, nicht in der Lage, irgendeine Entscheidung zu treffen. Tut mir leid.«

»Okay, dann lass uns einfach weitersehen, sobald du zurück bist«, sagte Phoebe und hob dann neugierig eine Augenbraue. »Also, nachdem wir das Geschäftliche geklärt haben, erzähl mir doch mal, was du in deinem Inselparadies so getrieben hast. Oder hast du dich die ganze Zeit über in mönchsgleicher Abschottung von der Außenwelt geübt und Nabelschau betrieben?«

Er lachte. »Überhaupt nicht. Die Inselbewohner haben mich mit offenen Armen willkommen geheißen, und ich hatte viel Spaß. Gerade habe ich eine Ausstellung mit Fotos auf die Beine gestellt, die ich während meines Aufenthalts gemacht habe. Natürlich anonym. Eine Art Dankeschön an die Insel und die Menschen, die mich so freundlich aufgenommen haben.«

Phoebe warf ihm einen triumphierenden Blick zu. »Du

hast also doch Fotos gemacht. Wusste ich doch, dass du nicht widerstehen kannst. Darf ich sie sehen?«

»Klar. Die Ausstellungseröffnung ist morgen Abend, falls du bis dahin in der Gegend sein solltest«, lud er sie spontan ein. »Allerdings müsstest du eine Übernachtung auf der Insel einplanen, wegen der Gezeiten.«

Phoebe schürzte die Lippen. »Merinas Veranstaltung ist heute Abend, morgen könnte ich einen Abstecher nach Ennisfarne machen. Ich nehme mal an, es gibt Hotels?«

»Gibt es«, sagte Logan, aber im gleichen Moment kam ihm der Gedanke, dass sie höchstwahrscheinlich alle ausgebucht sein würden. Nick hatte sich bei seinem Besuch ein Zimmer im Fisherman's Arms genommen, allerdings war sich Logan nicht sicher, was Phoebe von der schlichten Unterkunft halten würde. »Allerdings könnte es gut sein, dass um diese Zeit nichts mehr frei ist. Vielleicht ist es einfacher, wenn ich dir die Fotos stattdessen einfach zuschicke?«, schlug er vor.

Phoebe tippte mit einem scharlachroten Fingernagel auf das Tischtuch. »Das wäre eine Möglichkeit, aber einfach nicht das Gleiche«, sagte sie und runzelte die Stirn. »Ich komme zur Eröffnung. Außerdem würde ich gerne mit eigenen Augen sehen, wo du dich in den letzten Monaten so rumgetrieben hast.«

Noch während er nickte, überlegte Logan, wie er Phoebe kurzfristig eine Unterkunft organisieren könnte. Zur Not würde er ihr das Cottage überlassen und Hamish fragen, ob er ein Zimmer für ihn hatte. Aber das würde bedeuten, ihm auseinandersetzen zu müssen, warum das Fisherman's Arms für Phoebe selbst nicht infrage kam, und Logan wollte auf keinen Fall Hamishs Gefühle verletzen. Sobald er zurück war, würde er im Nook vorbeischauen und Freda fragen. Er hätte Eve um Hilfe gebeten, aber die war in den letzten Tagen auffällig abwesend gewesen, und er nahm an, dass sie bis über beide Ohren in der Organisation des Musikfestivals im Juni steckte.

»Ich kümmere mich um eine Übernachtungsmöglichkeit für dich«, sagte Logan zu Phoebe in der Hoffnung, dass Freda Rat wusste. »Irgendeine Lösung wird sich finden.«

Freda schürzte nachdenklich die Lippen, nachdem Logan einen Zwischenstopp im Nook eingelegt hatte, um sie um eine Empfehlung für ein Hotel zu bitten.

»Könnte schwierig werden. Die Hotels werden tatsächlich alle ausgebucht sein. Wahrscheinlich wird es die ein oder andere kurzfristige Stornierung geben, aber darauf würde ich mich nicht verlassen.«

Logan musterte eine Gruppe Touristen, die sich um einen Ständer mit Met scharten, der auf Ennisfarne hergestellt wurde, und darüber diskutierten, wie viele Flaschen sie kaufen sollten. »Es ist meine Schuld, ich hätte Phoebe schon viel früher zu der Ausstellung einladen sollen, aber ich wäre nie davon ausgegangen, dass sie wegen so was extra aus London anreist. Ich hab ihr den Vorschlag eigentlich nur deshalb gemacht, weil sie gerade sowieso wegen einer anderen Klientin in Newcastle ist.«

Nachdenklich trommelte Freda mit den Fingern auf die Glasabdeckung der Feinkosttheke. »Die Fahrt über das Watt macht es definitiv schwieriger, spontan zu sein«, bemerkte sie. »Und ich nehme mal nicht an, dass deine Agentin der Typ Frau ist, die sich mit einem Schlafsofa in irgendjemandes Privatwohnung zufriedengibt, oder?«

Allein der Gedanke daran entlockte Logan ein amüsiertes Grinsen. »Nicht wirklich, nein.«

Was auch immer Freda im Begriff war zu erwidern, musste warten, denn in diesem Moment wurde ihre Aufmerksamkeit von den Touristen abgelenkt, die zur Kasse gingen. »Eine Sekunde, Logan. Die Pflicht ruft. Ich bin gleich wieder da.« Damit eilte sie davon und überließ es ihm, die vielen Köstlichkeiten in der Feinkosttheke zu bestaunen.

Unwillkürlich musste Logan an seinen ersten Besuch im Nook denken, als er erstaunt gewesen war, ausgerechnet auf einer abgelegenen kleinen Insel eine solch große Auswahl an hervorragenden Lebensmitteln vorzufinden. Er würde diesen Laden vermissen, auch wenn London natürlich viel Vergleichbares zu bieten hatte. Vielleicht war es also vor allem Fredas Herzlichkeit, mit der sie es schaffte, seinen Einkaufskorb mit Dingen zu füllen, die er eigentlich gar nicht kaufen wollte, die ihm fehlen würde.

Ein paar Minuten später verriet ihm das Läuten der Glocke über der Tür, dass die Touristen ihren Einkauf beendet hatten. Kurz darauf kam Freda wieder nach hinten und nickte Logan geschäftsmäßig zu. »Wenn du möchtest, höre ich mich gerne um, wer noch ein Zimmer frei hat. Aber falls deine Agentin lieber für sich ist, käme vielleicht am ehesten das alte Haus von Morag Chester in der Nähe des Signalturms infrage.«

Logan versuchte sich in Erinnerung zu rufen, ob er schon mal von dem Haus gehört hatte. »Ich glaube, das kenne ich gar nicht.«

»Würde mich nicht wundern. Es liegt ziemlich versteckt am Rande von Warrens Farm. Man kommt eigentlich nur daran vorbei, wenn man mehr oder weniger querfeldein zu Fuß geht. Von der Straße aus, die zum Leuchtturm führt, ist es vermutlich kaum zu sehen.« Logan nickte, und Freda fuhr fort: »Morags Tochter hat es renoviert, um es zu verkaufen, nachdem Morag zu ihr aufs Festland gezogen ist. Sie hat mir einen Satz Ersatzschlüssel dagelassen, und ich bin sicher, dass sie nichts dagegen hat, wenn Phoebe es für eine Nacht nutzt.«

Das war auf jeden Fall eine Möglichkeit, dachte Logan und spielte die Idee kurz im Kopf durch. Zumindest könnte er vorbeifahren, um es sich anzusehen, und falls er davon ausging, dass es Phoebes Ansprüchen nicht genügte, könnte er selbst dort und sie im Cottage übernachten.

»Gute Idee«, sagte er. »Könntest du bei Morags Tochter nachfragen und mir Bescheid geben?«

Freda griff nach ihrem Handy. »Ich schreibe ihr sofort.«

Nach einem kurzen Austausch von Textnachrichten strahlte Freda Logan zufrieden an. »Wusste ich doch, dass sie nichts dagegen haben würde. Sie meinte, der Bungalow sei sauber und aufgeräumt, aber im Atelier stünden noch einige von Morags Bildern, die bitte unberührt bleiben sollen.«

»Bilder?«, wiederholte Logan, dessen Neugierde sofort geweckt war. »Dann ist Morag Künstlerin?«

Freda nickte. »Malerin. Zumindest war sie das, bevor ihre Sehkraft nachgelassen hat. Und eine verdammt gute dazu. Sie hat hauptsächlich in ihrem Atelier gearbeitet, obwohl ich ihr überall auf der Insel beim Malen begegnet bin, so gut wie nie ohne Staffelei und Pinsel.« Freda lächelte. »Man könnte meinen, dass es sie irgendwann hätte langweilen müssen, immer wieder dieselben Orte aufzusuchen, aber sie hat mir einmal erzählt, dass das Licht auf Ennisfarne dafür sorgt, dass sie nie zweimal das gleiche Bild malt.«

Logan nickte langsam. »Das kann ich gut nachvollziehen«, sagte er. »Klingt, als sollte ich mir ihre Arbeiten mal anschauen.«

»Auf jeden Fall«, sagte Freda. »Ich glaube, ein paar ihrer Bilder hängen sogar in irgendeiner schicken Londoner Galerie, aber frag mich nicht, in welcher.«

»Das finde ich raus«, erwiderte Logan, beeindruckt von Morags offenkundigem Talent.

»Tu das. Ein kleines Stück Ennisfarne in London für dich … Aber jetzt suche ich dir erst mal den Schlüssel für ihr Haus raus, damit du es dir ansehen kannst.« Doch statt sich abzuwenden, deutete sie auf die Feinkosttheke zwischen ihnen. »Möchtest du vielleicht noch ein paar leckere

Sachen mitnehmen, um sie in Ennisfarne willkommen zu heißen?«

Zwanzig Minuten später holperte Logan den schmalen Weg hinauf, der zu Morags Bungalow führte, eine braune Papiertüte mit Fredas besten Köstlichkeiten auf dem Beifahrersitz seines Wagens. Er ahnte bereits, dass Phoebe die Abgelegenheit abschrecken würde. Sie hatte zwar erwähnt, dass sie in Newcastle ein Auto gemietet hatte, um damit nach Ennisfarne zu fahren, aber Logan bezweifelte, dass der Wagen für die mit Schlaglöchern übersäte Zuwegung, die man kaum als Straße bezeichnen konnte, gemacht war. Wer auch immer Morags Grundstück erwarb, würde einiges in die Zufahrt zum Haus investieren müssen, wenn er wollte, dass die Federung seines Fahrzeugs ein langes und glückliches Leben führte, dachte er, während er den robusten Hilux durch die tiefen Spurrillen navigierte.

Nach ein oder zwei weiteren Bodenwellen beschrieb der Weg eine scharfe Kurve, hinter der sich eine kleine Baumgruppe zeigte, in deren Schatten ein gedrungener, weiß getünchter Bungalow mit grauem Schieferdach und einer leuchtend gelben Haustür lag. An einem Ende ragte ein Schornstein in die Höhe, als wolle er seine Aufmerksamkeit auf die pfirsich- und zitronenfarbenen Wolkenfetzen lenken, die über den blass kornblumenblauen Himmel zogen. Der ferne Schrei von Seevögeln lag in der Luft. Es war kein »Zu verkaufen«-Schild zu sehen, aber Logan nahm an, dass auch keines vonnöten war; mit Sicherheit wusste jeder auf der Insel, dass es auf dem Markt war, und hier würden ohnehin so gut wie keine Menschen zufällig vorbeikommen.

Mit der Papiertüte in der Hand marschierte Logan den Kiesweg zur Haustür hinauf. Man hatte sich bemüht, den Garten einigermaßen im Zaum zu halten – der Rasen war gemäht, die Rosenbüsche um die Tür getrimmt und die Blumenbeete gejätet –, dennoch schien über allem ein leiser Hauch von Melancholie zu liegen, den weder der frische Fassadenanstrich noch die säuberlich lackierten Fensterbänke zerstreuen konnten. Hinter der fröhlich gestrichenen Eingangstür lag ein schummriger Flur, von dem mehrere Türen abgingen. Eine davon führte in die Küche, wo Logan die Tüte aus dem Nook abstellte, bevor er sich umsah.

Er kehrte in den Flur zurück und öffnete eine weitere Tür, hinter der das Wohnzimmer lag. Er hatte einen muffigen Geruch erwartet, vielleicht den schwachen Duft von Lavendel gegen Motten. Aber es lag lediglich der Hauch von etwas in der Luft, das ihn an irgendetwas erinnerte, was er aber nicht genau zuordnen konnte, und ein seltsames Gefühl der Erwartung, als ob das Gebäude den Atem anhielte.

Logan schüttelte den Gedanken ab und konzentrierte sich auf die praktischen Dinge. Die Möbel waren zwar in die Jahre gekommen, aber gut in Schuss. Ein Sofa vor einem gekehrten Kamin, zu jeder Seite davon ein Sessel. Ein rechteckiger Schatten an einer der weiß gestrichenen Wände ließ vermuten, dass dort bis vor Kurzem ein Bild gehangen hatte. Das Zimmer verströmte eine gewisse kühle Atmosphäre, wie es ungenutzte Räume an sich hatten, und der Teppich hatte definitiv schon bessere Tage gesehen, aber alles wirkte sauber, und es standen keinerlei persönliche Gegenstände herum.

Durch die nächste Tür gelangte Logan in ein Schlafzimmer, ebenfalls sauber und ordentlich, mit einem überraschend modernen Bett, das frisch bezogen war. Auf dem glatt gezogenen Überwurf waren eine Reihe Kissen mit Bezügen in hellen Farben drapiert. Durch das Fenster fielen Sonnenstrahlen, die in der Luft tanzende Staubpartikel aufschimmern ließen, was dem Raum eine wärmere, einladendere Atmosphäre verlieh. Es war das Zimmer, das Logan am besten gefiel – bis er das Atelier entdeckte.

Da er Moragʼs Wunsch, hier nichts anzufassen, selbstverständlich respektierte, blieb er in der Tür stehen und bewunderte von dort die ungewöhnliche sechseckige Form des Raums und die bodentiefen Fenster. An einer der Wände lehnten mehrere Leinwände, von denen er nicht erkennen konnte, ob sie bemalt waren; auf der anderen Seite des Ateliers waren große Laken über etwas drapiert, von dem Logan annahm, dass es sich um Staffeleien handelte. Oberlichter ließen noch mehr Licht herein, und darüber hinaus gab es eine hohe Stehlampe, die schräg in den Raum hineinragte. Vermutlich hatte Morag also auch gearbeitet, wenn es draußen bereits dunkel gewesen war. Der geheimnisvolle Geruch, den er eben nicht hatte identifizieren können, war hier viel stärker, und jetzt erkannte er ihn auf Anhieb. Leinöl, vermutlich von Morags Ölfarben, vermischt mit dem scharfen Geruch nach Terpentin, als hätte Morag erst an diesem Morgen an dem kleinen Porzellanwaschbecken gestanden und ihre Pinsel vor dem Hintergrundrauschen des Meeres gereinigt. Beides waren unverwechselbare Gerüche, die Logan in seine Studienzeit an der Kunsthochschule zurückversetzten, obwohl er weder gut im Zeichnen gewesen war noch viel Zeit in den Kunstsälen verbracht hatte. Und dann tauchte noch eine andere, weiter zurückliegende Erinnerung in seinem Kopf auf. An den Schuppen seines Vaters am Ende ihres winzigen Gartens, an dessen Wänden Gartengeräte und Sägen neben Regalen voller Einmachgläser mit Schrauben, in Terpentin getränkten Pinseln und Bindfadenknäueln hingen. In einer Ecke hatte ein Stapel alter Farbdosen gestanden und daneben ein schäbiger Sessel, dessen Bespannung vom häufigen Gebrauch ganz abgewetzt war. Es war Jahre her, dass ihm der Schuppen in den Sinn gekommen war, aber der Geruch nach Terpentin hatte ihn schneller in die Vergangenheit zurückkatapultiert, als er blinzeln konnte. Auch jenen Raum, der seinem Vater heilig war, hatte er lediglich von der Tür aus bewundern dürfen.

Logan verharrte eine ganze Weile auf der Schwelle zum Atelier, ließ sich vom Rauschen des Meeres einlullen und die friedliche Atmosphäre auf sich wirken. Morag war in dem Raum spürbar präsent. Hätte er die Abdeckungen von den Staffeleien genommen, hätte man das Gefühl bekommen können, sie befinde sich ganz in der Nähe, als sei sie vielleicht nur kurz in den Garten gegangen. Eine Vorstellung, die er nicht im Geringsten als beunruhigend empfand. Schließlich war Morag am Leben, und soweit er wusste, ging es ihr gut, deswegen nahm er an, dass es sich eher um den Nachhall ihres künstlerischen Schaffens handelte, den er wahrnahm, als eine geisterhafte Präsenz. Im Gegenteil empfand er den Gedanken sogar als beruhigend. Dieser Ort strömte so viel Kreativität aus, dass man hätte glauben können, sie sei im Laufe der Jahre in die Wände und Gegenstände eingesickert. Er meinte fast zu spüren, wie sie den Raum erfüllte.

Erst nach einigen Minuten rief sich Logan wieder in Erinnerung, warum er überhaupt hergekommen war, und schloss die Tür des Ateliers hinter sich. An dem Bungalow war nichts auszusetzen, was ein wenig Heizluft nicht beheben konnte, entschied er. Dennoch verriet ihm ein unbestimmtes Gefühl, dass es nicht die richtige Unterkunft für Phoebe war. Er war sich sicher, dass es ihr in seinem Cottage, das weniger abgelegen und darüber hinaus sehr gemütlich war, besser gefallen würde. Der Gedanke, ein oder zwei Nächte hier zu verbringen, machte ihm nichts aus. Immerhin würde er ohnehin bald aus seinem kleinen Ferienhäuschen ausziehen müssen.

Am Morgen der Ausstellungseröffnung erwachte Logan mit einer beunruhigenden Mischung aus Vorfreude und Unbehagen. Einerseits konnte er es kaum erwarten, die

Reaktionen der Inselbewohner auf seine Interpretation ihres Lebens und ihrer Heimat zu sehen. Er war auf diese Bilder ebenso stolz wie auf all jene, die er für renommierte Zeitschriften und von bekannten Gesichtern gemacht hatte, und er hoffte, dass sie seine Bewunderung für Ennisfarne ausstrahlten. Gleichzeitig machte ihn die Vorstellung unglaublich nervös. Jeder Künstler wusste um die Unmöglichkeit, es allen recht machen zu können, und doch war es für Logan von enormer Bedeutung, dass die Ausstellung gut ankam. Er wollte den Menschen, die auf Ennisfarne lebten, damit ein Geschenk machen und seine Dankbarkeit für den Zufluchtsort zum Ausdruck bringen, den er bei ihnen gefunden hatte; vermutlich war es also gar nicht mal so verwunderlich, dass er sich von Herzen wünschte, dass ihnen die Fotos gefielen. Für sämtliche Porträts hatte er zuvor bei der jeweiligen Person um Zustimmung gebeten, sie öffentlich zeigen zu dürfen, aber nur sehr wenige Inselbewohner hatten bereits alle Bilder gesehen, die ausgestellt wurden.

Als Logan das Band durchschnitt und die Ausstellung damit offiziell eröffnete, drohte ihn seine Nervosität zu überwältigen, und er kam zu dem Schluss, dass er dringend eine unparteiische Meinung brauchte. Also machte er sich auf die Suche nach Phoebe.

Er fand seine Agentin vor einem großformatigen Foto der versunkenen *Gunhilde*; eine Sektflöte in der Hand, den Kopf leicht schräg zur Seite geneigt, betrachtete sie das Bild. »Es ist der Oktopus. Der macht die gesamte Komposition aus«, sagte sie, als Logan neben sie trat. »Ich hoffe, du hast ihn eine Einverständniserklärung unterzeichnen lassen.«

Logan lächelte. Der Krake lugte hinter einem großen Steuerrad hervor. Sein Blick war auf Logan beziehungsweise die Kamera gerichtet, als ob er herausfinden wollte, um was für eine Art Meerestier es sich dabei handelte. Hätten Kopffüßer Augenbrauen, dachte Logan plötzlich, hätte dieser hier sie in diesem Moment vor Verwunderung hochgezogen.

»Er hat es versucht, aber die Tinte wollte einfach nicht trocknen.«

Phoebe grinste. »Sehr witzig! Aber im Ernst, es ist ein tolles Bild. So wie alle anderen auch.« Sie warf ihm einen Seitenblick zu. »Ich könnte wahrscheinlich die Hälfte davon an *National Geographic* verkaufen.«

»Sie sind unverkäuflich«, antwortete Logan entschieden. »Außerdem habe ich das Urheberrecht bereits an die Inselbewohner abgetreten.«

Phoebe seufzte. »Schade.« Dann ging sie ein paar Schritte nach rechts, um sich das nächste Foto anzuschauen, das Eve nach einem ihrer Tauchgänge zeigte, glitzernd und golden im Nachmittagslicht. »Das hier würde sich gut auf dem Cover von *Wanderlust* machen. Selbst wenn du die Fotos aus der Ausstellung nicht verkaufen willst – falls du entscheiden solltest, dich beruflich in Richtung Naturfotografie zu verändern, dann wird die Nachfrage groß sein, da bin ich mir sicher.«

Der Vorschlag ließ Logan einen Moment innehalten. Obwohl es ihm Spaß gemacht hatte, auf Ennisfarne zu fotografieren, das in jeder Hinsicht weit von seinen üblichen Motiven entfernt war, wollte er dieses Vergnügen nicht unbedingt aufs Spiel setzen, indem er es zu seiner Arbeit machte. Aber er kannte Phoebe lange genug, sie war noch nie jemand gewesen, die in kleinem Maßstab dachte. Ein beträchtlicher Teil ihres Erfolgs als Agentin lag in ihren hervorragenden Kontakten zu den Chefredaktionen der renommiertesten Zeitschriften begründet. Ehe Logan sich versah, würde er wieder in der Tretmühle der Hochglanzmagazine stecken, von Shooting zu Shooting jetten und nirgendwo sesshaft werden. Allein die Vorstellung erschöpfte ihn.

Sein Blick kehrte zu dem Bild von Eve zurück. »Darüber muss ich nachdenken«, sagte er bedächtig. »Vielleicht wäre es eine Option … wenn wir die Anzahl der Aufträge begrenzen.«

In diesem Moment näherte sich ihnen eine kleine Gruppe von Inselbewohnern, was Phoebe dazu veranlasste, sich zu ihm hinüberzubeugen und die Stimme zu senken. »Die Sache ist die«, sagte sie in freundlichem, aber sachlichem Ton, »du bist nun mal Logan Silk. Selbst wenn ich der Welt ein Foto von deinem Frühstück anbieten würde, gäbe es einen Bieterstreit darum. Wenn du für den Rest deiner Karriere Fotos von Frauen auf den Farne-Inseln auf Booten oder von Schiffswracks machen willst, dann geht das für mich in Ordnung. Wir kriegen das schon hin.«

Es war, als würde Logan eine unglaubliche Last vom Herzen fallen. »Danke«, sagte er schlicht. Und das war er, dankbar, dass sie ihn verstand. »Wie ich gestern schon gesagt habe, ich glaube, ich muss zurück in London sein, um entscheiden zu können, was als Nächstes kommt.«

Phoebe nickte, dann musterte sie ihn neugierig. »Ist das dieselbe Frau wie die auf dem Foto da drüben mit dem Hund?«

Er folgte ihrem ausgestreckten Arm mit dem Blick. »Ja. Das ist Eve. Sie leitet die Bar in Darling Cove und ist außerdem meine Vermieterin. Was sie für den heutigen Abend auch zu *deiner* Vermieterin macht.«

»Verstehe«, sagte Phoebe. »Dann ist sie diejenige, die den Journalisten abgewimmelt hat, der nach dem Suki-Interview hier war, oder? Und das ist der Hund, der deine Kamera kaputt gemacht hat?«

»Jepp«, antwortete Logan mit einem breiten Grinsen. »Möchtest du sie kennenlernen?«

»Auf jeden Fall. Abgesehen von allem anderen muss ich ihr ein Kompliment für ihren tadellosen Mieter-Geschmack aussprechen.«

Logan ließ den Blick durch den Raum schweifen, bis er Eve entdeckte, die sich in der Nähe der Tür mit Hamish und Selina unterhielt. Er hatte sie vorhin, als er das Band durchtrennt hatte, kurz zwischen den anderen Besuchern gesehen, bisher aber noch keine Zeit gehabt, Hallo zu sagen. Erst jetzt, wo er genau hinschaute, bemerkte er, dass sie heute auf ihren üblichen Pferdeschwanz verzichtet hatte. Das blonde Haar fiel ihr offen über die Schultern, und sie trug im Gegensatz zu ihrer sonst eher praktischen Garderobe ein hübsches Sommerkleid. Während Logan zu ihr hinübersah, neigte sie den Kopf und lachte über etwas, das Hamish gesagt hatte, und wie von selbst tasteten seine Finger nach seiner Kamera. Doch dann erinnerte er sich daran, dass er neben Phoebe stand, und richtete seine Aufmerksamkeit wieder auf sie, nur um festzustellen, dass sie ihn aufmerksam musterte.

»Sie ist da drüben«, sagte er, während er sich insgeheim fragte, wie lange er Eve angestarrt hatte. »Komm mit, ich stelle euch vor.«

Phoebe stellte ihr leeres Glas ab und nahm sich im Vorbeigehen ein volles von der provisorischen Bar. »Ich kann es kaum erwarten«, antwortete sie mit einem gewissen Unterton, den Logan nicht ganz zu deuten wusste, und folgte ihm.

Kapitel dreiundzwanzig

Eve

»Logan weiß wirklich mit seiner Kamera umzugehen.« Selina betrachtete ein großes Foto von sich selbst, das mit dem dornigen Gradierwerk der Salzfarm im Hintergrund aufgenommen worden war. Der Himmel war von einem trüben Grau, und die Wolken schienen finster dreinzuschauen, als wollten sie gar nicht auf dem Bild sein, was der Szene eine fast schauerliche Atmosphäre verlieh.

Eve war sich sicher, dass Logan das Bild absichtlich an diesem Tag gemacht hatte; er hatte mehr als einmal angedeutet, dass die Konstruktion aussah, als sei sie einem Märchen der Brüder Grimm entsprungen. Und auch Selina strahlte einen Hauch Magie aus – ihr dunkles Haar wehte zur Seite, als würde sie inmitten eines Sturms stehen, ein angedeutetes Lächeln umspielte ihre Lippen. Sie sah aus, als ob sie jeden Moment einen Elementargeist heraufbeschwören könnte.

»Es ist ein wunderschönes Bild«, bestätigte Eve und schaute sich in der Gemeindehalle um. »Genau wie alle anderen auch.«

In der Ausstellung *Ennisfarne – unvergleichlich* wurden fast vierzig Fotos gezeigt, und jedes einzelne schien den Betrachtern regelrecht aus seinem Rahmen entgegenzuspringen, um seine Aufmerksamkeit einzufordern. Eve wusste, dass es noch viele weitere wunderbare Fotos gab, die es leicht in die Ausstellung geschafft hätten, wenn mehr Platz zur Verfügung gestanden hätte. Aber Logan hatte darauf bestanden, dass weniger mehr war.

»Das menschliche Gehirn kann nur eine bestimmte Menge an Eindrücken aufnehmen«, hatte er auf Eves Vorschlag, die Ausstellung um einige Bilder zu erweitern, erwidert. »Und zwischen den einzelnen Fotos muss Platz sein, damit sie sich voneinander abheben.«

Aber erst jetzt begriff Eve wirklich, worauf er hinausgewollt hatte. Auf jemanden, der Ennisfarne nicht kannte, mochten die Bilder wie eine aufsehenerregende, aber zufällige Zusammenstellung wirken: Mildred und Dora, die zottelhaarigen Hochlandrinder, die mit drolliger Neugier in die Kamera starrten; Huxley, der den Fotografen mit heraushängender Zunge anzugrinsen schien; Aiden auf dem Balkon von Darling's Bar während einer der letzten Musikabende; Hettie und George, die sich vor dem Kalksteinbogen in Darling Cove das Jawort gaben. Und dann waren da noch die alten Fischerboote, die in ihrer neuen Funktion als Schuppen unter dem azurblauen Himmel ruhten; der Hafen, in dem eine Reihe neuerer Schiffe lagen, die von den letzten Sonnenstrahlen eines Tages beleuchtet wurden; die hypnotische Schönheit der vor der Küste versunkenen Schiffswracks. Die Anordnung der Fotos schien auf den ersten Blick keinem Muster zu folgen, doch Eve war sich sicher, dass Logan sie sehr sorgfältig platziert hatte.

Selina nickte zustimmend. »Das ist wahr. Sogar das von dir, Hamish.«

Der Wirt betrachtete das fragliche Bild, das bei Georges Junggesellenabschied aufgenommen worden und auf dem die Bar in seinem Rücken auf kunstvolle Weise verschwommen war, und rieb sich das bärtige Kinn. »Da bin ich mir nicht so sicher. Aber immerhin hat es die Kamera nicht funktionsuntüchtig gemacht, das ist die Hauptsache.«

Selina nahm einen Schluck Sekt und schaute sich ebenfalls um. »Wie ich sehe, hat Hettie George dazu gebracht, zur Feier des Tages seinen Bart zu stutzen«, bemerkte sie anerkennend. »Ach, guck mal, wer ist denn das da bei Logan?«

Eve musste ihrem Blick nicht folgen, um zu wissen, wen sie meinte. Freda hatte ihr von dem Gespräch erzählt, das sie am Vortag mit Logan geführt hatte, und so war Eve die elegant gekleidete Fremde schon vor der Eröffnung aufgefallen, als sie vor dem Fisherman's Arms aus Logans Auto gestiegen war.

»Ich glaube, das ist seine Agentin«, sagte sie zu Selina und stupste sie mit der Schulter an. »Starr nicht so!«

»Mach ich nicht«, protestierte Selina, ohne die andere Frau auch nur eine Sekunde aus den Augen zu lassen. »Warum ist sie hier? Ich bin mir ziemlich sicher, dass Logan mir mal erzählt hat, dass sie in London wohnt. Ziemlich weite Anreise für eine kleine lokale Ausstellung.«

Eve nahm ebenfalls einen Schluck aus ihrem Glas und überlegte, wie sie am besten auf Selinas Bemerkung reagieren sollte. Freda hatte ihr natürlich die ganze Geschichte erzählt, aber das bedeutete nicht, dass Eve mit den Details hausieren gehen würde. In der Regel mied sie das Thema Logan in Selinas Gegenwart; denn jedes Mal, wenn er zur Sprache kam, versuchte ihre Freundin, sie dazu zu drängen, Logan endlich zu offenbaren, wie sie für ihn empfand. Und Eve war fest entschlossen, es niemals so weit kommen zu lassen, zumal vor ihrer Nase der lebende Beweis dafür stand, dass Logan Silk nicht nach Ennisfarne gehörte.

»Keine Ahnung«, meinte sie schließlich möglichst vage und wandte sich entschlossen dem nächsten Foto zu in der Hoffnung, dass sie nicht so gestelzt geklungen hatte, wie sie sich fühlte. »Das musst du Logan schon selbst fragen.«

»Das werde ich«, antwortete Selina. »Er kommt nämlich gerade zu uns rüber – mit seiner Agentin im Schlepptau.«

Eve holte tief Luft, um ihre flatternden Nerven zu beruhigen. In den Wochen, seit Selina sie gezwungen hatte, sich einzugestehen, dass sie Gefühle für Logan hegte, hatte sie sich einen Plan zurechtgelegt, der es ihr ermöglichen würde, die Zeit, die er noch auf der Insel war, hinter sich zu bringen, ohne dass ihre Freundschaft darunter litt oder sich zu verraten. Was in erster Linie bedeutete, sich zu beschäftigen und den Kontakt mit ihm auf ein Minimum zu reduzieren, aber die Ausstellungseröffnung hatte sie dennoch um keinen Preis verpassen wollen. Und jetzt wurde ihre mühsam errichtete Fassade unter dem wissenden Blick von Selina auf die Probe gestellt.

Du schaffst das, redete sich Eve gut zu, als Logan sich näherte. Alles, was sie tun musste, war, freundlich zu lächeln, höflich Hallo zu sagen und bei der ersten Gelegenheit die Flucht zu ergreifen.

»Hey«, sagte Logan, als sie bei ihnen angekommen waren. »Darf ich euch meine Agentin, Phoebe Ward-Hooper, vorstellen? Phoebe, das ist Selina, die die Salzfarm auf der Insel betreibt. Und das ist Hamish, der Wirt des Fisherman's Arms.«

Beide nickten zur Begrüßung.

Phoebe lächelte warmherzig. »Hallo, freut mich sehr, Sie kennenzulernen.«

»Und das ist Eve«, fuhr Logan fort, »von der ich übrigens annehme, dass sie Superwomans erfolgreichere Schwester ist.«

Eves Wangen wurden warm, und sie war sich sicher, dass Selina ihr einen weiteren vielsagenden Blick zuwarf. Hastig richtete sie ihre Aufmerksamkeit auf Phoebe. »Ich kann Ihnen versichern, dass ich das *nicht* bin. Aber es freut mich sehr, Sie kennenzulernen. Logan hat oft von Ihnen gesprochen. Wie schön, dass Sie zu der Ausstellung kommen konnten.«

»Ja, ich freue mich auch sehr, vor allem weil ich so die Gelegenheit habe, mir die Insel anzuschauen. Logan hat sich in Bezug auf Ennisfarne ziemlich bedeckt gehalten, und jetzt verstehe ich auch, warum. Es ist so wunderschön, dass er es ganz für sich behalten wollte.«

Eve ließ ihren Blick kurz zu Logan schweifen und stellte fest, dass er sie ansah. »Da werde ich nicht widersprechen«, sagte sie leicht verwirrt, während sie ihre Aufmerksamkeit erneut auf Phoebe richtete.

»Er ist jetzt einer von uns«, polterte Hamish. »Ob es ihm gefällt oder nicht.«

»Oh, und ob mir das gefällt«, warf Logan ein. »Ihr werdet mich nicht mehr los. Ich bin wie der Geruch von Georges Gummistiefeln – ich lauere immer irgendwo im Hintergrund, ohne jemals ganz zu verschwinden.«

Als Hamish und Selina bei der liebevollen Anspielung auf Georges Körperausdünstungen lachten, wagte Eve es nicht, ihre beste Freundin anzusehen. Selina würde Logans Worte zweifellos als eine Art verschleiertes Versprechen auffassen, dass er vorhatte, auf der Insel zu bleiben.

»Wie gefällt Ihnen die Ausstellung?«, fragte sie Phoebe in der Hoffnung, das Gespräch in sicherere Gewässer zu lenken, zuckte in der nächsten Sekunde jedoch innerlich peinlich berührt zusammen. Immerhin war Phoebe Logans Agentin, sie würde wohl kaum Kritik an ihm üben.

»Ich bin natürlich ein wenig voreingenommen, aber aufrichtig begeistert«, antwortete Phoebe. »Wie war es für Sie, für ihn zu posieren? Wenn ich mich nicht täusche, sind Sie ja auf mehreren Bildern zu sehen.«

Eve zögerte, bevor sie antwortete, vor allem, weil sie instinktiv ihren Beitrag zu den Fotos herunterspielen und betonen wollte, dass sie allein aufgrund von Logans Talent so gut geworden waren. Und das stimmte auch, größtenteils jedenfalls. Bei zwei der Aufnahmen war sie sich in dem Moment gar nicht bewusst gewesen, dass sie fotografiert wurde. Nur das dritte, auf dem sie mit Huxley zusammen am Strand von Darling Cove posierte, war das Ergebnis eines offiziellen Shootings. Und sie musste zugeben, dass es ihr gefiel. Irgendwie war es Logan gelungen, ihr das Gefühl zu geben, sie sei vollkommen allein am Strand, wenn nicht sogar auf der Welt. Es war anstrengend und aufregend zugleich gewesen, im Mittelpunkt seiner Aufmerksamkeit zu stehen, obwohl er schon nach kurzer Zeit einige Bilder im Kasten gehabt hatte, mit denen er zufrieden war. Aber es lag ihr fern, das in diesem Moment einzugestehen, zumal sowohl Selina als auch Logan zuhörten. Genauso gut hätte sie ein T-Shirt mit einem Schriftzug tragen können, der ihre verdammten Gefühle für ihn verkündete.

»Es hat Spaß gemacht«, sagte sie leichthin. »Aber ich glaube nicht, dass ich das Zeug zum Model habe, auch wenn sich Logan sehr bemüht hat.« Der runzelte die Stirn und schien etwas sagen zu wollen, weswegen Eve rasch fortfuhr: »Selina ist dagegen ein Naturtalent«, sagte sie und deutete auf das nebenstehende Bild. »Finden Sie nicht auch?«

Die Agentin studierte das Foto mehrere Sekunden lang. »Sehr beeindruckend«, stimmte sie ihr schließlich zu. »Es ist offensichtlich, dass Sie alle eine große Inspiration für Logan waren und ihn in Ihrem Leben willkommen geheißen haben. Ich kann Ihnen nicht genug für das danken, was Sie getan haben. Soweit ich weiß, waren Sie es, die Logan dazu verleitet hat, wieder zu tauchen, Eve. Die Ergebnisse sprechen für sich.«

Was auch immer Eve von Phoebe erwartet hatte, ihre Freundlichkeit war absolut entwaffnend. »Na ja, ehrlich gesagt bin ich nur neben ihm hergeschwommen«, wehrte sie ab. »Den Rest haben wir seinem Talent zu verdanken.«

»Die wirklich harte Arbeit hat die Natur übernommen«, warf Logan ein. »Ich meine, ich habe schon mal erwähnt, dass an Ennisfarne absolut nichts gewöhnlich ist.«

Selina hob die Augenbrauen. »Das klingt mir nicht so, als ob du bereit wärst, von hier wegzugehen.«

Er schenkte ihr ein reumütiges Lächeln. »Schon, oder?« Dann sah er Eve an. »Vielleicht hat mich deine Insel in ihren Bann gezogen.«

Die Worte ließen Eves Herz ein wenig schneller schlagen. Wenn er bliebe, flüsterte eine kleine Stimme in ihrem Kopf, dann gäbe es vielleicht eine Chance, dass sie sich eines Tages eingestehen könnte, was sie für ihn empfand.

»Aber alle guten Dinge müssen irgendwann ein Ende nehmen«, holte Phoebe sie mit einem unangenehmen Dämpfer auf den Boden der Tatsachen zurück. »Viel zu viele Orte zu fotografieren, viel zu wenig Zeit!«

Und das, dachte Eve, war die Wahrheit. Sosehr Logan seine Zeit auf Ennisfarne auch genossen haben mochte, die Insel war für ihn nichts weiter als ein Projekt. Eine lebensgroße Kulisse, um sein Talent zu demonstrieren.

»Auf jeden Fall«, stimmte sie in, wie sie hoffte, sachlichem Ton zu. »Würden Sie mich für einen Moment entschuldigen? Ich glaube, Freda braucht mich.« Sie schenkte der Gruppe ein hölzernes Lächeln, ohne dabei einem von ihnen in die Augen zu sehen, und ergriff dann schleunigst die Flucht. Es spielte keine Rolle, dass Freda in ein lautstarkes Gespräch mit Warren vertieft war und Eve ganz offensichtlich für nichts brauchte. Alles, woran sie denken konnte, war ihr Bedürfnis, Abstand zwischen sich und Logan zu bringen, und die unumstößliche Tatsache, dass er in zehn Tagen abreisen würde.

Eve stellte ihr leeres Glas auf einem Beistelltisch ab und stürmte heftig blinzelnd nach draußen, um zu verhindern, dass ihre brennenden Augen ihre verwirrten Gefühle verrieten. Selina konnte noch so häufig versuchen, ihr etwas anderes einzureden, tief in ihrem Herzen wusste Eve, wie unwahrscheinlich es war, dass sie Logan jemals wiedersehen würde – es sei denn, sie suchte auf den Klatschseiten im Internet nach Bildern von ihm. Sich etwas anderes einzureden, konnte lediglich zu noch mehr Liebeskummer führen, und Eve war viel zu vernünftig, um das zuzulassen. Es war an der Zeit, Logan Silk aus ihrem Gedächtnis zu streichen, und jetzt, da die Ausstellungseröffnung hinter ihr lag, hatte sie genau das vor.

Eve war noch nie so dankbar dafür gewesen, so viel zu tun zu haben. Etwas mehr als einen Monat vor der Eröffnung von Ennisfest gab es noch einen Berg an organisatorischen

Aufgaben abzuarbeiten. Sie überließ Aiden so weit wie möglich die Verantwortung für den täglichen Betrieb der Bar und vertiefte sich selbst in E-Mails und Gespräche mit Lieferanten, Bandmitgliedern, Technikern, Ingenieuren, Bauarbeitern … Die Liste war endlos. Es spielte keine Rolle, dass sie das Festival schon seit Jahren organisierte und ein gutes Team um sich hatte, das mit soliden, vertrauenswürdigen Abläufen dafür sorgte, dass alles vorbereitet war, bis sich die Tore öffneten und die ersten Festivalbesucher eintrafen. Trotz allem handelte es sich um eine Mammutaufgabe, sich durch Details und noch mehr Details zu kämpfen, um sicherzustellen, dass auch wirklich alles glatt lief. Was bedeutete, dass sie seit der Ausstellungseröffnung vor vier Tagen kaum jemand anderen zu Gesicht bekommen hatte als ihren Bruder, was Eve nur recht war.

Die Kehrseite der harten Arbeit bestand darin, dass sie den Großteil des Tages drinnen eingesperrt war und bis auf einen Spaziergang am frühen Morgen kaum mit Huxley rausgehen konnte.

»Du musst den Fuß etwas vom Gas nehmen, Eve«, ermahnte sie Aiden am Mittwochnachmittag, als er ihr eine Tasse Kaffee in den kleinen Abstellraum brachte, den sie als Büro nutzten. »Arbeiten ohne Freizeitausgleich, das ist kein Zustand.«

Eve blickte kaum von ihrem Schreibtisch auf. »Danke. Vielleicht, wenn ich alle Formulare für die Akkreditierung der Künstler ausgestellt habe.«

»Müssen die unbedingt heute fertig werden? Du musst

dir doch mal einen Abend frei nehmen können und dich ein wenig entspannen.«

Eve spürte einen Anflug von Verärgerung. »Ich will den Punkt von meiner To-do-Liste abhaken. Ist das so schlimm?«

»Nein«, antwortete Aiden ruhig. »Aber wenn du ihn morgen abhakst, geht davon die Welt nicht unter. Ich weiß nicht, ob du heute schon mal in den Spiegel geschaut hast, aber du siehst aus wie eine Statistin aus *Zombie Apokalypse II*. Ganz verquollen und blass. Und auf deinem T-Shirt klebt was, das nach Hirn aussieht.«

Damit schaffte er es, ihre Aufmerksamkeit zu erregen. Sie sah so schnell nach unten, dass ihr steifer Nacken knackte. Und tatsächlich, über die Vorderseite ihres Oberteils zog sich eine undefinierbare Spur. Die Wahrheit war, dass sie sich wirklich wie ein Zombie fühlte oder zumindest eine halbe Stunde in der Sonne brauchte.

»Du hast recht«, lenkte sie ein und ließ die schmerzenden Schultern kreisen, die sich anfühlten, als würden sie nicht mehr zu ihr gehören. »Und ich hab noch nicht mal nachgefragt, wie es dir geht oder wie es in der Bar läuft.«

Er zuckte mit den Schultern. »Alles bestens. Tish und Poppy wissen, was sie tun, und Petrs Sohn ist von der Uni zurück, also habe ich ihn für ein paar Abendschichten eingeteilt.«

Eve war beeindruckt, dass er die Entscheidung getroffen hatte, neue Mitarbeiter einzustellen, ohne sich mit ihr abzusprechen. Diese Art von Verantwortung zu übernehmen, war ein großer Schritt nach vorn.

»Super! Klingt, als hättest du alles unter Kontrolle.«

»Wir kommen zurecht«, stimmte Aiden zu und fügte dann etwas zögerlich hinzu: »Huxley allerdings weniger, glaube ich. Er vermisst dich. Rennt ständig zwischen Haus und Bar hin und her und fragt sich, wo du bleibst.«

Bei seiner Bemerkung wurde Eve von einer Welle Schuldgefühle erfasst. Sie war davon ausgegangen, dass Hux die Tage größtenteils verschlief oder mit Aiden abhing, während sie telefonierte, aber das war offensichtlich nicht der Fall, und die Erkenntnis bereitete ihr ein schlechtes Gewissen.

»Ich mach's wieder gut«, versicherte sie und schob ihren Stuhl zurück. »Wo ist er denn gerade? Ich gehe jetzt gleich mit ihm spazieren.«

»Als ich das letzte Mal nach ihm gesehen habe, war er in der Küche«, antwortete Aiden mit hochgezogenen Augenbrauen. »Aber trink erst mal deinen Kaffee. Und danach benutz vielleicht kurz mal eine Bürste – deine Haare sehen aus, als hätten ganze Heerscharen an Vögeln Nester drin gebaut.«

Eve war auf halbem Weg mit der Hand zu ihrem Kopf, als sie begriff, dass er einen Scherz machte. »Sehr witzig.«

Dennoch schnappte sie sich ihren Kaffee und ging damit ins Schlafzimmer, um ihren Pferdeschwanz neu zu binden. Aiden hatte recht, sie sah wirklich halb tot aus. Ein Spaziergang am Strand würde sowohl ihr als auch Huxley guttun.

Nur war ihr Labrador weder in der Küche noch im Wohnzimmer oder einem der Schlafzimmer zu finden, und auch nicht in der Bar, wo er sich so oft herumtrieb, um sich einen Snack zu erbetteln. Mit einem vertrauten unguten Gefühl im Magen durchsuchte sie erneut sämtliche Zimmer und fragte bei den Gästen im Darling's nach, ob sie den schokoladenfarbenen Labrador gesehen hatten. Anschließend rief sie Warren an, der Huxley zwar nicht auf seinem Grundstück gesehen hatte, aber versprach, die Augen offen zu halten. Dann bat sie Freda, die Nachricht zu verbreiten, dass ihr Hund wieder einmal entlaufen war.

Nachdem sie alle alarmiert hatte, ging Eve an den Strand, um rund um die Bar nach Anzeichen für Huxleys Verbleib Ausschau zu halten. Doch unter den vielen Menschen, die in die auflaufende Flut sprangen, fand er sich ebenso wenig, und langsam, aber sicher beschlich Eve das furchtbare Gefühl, dass ihm etwas zugestoßen war.

Sie wollte gerade in ihren alten Land Rover steigen, um die Straßen zu durchkämmen, als sie das Knirschen von Rädern auf dem Schotter hörte und kurz darauf Logans Hilux in die Hofeinfahrt einbiegen sah. Für den Bruchteil einer Sekunde spielte sie mit dem Gedanken, sich in ihrem Auto zu verstecken, bevor ihr klar wurde, dass er sie längst entdeckt haben musste. Außerdem bestand die Möglichkeit, dass er Huxley auf der kurzen Fahrt von Dune Cottage zur Bar gesehen hatte, falls er gerade von dort kam.

Logan danach zu fragen, konnte auf jeden Fall nicht schaden, beschloss Eve und setzte ein höfliches Lächeln auf, während sie sich seinem Wagen näherte, den er inzwischen geparkt hatte.

»Hey. Du hast auf dem Weg nicht zufällig Huxley gesehen, oder?«

Logan öffnete den Mund, um etwas zu erwidern, als er von empörtem Bellen unterbrochen wurde.

»Doch, hab ich«, übertönte er den Hund, dessen schokoladenbrauner Kopf mit den seidigen Ohren in diesem Moment zwischen den beiden Vordersitzen auftauchte. »Bitte hol ihn hier raus, bevor mir das Trommelfell platzt.«

Mit einem Aufschrei, der große Ähnlichkeit mit einem Schluchzen hatte, riss Eve die Autotür auf. Mit einem Satz sprang Huxley heraus und stürzte sich sofort auf sie, wobei er gleichzeitig versuchte, ihr das Gesicht abzuschlecken und ihre Taschen nach Leckerlis zu durchsuchen.

»Runter!«, versuchte sie ihn zurechtzuweisen, doch ihre Erleichterung darüber, dass er wieder aufgetaucht war, machte jedes Bemühen um einen strengen Tonfall zunichte. »Wo bist du bloß gewesen, du böser, böser Hund?«

Logan stieg nun ebenfalls aus. »Er saß vor meiner Tür. Mit einem Stück Treibholz im Maul, das die *Titanic* hätte versenken können.«

»Klingt ganz nach Huxley«, räumte Eve zerknirscht ein. »Ich habe gerade praktisch die ganze Insel mobilisiert, um ihn zu suchen. Ehrlich gesagt hab ich gar nicht dran gedacht, dass er zu dir gelaufen sein könnte.«

»Ich war auch total überrascht. Aber mir war sofort klar, dass du dir bestimmt Sorgen machst, also habe ich ihn gleich zurückgebracht.«

Eve kraulte dem Hund die Ohren, während er sie mit

herausängender Zunge angrinste. »Danke«, sagte sie und schluckte, so erleichtert war sie, dass er unverletzt gefunden worden war. »Ich stand kurz davor, in Panik auszubrechen.«

»Kein Problem«, sagte Logan und musterte sie dann einen Moment lang, bevor er hinzufügte: »Ich hab dich seit Freitag kaum zu Gesicht bekommen. Ist alles in Ordnung?«

»Alles okay«, sagte sie und fragte sich im selben Moment, ob die Antwort zu schnell gekommen war. Andererseits konnte er nicht wissen, dass sie ihm absichtlich aus dem Weg ging. »Ich stecke einfach nur bis zum Hals in Arbeit. Du weißt ja, wie es ist.«

Er nickte. »Ja, klar.« Ein weiteres kurzes Schweigen breitete sich zwischen ihnen aus, bevor Logan sagte: »Montagabend gebe ich im Fisherman's Arms eine Art kleine Abschiedsfeier, aber nichts Formelles. Falls du auch kommen willst ... Du musst mir nicht vorher Bescheid geben, aber ich würde mich freuen, dich zu sehen, wenn du Zeit hast.«

Die Erinnerung an seine bevorstehende Abreise traf Eve wie ein Fausthieb in den Magen. Aus Angst, dass sich ihre Bestürzung darüber in ihren Gesichtszügen spiegelte, senkte sie schnell den Kopf, um Huxley hinter den Ohren zu kraulen. »Danke für die Einladung. Ich werde sehen, was ich tun kann.« Sie spürte seinen Blick auf sich, traute sich aber nicht aufzuschauen, obwohl ihr bewusst war, dass er sich über ihre steife Art wundern musste.

»Okay«, sagte er schließlich. »Den Schlüssel stecke ich am Dienstagmorgen einfach in die Schlüsselbox. Oder wäre es dir lieber, wenn wir uns kurz gemeinsam im Haus umsehen, damit du dich vergewissern kannst, dass ich alles sauber hinterlassen und nichts kaputt gemacht habe?«

Eve versenkte ihre Finger in Huxleys weichem braunem Fell, in dem dankenswerterweise keine Reste von Kuhdung klebten, und zwang sich, Logan in die Augen zu sehen. »Das ist nicht nötig, ich vertraue dir«, erwiderte sie und zwang sich dabei zu einem unbekümmerten Tonfall. »Lass den Schlüssel einfach im Haus.«

»Okay«, sagte Logan wieder, und Eve glaubte, einen verletzten Ausdruck über sein Gesicht huschen zu sehen. »Also dann, hoffentlich sehen wir uns am Montag. Ab halb acht im Fisherman's.«

»Alles klar«, sagte Eve, obwohl sie wusste, dass sie wahrscheinlich nicht hingehen würde. »Danke, dass du Huxley zurückgebracht hast. Das weiß ich wirklich zu schätzen.«

Logans Lächeln reichte nicht ganz bis zu seinen Augen. »Kein Problem. Ich hoffe, er benimmt sich – zumindest für den Rest des Tages.« Damit hob er flüchtig die Hand zum Gruß und wandte sich seinem Wagen zu. »Mach's gut, Eve. Man sieht sich.«

Er stieg ein und ließ den Motor an, ohne ihr eine Chance zu geben, etwas zu erwidern, sodass sie ihm nur nachwinken konnte, bevor sie ihre plötzlich brennenden Augen auf Huxley richtete, der ihre Aufmerksamkeit nur zu gern in

Anspruch nahm. Als sie wieder aufblickte, bog der Hilux gerade um die Kurve, und sie war wahnsinnig traurig und froh zugleich, ihn davonfahren zu sehen.

Kapitel vierundzwanzig

Logan

Der Montag kam schneller, als Logan es für möglich gehalten hätte. Er hatte am Wochenende mit dem Packen begonnen und war überrascht gewesen, wie viel sich während seines dreimonatigen Aufenthalts angesammelt hatte. Aber am Montagmorgen stand alles außer dem Nötigsten gestapelt und bereit, in den Hilux geladen zu werden. Eigentlich hatte er vorgehabt, an diesem Nachmittag das Auto zu beladen, anstatt das Wohnzimmer mit Taschen und Kisten vollzustopfen, aber dann hatte er das dringende Verlangen verspürt, ein letztes Mal seine Lieblingsorte auf der Insel aufzusuchen. Den windumtosten Signalturm, der seit uralten Zeiten seinen Gefährten auf den anderen Inseln gegenüberstand. Das entweihte Nonnenkloster, dessen Ruinen trotz ihrer turbulenten Geschichte nach wie vor eine unglaubliche Ruhe ausstrahlten. Den geschäftigen Hafen im Ort mit seinen verkrusteten Hummerreusen und den wippenden Booten, der von den fröhlichen Rufen der Männer und Frauen erfüllt war, die bereits in den Gewässern um die Insel gefischt hatten, seit sie alt genug waren, einen ordentlichen Knoten zu binden. Doch am allermeisten zog es Logan durch die Büschel stacheligen Strandhafers, der hoch und grün auf den Dünen wuchs, zur goldenen Kurve von Darling Cove, um den Schatten des hoch aufragenden Meeresbogens zu bewundern und der endlosen Melodie des Ozeans zu lauschen. Aber das war ein Vergnügen, das er sich für den frühen Dienstagmorgen aufhob, bevor er sich auf den Weg zurück nach London machte.

Die Ruhelosigkeit, von der Logan geglaubt hatte, dass sie sich durch die Fahrt über die Insel auflösen würde, schien sich jedoch nur noch verschlimmert zu haben, als er um kurz vor sechs ins Cottage zurückkehrte. Das Wohnzimmer fühlte sich vollgestopft und leer zugleich an, da die Kisten so viel Platz einnahmen, während der Couchtisch und die Regale ebenso kahl waren wie bei Logans Ankunft. Und die Küche mit dem leeren Kühlschrank und den ausgeräumten Schränken wirkte ähnlich verlassen. Nur das Schlafzimmer fühlte sich noch nach seinem an, zumindest würde es das für die wenigen Stunden tun, die ihm noch auf Ennisfarne blieben.

Das Bewusstsein, dass er sich in Eves Cottage nicht mehr zu Hause fühlte, gefiel ihm überhaupt nicht. Nachdem er zwanzig Minuten lang ziellos durch die Räume gelaufen war und noch immer die gleiche Rastlosigkeit empfand, beschloss er, sich früher als geplant auf den Weg zum Fisherman's Arms zu machen, bevor seine Laune noch weiter in den Keller sacken konnte. Der Spaziergang würde ihm guttun, und er brauchte Ablenkung, etwas, das ihn von dem ungewohnten Gefühl ablenkte, aus dem Gleichgewicht geraten zu sein. Vielleicht würde er ein letztes Mal in der Ausstellung und im Nook vorbeischauen, um sich die Zeit zu vertreiben. Wenn Fredas unverhohlen neugierige Art ihn nicht ablenken konnte, dann würde auch nichts anderes helfen.

Am Ende tat Logan keins von beidem. Als er sich den Reihen umgedrehter Heringsboote näherte, die auf einem langen Grasstreifen aufgereiht lagen, der sich vom Straßenrand bis hinunter zum breiten Kanal zwischen der Insel und dem Festland erstreckte, hörte er plötzlich einen Wagen hinter sich, der langsamer wurde. Als er sich umdrehte, erkannte er, dass es sich um Eves Land Rover handelte. Aiden saß auf dem Beifahrersitz, und Huxleys Nase lugte durch einen schmalen Spalt im geöffneten Fenster ganz hinten.

»Auf dem Weg in den Pub?«, rief Aiden fröhlich. »Steig ein!«

Logan genoss seinen kleinen Spaziergang, obwohl ihm nun, da er den Kanal erreicht hatte, der Wind um die Ohren pfiff. Aber es wäre unhöflich gewesen, das Angebot abzulehnen, fand er, und öffnete die Tür zum Rücksitz, um auf den Platz hinter Eve zu rutschen. Huxley begrüßte Logan mit einem freundlichen Stupser gegen den Hinterkopf, blieb aber im Kofferraum, wofür Logan dankbar war. Es ging nicht darum, dass er Angst hatte, nach Hund zu riechen, sondern eher darum, dass der Labrador wahrscheinlich versuchen würde, sich auf seinen Schoß zu setzen, und Logan wusste aus Erfahrung, wie viel er wog.

»Wie läuft es mit dem Packen?«, erkundigte sich Aiden mit einem Blick über die Schulter. »Alles bereit für die große Fahrt?«

»Ich denke schon«, antwortete Logan, ohne den Blick von den Wellen draußen vorm Wagenfenster abzuwenden. »Aber das Aufwachen am Mittwochmorgen wird ganz schön merkwürdig werden.«

Im Rückspiegel sah er, wie Eves Blick kurz zu ihm schnellte, bevor sie ihn rasch wieder auf die Straße richtete.

»Ich wette, du kannst es kaum erwarten, zurück nach London zu kommen«, sagte Aiden. »Überall Lichter, die Großstadt, durchzechte Nächte. Ab sofort musst du deine Pläne nicht mehr nach den Gezeiten richten.«

Logan lächelte. »So schlimm ist das auch wieder nicht.«

»Sagt der Mann, der erst seit ein paar Monaten hier lebt«, kommentierte Aiden mit einem theatralischen Schaudern.

»Man könnte meinen, dass du hier gefangen gehalten wirst, Aiden«, bemerkte Eve, jedoch ohne Schärfe in der Stimme, als sie den Land Rover verlangsamte, um auf den Parkplatz des Pubs einzubiegen. »Du kannst jederzeit nach London ziehen, wenn es dir da so gut gefällt.«

»Ich weiß nicht, ob ich mir das leisten kann«, sagte Aiden. »Aber zu einem Wochenende würde ich definitiv nicht Nein sagen. Was meinst du, Logan? Du, ich, Nick Borrowdale und das Londoner Nachtleben.«

Eve schnaubte, während sie den Wagen rückwärts in eine

Parklücke manövrierte. »Da wäre ich gerne dabei. Oder auch nicht …«

Ihr Bruder grinste. »Du könntest mitkommen. Je mehr Leute, desto besser.«

»Und wer würde sich ums Darling's kümmern?«, fragte Eve.

»Tish«, antwortete Aiden wie aus der Pistole geschossen, bevor er bei Eves Gesichtsausdruck rasch abwiegelte. »Okay, vielleicht nicht für ein ganzes Wochenende. Aber nach der Hauptsaison sollte es kein Problem sein. Wir machen die Bar für zwei Tage dicht und lassen in London die Sau raus.« Er hob die Augenbrauen in Richtung Logan.

»Klar, ihr seid mir jederzeit herzlich willkommen. Ich kann zwar nicht versprechen, dass Nick dabei sein wird, aber ich würde mich freuen, euch zu sehen. Und so kann ich mich wenigstens ansatzweise für alles revanchieren, was ihr für mich getan habt.«

Eve öffnete die Autotür und machte Anstalten auszusteigen. »Ermuntere ihn bloß nicht auch noch«, warnte sie Logan und verdrehte die Augen. »Von seinen grandiosen Ideen setzt er nicht mal die Hälfte in die Tat um.«

Aiden zwinkerte ihm zu. »Aber diesmal habe ich einen Komplizen. Einen Kontakt in der Stadt. Den Batman zu meinem Robin.«

»Den Kermit zu deinem Gonzo?«, schlug Eve amüsiert vor, bevor sie Logan mit einem entschuldigenden Blick bedachte. »Nichts für ungut.«

»Schon okay«, sagte er. »Ich bin mir allerdings noch nicht ganz sicher, welcher Muppet Nick sein könnte. Vielleicht Tier?«

Eve schürzte die Lippen, als ob sie darüber nachdenken würde, schüttelte dann jedoch den Kopf. »Ich glaube, wir sollten die Diskussion besser beenden. Denn wenn mich jetzt noch jemand mit Miss Piggy vergleicht, übernehme ich keine Garantie für meine Reaktion.«

Aiden öffnete den Mund, und einen Moment lang dachte Logan, dass er das Risiko eingehen würde, aber stattdessen nickte er zum Eingang des Pubs. »Nach dir«, sagte er und trat einen Schritt zurück, um Logan vorbeizulassen. »Ist schließlich deine Party.«

Logan lag auf der Zunge zu protestieren, dass es sich nicht um eine Party im eigentlichen Sinne handelte, doch die Worte blieben ihm im Halse stecken, als er das Fisherman's Arms betrat. Jemand hatte sich die Mühe gemacht, die Kneipe zu dekorieren. Von der Decke hingen Luftballons, weitere mit Helium gefüllte Ballons schwebten wie Monde über den Tischen. Ein Banner mit der Aufschrift *Gute Reise* hing über der Bar, und Freda stand hinter einem Buffet, das auf Tischen entlang einer der Wände aufgebaut war.

Hamish kam als Erster zu Logan, um ihn per Handschlag zu begrüßen. »Schön, dich zu sehen. Was möchtest du trinken?«

»Ein Pint Thirsty Bishop, bitte«, orderte Logan, bevor er seinen Begleitern einen fragenden Blick zuwarf.

»Ich nehme das Gleiche«, sagte Aiden, ohne zu zögern.

»Für mich einen Orangensaft«, sagte Eve, womit sie sich ein missbilligendes Schnauben von ihrem Bruder einhandelte.

»Wir hatten doch vereinbart, dass wir den Wagen stehen lassen. Damit keiner von uns noch fahren muss.«

»Ich weiß«, erwiderte Eve und reckte dabei trotzig das Kinn. »Ich hätte trotzdem gerne einen Orangensaft, danke.«

»Kommt sofort«, sagte Hamish und ging zurück hinter die Bar.

»Vielleicht kannst du sie zur Vernunft bringen«, brummte Aiden an Logan gewandt. »Ich rede mir schon seit Tagen den Mund fusselig, dass sie es mit der Arbeit etwas lockerer angehen und sich ab und zu entspannen soll.«

Unwillkürlich kam Logan ein Bild von Eve bei der Ausstellungseröffnung in den Sinn. Eve hatte an dem Abend nicht nur ihr Haar offen getragen, sondern auch gelöster gewirkt als sonst, und er wäre am liebsten mit den Fingern durch die goldenen Strähnen gefahren.

Erschrocken rief er seine Gedanken zur Ordnung. Vielleicht sollte er besser auch Orangensaft trinken, um nicht das Risiko einzugehen, sich heute Abend noch zum Narren zu machen.

»Es ist mitten in der Woche«, rief Eve Aiden in Erinnerung. »Einige von uns müssen morgen arbeiten, du eingeschlossen.«

Noch etwas, das für einen Abend ohne Alkohol sprach, dachte Logan. Schließlich hatte er morgen eine lange Fahrt vor sich. Mehr als ein paar Pints im Laufe des Abends mussten nicht sein.

Aiden seufzte. »Ich geb mir wirklich große Mühe, aber du siehst ja, mit was ich es hier zu tun habe …« Er schüttelte in gespielter Verzweiflung den Kopf. »Halt dich also lieber an mich, Logan, ich werde dafür sorgen, dass deine letzte Nacht auf Ennisfarne unvergesslich wird.« Damit wandte er sich ab und ging zur Bar, als wollte er Hamish mit den Getränken helfen, damit es schneller ging.

Eve blickte ihm nach und dann zu Logan. »Vielleicht solltest du deine Einladung nach London noch einmal überdenken.«

»Ich glaub nicht, dass man sich Sorgen um ihn machen muss«, sagte Logan und grinste. »Vor allem nicht, wenn du mitkommst und ein Auge auf ihn hast.«

Es schien, als hätte sie ein oder zwei Sätze dazu zu sagen, aber Logan bekam sie nicht zu hören, denn in diesem Moment tauchte Freda vor ihm auf.

»Da ist er ja, unser Ehrengast«, begrüßte sie ihn strahlend. »Ich weiß, du hast nicht mit so viel Brimborium gerechnet, aber wir wollten dich mit Stil verabschieden.«

»Das ist euch auf jeden Fall gelungen«, sagte Logan, der die Mühe zu schätzen wusste. »Sieht aus, als wäre da drüben ein wahres Festbankett aufgebaut.«

»Ach was, das sind nur ein paar Kleinigkeiten«, wehrte Freda bescheiden ab und sah sich dann um. »Es sind noch nicht so viele da, aber bald ist es hier proppenvoll. Du hast eine Menge Freunde auf Ennisfarne gefunden.«

»Ich fühle mich geehrt«, sagte Logan aufrichtig. »Vielen Dank.«

»Kein Grund, dich zu bedanken«, erwiderte Freda. »Versprich mir einfach, dass du uns nicht vergisst, sobald du zurück in der Großstadt bist.«

»Wie könnte ich?« Logan grinste. »Ich werde das Nook schon vermissen, wenn ich noch unterwegs bin. Du musst mir auf jeden Fall ein Überlebenspaket schicken.«

Freda behielt recht, was Logans Beliebtheit anging; bereits um kurz nach sieben war es im Fisherman's so voll, dass es nur noch Stehplätze gab. Er verbrachte ein paar turbulente Stunden damit, mit den Leuten zu plaudern, zu lachen und zu scherzen, die in den letzten drei Monaten zu seinen Freunden geworden waren, und versprach immer wieder, sich regelmäßig zu melden. Zwischendurch dirigierte Freda ihn zum Buffet, damit er etwas aß, was nicht zuletzt deshalb überlebenswichtig war, weil ihm jeder einen Drink spendieren wollte. Er war heilfroh, die Entschuldigung zu haben, am nächsten Tag lange hinter dem Steuer sitzen zu müssen, seine Leber hätte ihm den Abend ansonsten verdammt übel genommen. Doch schließlich ließ er sich von George, der kein Nein als Antwort akzeptierte, doch zu einem dritten Bier überreden und redete sich ein, dass er bei Bedarf auch einfach etwas später losfahren könnte.

Im Laufe des Abends wurde die Luft in der Bar durch die vielen Menschen und den Alkoholdunst immer stickiger. Mehr als einmal ertappte sich Logan dabei, sehnsüchtige

Blicke zur Tür zu werfen, vor der sich der Raucherbereich befand, und er erinnerte sich daran, dass mal jemand zu ihm gesagt hatte, dass dort immer die coolsten Leute abhingen.

Und es waren wirklich viele Gäste, die vor dem Fisherman's Arms in kleinen Gruppen zusammenstanden und sich unterhielten. Aber Logan wollte in diesem Moment in kein weiteres Gespräch verwickelt werden, sondern wünschte sich einfach nur ein paar Minuten Stille. Jene außergewöhnliche, lauschende Stille, die er bisher nur auf Ennisfarne erlebt hatte. Also schlug er einen Bogen um die Raucher und machte sich auf den Weg zum schummrigen Hafen auf der anderen Straßenseite.

Die Sterne schienen heller als je zuvor zu strahlen. Auch das würde Logan nach seiner Rückkehr nach London vermissen, wo viel zu viel Lichtverschmutzung herrschte, um den Nachthimmel zu bewundern. Einige der Sterne standen so tief am Himmel, dass sie auf den sanft plätschernden Wellen zu tanzen schienen, was sie noch spektakulärer funkeln ließ.

Beinahe hätte er Eve übersehen. Sie saß mit ihrem Smartphone in der Hand auf der Treppe, die zum Steg hinabführte. Zuerst fiel ihm nur der blaue Lichtschein des Displays auf, doch dann erhaschte er einen Blick auf golden schimmerndes Haar.

Stirnrunzelnd ging er zu ihr. »Alles in Ordnung?«, rief er ihr noch aus ein paar Metern Entfernung zu, um sie nicht zu erschrecken.

»Ja«, sagte sie und hielt ihr Handy hoch. »Ich beantworte nur ein paar Mails, die liegen geblieben sind. Verrat es bloß nicht meinem Bruder.«

Als Logan die letzten Meter zwischen ihnen überwand, hob Huxley, der zu ihren Füßen lag, den Kopf, um ihm einen neugierigen Blick zuzuwerfen, stand jedoch nicht auf, worüber Logan erleichtert war. Die Aussicht, im Hafenbecken zu landen, war nicht sonderlich verlockend.

Logan wartete darauf, dass Eve ihn einlud, sich zu ihr zu setzen. Aber ihre Aufmerksamkeit war auf das Handydisplay gerichtet, also blieb er, wo er war, und fragte sich, ob er sich das Gefühl einbildete, dass er es irgendwie geschafft hatte, sie wieder mal zu verärgern. Diesmal vielleicht, indem er sie gestört hatte, obwohl sie ihre Ruhe haben wollte.

Doch einen Moment später überraschte sie ihn.

»Kennst du dich mit Sternen aus?«, fragte sie plötzlich.

Logan blinzelte gen Himmel. »Ich habe in Neuseeland mal ein Fotoshooting mit dem dortigen führenden Professor für Kosmologie gemacht und war von der Wissenschaft fasziniert. Es gibt nichts Magischeres, als den Sternenhimmel zu betrachten, oder?«

Eve nickte. »Auf Ennisfarne kann man sie in einer klaren Nacht immer strahlen sehen. Als wir klein waren, hat mein Vater Aiden und mich mit auf nächtliche Segeltörns genommen, um uns beizubringen, wie man nach den Himmelskörpern navigiert. Er wusste zu jedem Sternbild eine Geschichte zu erzählen und warum es sich innerhalb einer Nacht in diese oder jene Richtung bewegt.«

Das glaubte Logan gern, nachdem Eve ihn in die Geschichte von dem Drachen eingeweiht hatte, der ihrem Vater zufolge im Hafenbecken lebte und die Wasserfontänen in die Höhe stieben ließ. »Klingt toll.«

»Das war es auch«, bestätigte Eve mit einem flüchtigen Lächeln. Dann deutete sie auf den hellsten Lichtpunkt am Himmel. »Zuerst musst du den Nordstern ausfindig machen. Er steht über dem Nordpol. Wenn du ihn hast, kannst du damit und mithilfe der anderen Sternbilder deine Position bestimmen.«

Sie ließ es einfach klingen, aber Logan war sich bewusst, dass die Navigation auf dem offenen Meer, ob bei Tag oder Nacht, viel Geschick erforderte.

»Und welche Geschichte hat dir dein Vater über den Nordstern erzählt?«

Eve zögerte einen Moment, bis sie eine Entscheidung zu treffen schien und neben sich auf die Treppenstufe klopfte.

Logan setzte sich.

»Er hat uns erzählt, dass er von den ersten Göttern in den Himmel geworfen wurde, damit ihre Hunde etwas hätten, dem sie nachjagen könnten. Die Sterne, die ihn umgeben, sind die Hunde, die versuchen, ihn sich als Erste zu schnappen.«

Logan grinste. Er hatte eine klassischere Erklärung erwartet – vielleicht eine der griechischen Mythen –, aber diese passte viel besser zu Eve.

»Ich weiß nicht, wer mir mehr leidtut, die geplagten Götter, die nichts auf die Reihe kriegen, weil ihre Hunde die ganze Zeit spielen wollen, oder die Hunde, die es niemals schaffen werden, den Ball zu erwischen.«

»Als Kind stand ich fest auf der Seite der Hunde. Inzwischen vielleicht ein bisschen weniger.«

Ihr Blick kehrte zum Himmel zurück, wo der Nordstern für immer gerade eben außerhalb der Reichweite der Meute schimmerte. Aber Logans Aufmerksamkeit wurde von ihrem nach oben gewandten Gesicht gefesselt, von der Art und Weise, wie das Licht der nahen Straßenlaterne Schatten darauf warf und Geheimnisse schuf, wie es ihr Haar silbern schimmern ließ, sodass es wirkte, als sei sie selbst halb aus Sternenlicht erschaffen. Er wünschte sich, er hätte seine Kamera dabei, richtete seinen Blick dann jedoch rasch ebenfalls gen Himmel, bevor sie ihn beim Starren erwischte.

»Ich glaube, ich hätte deinen Vater gemocht.«

Sie sah ihn an, der Anflug eines Lächelns umspielte ihre Lippen. »Das denke ich auch.«

Logan war sich nicht sicher, wie lange sie noch so in einträchtiges Schweigen gehüllt nebeneinander gesessen hätten, während Huxley zufrieden zu ihren Füßen lag, wenn nicht plötzlich Aiden, etwas unsicher auf den Beinen, aus der Dunkelheit aufgetaucht wäre. »Hamish läutet gleich die letzte Runde ein. Falls ihr Interesse habt …«, verkündete er leicht lallend. »George will Shots trinken. Seid ihr dabei?«

Zu Logans Überraschung nickte Eve. »Klar«, sagte sie und kam auf die Füße. »Das hält mich auf dem Heimweg warm.«

Anscheinend hatte sie ihren Plan, mit dem Auto zu fahren, aufgegeben, dachte Logan bei sich, und er war froh darüber. Aiden hatte recht, jeder brauchte ab und zu einen freien Abend. Natürlich war Logan klar, dass er irgendwie allein zurück zum Cottage kommen musste – niemals wäre er einfach davon ausgegangen, dass Eve ihn fuhr –, aber insgeheim hatte er gehofft, dass es zumindest *ein* Taxi im Ort gab, das die Pubgäste heim befördern würde. Anscheinend war dem nicht so. Allerdings würde er Eve zutrauen, dass sie so oder so lieber zu Fuß nach Hause ging. Er hatte noch nie jemanden getroffen, dem seine Unabhängigkeit so wichtig war wie ihr.

Logan stand ebenfalls auf und folgte den Geschwistern zurück in den warmen Pub. Er hatte nicht die Absicht, sich auf irgendwelche Shot-Runden einzulassen. Das hatte er in der Vergangenheit viel zu oft getan, und der Dank waren stets ein dicker Kopf und lediglich bruchstückhafte Erinnerungen an die vorhergehende Nacht gewesen. Das würde er sich für London aufheben, beschloss er, wo er sich nicht so leicht blamieren konnte wie hier.

Doch schon bald wurde klar, dass George kein Nein akzeptierte, und in Aiden und Hamish hatte er zwei willige Komplizen gefunden. Es spielte keine Rolle, wie oft Logan protestierte, dass er am nächsten Morgen fit sein musste, um Auto zu fahren.

»Komm schon, ein letzter Absacker muss sein«, rief George mit trübem Blick und einer Beharrlichkeit, die Logan vermuten ließ, dass dies nicht sein erster Schnaps an diesem Abend war. »Wodka, Sambuca oder der gute alte Tequila?«

Eve bedachte Logan mit einem mitfühlenden Blick. »Lass dich nicht einschüchtern. Wenn du nichts möchtest, sag einfach so oft Nein, bis sie dich in Ruhe lassen.«

Logan sah sich in der Bar um, die von Gelächter und Geplauder erfüllt war, die Luft war feucht-warm, und es roch noch stärker nach Alkohol als zuvor. Es war sein letzter Abend auf der Insel, was konnte es da schaden, ihn ein wenig zu verlängern? Und wie Eve angedeutet hatte, würde der Heimweg dabei helfen, auszunüchtern.

Er überlegte noch einen Moment, dann gab er nach. »Wodka. Aber nur einen.«

Aiden und George jubelten laut, während Eve nur amüsiert den Kopf schüttelte und einen Tequila bestellte.

Als die Getränke kamen, hob George feierlich sein Glas. »Auf Logan Silk, Gentleman, Gelehrter und ein verdammt anständiger Kerl. Ich bin froh, dich kennengelernt zu haben.«

Aiden und Eve erhoben ebenfalls ihre Gläser. »Auf Logan.«

Wortlos stieß Logan mit ihnen an, und alle vier stürzten ihre Shots herunter.

Der Wodka brannte eine feurige Spur bis in Logans Magengrube. Fast augenblicklich verspürte er einen leichten Rausch. Es war schon eine Weile her, dass er Wodka getrunken hatte. Das letzte Mal auf jeden Fall vor seiner Ankunft auf Ennisfarne, wo er lieber zu Wein gegriffen hatte, der zu Fredas ausgezeichneten Käsespezialitäten aus dem Nook passte, und sich nur hin und wieder ein Quäntchen Whisky genehmigt hatte. Er hatte vergessen, wie verführerisch so ein Shot sein konnte. Und deshalb waren Schnäpse nie eine gute Idee, erinnerte er sich mit Nachdruck, es blieb nämlich selten bei nur einem.

Als Hamish die Glocke läutete, um die letzte Runde anzukündigen, war Logan überrascht, wie spät es bereits war. »Zeit, sich zu verabschieden«, sagte er zu Eve, die nickte.

»Sicher besser so, wenn du nicht mit einem höllischen Kater nach London zurückfahren willst. Die anderen werden garantiert noch eine Weile bleiben – Hamish ist berühmt-berüchtigt dafür, es mit der Sperrstunde nicht so genau zu nehmen.«

Logan grinste. Er war in den letzten Monaten selbst ein paarmal im Fisherman's versackt. Abende, für die er am folgenden Tag mit heftigen Kopfschmerzen bezahlt hatte, aber die waren es in der Regel wert gewesen. Fast wünschte er sich, er könnte noch ein letztes Mal über die Stränge schlagen, aber ihm war jetzt schon klar, dass er es morgen früh bereuen würde, nicht rechtzeitig die Kurve bekommen zu haben.

»Sollen wir zusammen gehen? Wir haben ja ohnehin denselben Weg.«

Der Vorschlag war ganz praktisch gemeint, aber erst nachdem Logan ihn ausgesprochen hatte, dämmerte ihm, dass er Eve damit vielleicht in eine unangenehme Situation brachte.

Sie sah ihn eine Nanosekunde lang an, bevor sie das Angebot annahm, und zwar – da war sich Logan sicher – in dem Sinne, in dem er es gemeint hatte.

»Klar, gerne«, sagte sie mit einem Nicken. »Du kannst ja schon mal anfangen, dich zu verabschieden, in der Zeit erinnere ich Aiden daran, dass er morgen arbeiten muss.«

Etwa fünfzehn Minuten später hatte Logan seine Runde gedreht, allen Gästen, die noch da waren, Lebewohl gesagt und versprochen, in Kontakt zu bleiben. George war besonders emotional, und es bedurfte eines mitfühlenden, aber bestimmten Eingreifens von Hettie, um ihn davon abzuhalten, Logan zu folgen, als sich dieser schließlich zum Gehen wandte.

Eve wartete an der Tür und beobachtete amüsiert seine vergeblichen Bemühungen, sich aus Georges Umklammerung zu befreien. »Du hast ganz schön Eindruck auf George gemacht«, bemerkte sie, als es Logan endlich gelungen war, die Flucht zu ergreifen. »Ich hoffe, dir ist klar, dass die Wahrscheinlichkeit, dass er zusammen mit meinem Bruder vor deiner Tür in London auftaucht, ziemlich hoch ist.«

»Ich würde mich freuen, die beiden wiederzusehen«, sagte Logan aufrichtig. »Hettie auch. Ich hab nämlich so meine Zweifel, dass sie ihn allein losziehen lassen würde.«

Eves Mundwinkel bogen sich nach oben. »Sehr großzügig von dir. Bei dem Besucheransturm können wir ja glatt ein Busunternehmen für den Transport nach London beauftragen.«

Sie gingen los, und zuerst waren die kühlen Temperaturen eine willkommene Abwechslung zu der stickigen Luft im Pub, aber es dauerte nicht lange, bis Logan froh war, eine Jacke mitgenommen zu haben. In London konnten Maiabende bereits relativ schwül sein, vor allem, wenn man mit der U-Bahn unterwegs war, aber in Ennisfarne war es auch im Frühsommer abends noch recht kalt. Deswegen war er nicht überrascht, dass Eve ebenfalls eine leichte Daunenjacke dabeihatte, die sie überzog, als sie den gepflasterten Fußweg erreichten, der entlang der Straße aus dem Ort hinausführte.

»Du bereust es hoffentlich nicht, dass du dein Auto stehen gelassen hast?«, fragte Logan, als Huxley zwischen ihnen durchtrabte.

»Ein bisschen schon«, gab sie zu. »Andererseits ist es gerade mal eine halbe Stunde bis nach Hause, und es werden kaum Autos unterwegs sein, vor denen wir uns in den Graben retten müssen. Und Huxley tut die Bewegung auch gut. Dann ist er später wenigstens einigermaßen kaputt.«

Logan sah zu Eves Labrador, der begeistert den Grünstreifen entlang des Bürgersteigs beschnüffelte. »Ehrlich gesagt bin ich bisher davon ausgegangen, dass der Racker niemals müde wird.«

»Es war ein aufregender Abend für ihn, mit vielen unerlaubten Snacks …«, sagte sie gleichmütig. »Der wird garantiert gut schlafen.«

»So wie ich. Obwohl ich annehme, dass es bei mir eher am Wodka liegen wird.«

Eve lachte. »Ich habe oft das Gefühl, dass Schnaps bei mir das Gegenteil bewirkt, aber um ehrlich zu sein, bin ich auch keine große Partylöwin.«

Die nächsten Minuten liefen sie in einvernehmlichem Schweigen nebeneinanderher, bis Logan registrierte, dass die Straße nicht mehr von Laternen gesäumt wurde.

»Gehst du den Weg oft im Dunkeln?«

Eve kramte in ihrer Jackentasche und förderte zwei Stirnlampen hervor, die mithilfe eines breiten Gummis um den Kopf befestigt werden konnten. »Nicht oft«, sagte sie und hielt Logan eine der Lampen hin. »Aber so spät abends sind wie gesagt in der Regel sowieso nur sehr wenige Autos unterwegs, selbst in der Hauptsaison. Und das Darling's ist längst geschlossen. Es ist also nicht gefährlich.«

Der Gedanke, dass sie allein durch die pechschwarze Landschaft lief, gefiel Logan gar nicht, und er war froh, dass er ihr angeboten hatte, zusammen nach Hause zu gehen. Doch dann rief er sich in Erinnerung, dass Eve Ennisfarne in- und auswendig kannte und durchaus in der Lage war, auf sich selbst aufzupassen. Wenn jemand auf der dunklen Straße auf sich achtgeben musste, dann war er es.

»Danke für die Lampe.« Er rückte sie auf seiner Stirn zurecht. »Braucht Aiden keine?«

»Gehört alles zum Service«, sagte Eve, deren eigene Lampe einen Lichtkegel auf den Boden vor ihren Füßen warf. »Ich würde Phoebe nur ungern informieren, dass du mit dem Kopf voran im Graben gelandet bist.«

Logan sah sie belustigt an. »Trotzdem danke.«

»Kein Problem. Und mach dir wegen Aiden keine Gedanken. Der wird irgendein Sofa finden, auf dem er die Nacht verbringen kann, um sich den Nachhauseweg zu sparen.« Sie seufzte. »Der *ist* nämlich schon ein- oder zweimal im Graben gelandet. Solange er morgen früh rechtzeitig zurück ist, um die Bar aufzusperren, ist es also nur zu seinem Besten.«

Ihr liebevoll resignierter Tonfall entlockte Logan ein Grinsen, weil er die Beziehung zwischen den beiden so treffend auf den Punkt brachte.

»Hat Phoebe die Ausstellung eigentlich wirklich gefallen?«, fragte Eve nach einer Weile. »Die Fotos unterscheiden sich ja doch sehr von dem, was du normalerweise machst.«

Logan dachte an die begeisterten Komplimente seiner Agentin im Auto zurück, als er sie nach der Party zum Cottage gefahren hatte. Wobei sie nicht versäumt hatte, ihn ein weiteres Mal darauf hinzuweisen, dass sie die ausgestellten Fotos im Handumdrehen verkaufen könnte.

»Sie war hin und weg, gerade weil die Bilder so anders sind als meine üblichen Arbeiten. Um ehrlich zu sein, glaube ich, dass sie von der ganzen Insel ziemlich angetan war. Sie meinte, dass sie auf jeden Fall wiederkommen will.«

Als Eve nickte, wippte der Lichtkegel ihrer Lampe bei der Bewegung auf und ab. »Und was ist mit dir?«, fragte sie, ohne ihn anzuschauen. »Glaubst du, dass du noch mal herkommst?«

Es war eine ganz normale Frage – eine Frage, die ihm im Laufe des Abends immer wieder gestellt worden war –, aber irgendetwas in Eves Stimme brachte Logan dazu, sie anzusehen. Ein unbestimmtes Gefühl, das ihm entglitt, kaum dass er versuchte, es festzuhalten.

»Das hoffe ich sehr«, sagte er schließlich. »Die Insel wird mir fehlen, der Strand, all die Leute und …« Er brach abrupt ab, als ihm plötzlich bewusst wurde, dass er im Begriff gewesen war hinzuzufügen, dass er auch sie sehr vermissen würde. Stattdessen presste er die Lippen aufeinander und verfluchte sich stumm dafür, den Wodka-Shot getrunken zu haben. Zusammen mit den drei Pints Thirsty Bishop schien er mehr Wirkung zu zeigen als ein Wahrheitsserum.

»Du könntest das Cottage jederzeit wieder mieten«, erwiderte sie. »Obwohl es jetzt natürlich erst mal bis in den Winter ausgebucht ist.«

Wieder hatte er den Eindruck, dass hinter Eves Worten noch etwas anderes steckte, etwas, das sie nicht aussprach und er nicht entschlüsseln konnte. Vielleicht versuchte sie, ihn für einen weiteren längeren Aufenthalt in der Nebensaison zu gewinnen, um auch in der Zeit, in der Ennisfarne nicht von Touristen überschwemmt wurde, etwas Geld mit der Vermietung des Ferienhauses zu verdienen.

»Das wäre eine Möglichkeit«, stimmte er zu. »Allerdings wird viel von meiner Arbeit abhängen. Wenn die Aufträge erst wieder angelaufen sind …« Er hielt inne, weil ihm einmal mehr klar wurde, dass die Vorstellung, in sein altes

Arbeitsleben zurückzukehren, nach wie vor keinen Reiz auf ihn ausübte. Das würde noch kommen, redete er sich ein. Er musste sich nur Zeit lassen.

»Du wirst uns bestimmt ganz bald vergessen haben«, sagte Eve. »Sobald du wieder Supermodels vor der Kamera hast …«

Logan zog die Augenbrauen zusammen, reagierte aber nicht sofort. In ihrem Tonfall lag eine subtile Schärfe, und er war sich nicht sicher, woher sie rührte.

»Ich glaube nicht, dass ich Ennisfarne jemals vergessen werde«, sagte er, nachdem sie einen Moment schweigend nebeneinanderher gelaufen waren. »Die Insel ist ein unglaublicher Ort zum Leben. Ich kann verstehen, warum du hier nie wegwolltest.«

»Ja«, sagte sie schlicht, ohne näher auf seine Bemerkung einzugehen, bevor sie in Gedanken zu versinken schien.

Logan gab den Versuch herauszufinden, was sie *nicht* sagte, auf und ließ das Schweigen über sich ergehen, während er stattdessen überlegte, wie weit sie bereits gelaufen waren. Die umgedrehten Boote waren gerade noch auf der anderen Seite der Straße zu erkennen. Ihre massigen Umrisse waren nur deshalb so gut auszumachen, weil sie eine Nuance dunkler waren als die Nacht selbst. Immer, wenn das Licht seiner Stirnlampe über einen Türgriff oder ein Schloss zuckte, blitzte das Metall auf wie das Licht eines Leuchtturms. Hinter den Booten würde die Straße bald nach links und rechts abzweigen, und dann befänden sie sich auf direktem Weg zum Cottage. Vielleicht noch fünfzehn Minuten, vermutete Logan. Fünfzehn Minuten, die sich deutlich länger anfühlen könnten, sollte ihnen tatsächlich der Gesprächsstoff ausgegangen sein.

»Wie laufen die Vorbereitungen für das Festival?«, fragte er schließlich, um das Schweigen zu brechen.

»Nicht schlecht. Es gibt immer viel zu viel zu tun und nicht genug Zeit, aber am Ende geht dann doch alles gut.«

Er schaute sie an. »Weil du dafür sorgst. Hast du jemals daran gedacht, dir Hilfe zu holen?«

»Ab und zu schon. Aber Aiden würde dir bestätigen, dass meine Stärke nicht gerade im Delegieren liegt. Ich möchte, dass alles erledigt wird, und zwar ordentlich.«

Logan gab einen zustimmenden Laut von sich. In der Vergangenheit war es ihm häufig ähnlich gegangen, vor allem bei Aufträgen, bei denen er die Crew nicht kannte. »Das Problem ist nur, wenn man alles selbst macht, geht einem früher oder später die Luft aus. Glaub mir, ich weiß, wovon ich rede.«

Ein Anflug von Misstrauen flackerte über ihre Züge. »Hat dich Aiden auf mich angesetzt?«

»Nein, ich erkenne nur die Anzeichen.« Er sah ihr fest in die Augen. »Nur weil man alles selbst machen *kann*, heißt das nicht, dass man es auch tun *sollte*. Und wenn du dir jemanden an die Seite holst, kannst du das Fest am Ende vielleicht viel mehr genießen. Ich war drei Monate lang Zeuge, wie sehr du dich um andere Leute kümmerst, Eve. Du hilfst, löst Probleme, unterstützt deine Freunde und deine Familie. Selbst beim Tauchen kümmerst du dich um alle anderen.« Sie wollte etwas einwenden, aber er hob eine Hand. »Das ist nicht als Kritik gemeint«, sagte er in beschwichtigendem Ton. »Es ist nur so, wenn es etwas gibt, das ich in den letzten Monaten gelernt habe, dann, dass es in Ordnung ist, ab und zu Nein zu sagen und sich selbst an erste Stelle zu setzen. Und ich denke, das hast du schon eine ganze Weile nicht mehr getan.«

Eve machte eine unwirsche Geste mit der Hand. »Leichter gesagt als getan. Außerdem läuft es hier nun mal so – wir helfen uns gegenseitig, das weißt du doch.«

»Ja, das weiß ich. Aber wenn du dich zu sehr verausgabst, dann kannst du irgendwann niemandem mehr eine Hilfe sein.«

Als Eve daraufhin schwieg, fragte sich Logan, ob er eventuell zu weit gegangen war. Doch dann stieß sie seufzend den Atem aus. »Du klingst schon wie Selina.«

Er nickte, als er daran dachte, wie Selina ihm ihre Sorge anvertraut hatte, ihre beste Freundin neige dazu, sich zu viel zuzumuten. »Ich fasse das mal als Kompliment auf.«

»Solltest du auch«, sagte Eve und zuckte dann mit den Schultern. »Ihr habt wahrscheinlich recht. Ich könnte ein wenig Hilfe gebrauchen. Danke, dass ihr euch Gedanken macht.«

Ein Eingeständnis, das definitiv noch ausbaufähig war, dachte Logan, aber es war ein Anfang. »Jederzeit.«

»Was steht bei dir als Nächstes an?«, fragte Eve nach ein paar weiteren Schritten. »Abgesehen von einer langen Autofahrt, meine ich.«

Nun war es an Logan, mit den Schultern zu zucken. »Ich schätze, ich werde mich wieder an das Leben in London gewöhnen und sehen, was passiert. Bisher habe ich keinen wirklichen Plan.«

Eve erschauderte. »Ich frage mich, wie du es schaffst, nachts ruhig zu schlafen. Ich bekomme schon das Grausen, wenn ich keine To-do-Liste habe, die die nächste Stunde abdeckt.«

»Das liegt daran, dass du dir zu viel aufbürdest«, erinnerte er sie. »Außerdem hab ich jetzt drei Monate lang nichts gemacht, da kommt es auf ein paar Wochen mehr auch nicht mehr an.«

»Nach so einer Auszeit ist es wahrscheinlich gar nicht so leicht, nicht einfach wieder in den alten Trott zu verfallen, sobald du wieder zu Hause bist.«

Keine unberechtigte Sorge, dachte er, aber damit würde er sich auseinandersetzen, wenn es so weit war. Wenigstens schienen er und Phoebe sich auf einen Nenner verständigt zu haben: Es würde keinen Druck geben. »Ein Grund mehr, hin und wieder nach Ennisfarne zu fliehen«, bemerkte er mit einem Lächeln. »Aber jetzt will ich erst mal wissen, welche Bands nächsten Monat auf die Insel kommen.«

Falls Eve merkte, dass er versuchte, das Thema zu wechseln, ließ sie es sich nicht anmerken und ratterte eine beeindruckende Liste von Künstlern herunter, die sie für das Festival gebucht hatte. Es waren viele darunter, von denen Logan noch nie gehört hatte, was bei einer relativ kleinen

Veranstaltung wie dieser durchaus zu erwarten war. Aber Ennisfest hatte darüber hinaus auch einige bekanntere Acts zu bieten.

»Ihr habt Infinite Monkey Dance als Headliner?«, fragte er beeindruckt. »Die sind eine riesige Nummer. Wie hast du das denn geschafft?«

»Ich hab sie schon vor eineinhalb Jahren für das Festival angefragt, bevor sie dermaßen durchgestartet sind. Außerdem ist ihre Managerin eine Freundin von mir, bei der ich viele neue Bands buche, die oft noch nicht lange existieren. Ich biete ihnen die Chance, bezahlte Auftrittserfahrung zu sammeln, und wenn einer von ihnen der Durchbruch gelingt, sorgt sie dafür, dass sie auch wieder nach Ennisfarne kommen.«

Logan fragte sich, warum er überhaupt überrascht war. Schließlich hatte Eve mehr als einmal unter Beweis gestellt, wie klug sie in geschäftlicher Hinsicht vorging und wie fähig sie war. Aber jedes einzelne Mal war er aufs Neue von ihren Fähigkeiten beeindruckt. Langsam begann er zu glauben, dass es nichts gab, was sie *nicht* konnte.

Als Logan aufsah, stellte er fest, dass sie das Cottage fast erreicht hatten, eine Erkenntnis, die ihn in ein Dilemma stürzte. Eigentlich hätte er Eve angeboten, sie bis nach Hause zu begleiten, um anschließend zum Cottage zurückzukehren, aber er wollte sie nicht schon wieder vor den Kopf stoßen, indem er bevormundend rüberkam. Die Alternative bedeutete, sie ab hier allein bis zum Darling's laufen zu lassen, eine Option, die ihm ebenso wenig gefiel.

Und was die ganze Sache noch schwieriger machte, war, dass er sie nach diesem Abend, zumindest für eine Weile, nicht wiedersehen würde. Und jetzt, wo die Zeit gekommen war, spürte er den Drang danach, den Abschied so lange wie möglich hinauszuzögern. Zehn weitere Minuten in ihrer Gesellschaft erschienen ihm sehr verlockend, auch wenn er damit riskierte, sie wütend zu machen, und einen längeren Weg in Kauf nahm.

Vielleicht trieben Eve ähnliche Gedanken um, denn je näher sie dem Tor zum Vorgarten des Ferienhauses kamen, desto langsamer wurden ihre Schritte.

»Da wären wir«, sagte sie schließlich, als sie vor dem Haus stehen blieben. »Und das ganz ohne Bekanntschaft mit dem Graben gemacht zu haben.«

»Danke«, sagte Logan und beschloss, alle Vorsicht in den Wind zu schlagen. »Möchtest du allein bis zum Darling's gehen? Es macht mir nichts aus, dich zu begleiten.«

Sie schüttelte den Kopf. »Das ist nett, aber ich komme zurecht, danke. Ich habe ja einen gefährlichen Hund an meiner Seite, der mich beschützt, schon vergessen?«

Sie sahen beide auf Huxley hinunter, der genau in diesem Moment sein Bein hob, um gegen den Torpfosten zu pinkeln.

»Ach ja, stimmt«, bemerkte Logan trocken. »Wirklich furchteinflößend.«

Die Stille, die darauf folgte, war so greifbar, dass Logan das Gefühl hatte, er könnte sich ein Stück davon abschneiden. Er wollte Eve für alles danken, von der Reparatur des undichten Wasserhahns über das Verjagen des aufdringlichen Reporters bis hin zu ihrem gemeinsamen Tauchgang, aber das schien ihm nicht im Geringsten umfassend genug auszudrücken, was sie getan hatte, um seine Zeit auf Ennisfarne so angenehm zu machen. Dutzende Worte wirbelten in seinem Kopf durcheinander, aber er hatte Mühe, sie zu Sätzen zu formen. Und plötzlich wurde ihm bewusst, dass er unglaublich viel zu ihr sagen wollte, aber es irgendwie geschafft hatte, die Zeit dafür verstreichen zu lassen.

»Gute Heimreise«, sagte Eve, etwas zu forsch und fröhlich, als dass es unverkrampft klang. Offensichtlich war auch ihr die seltsame Stimmung zwischen ihnen nicht entgangen, und sie wollte der Situation ein möglichst schnelles Ende bereiten. »Ich hoffe, London überfordert dich nach all der Ruhe nicht.«

Als er ihr in die Augen sah, wurde sie von seiner Stirnlampe geblendet und blinzelte. Rasch tastete er nach dem Knopf, mit dem sie sich ein- und ausschalten ließ, nahm sie anschließend ab und reichte sie Eve. Im Licht ihrer eigenen Lampe erschien sie Logan wie ein Engel im Schimmer seines Heiligenscheins. Das Bild brachte eine plötzliche Erkenntnis mit sich, die schon seit Wochen in seinem Hinterkopf herumgeisterte, wenn er sie ansah: Er wollte sie küssen. Sie würde nach Meer schmecken, wild und salzig, denn bei allem Pragmatismus hatte sie auch etwas Ungezähmtes an sich. Seine Kamera hatte es immer wieder eingefangen, auf Billys Boot und während des Fotoshootings am Strand. Es rief nach ihm, fesselte seine Fantasie und zog ihn in seinen Bann. Das war der Grund, aus dem er sich nicht verabschieden wollte.

»Eve …«, begann er, doch sie wich abrupt zurück.

»Nicht.« Sie sah ihn mit großen Augen an, und ihm wurde klar, dass sie erraten hatte, was er sagen wollte. »Es würde nichts Gutes dabei herauskommen. Du bist morgen weg.«

»Nicht für immer. Ich könnte zurückkommen.«

»Das könntest du«, sagte sie langsam. »Aber was passiert dann? Wir sehen uns, wenn du Zeit hast, und nach und nach wirst du immer mehr zu tun haben. Unsere Leben sind zu verschieden. Du bist berühmt, und mir gehört eine kleine Bar.« Sie klang so tonlos und gleichzeitig sachlich, dass er sofort wusste, dass sie diese Diskussion schon mehr als einmal mit sich selbst ausgefochten hatte. Eine Erkenntnis, die gleichzeitig Hoffnung und Hoffnungslosigkeit in ihm weckte.

»Es gibt schlimmere Kombinationen«, erwiderte er.

Eve verzog das Gesicht. »Du weißt, was ich damit sagen will. Wir leben in verschiedenen Welten, Logan, und ich bin kein Model oder Popstar oder irgendetwas, das auch nur annähernd etwas mit der Art von Frauen zu tun hat, mit denen du normalerweise ausgehst. Also lass uns nicht alles zwischen uns kaputt machen, indem wir etwas tun, was wir beide morgen bereuen.«

Beim Wort »bereuen« zuckte Logan innerlich zusammen, aber dann fiel ihm etwas ein: Aiden hatte mal zu ihm gesagt, dass Eve niemals ihr Herz über ihren Kopf entscheiden lassen würde, und genau das hatte sie ihm gerade bestätigt. Sie war durch und durch praktisch veranlagt und ließ sich nur auf ein Spiel ein, wenn sie wusste, dass sie gewinnen konnte – so viel hatte Logan beim Pokern mit ihr begriffen. Die eigentliche Überraschung bestand darin, dass sie sich überhaupt zu ihm hingezogen fühlte, obwohl sie der festen Überzeugung war, dass es unweigerlich zu Herzschmerz führen würde.

Er wollte ihr widersprechen, sie davon überzeugen, dass sie sich irrte, dass er sie genau deshalb mochte, weil sie so anders war als Suki, dass sie es hinkriegen konnten. Aber ihr gerecktes Kinn verriet ihm, dass sie sich längst entschieden hatte. Es wäre respektlos von ihm gewesen, sie weiter zu bedrängen. Und so tat er das Einzige, was er tun konnte – widerwillig und mit einer Schwere im Herzen, die ihn geradezu niederdrückte, akzeptierte er ihre Zurückweisung. »Ich verstehe.«

Sie stieß einen langen Atemzug aus, bei dem er sich fragte, ob sie erwartet hatte, dass er widersprechen würde. »Und noch etwas, Logan«, sagte sie mit einem leichten Zittern in der Stimme, das darauf hindeutete, dass trotz aller Vernunft auch ihre Gefühle eine Rolle spielten. »Komm auf jeden Fall wieder nach Ennisfarne, wenn du bereit dazu bist. Aber nicht zu früh, okay?«

Und wieder gab es nur eine mögliche Antwort. Er trat einen Schritt zurück, sah sie an und legte den Kopf schief. »Okay.«

Dann machte sie auf dem Absatz kehrt und marschierte davon.

Und Logan ließ sie gehen.

Kapitel fünfundzwanzig

Eve

Egal, wie oft Eve sich sagte, dass sie das Richtige getan hatte, sie fühlte sich trotzdem nicht weniger elend. In den folgenden Tagen rief sie sich immer wieder in Erinnerung, wer Logan wirklich war. Nämlich nicht der witzige, selbstreflektierte, großzügige Mann, den sie kennen und schätzen gelernt hatte, sondern Logan Silk, Lebemann und Fotograf der Reichen und Schönen. In gewisser Weise fühlte es sich wie ein Traum an, an den sie sich falsch erinnerte. Die surreale Erkenntnis, dass er sich ebenso zu ihr hingezogen fühlte wie sie sich zu ihm, konnte doch unmöglich der Realität entsprechen, oder? Aber tief im Innern hatte sie gewusst, dass es passieren würde. Es hatte sich von dem Moment an aufgebaut, als sie Seite an Seite am Hafen gesessen und in den Sternenhimmel hinaufgesehen hatten. Sie war sich nicht sicher, ob es dieses Wissen schwerer oder leichter gemacht hatte, die verräterische Stimme in ihrem Kopf zu ignorieren, die ihr zurief, sie solle nachgeben, als der Augenblick endlich gekommen war. Sie hatte nur gewusst, dass es tausendmal schwieriger sein würde, sich von ihm zu verabschieden, nachdem sie ihn geküsst hatte.

Selina machte keine Anstalten, ihre Frustration zu verbergen, als Eve ihr bei Pizza und Wein gestand, was passiert war. »Damit ich das richtig verstehe: Der Kerl, in den du seit drei Monaten verknallt bist – keine Widerrede, das ist die Wahrheit –, gesteht dir, dass er ebenfalls Gefühle für dich hat, und du lässt ihn abblitzen, ohne auch nur eine Sekunde zu zögern.« Sie bedachte Eve mit einem mitleidigen Blick und lehnte sich auf dem Sofa zurück. »Du musst vollkommen verrückt geworden sein.«

»Falsch, ich bin nur vernünftig«, konterte Eve, aber sie musste zugeben, dass es aus Selinas Mund tatsächlich vollkommen absurd klang. »Alles andere wäre eine Übung in Aussichtslosigkeit gewesen.«

Ihre beste Freundin verschränkte die Arme. »Aussichtslos ist es, so zu tun, als ob man nichts empfindet, obwohl man es tut.« Sie hielt ein oder zwei Sekunden inne und überlegte. »Oder etwas zu empfinden, das in Wirklichkeit gar nicht da ist. Deshalb ist mir auch klar geworden, dass es zwischen mir und Logan niemals funktionieren würde. Aber bei dir ist es was anderes. Dich hat es erwischt.«

Eve schüttelte hartnäckig den Kopf. »Es würde nicht funktionieren, Sel. War nicht einer der Gründe, aus denen du ihm den Laufpass gegeben hast, der, dass er zurück nach London gehen wollte?«

»Nein. Ich habe gesagt, dass ich mir keine Zukunft mit ihm vorstellen kann, das ist nicht das Gleiche.«

»Nicht?« Eve starrte sie verwirrt an.

»Nein, ist es nicht. Aber hier geht es ja auch nicht um mich.« Selina sah Eve über ihr Weinglas hinweg an. »Sondern darum, dass du feige bist. Du hast Angst, verletzt zu werden.«

Eve stieg empörte Hitze ins Gesicht, und sie war bereits drauf und dran zu protestieren, als sie schließlich doch eingestand: »Okay, vielleicht ein bisschen. Aber das heißt nicht, dass ich nicht recht habe.«

Selinas Gesichtsausdruck wurde weicher. »Weißt du, was mir durch den Kopf ging, als mein Boot gesunken ist und ich Angst hatte zu ertrinken, bevor mich jemand retten kommt? Nicht all die Dinge, die ich ausprobiert und in den Sand gesetzt habe, sondern die Dinge, die ich niemals würde tun können. Die Menschen, die ich nie wieder umarmen würde.« Sie seufzte, ihre Augen schimmerten feucht. »Das ist es, was zählt, Eve. Auf sein Leben zurückblicken zu können und zu wissen, dass man es verdammt noch mal gelebt hat.«

Auch Eve stiegen Tränen in die Augen. »Oh, Sel …«

Ihre beste Freundin schenkte ihr ein schiefes Grinsen. »Alles gut, ich bin ja noch hier. Trotzdem, ich stehe zu dem, was ich gerade gesagt habe. Was wirst du mehr bereuen – dein Herz verschlossen zu haben, damit ihm auf keinen Fall was geschieht, oder es jemand anderem geschenkt zu haben, der es zum Klingen bringen kann, auch wenn es vielleicht nicht für die Ewigkeit ist?«

Eve starrte sie an und spürte, wie sich das Kribbeln hinter ihren Lidern verstärkte. »Aber wie könnte ich jemals genug für jemanden wie ihn sein? Ich bin weder schön noch glamourös. Ich kann nicht mal Wimperntusche auftragen, ohne mir die Augen auszustechen.«

Selina hob eine Hand. »Unsinn. In der Ausstellung hängt ein Foto von dir, das eine ganz andere Sprache spricht.«

»Das ist allein Logans Talent zu verdanken«, wandte Eve entschieden ein.

»Zum Teil«, räumte Selina ein. »Aber wie soll er bitte etwas einfangen, was nicht da ist? Und außerdem, wenn die Bilder, die Logan macht, zeigen, wie er die Welt sieht, und die Fotos, die er von dir macht, schön sind, heißt das dann nicht, dass er dich schön findet?«

Eve brauchte einige Sekunden, um zu begreifen, was ihre Freundin damit sagen wollte. Konnte das stimmen? Konnte es sein, dass Logan etwas in ihr sah, das sie selbst nicht erkannte?

»Tu dir selbst einen Gefallen«, fuhr Selina fort und schenkte ihnen beiden nach. »Wenn du das nächste Mal im Ort bist, geh in die Ausstellung und stell dich vor dieses Foto. Schieb deine ganze Unsicherheit beiseite, und schau es dir genau an. Ich glaube, es wird dir alles darüber verraten, wie Logan dich sieht.«

Einen Moment lang war Eve fast überzeugt, doch dann holte sie erneut die Realität ein. »Es spielt keine Rolle. Zu spät. Er ist weg. Am besten vergesse ich ihn ganz schnell.«

Selina zuckte mit den Schultern. »Wenn du das wirklich willst, tu dir keinen Zwang an. *Ich* glaube allerdings, er würde sofort zurückkommen, wenn du ihn darum bittest.« Sie bedachte Eve mit einem vielsagenden Blick. »Und ich weiß, dass du niemals auf etwas anderes als ein todsicheres Blatt setzen würdest, aber eines solltest du dich fragen: Was genau hast du eigentlich zu verlieren?«

Es war nicht so, dass Eve Selinas Frage in den folgenden Wochen absichtlich verdrängte, vielmehr ließ der organisatorische Trubel rund um Ennisfest alles andere in den Hintergrund treten. Ihre Tage waren ausgefüllt mit Telefonaten, Papierkram, Logistik und Ortsbesichtigungen, sodass ihr kaum Zeit für etwas anderes als Huxley blieb. Selbst Aiden sah sie häufig nur kurz morgens, meist, wenn sie gerade die Küche verließ, nachdem sie eine Scheibe Toast hinuntergeschlungen hatte, und dann erst wieder nach der Sperrstunde in der Bar, wenn sie sich müde über ihren Tag austauschten. Nur in den ruhigen Momenten spätabends im Bett erlaubte sich Eve, an Logan zu denken, und es dauerte nie lange, bis sie vom Schlaf übermannt wurde.

Erst an einem Tag Mitte Juni fand sich Eve im Ort mit ein wenig Zeit zu verschwenden wieder. Es war Sonntagmorgen, und sie war mit Hamish und Warren im Pub verabredet, um die letzten Punkte für das Festival zu besprechen, aber ein wenig zu früh dran. Also blieb sie im Auto auf dem Parkplatz sitzen, um E-Mails und Textnachrichten zu beantworten, während sie aus dem Augenwinkel den stetigen Strom an Besuchern registrierte, der die Gemeindehalle betrat und verließ. Von Freda wusste sie bereits, dass die Ausstellung ein phänomenaler Erfolg war und bereits jetzt dringend benötigte Mittel für die Halle eingebracht hatte. Es gab bereits Pläne für die Renovierung des Gebäudes, sobald die Touristensaison vorbei war. So viel musste Eve Logan lassen – seine Fotos zogen die Leute an, auch wenn sie keine Ahnung hatten, welcher berühmte Name dahintersteckte.

Sie tippte ein paar weitere E-Mails, bevor ihr Blick erneut zum Gemeindehaus hinüberschweifte. Was hatte Selina noch mal genau gesagt? Sie solle sich vor ihr Foto stellen und es betrachten, wenn sie wissen wolle, wie Logan sie sah? Schaden konnte es zumindest nicht, beschloss Eve und verstaute ihr Handy in der Tasche. Schließlich würde Logan nichts davon mitbekommen.

In der Halle herrschte reges Treiben, gedämpfte Gesprächsfetzen schwebten durch den Raum. Eve nickte Petr zu, der am Eingang stand und die Besucher auf den transparenten Kasten hinwies, in dem die Spenden gesammelt wurden. Dann schlenderte sie durch die Menge, bis sie das Bild von sich selbst fand.

Nicht zum ersten Mal empfand sie eine seltsame Entfremdung von sich selbst, während sie es betrachtete. Auf dem Foto war nicht sie zu sehen, sondern ein Wesen des Ozeans, im Begriff, sich im Sonnenlicht zu verwandeln. Das konnte unmöglich sie sein – die gewöhnliche Eve Darling –, und doch erkannte sie gewisse Elemente von sich selbst wieder. Die leicht nach oben deutende Nasenspitze, die Neigung des Kinns. Sie nahm an, dass dies Teil von Logans Magie war – aus etwas Alltäglichem etwas Besonderes zu machen. Wie oft war sie schon an den zu Schuppen umfunktionierten Booten vorbeigefahren, ohne sonderlich von ihrer geballten majestätischen Anmutung beeindruckt gewesen zu sein?

Aber das bedeutete nicht zwangsläufig, dass Logan mehr in ihr sah als ein Objekt für seine Kunst, ermahnte sie sich. Ganz gleich, wie schön diese Kunst war.

Ein Paar mittleren Alters stellte sich neben sie; eine mollige Frau mit fröhlichem Gesichtsausdruck in einer wattierten Tweedjacke und ein Mann mit roten Wangen unter seiner flachen Schirmmütze. Beide betrachteten eine Zeit lang schweigend das Bild, bevor sich die Frau zu ihrem Mann hinüberbeugte und leise sagte: »Sie erinnert mich an Kalypso, die Meeresgöttin. Sie hat Odysseus auf ihre Insel gelockt und ihn verzaubert, damit er sie niemals verlässt.«

»Auf jeden Fall sieht sie sehr bezaubernd aus. Für so eine Schönheit würde ich sofort hierbleiben«, murmelte der Mann zustimmend, wofür ihm seine Frau in gespielter Empörung einen Klapps auf den Arm verpasste.

Eve spürte, wie ihre Wangen warm wurden, und senkte rasch den Kopf, für den Fall, dass einer der beiden einen Blick zur Seite warf und sie erkannte. Die Ironie des leisen Gesprächs der beiden war ihr nicht entgangen – wenn sie Kalypso war, hatte sie beim Verzaubern von ihrem Odysseus offensichtlich keinen besonders guten Job gemacht.

Hamish und Warren saßen bereits an einem Tisch, wo sie die Köpfe über eine Zeitung gebeugt hatten, als Eve den Pub betrat. Bei ihrem Anblick sahen sie dermaßen erschrocken drein, als wären sie auf frischer Tat ertappt worden.

»Morgen«, begrüßte Eve die Männer stirnrunzelnd. »Ich hoffe, ich störe euch nicht bei irgendwas.«

Hastig faltete Hamish die Zeitung zusammen und räusperte sich. »Nö, wir haben nur die Nachrichten überflogen.«

Warren nickte heftig. »War aber nichts Spannendes dabei. Nur der übliche Quatsch, der dich nicht interessieren würde.«

Verblüfft blickte Eve zwischen den beiden hin und her. »Mhm«, murmelte sie. »Okay, wollen wir dann gleich anfangen? Wir haben eine Menge zu besprechen.«

»Auf jeden Fall«, sagte Hamish, ein wenig zu enthusiastisch. »Möchtest du einen Kaffee?«

»Tee, bitte«, antwortete Eve und setzte sich an den Tisch.

Hamish nickte und griff nach der Zeitung, die noch immer vor ihr auf dem Tisch lag, um sie beiseitezulegen.

»Lass mir die ruhig mal da«, sagte Eve. »Kann ja nicht schaden, sich zu informieren, was gerade im Rest der Welt los ist.«

Hamish warf einen Blick zu Warren, der lediglich ergeben mit den Schultern zuckte. »Am besten, wir zeigen es ihr.«

Eve war sofort klar, was die beiden gerade gelesen hatten. Auf der Titelseite der Boulevard-Sonntagszeitung prangte ein großes Bild von Logan und seiner Ex-Freundin Suki Simpson, wie sie gemeinsam aus einem Londoner Nachtclub stolperten. SUKI UND LOGAN – WIEDER VEREINT lautete die schrille Schlagzeile darüber.

Eve meinte den Schlag in die Magengrube beinahe körperlich zu spüren, während sie das Foto anstarrte, ohne wirklich zu begreifen, bevor sie sich zwang, die Bildunterschrift zu lesen.

> Das Power-Paar der Modewelt, Suki Simpson und Logan Silk, gestern Nacht glücklich verliebt vor dem Londoner Nachtclub Lola's. Alle Details auf Seite 5.

Eve gab sich die größte Mühe, keine Reaktion zu zeigen, während ihre Gedanken rasten. Ihre erste Reaktion war Unglauben. Logan konnte tun und lassen, was und mit wem er wollte. Aber ausgerechnet mit *Suki*? Wie konnte er wieder mit ihr zusammenkommen, nachdem sie ihn in aller Öffentlichkeit an den Pranger gestellt hatte? Zu ihrer Ungläubigkeit gesellte sich ein schmerzhafter Anflug von Demütigung, denn entgegen seinen Behauptungen, nach Ennisfarne zurückzukehren, war er nach seiner Abschiedsparty in Wahrheit nur auf der Suche nach einer leicht zu habenden Eroberung gewesen. Immerhin hatte sie sich nicht darauf eingelassen. Und schließlich verdichtete sich ihr Gefühlswirrwarr zu Wut, glühend heißem Zorn, den sie nur mit Mühe unter Kontrolle hielt, auch wenn sich ein Teil von ihr gleichzeitig fragte, warum sie so wütend war. Ja, Logan war ein Idiot, weil er Suki zurückgenommen hatte, aber das ging Eve nichts an. Und ja, es tat weh, dass er offensichtlich geglaubt hatte, sie sei leicht zu haben, aber auch das lag in der Vergangenheit. Doch dann kristallisierte sich in Eves Kopf eine viel grundlegendere Erklärung heraus. Sie war wütend und enttäuscht, aber das war nicht der Grund dafür, warum sich ihr Magen verkrampfte. Es war Eifersucht.

»Man darf nicht alles glauben, was in den Zeitungen steht«, bemerkte Hamish vorsichtig, als er eine dampfende Tasse Tee vor Eve abstellte.

Warren stieß ein angewidertes Schnauben aus. »Aber dieses Bild … Das hätte ich niemals von ihm gedacht.«

Eve begann in ihrem Tee zu rühren, während sie sich fragte, warum die beiden eigentlich überhaupt die Zeitung vor ihr versteckt hatten. Hegten sie den Verdacht, dass sie Gefühle für Logan hatte? Wussten *alle* auf der Insel Bescheid? Allein bei dem Gedanken zog sich ihr Magen zusammen, aber sie schob das Gefühl energisch beiseite.

»Sollen wir weitermachen?«, fragte sie, um ein Lächeln bemüht, von dem sie sicher war, dass es brüchig wirkte. »Morgen fangen wir mit dem Aufbau der Bühne an, und es gibt wie gesagt noch viel zu tun.«

Hamish schob die Zeitung beiseite und nickte. »Tut mir leid, Eve. Aber du hast recht, wir sollten keine Zeit mehr verschwenden.«

Eve richtete den Blick auf ihre Notizen und zwang sich, den Gedanken an Logan und Suki mit jedem Atemzug weiter aus ihrem Kopf zu schieben. Letztendlich war es egal, was sie fühlte oder nicht fühlte, redete sie sich ein, während Warren den Zeitplan für den Aufbau des Festivalgeländes durchging. Sie würde Logan Silk nie wiedersehen.

Kapitel sechsundzwanzig

Logan

Am Sonntagmorgen wachte Logan mit pochendem Schädel und einem sauren Geschmack im Mund auf, der ihm verriet, dass er am Abend zuvor zu viel Whisky getrunken hatte. Er blieb noch ein paar Minuten im Bett liegen, beobachtete, wie das Sonnenlicht helle Flecken an die Decke warf, und hoffte, dass er vielleicht doch noch einmal einschlief.

Er erinnerte sich an den Besuch im O'Halloran's in Soho. Nick hatte viel Gutes über den Bartender gehört und wollte sich durch die Cocktailkarte probieren. Anschließend hatte es noch Champagner im Bob Bob Ricard gegeben. Viel zu viel Champagner, entschied Logan, während er seine schmerzenden Schläfen massierte. Schließlich waren sie wider besseres Wissen im Lola's gelandet, und ab diesem Zeitpunkt wurden seine Erinnerungen verschwommen, aber er wusste noch, dass es eine sehr gute Flasche Orkney-Whisky, einen anständigen DJ und jede Menge Gelächter gegeben hatte …

Mit gerunzelter Stirn richtete Logan den Blick blinzelnd

an die Decke, während er sich fragte, woher das plötzliche ungute Gefühl rührte, das ihn überkam. Es hatte einen Streit gegeben, entsann er sich plötzlich. Mit Nick? Nein, mit einer Frau. In der nächsten Sekunde blitzte ein Gesicht vor seinem geistigen Auge auf, und er wusste genau, mit wem er sich in die Haare bekommen hatte. Suki.

Mit einem Stöhnen begann Logan, die Ereignisse des Abends zu rekonstruieren. Er hatte sich geweigert, mit ihr zu reden, aber das hatte sie nur noch mehr angestachelt. Als ihr irgendwann endlich klar geworden war, dass er sich tatsächlich nicht auf ihr Spielchen einlassen würde, war sie wütend geworden und hatte ihn so heftig beschimpft, dass man sie aufgefordert hatte, den Club zu verlassen. Um dem Ganzen die Krone aufzusetzen, hatte ein Paparazzo vor dem Lola's herumgelungert, als sie hinausgestolpert waren. Suki hatte die Kamera als Erste entdeckt und sich gerade noch rechtzeitig vor dem ersten Blitzlicht an Logan geklammert, als wären sie ein Paar. Angesichts ihres triumphierenden Lächelns, als er sich von ihr losgerissen hatte, war Logan übel geworden. Ein Gefühl, das ihn erneut fest im Griff hatte, als er in diesem Moment nach seinem Handy griff.

Die erste Nachricht stammte von Nick: Du hast es auf die Titelseite geschafft.

Er hatte einen Screenshot beigefügt, in den Logan nicht hineinzoomen musste, um sich sicher zu sein, dass das Foto von ihm und Suki in völligem Gegensatz zur Wahrheit stand. Aber wann hatte das jemals eine Zeitung davon abgehalten, eine Story zu drucken? Er wäre auch nicht überrascht gewesen, wenn Suki selbst dem Paparazzo den Tipp gegeben hätte, wo Logan an diesem Abend unterwegs war – und vor allem, mit wem –, um sich einen Platz auf der Titelseite zu sichern.

Beim Scrollen durch seine Messenger-App entdeckte Logan eine Reihe unbekannter Nummern. Die meisten Nachrichten schienen von Journalisten zu sein, die ihn um eine Bestätigung baten, dass er und Suki wieder zusammen waren. Einige luden ihn ein, gegen ein großzügiges Honorar seine Seite der Geschichte zu erzählen, und ein paar erwähnten Gerüchte über einen heftigen Streit. Logan wusste, dass er sich das Durchgehen seiner Anrufliste sparen konnte. Auch dort würde es von verpassten Anrufen unbekannter Absender nur so wimmeln.

Er ließ den Kopf zurück aufs Kissen sinken und schloss die Augen. Seit seiner Rückkehr nach London waren noch keine drei Wochen vergangen, und er wünschte sich bereits, niemals zurückgekommen zu sein. Warum hatte er Nicks Drängen nachgegeben, unbedingt mal wieder auszugehen? Er hätte wissen müssen, dass das nur zu Ärger führen würde.

Logan ließ sein Handy im Bett liegen und stapfte in die Küche, um sich einen Kaffee zu machen. Natürlich war es nicht Nicks Schuld, dass der Abend so katastrophal geendet hatte, dachte er, als er die Tasse mit ins Wohnzimmer nahm. Sein bester Freund hatte ihm einfach nur helfen wollen, da ihm nicht entgangen war, dass es Logan schwerfiel, in sein altes Leben zurückzufinden. Mit seinem Vorschlag, die Clubs der Stadt unsicher zu machen, hatte er Logan daran erinnern wollen, was ihm London zu bieten hatte. Und Logan hatte sich amüsiert. Er hatte es genossen, Zeit mit Nick zu verbringen, zu lachen und seine Probleme für eine Weile zu vergessen. Suki war diejenige, die mit ihrer boshaften Entschlossenheit, ihm Ärger zu machen, dafür gesorgt hatte, dass der Abend den Bach runterging. Es fiel ihm schwer nachzuvollziehen, was er jemals in ihr gesehen hatte.

Das heiße Wasser unter der Dusche schaffte es, zumindest etwas von Logans Ärger wegzuspülen, dennoch war ihm nach wie vor übel. Widerwillig warf er anschließend einen weiteren Blick auf sein Handy und sah, dass Phoebe versucht hatte, ihn anzurufen.

Mit einem Seufzen wappnete er sich innerlich und drückte auf den Rückruf-Button.

»Bitte sag mir, dass du nicht getan hast, was ich glaube, dass du getan hast«, sagte sie statt einer Begrüßung.

Logan erlaubte sich ein humorloses Lachen. »Hängt davon ab, was du denkst, dass ich getan habe. Ich nehme mal an, du redest von Suki.«

»Natürlich! Von wem denn sonst? Ich kann dir nicht vorschreiben, wie du dein Leben führen sollst, aber ich dachte, wir hätten uns darauf geeinigt, dass Suki Simpson in jeder erdenklichen Hinsicht schlecht für dich ist.« Sie seufzte. »Und jetzt taucht ihr beide zusammen auf der Titelseite auf. Schon wieder.«

Mit einem fiesen Gefühl von Déjà-vu erklärte Logan Phoebe, wie es dazu gekommen war.

Als er geendet hatte, stieß seine Agentin einen frustrierten Laut aus. »Diese Frau ist so unfassbar toxisch, ganz zu schweigen von grenzwertig narzisstisch. Sie kann einfach nicht loslassen, oder?«

»Anscheinend nicht. Aber es ist nur ein Foto. Sobald der Presse klar wird, dass wir nicht wieder zusammen sind, werden die ganz schnell das Interesse verlieren.«

»Wenigstens dürfte es diesmal keine Auswirkungen auf deine Arbeit haben«, sagte Phoebe. »Ich weiß, dass du im Moment nicht an der Modebranche interessiert bist, aber Sukis letzter PR-Stunt hat eine Menge Irritation hervorgerufen. Sie hat sich einen gewissen Ruf als Unruhestifterin erworben, und keine Schönheit der Welt wird helfen, wenn sich die Fotografen weigern, mit ihr zu arbeiten.«

Eine Nachricht, die Logan eigentlich hätte freuen sollen, aber stattdessen empfand er nichts weiter als große Müdigkeit. Die Tage, an denen ihn solche Dramen beflügelt hatten, lagen lange hinter ihm, inzwischen waren es Ruhe und Beständigkeit, die ihm das Gefühl gaben, lebendig zu sein. Der Wind vom Meer, der über seine Wangen strich, das Plätschern der Wellen, die an die Küste spülten, die Schreie der Vögel, die über ihm kreisten. Dinge, die auf Ennisfarne zu seinem Alltag gehört hatten. Vielleicht war es an der Zeit, sich die Wahrheit einzugestehen: London war nicht mehr der Ort, an dem er leben wollte.

»Ich wollte noch etwas anderes mit dir besprechen«, sagte Phoebe nach einer kurzen Gesprächspause. »Ich habe mal vorsichtig meine Fühler ausgestreckt – keine Sorge, nur ganz informell –, was eine stärker naturbezogene Ausrichtung deiner Arbeit angeht. Und einige Redakteure scheinen interessiert zu sein. Soll ich dir mehr Infos schicken?«

Arbeit war das Letzte, was Logan gerade beschäftigte, aber er war sich sicher, dass er die Ablenkung brauchen konnte. »Klar, gerne. Kann bestimmt nicht schaden, einen Blick darauf zu werfen.«

»Das nenn ich die richtige Einstellung«, sagte Phoebe ermutigend. »Wer weiß, vielleicht wirst du angenehm überrascht. Und was die momentane Aufregung angeht: Halt durch, auch das geht wieder vorbei.« Damit und mit einer unnötigen Erinnerung daran, jeden weiteren Kontakt mit der Presse zu vermeiden, verabschiedete sie sich und legte auf.

Anschließend blieb Logan noch einen Moment lang sitzen und dachte an das letzte Mal, als Phoebe ihn nach Sukis Versuch, sein Leben zu zerstören, gebeten hatte, jegliche Anfragen von Journalisten zu ignorieren. Damals hatte die ganze Insel hinter ihm gestanden, bereit, ihn zu verteidigen. Flüchtig fragte er sich, was Freda wohl von der Schlagzeile hielt oder, schlimmer noch, was Eve dachte, und seine Stimmung verdüsterte sich noch mehr.

Mit einem weiteren finsteren Blick auf sein Handy tippte Logan eine knappe Antwort an Nick und schaltete es dann aus. Was er brauchte, war das Blau und Grau des Meeres, und obwohl es im Umkreis von London, nur wenige Stunden mit dem Auto entfernt, viele Strände gab, war er sich ganz sicher, dass sie kein Ersatz für das waren, wonach er sich sehnte. Einen Moment lang dachte er darüber nach, in den Hilux zu steigen und nach Norden zu fahren, aber die Wahrscheinlichkeit war groß, dass der Damm bei seiner Ankunft nicht passierbar war. Und selbst wenn er durch Zufall den richtigen Zeitpunkt erwischte – was würde er tun, nachdem er ihn überquert hatte? Aufs Meer starren und noch verlorener zurückkehren als zuvor? Er konnte ja schlecht jedes Mal, wenn etwas in seinem Leben schiefging, nach Ennisfarne fliehen.

Nachdem er einige Zeit ruhelos in seiner Wohnung hin und her gelaufen war, entschied er sich schließlich für einen Kompromiss. Nur weil nach Ennisfarne zu fahren keine Option darstellte, bedeutete das noch lange nicht, dass Ennisfarne nicht zu ihm kommen konnte. Er schnappte sich eine Sonnenbrille und eine Cap und machte sich auf den Weg zur Haustür.

Die Wolffson-Cutler Gallery war in einer erstklassigen Londoner Immobilie in South Bank untergebracht, ganz in der Nähe der Waterloo Bridge. Sie bot eine eklektische Mischung aus Gemälden, Skulpturen und interaktiven Installationen einiger der bekanntesten modernen und traditionelleren Künstler, und Logan hatte sie schon einige Male besucht. Dort befanden sich mehrere Meeresgemälde von J. M. W. Turner, die er sich unbedingt noch einmal ansehen wollte, weil er sich fragte, ob einige von ihnen vielleicht auf Ennisfarne gemalt worden waren.

Die Turner-Bilder waren genauso atemberaubend, wie er sie in Erinnerung hatte. Die strukturierte Beschaffenheit der Ölfarben verlieh jeder Szene eine dreidimensionale Qualität. Logan ertappte sich mehrmals dabei, wie er mit angehaltenem Atem darauf wartete, dass die gewaltigen, mit weißen Spitzen versehenen Wellen in die aufgewühlte See stürzten. Aber am meisten bewunderte er das Licht – zarte goldene und silberne Strahlen, die durch die dicken dunklen Wolken brachen und auf den Segeln eines sturmgepeitschten Schiffes tanzten. Er hatte dieses Licht mit eigenen Augen gesehen und sein Bestes gegeben, es einzufangen, aber seine Bilder reichten bei Weitem nicht an die Meisterwerke Turners heran.

Er fand Morag Chesters Arbeiten in einem kleinen Raum, der sich an die Hauptausstellung anschloss. Die Komposition ihrer Gemälde hätte nicht weiter von denen Turners entfernt sein können. Ihre Bilder zeigten keinen dramatischen Kampf um Leben und Tod, keine verzweifelte Hoffnung auf ein göttliches Eingreifen und keine Aufforderung an das Publikum, sich in Ehrfurcht vor der Macht des Ozeans zu ducken. Wo Turners Werke Logan dazu veranlassten, die Luft anzuhalten, ermutigte ihn die Kunst von Morag Chester dazu durchzuatmen. Es half, dass er die Motive sofort erkannte – eines zeigte den Ausblick aufs Meer seitlich vom Signalturm in der Nähe ihres Hauses, ein anderes den Meeresbogen von Darling Cove. Aber es war mehr als nur Vertrautheit. In den Turner-Bildern stellte das Meer einen Gegner dar, die Szenen ähnelten Schlachtfeldern, Morag dagegen porträtierte die See als ein sanfteres, harmonischeres Wesen. Ihr Umgang mit dem Licht war ebenso außergewöhnlich wie der von Turner, und Logan fand es ebenso faszinierend, diese Bilder zu betrachten wie die stürmischen Motive in der Hauptausstellung.

Anschließend schlenderte er durch mehrere gewölbte Räume und bewunderte die Werke, die dort hingen, ohne bei einzelnen lange innezuhalten. Als er das letzte Gemälde erreichte, das er sich heute hatte ansehen wollen, war die Last, die er am Morgen verspürt hatte, beinahe vollständig von ihm abgefallen, und seine Laune hatte sich deutlich gebessert.

Er blieb vor dem Bild stehen und schenkte ihm seine volle Aufmerksamkeit. Darauf war eine weitere bedrohliche Szene auf dem Wasser zu sehen, in der sich die Macht des Sturms und die Schwäche des Menschen gegenüberstanden. Ein kleines Holzboot versuchte, die Wellen zu bezwingen, während es jeden Moment angesichts ihrer überwältigenden Größe zu kentern drohte. Sein Ziel war ein sinkendes Schiff, das sich, auf einen Felsen aufgelaufen, nur noch halb über der Wasseroberfläche befand und an dessen Überreste sich eine verzweifelte Gruppe von Überlebenden klammerte. In dem kleinen Boot, das zu ihrer Rettung eilte, saßen Grace Darling und ihr Vater, die das Leben von neun Männern und Frauen retteten und dadurch zu Nationalheldinnen wurden.

Der Künstler hatte außergewöhnliche Arbeit geleistet, dachte Logan, als er einen Schritt vortrat, um das goldgerahmte Gemälde aus nächster Nähe zu betrachten. Gischt flog durch die Luft und bespritzte die Gesichter von William und Grace, die gegen den Sturm ankämpften. In Williams Armen spannten sich die Sehnen, und in den Augen der Überlebenden, die Grace die Hand entgegenreckten, stand Todesangst. Grace' dunkles Haar schimmerte unter ihrer Haube, ihr blasses Gesichts hob sich klar und leuchtend vor den schwarzen Wolken ab. In diesem Augenblick war Logan vollkommen klar, warum sie Heiratsanträge von Fremden erhalten hatte, nachdem bekannt geworden war, welche Rolle sie bei der Rettung der Schiffbrüchigen gespielt hatte. Obwohl er nur zu gut wusste, dass das, was er vor sich sah, das Produkt der Fantasie des Künstlers war, hatte dieser Grace' Stärke und Tapferkeit auf eine Weise eingefangen, die einem geradezu von der Leinwand entgegensprang. Und ganz vielleicht konnte Logan auch nicht umhin, sich an Eve erinnert zu fühlen.

In den Wochen, seit er Ennisfarne verlassen hatte, hatte er versucht, nicht an sie zu denken und ihre kühle, pragmatische Zurückweisung zu verdrängen. Doch beim Anblick ihrer berühmten Vorfahrin stellte er fest, dass es unmöglich war, *nicht* an sie zu denken, und auf einmal kam ihm der Verdacht, dass es seine unterbewusste Sehnsucht danach gewesen war, Eve zu sehen, die ihn überhaupt erst nach South Bank gezogen hatte.

Als Logan nach Hause kam und sein Handy wieder

einschaltete, hatte er eine neue E-Mail von Phoebe erhalten. Wie versprochen hatte sie ihm weitergehende Informationen über potenzielle Aufträge beigefügt. Einer davon stach ihm sofort ins Auge. Ein führendes britisches Tauchermagazin war daran interessiert, eine Reihe von Unterwasseraufnahmen von kürzlich entdeckten Wracks um die British Isles in Auftrag zu geben, von denen sich einige in gefährlichen Gewässern befanden. War das eventuell ein Job, den er in Betracht ziehen könnte?

Logan musste nicht lange überlegen. Zumindest würde ihn der Auftrag aus London herausbringen, und lieber fand er sich dem ein oder anderen Hai gegenüber, als noch einmal Suki zu begegnen. Je schneller er sich außerhalb ihrer Reichweite befand, desto besser.

»Was machst du gerade?«

Es war kurz nach neun Uhr am Samstagmorgen, und Nick stand mit einem argwöhnisch fragenden Blick im frisch rasierten Gesicht vor Logans Haustür.

Logan rieb sich sein im Gegensatz stoppeliges Kinn und trat zur Seite, um ihn reinzulassen. »Dir auch einen schönen guten Morgen … Ich habe gerade nichts zu tun. Was gut ist, nehme ich an, da du einfach unangekündigt bei mir auftauchst …«

Nick trat ein und ließ seinen prall gefüllten Rucksack auf den Dielenboden fallen. »Sehr gut. Und wie sieht es mit dem Rest des Wochenendes aus, irgendwelche Pläne?«

Logan sah von dem Rucksack zu seinem besten Freund. »Nein. Warum?«

»Ich hatte eine brillante Idee, und sie wird dir gefallen. Aber wir müssen in spätestens zwanzig Minuten los, wenn wir nicht von der Flut überrascht werden wollen. Also fang lieber schnell an zu packen.«

»Die Flut?«, echote Logan völlig verwirrt. »Gehen wir Kajakfahren?«

Nick grinste. »Besser. Wir gehen tanzen.«

In diesem Moment fiel der Groschen bei Logan. Er warf einen weiteren Blick auf den Rucksack zu ihren Füßen. »Du hast kein Zelt dabei. Und auch keinen Schlafsack.«

»Weil wir nicht campen«, erwiderte Nick, offensichtlich sehr zufrieden mit sich selbst. »Und – nur fürs Protokoll – auch nicht glampen. Aber das können wir besprechen, wenn wir unterwegs sind. Na los, fang endlich an zu packen!«

Wenn Nick so drauf war wie gerade, war es unmöglich, mit ihm zu diskutieren, stellte Logan nicht zum ersten Mal fest, als er sich auf den Weg in sein Schlafzimmer machte, um seinen eigenen Rucksack aus dem Schrank zu holen. Aber wenn er ganz ehrlich mit sich war, wollte er auch gar nicht diskutieren; beinahe sofort nachdem er Ennisfarne verlassen hatte, hatte er nach einem Grund gesucht, dorthin zurückzukehren. Und als sein aufdringlicher bester Freund hatte es sich Nick zur Aufgabe gemacht, ihm einen zu liefern.

»Ich gehe mal davon aus, dass du uns Tickets besorgt

hast«, rief er, als er auf dem Weg zum Bad am Wohnzimmer vorbeikam. »Oder wolltest du uns mit deinem berühmten Borrowdale-Lächeln Eintritt verschaffen?«

»Natürlich habe ich Tickets«, antwortete Nick lässig. »Um genau zu sein: VIP-Tickets. *All access*. Mehr als ein kurzer Anruf bei der reizenden Freda war nicht nötig.«

Das glaubte Logan keine Sekunde lang. »Was hat sie als Gegenleistung verlangt – dein erstgeborenes Kind?«

Es entstand eine kleine Pause, bevor Nick antwortete: »Ganz eventuell habe ich mich bereit erklärt, einen Audioguide über das Nonnenkloster aufzunehmen.«

Grinsend faltete Logan einige T-Shirts und steckte sie in seinen Rucksack.

»Vielen Dank auf jeden Fall«, sagte er, zurück im Wohnzimmer. »Es war nett von dir, dich darum zu kümmern.«

Nick zuckte mit den Schultern. »Ich fliege nächste Woche zum Drehstart einer neuen Netflix-Serie nach Vancouver. Und ich hätte es ziemlich unhöflich gefunden, vorher nicht noch einen mit dir draufzumachen.«

Dagegen hatte Logan nichts einzuwenden, und sie machten sich auf den Weg nach unten, um in den Hilux zu steigen, auch wenn er sich nicht daran erinnern konnte, wann er das letzte Mal lediglich als Zuhörer auf einem Festival gewesen war. In der Vergangenheit war stets ein Auftrag damit verbunden gewesen – Coverbilder für das neue Album einer Band oder eine mehrseitige Reportage für *Rolling Stone* –, weswegen er sich nie wirklich hatte entspannen können. Doch bei Ennisfest würde er keinerlei berufliche Verpflichtungen haben. Es sei denn …

»Du hast doch nichts in meinem Namen vereinbart, oder?«, fragte er Nick mit hochgezogenen Augenbrauen.

»Natürlich nicht«, erwiderte Nick empört. »Das würde ich niemals wagen. Obwohl …« Er brach ab, doch Logan sagte nichts, sondern wartete darauf, dass er den Satz beendete. »Vielleicht habe ich vorgeschlagen, dass du hier und da ein paar Fotos machen könntest«, fuhr er schließlich fort und winkte im selben Moment lakonisch ab. »Nichts allzu Aufwendiges, nur ein paar Aufnahmen, die sie für PR-Materialien nächstes Jahr verwenden können.«

»Verstehe«, sagte Logan und zog das Wort dabei in die Länge. Dabei war er kein bisschen sauer auf Nick. Wie könnte er auch, wo er doch mit ziemlicher Sicherheit ohnehin ein paar Aufnahmen gemacht hätte?

»Ich dachte, es würde dir nichts ausmachen«, fügte Nick hinzu. »Aber die Hauptsache ist, dass wir Spaß haben, okay?«

Als er den Motor startete, verspürte Logan einen plötzlichen Anfall von unbändiger Vorfreude bei dem Gedanken, nach Ennisfarne zurückzukehren. »Okay.« Logan ließ den Motor aufheulen und sah mit einem Grinsen zu seinem besten Freund hinüber. »Los geht's.«

Kapitel siebenundzwanzig

Eve

Das Treffen am Samstagmorgen vor Beginn des Festivals empfand Eve jedes Jahr aufs Neue als Ruhe vor dem Sturm. Alle wussten, was auf sie zukam, es waren Pläne geschmiedet, Eventualitäten ausgearbeitet und Risiken abgeschätzt worden. Diesmal schien sogar das Wetter mitzuspielen, die Vorhersage versprach, dass es das ganze Wochenende über warm und trocken sein würde. Zu diesem Zeitpunkt gab es nichts mehr zu tun, außer die Tore zu öffnen, und Eve versuchte, einen lockeren Ton anzuschlagen. Ihre Küche würde für die Dauer des Festivals als Hauptquartier des Komitees dienen, und sie sorgte dafür, dass alle mit Sandwiches, Kuchen und Obst versorgt waren, um die kommenden Tage zu überstehen. Dennoch lag eine gewisse Anspannung in der Luft, und selbst Huxley schien zu merken, dass etwas vor sich ging. Er lag unter dem Küchentisch und hatte den Kopf auf die Pfoten gebettet, obwohl Eve vermutete, dass er die Position in erster Linie aus strategischen Gründen gewählt hatte, für den Fall, dass jemand einen Donut fallen ließ.

»Gab es über Nacht Probleme auf dem Campingplatz?«, fragte sie an Warren gewandt.

Der schüttelte den Kopf. »Keine größeren. Ein paar Leute, die etwas zu viel getrunken haben, aber das kennen wir ja schon. Und ein Typ, der uns gemeldet hat, dass sein Zelt gestohlen wurde. Hat sich dann aber rausgestellt, dass er nur auf dem falschen Feld rumgeirrt ist.«

Alle grinsten. Tatsächlich kamen echte Straftaten so gut wie nie vor, Stellplatz-Amnesie dafür umso häufiger.

»Und wie ist die Lage an der Getränke-Front?«, erkundigte sich Eve bei Aiden, den sie kurzerhand zum Hospitality Manager befördert hatte. »Alles bereit?«

»Alles bereit. Ich glaube nicht, dass uns die Getränke ausgehen werden, aber vorsichtshalber habe ich trotzdem Nachschub bestellt, falls wir dieses Jahr besonders durstige Besucher haben sollten.«

»Die Reinigungs- und Müllsammelteams sind bereits vor Ort«, berichtete Hamish, bevor Eve nachfragen konnte. »Aber hoffentlich erfüllen die ›Bitte keinen Müll hinterlassen‹-Schilder ihren Zweck.«

»Für die Security war es auch eine ruhige Nacht«, fügte Shona hinzu. »Keine unbefugten Versuche, an den Strand zu gelangen. Aber ob die zusätzlichen Zäune und die nächtlichen Patrouillen wirklich helfen, werden wir erst nach dem heutigen Tag wissen.«

»Okay, super.« Eve nickte Shona dankbar zu. »Klingt, als ob alles bereit wäre. Bisher gibt es keine Änderung in der Abfolge der Auftritte, also sollten wir keine Probleme bekommen, solange die späteren Acts rechtzeitig übers Watt kommen.« Sie sah sich in der Runde um und spürte, wie immer mehr Adrenalin durch ihre Adern pumpte. »Wir haben zusammen großartige Vorarbeit geleistet. Lasst uns das Festival zum besten aller Zeiten machen!«

Alle fünf klopften anerkennend auf den Tisch, bevor sie die Sitzung auflösten, um sich wieder ihren einzelnen Aufgaben zuzuwenden.

Anschließend stand Eve einen Moment lang in der leeren Küche und wappnete sich innerlich für die bevorstehende Achterbahnfahrt. Alles würde gut werden, redete sie sich stumm gut zu, um ihre Nervosität in den Griff zu bekommen. Die Bands würden spielen, die Menge würde tanzen, und Darling Cove würde vor unbändiger Freude, wie sie nur Musik hervorrufen konnte, erbeben. Und danach, wenn die letzten Töne gespielt waren und der letzte Camper abgefahren war, würde sie sich mit einer heißen Tasse Kaffee an den Strand setzen und sich etwas Zeit für sich selbst nehmen. Die Organisation des Fests hatte sie abgelenkt, aber sie verspürte eine tief sitzende Unruhe, eine Empfindung, die sie nicht genau benennen konnte, und sie wusste, dass der Zeitpunkt kommen würde, an dem sie sich ihr stellen musste. Aber nicht heute, beschloss sie und straffte die Schultern. Heute musste sie sich voll auf ihre Aufgaben konzentrieren.

»Komm schon, Hux«, rief sie, und der Labrador sprang auf. »Lassen wir die Spiele beginnen.«

Der Vormittag verging wie im Flug. Traditionell wurde die Bühne mittags von einer lokalen Band eröffnet, die oft schon bei der monatlichen Musiknacht im Darling's aufgetreten war, und dieses Jahr bildete keine Ausnahme. Ferris Wheel war eine aufstrebende Gruppe aus Alnwick, die eine Mischung aus Originalsongs und originellen Covern spielte, bei denen das Publikum vom ersten Moment auf den Füßen wippte. Eve schaute vom Bühnenrand aus zu und sog die Energie und den Enthusiasmus der Musiker auf, obwohl sie in Gedanken bereits beim nächsten geplanten Act war.

Vielleicht würde sie eines Tages auch ihre Rolle als Bühnenmanagerin an jemand anderen abtreten, um das Festival mehr genießen zu können, dachte sie, als sie einen weiteren Blick auf ihr Handy warf. Immerhin hatte sie in diesem Jahr mehr Verantwortung als je zuvor delegiert. Aber sie war sich nicht sicher, ob sie jemals genug Vertrauen in einen anderen Menschen haben würde, um diesen Job abzugeben. Schließlich war das Musikprogramm das Herzstück des Festivals – wenn es auf der Bühne nicht lief, gab es kein Ennisfest.

Der Auftritt von Ferris Wheel endete mit freundlichem Applaus, und während die Band ihr Equipment abbaute, tauchte wie aufs Stichwort der nächste Act auf. Byker Grove war ein temperamentvolles Trio aus Newcastle, dessen beschwingte Melodien beim wachsenden Publikum gut ankamen. In gewisser Weise gefiel Eve dieser Teil des Festivals am besten, wenn der Bereich vor der Bühne mit

Picknickdecken und Campingstühlen übersät war und der Spielplatz voller geschminkter Kinder war, deren Eltern sich einen Moment Zeit nahmen, die entspannte Stimmung zu genießen. Am Abend wurden sie von einer stetig wachsenden Menge dicht gedrängt stehender Menschen abgelöst, die ihre begeisterten Gesichter der Bühne zuwandten. Es war immer ein magischer Moment, sie bei den Hauptacts mitsingen zu hören, aber Eve war ebenso stolz darauf, dass Ennisfest als besonders familienfreundlich galt.

Während einer Pause nach der vierten Band machte sie sich auf den Weg, um nach Aiden zu sehen. Das Komitee stand über Funk in ständiger Verbindung miteinander, sodass sie keine Probleme erwartete, dennoch versicherte sie sich dieser Tatsache gerne mit eigenen Augen.

Wie vorhergesagt, waren die Getränkestände überfüllt, aber die Warteschlangen davor geordnet. Alles schien reibungslos zu laufen.

»Wie geht's?«, fragte sie ihren Bruder, als sie ihn im Thirsty-Bishop-Zelt ausfindig machte. »Irgendwas, das ich wissen sollte?«

Er schüttelte den Kopf. »Nö. Um zwei ist die Cider-Zapfanlage ausgefallen, aber Hamish hat sich schnell darum gekümmert. Sie funktioniert wieder einwandfrei.«

»Gut. Gab es Probleme mit Minderjährigen, die Alkohol kaufen wollten?«

»Es gibt immer ein paar, die versuchen, ohne Ausweis ranzukommen, aber die haben wir freundlich abgewiesen«, sagte Aiden und zuckte mit den Schultern. »Das Personal weiß, was es tut, wenn ich mich mal selbst loben darf ...«

Eve warf ihm einen anerkennenden Blick zu. »Darfst du. Ich bin wirklich beeindruckt, was du auf die Beine gestellt hast, seit du die Aufgabe übernommen hast. Du hast dir viel Mühe gegeben, und das ist nicht zu übersehen.«

Er zwinkerte ihr zu. »Dann kann man mir also doch vertrauen ... Wer hätte das gedacht?«

Sie nahm seinen Seitenhieb mit einem Grinsen hin. »Schon gut, ich gebe es ja zu, vielleicht wirst du endlich erwachsen.«

»Lass uns nicht gleich übertreiben«, erwiderte er mit einem gespielten Schaudern. »Und, wie sieht's bei dir aus?«

»So weit, so gut«, sagte sie und klopfte rasch auf die Holztheke. »Nur noch sechs Auftritte für heute.«

»Ich hoffe, dass ich mir Infinite Monkey Dance ansehen kann. Die werden es sicher richtig krachen lassen.«

»Hoffentlich«, sagte Eve, die sich bewusst war, dass ihr Headliner einen großen Anteil daran hatte, dass das Festival dieses Jahr so schnell ausverkauft gewesen war. »Allerdings sind sie bisher noch nicht da.«

»Die kommen schon noch«, beruhigte Aiden sie und schaute auf die Uhr. »Die Straße wird gerade erst wieder befahrbar sein. Es ist noch kein einziges Mal passiert, dass eine Band nicht aufgetaucht ist.«

Er hatte recht, natürlich hatte er das, trotzdem wurde Eve das flaue Gefühl in ihrem Magen nicht los. Bis die Band nicht leibhaftig vor ihr stand, konnte sie sich nicht entspannen.

»Ich weiß«, seufzte sie. »Also, ich geh dann besser mal wieder zurück. In fünf Minuten sind Worm Asylum dran.«

Nachdem das Tanzduo aus Edinburgh sein Programm beendet hatte, begann Eve sich ernsthafte Sorgen zu machen. Der Tourbus von Infinite Monkey Dance war nirgendwo zu sehen, und die Anrufe bei ihrem Manager landeten direkt auf der Mailbox. Leicht panisch machte sie sich auf den Weg zum Akkreditierungszelt in der Hoffnung, dass die Band gerade angekommen war. Doch als sie die Plane beiseiteschob und eintrat, sah sie sich jemand ganz anderem gegenüber. Logan Silk.

Eve spürte förmlich, wie ihr die Kinnlade herunterklappte, dennoch schaffte sie es nicht, den Mund zu schließen. »Logan?«, keuchte sie nach einer gefühlten Ewigkeit. »Wie hast du … Warum … Was machst du hier?«

Er hob die rechte Hand und zeigte ihr das Armbändchen, das ihm den gleichen uneingeschränkten Zugang auf dem Festival wie ihr selbst gewährte. »Nick hatte die Idee, und ich fand sie großartig, also bin ich mitgekommen. Ist das okay?«

Völlig verwirrt warf Eve einen Blick über seine Schulter. Nick Borrowdale stand vor dem Akkreditierungstisch und winkte ihr zu. Nancy, die sich um die Registrierung der Bands kümmerte, sah aus, als sei Weihnachten vorgezogen worden.

»Er … Du …« Eve holte einmal tief Luft. »Natürlich ist das okay. Ich bin einfach nur überrascht, das ist alles.«

In diesem Moment registrierte sie, dass sich ihr Magen plötzlich aus einem ganz anderen Grund zusammenzog. Einem Grund, der nichts mit dem Hauptact zu tun hatte, von dem noch immer jede Spur fehlte. Logan war hier. Logan. War. Hier. Und ihr Körper verschwendete keine Zeit, sie daran zu erinnern, was sie für ihn empfand.

Sie ließ den Blick über sein Gesicht und die Stoppeln an seinem Kinn gleiten, über die Falten um seine Augen, die ihr verrieten, dass er müde war, und seine Lippen, die ein unsicherer Zug umspielte, und sie wollte ihm sagen, wie froh sie war, ihn zu sehen. Aber damit konnte sie sich jetzt nicht auseinandersetzen. Er bedeutete eine Ablenkung, die sie jetzt überhaupt nicht brauchen konnte. Nicht wenn sich gerade eine Katastrophe anbahnte.

Sie riss sich zusammen und setzte ein strahlendes Lächeln auf. »Wie schön, dass du hier bist. Genießt das Festival! Wir können uns ja später auf einen Drink treffen. Aber jetzt habe ich Dringendes zu erledigen.« Damit ließ sie Logan stehen und eilte zu Nancy. »Sind sie immer noch nicht da?«

Die jüngere Frau schüttelte den Kopf. »Tut mir leid, Eve. Aber Logan und Nick sind gerade angekommen. Vielleicht haben sie ja irgendwo unterwegs den Bus gesehen?«

Als Nick seinen Namen hörte, schaute er sich zu ihnen um. »Was für einen Bus?«

»Den Tourbus von Infinite Monkey Dance«, erklärte

Eve. »Unser Headliner heute Abend. Ich kann sie nicht erreichen. Langsam fange ich an, mir Sorgen zu machen, dass sie nicht auftauchen.«

Logan wandte sich mit gerunzelter Stirn an Nick. »Haben wir nicht einen Tourbus an der Tankstelle bei Durham gesehen? Erinnerst du dich, wir haben uns doch noch gefragt, ob sie vielleicht hierher unterwegs sind.«

Eves Herz machte einen Satz. »Habt ihr vielleicht eins der Bandmitglieder gesehen? Könnten sie es gewesen sein?«

Nick schürzte zweifelnd die Lippen. »Schwer zu sagen. Der Bus war ziemlich groß und auffällig, deswegen waren wir uns gleich sicher, dass es sich um einen Tourbus handelt. Aber ich habe niemanden ein- oder aussteigen sehen. Tut mir leid.«

Logan verzog ebenfalls bedauernd den Mund. »Ich auch nicht.« Dann warf er einen Blick auf die Uhr. »Aber falls sie es waren, müssten sie bald hier sein. Wir haben bei Morags altem Haus Halt gemacht, um unser Gepäck abzuladen, bevor wir hierhergekommen sind, könnte also gut sein, dass sie gerade das Watt überqueren.«

»*Falls* sie es waren«, wiederholte Eve und schüttelte frustriert den Kopf. »Leider wissen wir das nicht mit Sicherheit.«

Nick richtete den Blick an die Decke des Zelts. »Infinite Monkey Dance … Wie heißt noch mal die Leadsängerin?«

»Flora Enderby«, sagte Eve. »Der Gitarrist ist Sim Cockcroft, und der Schlagzeuger heißt Dan Piper.«

»Enderby«, murmelte Nick und verengte dabei nachdenklich die Augen. »Sie ist aber nicht mit Jonas verwandt, oder?«

»Dem Schauspieler?« Logan runzelte ebenfalls die Stirn. »Doch, ich glaube, sie sind Geschwister. Warum?«

Nick zog grinsend sein Handy aus der Tasche. »Weil wir letztes Jahr zusammen in einer Show aufgetreten sind, und ich seine Nummer nicht gelöscht habe. Soll ich ihn anrufen?«

Eve riss ihm vor Aufregung beinahe das Handy aus der Hand. »Ja! Ja, bitte. Bitte ruf ihn an und frag ihn, ob er weiß, wo seine Schwester ist.«

»Okay, okay, bin schon dabei.« Lachend machte sich Nick auf den Weg nach draußen, das Smartphone bereits ans Ohr gepresst.

Eve widerstand der Versuchung, ihm zu folgen, und der dröhnende Bass von der Bühne machte es unmöglich, irgendetwas von dem Gespräch, das Nick direkt vor dem Zelt führte, mitzubekommen. Stattdessen blieb sie mit Logan zurück, wobei sie sich des unangenehmen Schweigens zwischen ihnen nur allzu bewusst war. Doch aufgrund ihrer Nervosität fiel ihr absolut nichts ein, um die Stille zu füllen.

»Du siehst gut aus«, tastete sich Logan nach einer Weile behutsam vor. »Also, natürlich gestresst, aber gut.« Er hielt inne. »Es ist schön, dich zu sehen.«

Bei seinen Worten vollführte Eves Magen erneut einen Salto. Dabei war sie sich nur allzu bewusst, dass Nancy, die hinter dem Tisch ihr Bestes tat vorzugeben, sie würde sie *nicht* belauschen, genau das machte.

»Danke«, sagte sie und strich sich verlegen mit der Hand über ihren Pferdeschwanz, der sich bereits halb gelöst hatte. »Ich … äh … Auch schön, dich zu sehen. Wie ist es in London, hattest du schon Gelegenheit, die verlorene Zeit aufzuholen?« Es war nicht ihre Absicht gewesen, die Frage mit unausgesprochener Missbilligung zu überfrachten, aber offensichtlich hatte ihre Selbstbeherrschung unter dem Stress der letzten Stunde gelitten.

Auch Logan schien ihr Unterton nicht zu entgehen, denn er verzog peinlich berührt das Gesicht. »Ich nehme an, du meinst Suki. Es ist nicht so, wie es …«

»Ich war erfolgreich«, verkündete Nick, der in diesem Moment mit einem zufriedenen Grinsen zurück ins Zelt kam. »Ich habe mit Jonas gesprochen. Er war nicht besonders begeistert, geweckt zu werden, aber was soll man machen? Dafür er hat er mir bestätigt, dass seine Schwester auf dem Weg zu einem Konzert ist.«

Eve starrte ihn an. »Welcher Gig, hat er das gesagt?«

Nick schüttelte den Kopf. »Er hatte keine Ahnung.«

Eve stöhnte auf. »Dann wissen wir immer noch nicht mehr als vorher.«

»Warte, ich bin noch nicht fertig«, beruhigte Nick sie lachend. Eve war sich sicher, dass er sich königlich amüsierte. »Er wusste zwar nicht, wo Flora ist, meinte aber, er könnte es rausfinden. Ich habe gerade eine Nachricht mit der Antwort bekommen.«

»Und?«, riefen Eve und Logan wie aus einem Mund.

Nick fuchtelte wie ein Zauberer mit seinem Handy herum und blickte dann konzentriert auf das Display. »Sie ist – und ich zitiere – ›Headliner auf irgendeinem Festival am Arsch der Welt‹. Was, nichts für ungut, Ennisfarne auf den Punkt genau beschreibt.«

Die Erleichterung, die Eve empfand, war fast mit Händen zu greifen. »Danke, danke! Vielen Dank, Nick.« Sie blickte von ihm zu Logan und dann zu Nancy. »Das heißt, sie sind auf dem Weg hierher, oder?«

Logans Mund verzog sich vor Belustigung. »Ich würde sagen: Ja. Du kannst dich also entspannen. Sie kommen.«

Nancy nickte. »Ich kümmere mich um alles Weitere, Eve. Sobald sie auftauchen, gebe ich dir Bescheid.«

Eve brauchte einen Moment, um zu begreifen, was Nancy gesagt hatte. »Okay«, murmelte sie und erinnerte sich plötzlich daran, dass noch mehrere andere Bands vor Infinite Monkey Dance spielen sollten. »Dann gehe ich jetzt besser zurück auf die Bühne.« Sie wollte sich gerade zur Tür wenden, als sie noch einmal innehielt, um Nicks Hand zu nehmen. »Verdammt noch mal, Nick Borrowdale, bin ich froh, dass du hier bist!«

Selina wartete am Rand der Bühne und sang gerade laut das letzte Lied von Tall Oaks mit. »Wo warst du?«, fragte sie, als Eve bei ihr ankam. »Du hast die meisten Songs der Jungs verpasst. Sie waren großartig.«

»Notfall«, erwiderte Eve und fasste dann kurz zusammen, was passiert war.

Als Selina Logans Namen hörte, weiteten sich ihre Augen so abrupt, dass Eve dachte, sie würden ihr jeden Moment aus dem Kopf fallen. »Nicht dein Ernst! Er ist hier?«

»Jepp. Und nicht nur Logan, sondern auch Nick Borrowdale. Aber der hat sich ja als ziemlich nützlich erwiesen.«

»Krass, diese Prominenten kennen wirklich jeden, oder?«

»Anscheinend«, gab Eve zurück und applaudierte, als sich Tall Oaks nach ihrem Auftritt verbeugten. »Zum Glück für mich.«

Selina nickte, dann warf sie Eve einen Seitenblick zu. »Und was hat Logan gesagt?« Sie machte eine kurze Pause, bevor sie entsetzt hinzufügte: »Er hat doch nicht etwa Suki mitgebracht, oder?«

»Nein, nein«, beschwichtigte Eve, die sich nicht sicher war, wie sie reagiert hätte, wenn er das getan hätte. »Er hat überhaupt nicht viel gesagt. Aber ehrlich gesagt war ich durch die Sache mit den Monkeys auch total abgelenkt.«

»Wenn sie nicht mitgekommen ist, können sich die beiden nicht besonders nahestehen«, bemerkte Selina. »Hast du nicht gefragt, wo sie ist?«

Eve spürte, wie ihr langsam die Geduld ausging. »Nein, hab ich nicht. Und ob du es glaubst oder nicht, es ist mir egal. Außerdem hat er gesagt, dass es Nicks Idee war herzukommen, also nehme ich mal an, dass Suki nicht eingeladen war.«

»Lügnerin«, sagte Selina grinsend. »Es ist dir absolut *nicht* egal.«

»Doch«, beharrte Eve und verschränkte die Arme.

»Du kannst es leugnen, so viel du willst, tief im Inneren weißt du, dass es stimmt«, fuhr Selina fort. »Und da wäre noch was anderes, worüber du nachdenken solltest: Er ist hier, obwohl du dir sooo sicher warst, dass er nie mehr zurückkommen würde. Und ich wette, es ist nicht nur das Festival, das ihn hergelockt hat. Ich wette, er ist hier, um dich zu sehen.«

Die Vorstellung war dermaßen absurd, dass Eve gar nicht wusste, wo sie anfangen sollte. »Okay, Selina, noch mal zum Mitschreiben: Es. Ist. Mir. Egal. Es ist mir egal, dass er hier ist. Es ist mir egal, warum er hier ist. Und Suki Simpson ist mir erst recht egal.« In diesem Moment knisterte das Walkie-Talkie an ihrem Gürtel, und sie hörte Nancys Stimme. »Außerdem hab ich Wichtigeres zu tun – zum Beispiel dafür zu sorgen, dass dieses Festival ein Erfolg wird.«

Selina hob kapitulierend die Hände. »Schon gut, schon gut. Lass dich von mir nicht aufhalten.«

Eve hob das Walkie-Talkie vor den Mund. »Nancy? Ich bin's. Was gibt's?«

»Infinite Monkey Dance sind gerade angekommen«, erklang Nancys Stimme klar und geschäftsmäßig aus dem Lautsprecher. »Ich statte sie gerade mit Armbändchen aus.«

Die Verärgerung, die Eve über ihre beste Freundin empfunden hatte, verflog augenblicklich, und sie schenkte ihr ein triumphierendes Grinsen. »Verstanden«, sagte sie zu Nancy. »Bin auf dem Weg.«

Nach all dem Stress und der Aufregung konnte es Eve immer noch nicht so recht glauben, als Infinite Monkey Dance die Bühne betraten.

Flora hatte sich für die Verspätung entschuldigt und erklärt, dass sich einer ihrer Roadies während der Reise übergeben hatte, was sie zu einem außerplanmäßigen Zwischenstopp gezwungen hatte. »Ich hätte nicht gedacht, dass es so lange dauern würde«, hatte sie abschließend mit einem Augenrollen gesagt, und Eve hatte ihre Entschuldigung hastig entgegengenommen, um sich weitere Details zu ersparen.

Nun hielt Eve ihren Blick auf die Band gerichtet, bewunderte die Lightshow und tat ihr Bestes, Logan zu ihrer Rechten zu ignorieren. Eine Aufgabe, die durch die bedeutungsvollen Blicke, die Selina ihr immer wieder zuwarf, zusätzlich erschwert wurde, bis sie ihre beste Freundin schließlich leise anfauchte, sofort damit aufzuhören. Backstage bei den Bands zu sein, ihr Strahlen aus nächster Nähe zu erleben, war eines der Dinge, die für Eve all die harte Arbeit wettmachte, und das Vergnügen wollte sie sich von niemandem nehmen lassen.

»Wahnsinn, oder?«, rief Aiden, als Flora erneut ihre unglaublich tolle Stimme hören ließ. »Wie willst du das nächstes Jahr noch toppen?«

Eve wusste nicht, wie sie diese Frage beantworten sollte. Es war reines Glück gewesen, dass sie die Band gebucht hatte, bevor sie eine Nummer zu groß für sie wurde. Die Chancen, dass ihr ein solcher Griff ein zweites Mal gelang, waren gering.

Aber vielleicht würde sie sich auch gar nicht auf ihr Glück verlassen müssen, dachte Eve und warf einen verstohlenen Blick zu Logan und Nick, die beide im Takt mit den Füßen auf den Boden klopften. Vielleicht konnte sie Nicks Beziehungen nutzen, um Ennisfest zu ein wenig mehr Starqualität zu verhelfen. Bei dem Festival würden immer in erster Linie einheimische Talente auftreten, aber keiner dieser Bands würde es schaden, sich die Bühne mit ein paar größeren Namen zu teilen. Auf jeden Fall etwas, worüber sie nachdenken würde, sobald sich der Staub vom diesjährigen Festival gelegt hatte.

»Wie geht es euch?«, brüllte Flora in das Mikrofon und entlockte der Menge damit laute Jubelschreie. »Seid ihr bereit, mit mir zu singen?«

Auch die Reaktion auf die zweite Frage war ohrenbetäubend. Ein Schauer der Vorfreude lief Eve den Rücken hinunter. Neben einer Reihe von Titeln, die das Publikum begeisterten, hatte die Band auch ein paar ruhigere Songs im Gepäck, die perfekt zu Floras rauchiger Stimme passten. Würde sie die Ennisfest-Besucher mit einer Interpretation von Eves persönlichem Lieblingssong »Moon and Stars« erfreuen?

Sim, der Gitarrist, trat mit einer Akustikgitarre vor und begann, eine eindringliche Melodie zu spielen, die Eve sehr gut kannte. Vollkommen unerwartet spürte sie, wie ihr

Tränen in die Augen traten. Sie war sich nicht sicher gewesen, ob die Band dieses Lied spielen würde. Es handelte von Liebe und Verlust, vom Loslassen und gelebten Leben und von der Einsamkeit, nachdem die Liebe verschwunden war – kurzum kein Thema, das zum Standardrepertoire auf einem Festival gehörte.

»Ich habe dieses Lied für meine Mutter geschrieben«, sagte Flora, während die Melodie sanft durch die stille Nachtluft schwebte. »Es hat mir geholfen, den Verlust meiner Mutter zu verarbeiten, und ich hoffe, dass es auch euch hilft, wenn ihr jemanden verloren habt.«

Einen Moment später begann sie zu singen, und Eve vergaß beinahe, wo sie sich befand.

»There's a star so bright, there you are, second to the right,
Through the darkest night, how you shine, radiant and bright.
That's where you live now, so far away,
Hate that you leave me, day after day.«

Floras Stimme hob und senkte sich, glitt mühelos durch die Worte und zog jeden Zuhörer in ihren Bann. Eve blickte an ihr vorbei in die Menge und sah, wie eine Handvoll Lichter in der Dunkelheit aufleuchteten, als die Leute ihre Handys hoben. Es kamen immer mehr dazu, bis die Nacht glitzerte wie ein schwarzes Samtkleid, das mit Tausenden Diamanten besetzt war. Eve spürte, wie es ihr die Kehle zuschnürte, als Flora den Refrain anstimmte und das Publikum mitzusingen begann.

»I'd be the moon to your star, if I could,
Keep you warm with the beam of my heart,
We'd be the moon and the stars, yes we would,
And nothing could keep us apart.«

Der Klang war so schön, dass Eve eine Gänsehaut bekam. Das waren die Momente, in denen Live-Musik alles war, dachte sie, als Flora verstummte und die Menge allein weitersingen ließ. Erstaunt schüttelte Eve den Kopf, als sie sich bewusst machte, dass in diesem Augenblick auf der Bühne und darüber hinaus Magie erschaffen wurde. Was für ein umwerfendes Gefühl musste es sein, wenn einem sein eigenes Lied aus Tausenden Kehlen entgegenschallte?

Nahtlos setzte Flora wieder ein und begann die zweite Strophe zu singen. Als sie erneut beim Refrain ankam, war sich Eve sicher, dass jeder einzelne Festivalbesucher mitsang, bis die letzte melancholische Zeile verklungen war. Ein oder zwei Herzschläge lang blieb es still, dann reckte Flora eine Faust in den Himmel, und stürmischer Jubel hallte bis in den hinteren Teil der Bühne wider. Die Band genoss den Beifall, bis er langsam abebbte, und legte dann mit einem weiteren großen Hit los, einer Art Disco-Hymne, der sich niemand entziehen konnte.

Eve war sich nicht sicher, wie die Monkeys es schafften, aber jeder Song schien noch besser zu sein als der vorhergehende. Zum Ende des Auftritts schien es unmöglich, dass sie die Menge noch mehr mitreißen konnten, aber dann gaben sie mit ihrem größten Hit eine Zugabe, und die Besucher schmetterten jedes Wort mit. Als der letzte Beat verklungen war, war das Gebrüll so laut, dass Eve fast glaubte, es würde die Schallmauer durchbrechen. Es dauerte einige Minuten, bis das Publikum die Band gehen ließ, aber schließlich wurde die Bühne in Dunkelheit getaucht, was bedeutete, dass die Show zu Ende war.

Als die Bandmitglieder hinter die Bühne kamen, eilte Eve auf sie zu, um ihnen zu gratulieren. »Ihr wart unglaublich! Vielen Dank!«

»Danke, wir hatten einen Riesenspaß«, erwiderte Flora mit einem Lächeln. »Das Publikum war unglaublich, oder?«

»Ziemlich unglaublich«, stimmte Eve zu. »Wobei es natürlich hilft, wenn die Band einfach nur genial ist. Danke noch mal, dass ihr euch die Mühe gemacht habt herzukommen.«

»Sehr gerne«, sagte Flora, bevor sie sich einem der Roadies zuwandte, der ihr etwas zuflüsterte. »Hör zu, ich mag es gar nicht, nach einem Auftritt sofort wieder abzuhauen«, sagte sie kurz darauf zu Eve. »Aber wir spielen morgen in Glasgow, und ich hab gerade erfahren, dass wir die ganze Nacht hier festsitzen werden, wenn wir nicht bis halb zwölf wieder auf der Straße sind, also …«

»Kein Problem«, beeilte sich Eve zu sagen und hob die Hände. »Und falls ihr jemals wieder für uns die Headliner machen wollt, lasst es mich wissen!«

Auch wenn das Musikprogramm für diesen Abend beendet war, gab es noch genug zu tun. Nachdem sich Eve einmal mehr bei Nick für seine Hilfe bedankt hatte, winkte sie Selina zu und eilte dann davon, um sich bei den anderen Komiteemitgliedern auf dem Festivalgelände zu melden.

Doch es schien alles so weit unter Kontrolle zu sein. Das Security-Personal am Strand sorgte dafür, dass niemand verbotenerweise baden ging, das Problem mit der Cider-Zapfanlage hatte sich nicht wiederholt, und Warren berichtete, dass auf den Campingplätzen zwar jetzt mehr los war, da die Leute zu ihren Zelten zurückkehrten, aber alles rundlief.

Eve war gerade auf dem Weg zurück in die Küche, um sich eine Tasse Tee zu machen, als sie eine Nachricht von Selina erhielt.

Wir müssen reden. Komm um Mitternacht auf die obere Terrasse.

Eve las die zwei Sätze mehrmals hintereinander. Was konnte so dringend sein, dass sich ihre beste Freundin extra mit ihr treffen wollte, aber wiederum nicht dringend genug, dass sie einfach anrief? Aber sie hatte zu viel um die Ohren, um sich den Kopf darüber zu zerbrechen. Stattdessen antwortete sie mit einem Daumen-hoch-Emoji und betrat die Küche.

Warren und Aiden waren noch auf dem Gelände beschäftigt, aber Hamish und Shona waren schon da, futterten Donuts und diskutierten angeregt die Ereignisse des Tages. Beide beglückwünschten Eve, als sie hereinkam, doch sie tat die Anerkennung ab.

»Ich buche nur die Bands«, sagte sie bescheiden, während sie nach dem Wasserkessel griff und ihn auf den Aga stellte. »Die müssen dafür sorgen, dass es eine gute Party wird.«

»Ehre, wem Ehre gebührt«, beharrte Hamish. »Wenn wir nicht aufpassen, wirst du uns noch vom Glastonbury Festival abgeworben.«

Eve verzog das Gesicht. Glastonbury mochte das größte aller Musikfestivals sein, aber sie konnte sich nichts Anstrengenderes vorstellen, als Dutzende von Bühnen auf einem so riesigen Gelände zu verwalten.

»Nein danke«, sagte sie voller Überzeugung und füllte ihren Tee mit Milch auf. »Das überlasse ich lieber den Experten.«

Es war kurz vor Mitternacht, als sie durch die abgedunkelte Bar ins Darling's schlüpfte und die Treppe nach oben nahm. Ihr Tee dampfte, während sie auf der Veranda auf Selina wartete und dem Rauschen der Wellen lauschte, die auf den Strand schlugen. Eine perfekte Mondsichel hing am Himmel und lud die Sterne zu einem endlosen stillen Walzer ein. Nach und nach erloschen die Lichter auf dem Festivalgelände, und die Geräusche ebbten ab. Eve setzte sich auf einen Stuhl, wickelte sich eine Decke um die Beine, schlang die Finger um ihren Becher und wartete, während das unablässige Auf und Ab des Meeres sie langsam ruhiger werden ließ.

Als sie hörte, wie die Balkontür aufgeschoben wurde, drehte sie sich nicht um. »Sei ganz leise«, wisperte sie. »Komm einfach her und hör eine Weile den Wellen zu.«

Es gab eine kurze Pause, dann erklangen Schritte auf dem Holzboden, bis sie in Eves Rücken verstummten.

Eve schloss die Augen und ließ den Stress und die Sorgen des Tages von ihren müden Knochen abfallen. Sie würde in dieser Nacht gut schlafen, dachte sie, solange ihr Kopf nicht verrücktspielte.

»Gibt es eine bessere Art, sich zu entspannen?«, fragte sie Selina. »Was machen bloß die Leute, die nicht am Meer leben?«

»Die haben dafür Apps. Aber das ist mit dem echten Geräusch nicht zu vergleichen.«

Eve sprang so abrupt auf, dass sie fast ihren Tee verschüttete, und fuhr herum. »Logan!«, keuchte sie. »Was machst du denn hier?«

Er hob eine Augenbraue. »Ehrlich gesagt könnte ich dir die gleiche Frage stellen. Ich suche Nick, er hat mich gebeten, ihn hier um Mitternacht zu treffen.«

»Und ich warte auf Selina. Sie hat mir getextet, dass ich um Mitternacht auf die Terrasse kommen soll, um sie …« Eve brach ab und starrte Logan an. »Soll das ein Scherz sein? Dazu bin ich gerade nämlich wirklich nicht aufgelegt. Ich bin supermüde und muss dringend ins Bett.«

»Das war nicht meine Idee«, sagte Logan und klang dabei viel zu aufrichtig. »Ich denke, wir können davon ausgehen, dass wir von unseren besten Freunden reingelegt wurden. Die scheinen der Meinung zu sein, dass wir miteinander reden müssen.«

»Dann sind sie im Unrecht«, schnauzte Eve, empört über Selinas und Nicks konspirative Einmischung. »Es gibt nichts zu besprechen.«

Logan fing ihren Blick auf. »Du bist wütend auf mich.«

»Ich bin wütend auf unsere sogenannten *Freunde*«, erwiderte sie, bevor sie die Wahrheit einholte. »Und ja, da du es sowieso schon erwähnst, außerdem bin ich wütend auf dich.«

Falls das Eingeständnis Logan überraschte, ließ er es sich nicht anmerken. »Darf ich dich fragen, warum? Mir ist klar, dass wir uns nicht im besten Einvernehmen voneinander verabschiedet haben, aber ich glaube nicht, dass ich mich allzu furchtbar verhalten habe, oder?«

Eve starrte ihn an. »Was? Nein, natürlich hast du das nicht. Das ist nicht der Grund, aus dem ich wütend bin. Ich dachte, es ist offensichtlich, wo das Problem liegt.«

Logan runzelte die Stirn. »Für mich auf jeden Fall nicht.«

Wie konnte man nur dermaßen ignorant sein?, fragte sich Eve und wandte sich mit einem frustrierten Stöhnen dem unsichtbaren Meer zu. »Dass du nach allem, was sie dir angetan hat, wieder mit dieser Suki Simpson zusammen bist, das ist das verdammte Problem, Logan!«

Es trat eine lange, nachdenkliche Stille ein, bevor Logan sagte: »Es interessiert dich, ob ich wieder mit Suki zusammen bin?«

»Natürlich interessiert mich das«, schnaubte Eve, der der Anflug von Überraschung in seinem Tonfall nicht entgangen war. Doch sie beschloss, ihn zu ignorieren. »Sie mag eine der schönsten Frauen auf diesem Planeten sein, aber sie behandelt dich wie Dreck. Ich kann einfach nicht glauben, dass du nach der Schmutzkampagne, die sie gegen dich ins Rollen gebracht hat, zu ihr zurückgegangen bist, und …« Sie brach ab und spürte erschrocken, dass ihr Tränen in die Augen geschossen waren. Wütend wischte sie sie weg, damit Logan keinen falschen Eindruck bekam.

»Ich bin nicht mit Suki zusammen«, sagte er leise. »Mir ist klar, dass es auf dem Foto so aussah, aber ich schwöre dir, das Wiedersehen mit ihr war furchtbar. Nick und ich sind ihr zufällig im Lola's über den Weg gelaufen. Sie hat Streit mit mir angefangen und so dafür gesorgt, dass wir rausgeworfen wurden. Auf der Straße hat sie sich dann an mich rangeschmissen, damit es aussieht, als wären wir wieder ein Paar. Seitdem habe ich sie nicht wiedergesehen.«

»Lüg mich nicht an.«

»Warum sollte ich lügen? Frag Nick, wenn du mir nicht glaubst. Oder Phoebe. Die ist gerade dabei, mein Berufsleben neu zu ordnen, damit ich nie wieder was mit Suki zu tun haben muss.«

Einen Moment lang konnte Eve sich nur auf das Rauschen des Meeres konzentrieren. Konnte es wahr sein? War das Foto nur Sukis letzter Versuch gewesen, Logan dazu zu zwingen, sich mit ihr auseinanderzusetzen?

»Aber in der Zeitung stand …«

»Nichts als Lügen«, unterbrach Logan sie ruhig, bevor er ihr sanft eine Hand auf die Schulter legte, damit sie sich zu ihm umdrehte. »Ich verspreche dir, dass ich nicht in Suki verliebt bin. Macht dich das weniger wütend auf mich?«

Dem war tatsächlich so, stellte Eve fest. Jetzt musste sie sich nur noch mit dem schrecklichen Durcheinander der anderen Emotionen auseinandersetzen, die in ihr tobten.

Seufzend stellte sie ihren inzwischen lauwarmen Tee auf einem der Tische ab. »Ich hätte nicht gedacht, dass du jemals zurückkommst.«

Sein Blick war unverwandt auf ihr Gesicht gerichtet. »Ich hab dir doch gesagt, dass ich zurückkomme.«

»Aber du bist nur übers Wochenende hier.« Sie verstummte, als ihr bewusst wurde, dass sie wie ein bockiges Kind klang. »Was dir natürlich vollkommen freisteht.«

Logan nickte. »Du hast recht, ich muss zurück nach London. Was ich an Klamotten dabei habe, reicht nämlich nur für zwei Tage.«

Das überraschte Eve nicht wirklich, dennoch schnitt ihr die Enttäuschung wie eine scharfe Klinge ins Herz. Ihn wiederzusehen, hatte alle möglichen verwirrenden Gedanken in ihrem Kopf losgetreten, von denen der wichtigste war, dass sie sich unglaublich freute, dass er zurückgekommen war. Als er ihr früher am Abend plötzlich gegenübergestanden hatte, hatte ihr Herz vor Glück einen kleinen Sprung gemacht – auch wenn ihr Kopf sofort dagegen gearbeitet hatte. Und jetzt sagte er ihr wieder, dass Logan abreisen würde, und Eve war sich nicht sicher, ob sie es ertrug, sich ein zweites Mal von ihm zu verabschieden.

»Während ich weg war, ist mir etwas klar geworden«, fuhr er fort und trat einen Schritt näher an sie heran. »Mein Leben in London gefällt mir nicht mehr. Ich habe das Meer vermisst und die Stille.« Er richtete den Blick auf die schmale Mondsichel, die über dem schwarzen Umriss des Kalksteinbogens schwebte. »Ich habe es vermisst, die Sterne sehen zu können und die Geschichten zu hören, die sich dein Vater ausgedacht hat, als du noch klein warst.«

Auf einmal war Eves Mund ganz trocken. Versuchte er ihr zu sagen, was sie glaubte, dass er ihr zu sagen versuchte?

»Aber vor allem habe ich dich vermisst.« Er holte tief Luft und senkte den Blick. »Und ich weiß, dass du denkst, dass wir zu verschieden sind, dass es zwischen uns nie funktionieren könnte, und wenn du immer noch so denkst, ist das in Ordnung. Aber ich habe versucht, dich und diese wunderschöne Insel zu verlassen, und was ich dabei gelernt habe, ist, dass ich auf keins von beiden verzichten kann.«

Eve stockte der Atem, während sie einmal, zweimal, dreimal blinzelte und versuchte, seine Worte zu verarbeiten. Er konnte das unmöglich ernst meinen, dachte sie unsicher. Das war einfach nicht möglich.

»Aber ich bin …«

Logan schüttelte unwirsch den Kopf. »Wenn du jetzt sagst ›Kein Model‹, muss ich protestieren.« Als Eve daraufhin errötete, stieß er ein verzweifeltes Seufzen aus. »Erstens hast du vollkommen recht – ich *habe* eine Schwäche für

Models. Zweitens bist du viel versierter, klüger und überhaupt brillanter als jeder Mensch, den ich bisher in meinem Leben kennengelernt habe, ob Model oder nicht. Und drittens: Was macht dich so sicher, dass du kein Model bist?«

Sie starrte ihn an und schloss dann schnell den Mund aus Sorge, dass ihr sonst ein kleines hysterisches Lachen entwich. »Aber …«

»Ich habe dich in den letzten Monaten häufiger als alle anderen fotografiert, das Bild von dir ist das Glanzstück der Ausstellung«, sagte er, während sein warmer Blick auf ihr ruhte. »All das macht dich zu einem Model, wenn auch zu einem ziemlich widerwilligen.«

Nun musste Eve doch lachen. »Du bist verrückt.«

»Mit großer Sicherheit«, stimmte er zu. »Das sind wir kreativen Menschen oft.« Er streckte eine Hand aus und strich ihr über die Wange. »Was mich zu meinem ersten Punkt zurückbringt, meiner Schwäche für Models.«

Er war ihr so nah, dass Eve kaum wagte, Luft zu holen. Ihre Wange glühte unter seiner Berührung. »Es hat sich herausgestellt, dass ich auch eine Schwäche habe«, sagte sie und legte beide Hände auf seine Brust. »Für mürrische Fotografen, die mich in den Wahnsinn treiben.«

»Ach, wirklich?«, raunte Logan und strich mit dem Daumen ganz sanft über ihre Unterlippe. »Dann passen wir ja perfekt zusammen.«

Eve streckte die Hände aus, um ihre Finger in seinem dunklen Haar zu vergraben, wie sie es sich schon so lange gewünscht hatte. »Ich glaube«, flüsterte sie und stellte sich die Zehenspitzen, bis ihr Mund seinem ganz nahe war, mit könntest du recht haben.«

Als seine Lippen schließlich die ihren fanden, waren sie so weich und süß, dass ihre Knie ganz weich wurden. Instinktiv hielt Logan sie fest, zog sie in seine Arme, und sein Kuss wurde intensiver, sodass sie nur mit Mühe verhindern konnte, das Gefühl dafür zu verlieren, wer und wo sie war. In ihrem Kopf drehte sich alles, aber plötzlich spielte es keine Rolle mehr. Nicht, wenn sie in die Sicherheit seiner Liebe eingehüllt war.

Ihr Kuss schien ewig anzudauern und war gleichzeitig viel zu schnell vorbei, und als sie sich voneinander lösten, konnte sich Eve nur fragen, warum sie so lange damit gewartet hatten.

»Ich werde Morags Haus kaufen«, murmelte Logan. »Und vielleicht ziehe ich eine Tauchschule für Unterwasserfotografie auf.«

Eve nickte atemlos. Es war ihr egal, was er tat, solange er in ihrer Nähe und glücklich war. »Gute Idee. Und eventuell, ich meine irgendwann, wenn sich alles eingespielt hat, falls wir jemals Zeit haben …« Sie hielt inne und lächelte zaghaft zu ihm hoch. »Könnten wir eine Reise zum Great Barrier Reef machen.«

Logan sah sie einen ausgedehnten Moment lang an, bevor er ihr Lächeln so zärtlich erwiderte, dass sie dahinschmolz.

»Ich kann es kaum erwarten«, sagte er und küsste sie erneut.

Dank

Mein erster Dank geht wie immer an Jo Williamson von Antony Harwood Ltd – danke, dass du immer da bist, wenn ich dich brauche. Als Nächstes möchte ich mich bei meiner superlieben Lektorin Molly Crawford bedanken, deren Freundlichkeit, Unterstützung und Geduld keine Grenzen kennen. Ich bin sehr froh, dich in meiner Ecke zu wissen, danke. Ich schätze mich sehr glücklich, von Simon and Schuster UK verlegt zu werden, deren Team unübertroffen ist. Vielen Dank an alle Mitarbeitenden von Books and the City, wobei ein besonderer Dank an Pip Watkins geht, die Ennisfarne so lebendig gemacht hat, und an die wunderbare SJ Virtue, die so unfassbar verdammt brillant ist.

Außerdem zu großem Dank verpflichtet bin ich John Davies von der National Coastwatch Institution in Boscastle, der mir bei meinen vagen Fragen zu möglichen Schiffskatastrophen sehr hilfreich zur Seite stand und mir damit stundenlanges Ringen mit der Handlung erspart hat.

Twitter-Follower werden wissen, dass Luna, der goldene Labrador, in mein Leben getreten ist, während ich an diesem Buch gearbeitet habe. Obwohl sie mein Leben auf den

Kopf gestellt und dabei einen großen Teil der Geschichte unwiederbringlich gelöscht hat, könnte ich nicht mehr ohne sie sein. Und wie sich herausgestellt hat, habe ich den Teil, den sie gestrichen hat, gar nicht gebraucht. Vielleicht sollte ich sie in Zukunft alle meine Bücher lektorieren lassen. Viele der Hunde, die in diesem Buch vorkommen, gibt es wirklich, und ich hätte sie ohne Luna nie kennengelernt.

All meine Liebe geht an T und E, mein Herz gehört wie immer euch.

Und schließlich möchte ich mich bei meinen Leserinnen und Lesern bedanken – während die Sonne ein letztes Mal hinter dem Meeresbogen von Darling Cove untergeht, hoffe ich, dass ihr die Ruhe und den Zauber eures Besuchs in Ennisfarne genauso genossen habt wie ich meinen.